Nicki Fleischer

Nebelhorn

W0378927

Die Autorin

Nicki Fleischer, in den 1970er Jahren im Sauerland geboren, wuchs in nur 240 Metern Höhe auf. Schon früh wollte sie hoch hinaus und besucht seit Kindheitstagen die Alpen. Während ihres Informatik-Studiums beschäftigte sie sich mit IT-Forensik und Polizeiarbeit. Als Verwandtschaft aus dem Allgäu angeheiratet wurde, kam sie zu dem naheliegenden Schluss, Allgäukrimis zu schreiben. Dabei schaut sie mit viel Augenzwinkern in das mordsmäßig schöne Oberallgäu und auf dessen örtliche Gepflogenheiten.

Das Buch

Vorbei ist's mit der Allgäuer Idylle! Kommissar Egi ermittelt (leider) in seinem ersten Fall.

Kaum ist Egi zum Polizeihauptkommissar befördert worden, ist es vorbei mit dem ruhigen Dienst. Ruck-zuck ist der Schreibtisch voll mit den kriminellen Machenschaften der Oberstdorfer. A Graus ist des! Ihm stehen die Ermittlungen schon bis zum Hals, als dann auch noch eine Leiche gefunden wird. Eine Anwohnerin des hiesigen Seniorenheims wurde von einer Gondel der Nebelhornbahn erschlagen. Kein schöner Anblick. Dann wird ihm auch noch die Kemptener Kripo auf den Hals gehetzt. Als wenn die Großsstadthanseln a Ahnung davon hätten, wie‹s auf dem Land zu geht. Aber Egi merkt bald, dass die Senioren im Allgäu es faustdick hinter den Ohren haben …

Nicki Fleischer

Nebelhorn

Ein Allgäukrimi

MIDNIGHT

MIX
Papier aus verantwortungsvollen Quellen
FSC® C083411
www.fsc.org

Originalausgabe bei Midnight
Midnight ist ein Digitalverlag
der Ullstein Buchverlage GmbH, Berlin November 2017
© Ullstein Buchverlage GmbH, Berlin 2017
Umschlaggestaltung: zero-media.net, München
Titelabbildung: © FinePic®
Satz: Pinkuin Satz und Datentechnik, Berlin
Druck- und Bindearbeiten: CPI books GmbH, Leck
ISBN 978-3-95819-924-8

Diese Krimiparodie ist der Polizeiinspektion Oberstdorf gewidmet – einer ganz hervorragenden Polizeiinspektion, die absolut gar nichts mit den hier erzählten Geschehnissen zu tun hat. Die Handlung wie die Charaktere sind frei erfunden und lediglich dem Geiste der Autorin entsprungen.

Prolog

Ein bestialisches Ende würde ihr bevorstehen, wenn sie es jetzt nicht schaffte. Gundi hatte panische Angst. Sie fixierte ihr Ziel. Kaum zu erkennen im dichten Nebel, aber es sollte ihre Rettung sein. Sie musste es erreichen. Dort würde ihr jemand helfen, falls da überhaupt einer war. Hinter ihr war auf jeden Fall jemand, eine Gestalt mit lebensverkürzenden Absichten. Der Abstand zwischen ihnen schrumpfte mit jedem verdammten Schritt.

Noch fünfundzwanzig Meter.

Gundi bereute ihre Machenschaften. Sie war begehrt, bei den wilden Mändle in der luxuriösen Seniorenwohnanlage. Stark frequentierte XXL-Unterhöschen trug sie. Darauf hatten viele Zugriff gehabt, zu viele. Im Gegenzug waren die alle recht spendabel gewesen. Gundi konnte gut davon leben. Richtig verarscht hat sie die, den senilen Böcken würd's nicht auffallen, hatte sie gedacht. Nicht nur einer von denen würde sich an ihr rächen wollen. Sie erwartete jetzt den gewaltsamen Tod. Ihre Beine konnten nicht mehr, sie wurde immer langsamer.

Noch fünfzehn Meter.

Hätte die Gundi ihre Nase mal nicht in all die Kleidungsstücke neig'steckt. Die komplette Herrenkollektion hatte die durch. Ihr konnte man jede ortsansässige Großraum-Boxershorts hinhalten, da wusste die gleich, wem die gehörte. Unzählige betrogene Eheweiber gab's deshalb in Oberstdorf. Die hassten die Gundi, die wollten sie loswerden. Gundi schleppte sich nun die Rampe hoch, sie könnte es schaffen.

Noch zehn Meter.

In Gundis Seniorenwohnung hatte Durchgangsverkehr

geherrscht. Sie hatte keine Zurückhaltung geübt, bei der Verbreitung sittenfreier G'schichten anderer Leut'. Mit ihren Im-Ohr-Hörgeräten hatte sie derbe Dorfgeheimnisse auffangen können, von Ehebruch über Betrügereien bis hin zu Rufmord reichte das Repertoire. Sie wusste mehr über die örtlichen Sündenfälle als der zum Schweigen verdammte Gemeindepfarrer. Das beunruhigte nicht nur den Beichtvater. Aber Gundi konnte die Gondel schon sehen, ihre Sicherheit war zum Greifen nah.

Noch fünf Meter.

Der Abstand zum Verfolger war nicht mehr der Rede wert. Vor ihr das Geländer, hinter ihr ein Pistolenlauf. Darin wartete ein Projektil. Würde sie nichts unternehmen, es würde in Kürze durch das Allgäuer Heilklima pfeifen. Es würde sich in ihren betagten Körper bohren und einen tödlichen Schaden im fülligen Leib anrichten. Gundi hatte aber absolut keine Ambitionen, durchlöchert in einer Kiste zu liegen. Sie wollte das Übel abwenden. Gundi atmete tief ein. Sie drehte sich um, hob ihren Krückstock. Jetzt konnte sie auch in das verzerrte Gesicht sehen – und wusste, wer es war.

Nur noch einen Meter.

Gundi holte aus.

Verpatzte Museumseröffnung

»Egi, bist ab sofort Polizeihauptkommissar«, brüllte der Chefmeier. In leiseren Tönen ging es bei dem nicht, ohne rollendes »Rrr« auch nicht. Ein verhasstes Überbleibsel seiner fränkischen Herkunft.

Er überreichte Egi ohne großes Trara sein blinkendes neues Dienstgradabzeichen, dreifach in Silber besternt. In Form einer nigelnagelneuen Uniform und der dazugehörigen Polizeimütze, die ihm sowieso nicht passte. Er sah damit aus wie eine Faschingsleiche. Egi verfügte eben nicht über den landestypischen, urbayerischen Standardschädel. Er war a Allgäuer!

Die schnörkellose Zeremonie fand in Chefmeiers Büro statt, vor der komplett versammelten Oberstdorfer Polizeitruppe. Die schmunzelte. Allen war klar, dass Egi die Beförderung nicht aufgrund besonderer Verdienste erhalten hatte. Nein, er war zum Polizeihauptkommissar (PHK) befördert worden, weil der alte Gruber in Rente gegangen war. Und weil der jüngere Huber nun der Dienstälteste in Oberstdorf war, hatte der Polizeiinspektionsleiter Erwin Bachmeier ihm kurzerhand seine Amtsbezeichnung aufgestockt. Er brauchte einen neuen PHK.

Der PI-Leiter wurde von seiner Truppe insgeheim Chefmeier genannt. Das durfte der niemals erfahren, wollte man seinen Polizeidienst nicht gefährden.

»Danke, Chef …« Der Selbsterhaltungstrieb siegte, das »… meier« schluckte Egi runter.

»Du bist jetzt direkt mir unterstellt, Egi. Darfst mich sogar vertreten«, meinte der Chefmeier und erhob dabei seinen fleischigen Zeigefinger. »Dein Aufgabengebiet erweitert sich damit selbstverständlich. Allererstes Augenmerk für dich ist umgehend: Halt mir um alles in der Welt die Kripo Kempten vom Leib! Sieh zu, dass wir nix, aber auch gar nix mit denen zu tun kriegen. Die haben da jetzt einen türkischen Kriminalhauptkommissar und eine neue Psychotante. Die will ich hier nicht sehen!«

»Aber, Chef, wie soll i das denn …«, wollte Egi protestieren. Aber der Chefmeier ließ es gar nicht erst dazu kommen.

»Schau halt, dass in Oberstdorf nix passiert, was denen ihre Anwesenheit erfordert. Musst als PHK die Kriminalität mit deine Leut' hier im Keim ersticken, Egi«, forderte der Chefmeier.

Die Kriminalität im Keim ersticken. So a Scheiß! Wie sollte das gehen? In Oberstdorf gab es mehr Touristen als Einheimische. Die kannte der Egi doch alle gar nicht.

»Und jetzt hab ich noch deine erste offizielle Aufgabe für dich, Egi. Du wirst den lang vermissten Heiligen Kelch im neuen AllgäuerAlpenMuseum enthüllen. In zwei Wochen, am Samstag. Und zieh dabei deine neue Uniform an!« Mit diesen Worten schwebte der Chefmeier hinaus. Ohne eine Antwort abzuwarten. Er hatte Feierabend, da ging der immer pünktlich.

Egi war genervt vom theatralischen Auftritt und stürmte zum Ausgang. Er fuhr zu seinem trauten Heim. Dort wohnte er mit Frau, zwei Kindern und Hund bei seinen Eltern, auf deren ehemaligen Bauernhof in der Nähe vom Moorweiher. Die Felder hatten sie verpachtet, hochpreisig. Der Egi hatte ja aufs Verderben kein Bauer werden wollen. Uroma Brunhilde, die Bruni, wohnte da auch noch. Das war dem Alten seine Mutter, stolze fünfundneunzig Jahre alt. Zu guten, alten Zeiten war's a notgedrungenes Aufeinanderhocken. Heutzutag a Mehrgenerationenhäusle vom Feinsten. Praktisch a Lebenseinstellung, a notgedrungene.

* * *

»Belliiiii!«, schrie Papi vom Balkon. Sein Vollbart pustete drohende Worte ins milde Allgäuer Lüftle. »Geh sofort ins Haus nei! I komm runter, und dann gibt's an Ärger, das sag i dir.«

Durch seine Arbeit in der PI Oberstdorf war er seit Jahrzehnten angehalten, Hochdeutsch zu sprechen. Das hatte sich mittlerweile auch im Privatleben etabliert, aus den Kindern sollte schließlich auch einmal etwas werden. Wenn der Dialekt den Egi doch einmal überkam, sah's schlecht aus. Belli fand es aber lustig, wie ihr Papi dort droben stand. So laut tobend, dass die Nachbarn ihn nicht überhören konnten und deshalb auch neugierig herüberschauten.

Der Papi hatte nur Unterhosen an. Die vergilbten, aus spröder Baumwolle, mit dem Loch vorne an den Fortpflanzungsorganen. So lehnte er sich jetzt wild gestikulierend über das fürs Oberallgäu typische Holzgeländer. Weil er sich nach getaner Gartenarbeit hatte umziehen wollen. Die Voyeure konnten nun den sechsundvierzig Jahre alten, grad zum PHK beförderten Egon Huber, den Egi, in voller Pracht bestaunen. Sie ahnten, was da los war. Seine achtjährige Tochter Annabelle, die Belli, war in Oberstdorf bekannt. Bei dem Schalk, der ihr im Nacken saß, konnte keine elterliche Sorglosigkeit aufkommen.

»Hab kei Zeit, Papi. Lass mi do in Ruh«, maulte sie auf Allgäuerisch, obwohl er ihr seit Jahren sagte, dass sie sich besser das Hochdeutsche angewöhnen sollte, wenn sie einmal in einer deutschen Großstadt studieren wollte. Seitdem sprach sie ausschließlich reinen Allgäuer Dialekt.

Egi hatte oben vom Schlafzimmer aus beobachtet, wie sie mit ihrem Tretroller geradewegs durch eines seiner neu angelegten Blumenbeete geschlittert war. Er hielt sich halt oft im Garten auf, um dem Familienleben zu entgehen. Die Pflänzle hatten allerdings keine Chance gehabt. Sämtliche Blüten waren dem kindlichen Fortbewegungsmittel zum Opfer gefallen.

Belli ließ ihr Tatwerkzeug liegen, lief durch die Terrassentür ins Wohnzimmer und fing an zu heulen. Das half immer. Ihre Mami Elisabeth Huber, die Elli, eilte herbei.

»Was ist denn, mein Schatz?« fragte sie die Übeltäterin. Elli war eine des Hochdeutschen mächtige Kleinwalsertalerin, eine nahezu ausgestorbene Spezies. Als angesehene Innenarchitektin für Luxushotels im deutschsprachigen Raum hätte sie ansonsten niemand verstanden. Egi führte sie bei jeder Gelegenheit als Paradebeispiel für Erfolg durch Dialektunterdrückung an. Seine Kinder hielten konsequent dagegen.

Da hörten sie schon Papi die Treppe heruntertrampeln. Unter Schimpftiraden verordnete er Belli eine Woche Stubenarrest.

»Das isch viel zu viel, Papi! Das sind die blöden Blumen do gar nit wert«, beschwerte sie sich. Krokodilstränen liefen über ihre geröteten Wangen.

»I bestimm hier, wie viel die wert sind. Und wennst nit a Ruh gibst, dann bekommst no a Wochen Küchendienst dazu!« Egi vergaß grad einmal, wie erfolgreich dialektfrei sprechende Allgäuer sein konnten. Er war in Rage und wollte sich als PHK nicht weiter vom Täter das Strafmaß diktieren lassen. So weit käm's noch.

Bellis sechs Jahre älterer Bruder Tommi lag auf dem Sofa. Er schaute von seiner Teenie-Zeitschrift auf und lachte Belli schadenfroh an. Sie streckte ihm wütend ihre Zunge heraus. Dann begab sie sich auf direktem Wege in ihr Strafvollzugszimmer. Von Einsicht war jedoch keine Spur. Sie überlegte, was zu tun wäre. Es gab nur eine Möglichkeit: Sie würde sich rächen. Eine Woche würde sie Zeit haben, einen genialen Racheplan auszuhecken. Und dann würde der Papi sich aber umsehen!

Der Egi, der ahnte nix davon. Von wegen die Oberstdorfer Kriminalität im Keim ersticken, in der eigenen Familie doch nicht. Auf so eine Idee kam der gar nicht. Auch wenn sein Bruder Volker, der Lügenbaron, ihm höchst suspekt erschien. Aber den könnte er schlecht einbuchten lassen. Der übernahm den Großteil der Rechnungen für das elterliche Ex-Bauernhäusle, obwohl er schon lang ausgezogen war.

Der Egi tat das nicht, auch wenn er darin wohnte. Der war ja nicht fähig, zum Erhalt des luxuriösen Erbstücks. Er hatte als PHK jetzt zwar ein höheres Gehalt, damit frönte er aber lieber seinem süßen Leben. Im feinen, fremdfinanzierten Huber'schen Mehrgenerationenhäusle, mit neuem, eigenfinanziertem Gartengerät und einer selbst bezahlten Kiste Allgäuer Büble Bier. Liebe auf den ersten Schluck, unterm frisch gepflanzten Hochstämmle. So nahm alles seinen Lauf, seinen niederträchtigen.

* * *

Welch Farbenpracht! Metallisches Schwarz, kräftiges Blau und Türkis angestrahlt vom gleißenden Sonnenlicht. Der schillernde Körper bewegungslos auf einem dampfenden, braunen Hügel. Selbiger gebettet ins saftig grüne Gras am weiß getünchten Zaunpfosten. Die dicke Schmeißfliege der Gattung *Calliphora vicina* saß gerade auf einem stattlichen Hundehaufen. Der war eben erst dort abgelegt worden.

Besser hätte es für sie nicht laufen können. Fette Beute wollte die jetzt machen. Ihre sechs Füßchen dienten als Geschmacksorgan. Sie meldeten einen äußerst nahrhaften Untergrund. Die zum Leckrüssel umgeformten Mundwerkzeuge wollten zulangen.

Aber stopp! Ein Schatten ließ sie innehalten. Etwas Knisterndes näherte sich. Sie brach ihr Vorhaben abrupt ab. Sie bangte um ihr Fliegenleben. Sie musste der Gefahr ausweichen. Ein Mensch beseitigte ihre Mahlzeit und Kinderwiege mit einer Plastiktüte. Ab damit in den Müll, dann ging der einfach. Für sie ging das aber gar nicht. Also segelte die Schmeißfliege brummend hinter ihm her. Ihm und seinem Haufenproduzenten, bis zum Auto.

Die Schmeißfliege flog mit hinein und setzte sich auf eine

Semmel. Die befand sich auf dem Beifahrersitz in einer offenen Papiertüte. Auch nicht schlecht. Beim herzhaften Mahl geriet etwas Hundekot von ihren Füßchen an den deftigen Belag. Schöne Grüße an die menschlichen Verdauungsorgane!

Mensch, Hund und Fliege tingelten im Polizeifahrzeug zum AllgäuerAlpenMuseum, einem Museum, das optisch ebenso neumodisch anmutete, wie seine extravagant zusammengesetzte Mehrwortbenennung. Dort stieg der Mensch aus und nahm sich einen Bissen seiner Brotzeit-to-go. Die fette Schmeißfliege wollte nicht schon wieder aufgeben, auf gar keinen Fall. Sie blieb darauf sitzen und wurde so vom PHK in die Ausstellungsräume getragen. Schlechter hätte es für ihn kaum laufen können.

* * *

Nerven hatte es gekostet, Anfang dieses Jahres. Planung und Bau des neuen AllgäuerAlpenMuseums, a Graus! Das lag in Oberstdorf, oberhalb der Mittelstation Seealpe der Nebelhornbahn. Auf 1280 Meter Höhe, am Rande des Erlebniswegs *Uff d'r Alp*. Es sollten dort historische Kunstwerke, vor allem heilige Kunst und Malerei aus dem Alpenraum, ausgestellt werden. So 'n zusammengeraufter, alter Kram halt.

Der Alpenverein, aufmüpfige Bürger, Naturschützer und einige grüne Politiker waren strikt dagegen gewesen. Den Fels aufhauen? Für ein Museumsgebäude im Stil des Messner Mountain Museum Dolomites vom Reinhold? Nein, auf keinen Fall hier! Einheitlicher Konsens unter den Boykotteuren war, dass es die Natur verschandelte. So etwas brauchte man in den Allgäuer Alpen nicht.

Die neue Museumsdirektorin hatte diese Probleme ratz, fatz behoben. Mit Unterstützung überzeugter Lobbyisten aus dem Tourismussektor, gleichgesinnte Aasgeier unter sich. Regelrecht niedergeschmettert hatte sie die Unkenrufe.

»Wollt ihr die Besucherzahlen steigern? Wollt ihr, dass die ihr

Geld hier in Oberstdorf ausgeben? Wollt ihr Wachstum? Oder wollt ihr die Touristen nach Österreich fahren lassen?«, hieß es. Da hatten die Gegner doch noch einmal darüber nachgedacht.

Die dominante Person hieß Ruth Birkenbacher. Sie war groß, sportlich und elegant - eher unüblich im Oberallgäu. Sie trug ihre langen brünetten Haare meist zurückgebunden und zeigte stets eine teuer bezahlte Ganzkörperbräune - auch eher ungewöhnlich im Oberallgäu. Ihre Qiekstimme passte nicht zu ihrem diktatorischen Wesen. Diese Widersprüche hatten jedoch nicht verhindern können, dass die aufbegehrende Menge sich schnell wieder verzogen hatte. Nach Österreich weiterziehen sollten die Touristen auch nicht.

Beinahe hätten die heftigen Unwetter Mitte Juni die Planungen dann doch noch über den Haufen geworfen. Der überforderte Faltenbach war schuld gewesen. Er hatte am Nebelhorn eine Schlammlawine ausgelöst. Diese betraf neben einigen Privathäusern auch den Erlebnisweg *Uff d'r Alp*. Das Museum war verschont geblieben, sonst wäre man es jetzt problemlos wieder losgeworden.

In der Umgebung und auf den umliegenden Wegen waren tagelange Aufräumarbeiten notwendig. Die hilfswütigen Einsatzkräfte waren kaum zu bremsen. Die Gschaftlhuber konnten aufatmen, als das Gebiet am Nebelhorn rechtzeitig zum Saisonansturm wieder begehbar war, für die drohenden Touristenmassen in alpinen Flipflops.

Der geplanten Museumseröffnung stand nichts mehr im Wege. Wenn da schon so ein Klotz stand, sollte die Nebelhorn-Ausstellung auch bestaunt werden. Das AllgäuerAlpenMuseum klebte jetzt friedlich an einem grünen Hang zwischen hohen Bäumen. Drei breite Betonstufen nebst der Barrierefreiheit dienenden Rampe führten zum gläsernen Haupteingang, im halb alpinen Gelände. Da konnte jeder rein. Nicht nur durch den Eingang, wie sich später herausstellen sollte.

Die Ausstellungsräume waren in den Berg eingelassen. Gar

nicht so schlecht, so unsichtbar. Seitlich am blanken Felsen befand sich ein fünfzig Zentimeter tiefer Vorsprung, errichtet aus heimischer Weißtanne. Der bildete die Außenwand für Küche, Büros und WCs. Mit vier verspiegelten Fenstern, die die grandiose Bergwelt wie pompöse Gemälde darboten. Hätte man die Fenster besser weggelassen, dann wäre es friedlich geblieben. Aber wer konnte so etwas schon vorher wissen? Die aus silbrig blau getöntem Panzerglas bestehende, von gebürsteten Edelstahlstreben gestützte, drei Meter hohe Eingangshalle ragte schräg aus der nebelhornigen Landschaft heraus. Wie ein riesiger, verzogener, durchsichtiger Würfel. Relativ unauffällig eigentlich.

Jetzt war Freitag, der Tag vor der Museumseröffnung. Egi musste seinen Verpflichtungen nachkommen. Er fuhr am frühen Nachmittag mit seinem Golden Retriever Bruno zum AllgäuerAlpenMuseum. Belli war auch dabei. Sie hatte den PHK dazu genötigt. Sie sei nun wieder »frei«, meinte sie. Letzte Woche hatte sie nicht mitgedurft. Da hatte er sich den Museumswürfel schon einmal angesehen und sich dabei den Magen verdorben. Er verdächtigte eine Semmel, belegt mit bestem Allgäuer Kaminwurzen, die war ihm quer heruntergegangen.

Egi wollte heute das abschließende Gespräch mit der Birkenbacher wegen der Eröffnungszeremonie halten. Er sollte diesen verdammten Kelch enthüllen. Aufgrund besonderer Verdienste ehrenhalber. Jetzt also doch, offiziell nix mit Lückenbüßer. Das machte sich ja auch weniger gut in den Lokalnachrichten. So a Schmarrn!

Bruno wartete im Auto. Belli durfte mit hinein. Egi wollte sich ihr Gemeckere auf der Rückfahrt nicht anhören, wenn sie im Dienstwagen hätte ausharren müssen. Egi achtete nicht auf ihren pinken Rucksack. Zu unkonzentriert war er, seit ihn die Magen-Darm-Geschichte plagte.

»Herr Kommissar, es freut mich wirklich außerordentlich,

dass Sie sich zu der Enthüllung des Heiligen Kelches bereit erklärt haben.« Gesäusel von der dialektfreien und überaus erfolgreichen Birkenbacher.

»Ja, pascht scho«, Dialektgebrumme vom Egi. Er hatte dazu so viel Lust, wie seinem Bruder Volker beim Tennis zuzusehen. Die Birkenbacher wollte seine Abneigung nicht erkennen.

»Ich zeige Ihnen den Hauptausstellungsraum, wo sich der Heilige Kelch bei der Eröffnung befinden wird«, fuhr sie fort. Egi folgte ihr mit hängendem Kopf, zu schwer die mentale Last. Belli stampfte fröhlich hinterher.

»Hier ist es. Das Podest ist noch leer. Unser wichtigstes Ausstellungsstück wird aus Sicherheitsgründen erst in einigen Stunden aufgestellt. Die beauftragte Sicherheitsfirma, die Secure Edifice GmbH, hat heute Vormittag alle Komponenten überprüft. Hier müsste es bombensicher sein«, meinte die Birkenbacher.

Egi hörte gar nicht hin. Er überlegte, wie er hier am schnellsten wieder wegkam.

Sie erläuterte ihm ihre Planung für die Enthüllung: »Ich werde morgen als Erstes die Gäste begrüßen und ein wenig über die Nebelhorn-Ausstellung erzählen. Danach gebe ich Ihnen ein Zeichen, und Sie beginnen mit Ihrer Eröffnungsrede. Dann enthüllen Sie den Heiligen Kelch. Das wird eine phantastische Sache.«

Egi schluckte. Ihm graute davor. Vor der ganzen Marktgemeinde den Dummbeutel geben, phantastisch. Er wollte sich verdrücken, um sich den Rest des Tages mit Selbstzweifeln und in der Nacht mit Alpträumen herumschlagen zu können.

Er sagte: »Das isch a hervorragende Idee. Genauso machen wir das.«

Die Birkenbacher nickte zufrieden. Um ihn noch weiter zu beeindrucken, erzählte sie ihm von den getroffenen Sicherheitsvorkehrungen: »Die Kuppel über dem Podest wird mit einem Sicherheitsschloss verriegelt. Um ihn herum befinden sich

Gewichtssensoren, die außerhalb der Öffnungszeiten aktiviert werden. Die schlagen Alarm, wenn sich jemand dem Podest nähert. Aber am wichtigsten ist der Infrarotsensor: Sobald das Exponat entfernt wird, wird ebenfalls ein Alarm ausgelöst. Es ist nahezu unmöglich, hier etwas zu entwenden.«

Bei diesen Worten klopfte sich die Birkenbacher selbst auf die maskuline Schulter. Ohne die Sicherheitsvorrichtung überhaupt anzusehen, dann hätte es ihr aufgehen können. Hier war es sehr wohl möglich, einiges herauszuholen. Bestimmt würden auch einige die günstigen Gegebenheiten nutzen.

Egi schaute erst recht nicht hin. Bevor er etwas erwidern konnte, fing auf einmal Belli an zu quengeln. Sie zog an seiner Hosentasche und jammerte. Sie flüsterte so leise, dass er es kaum verstand: »Papi, bitte frag die Tante do, ob i hier Pipi machen darf!«

Egi verdrehte die Augen, auch das noch. Diese Weibsbilder mussten ständig aufs Klo rennen, am besten noch in Scharen. Was sollt's? Es musste nun mal sein.

Bei diesem Thema ging's sogar Hochdeutsch. »Frau Birkenbacher, es ist mir äußerst unangenehm, aber darf meine Tochter Ihre Toilette benutzen?«

Die Birkenbacher überlegte kurz, dann gab sie widerwillig ihre Zustimmung. Die WCs waren bereits gereinigt und würden heute nicht mehr geprüft. Bei der Bissgurre (freches Mädchen im Allgäu) drückte sie ein Auge zu. Was sollte die schon anstellen?

Belli verschwand grinsend, mit Rucksäckle. Kurze Zeit später war sie zurück, ohne Rucksäckle. Die Birkenbacher schloss gerade die Kuppel und schwafelte etwas über die verheerende Schlammlawine, die war so knapp am Museum vorbeigestürzt. Egi war nicht von der Gattung Small Talk, er konnte sich endlich für heute aus dem Kunstsektor verabschieden.

* * *

Sie befand sich nun im Museum, die Schmeißfliege. Ihre Gier nach dem Darminhalt des Köters und den Allgäuer Kaminwurzen des PHK sollten sie ihr Leben kosten. Sie war vor wenigen Tagen in den Hauptausstellungsraum gesegelt. Jetzt umflog sie ebendiesen Mann, der schon wieder in der Ausstellung stand, knallte mit Wucht gegen die offene, hoch gestellte Glaskuppel. Sie fiel benommen auf das darunter liegende Podest. Eine gebieterische Frau mittleren Alters mit strengem Blick und ebensolcher Frisur schloss die Abdeckung. Die krachte nun erbarmungslos auf das ramponierte Fliegenhaupt. Die sechs Beine torkelten mit letzter Kraft einige Schritte weiter, schon losgelöst vom Denkapparat. Als sie ihr Leben ließ, blieb die Schmeißfliege exakt auf dem Infrarotsensor der Firma Secure Edifice GmbH liegen.

Rosi Roth war eine achtundfünfzig Jahre alte Reinigungskraft. Sie litt unter einem Sehfehler, der stark von ihrer Tagesform abhing. Sie war extrem weitsichtig und schielte. Auch die Brille mit den leicht blau getönten Glasbausteinen konnte keine Abhilfe schaffen. Sie galt als eine Schlamperte. Da Rosi Vorarbeiterin war, legte man ihr das auch noch als Faulheit aus. Das stimmte so gar nicht. Sie hatte nur einen beschränkten Blick über ihren Mikrokosmos. Der bestand aus Dreck, Schmutz, Staub und manchmal auch aus toten Insekten.

Ihr Chef hatte sie vor Kurzem befördert. Sie war charakterlich eine echte Perle, sein bestes Pferd im Stall. Ihr Hinterteil ähnelte auch beachtlich dem eines Rosses. So konnte sie alle auf Trab halten und musste selbst nicht mehr so oft den Putzlappen schwingen. Eine gute Lösung für alle. Welcher Vorarbeiter war schon arbeitswütig?

Es war noch immer Freitag. Rosi hatte am Vormittag zusammen mit ihrer Putzkolonne die Endreinigung für das AllgäuerAlpenMuseum geschafft. Fertig waren die jetzt. Aber für den Nachmittag blieb noch der zentrale Ausstellungsraum. Die

Birkenbacher hatte dem Oberhaupt der Putzteufel GmbH befohlen, ihr dafür eine Vorarbeiterin an die Seite zu stellen. Auf keinen Fall sollte es jemand von dem niederen Putzgesinde sein.

Rosi hatte ab 13:00 Uhr den kompletten Raum geschrubbt. Dabei war ihr der Finn von der Sicherheitsfirma begegnet. Der durfte die gesäuberte Herrentoilette benutzen. Ohne dass diese danach noch einmal gereinigt wurde. So viel Mühe musste nicht sein. Hätte sie es lieber getan.

Nun war es 17:30 Uhr. Nervosität beherrschte die Birkenbacher. Sie hatte aus Sicherheitsgründen angeordnet, dass nur sie und die Rosi sich um diese Uhrzeit im Museum aufhalten dürften. Beide trugen Samthandschuhe, um auch ja nicht das Heiligtum zu zerkratzen. Die Birkenbacher lief los, ins Büro. Der Safe war im Nu geöffnet und der Blick frei auf den Heiligen Kelch. Aus der dunklen Wandöffnung schimmerte das pure Gold in sanften Honigtönen. Der rote Rubin auf seiner Vorderseite strahlte ihr entgegen, daneben grüne und blaue Smaragde, die sie glitzernd anfunkelten. Der bauchig geschwungene Kelch schmiegte sich wohlig in ihre Hände. Sie holte ihn andächtig heraus, lief mit dem Objekt der Begierde in die Ausstellung und drückte Rosi zögerlich das wertvollste ihrer Exponate in die Hand. Dann zog die Birkenbacher einen Handschuh ab und fingerte auf ihrem Smartphone herum. Das Podest noch einmal zu prüfen, kam ihr nicht in den überforderten Sinn.

Was sie aufgrund der Bedienung der hoch angepriesenen, aber im konkreten Fall wenig intuitiven Benutzeroberfläche der Sicherheits-App nicht bemerkte: Visuell gesehen hatte die Rosi heute keinen guten Tag. Die stellte den Kelch einige Millimeter neben den Infrarotsensor. Der war aber auch blöde angebracht worden, von einem Subunternehmen der Firma Secure Edifice GmbH. Die stellten Podeste her und bohrten auch Löcher hinein, zum Beispiel für Sensoren. Dieser Sensor war nun offiziell aus bautechnischen Gründen am hinteren äußeren Rand der Stellfläche positioniert worden – inoffiziell zur Vertuschung eines Planungsfehlers. Hätte sich der Sensor in der Mitte des Podests befunden, der Kelch stände jetzt darauf.

Rosis Sehkraft war heute dermaßen eingeschränkt, dass sie die verendete Schmeißfliege übersah. Die lag nämlich tot auf dem Sensor, neben dem Heiligen Kelch.

Die Museumsdirektorin persönlich schloss nun die Glaskuppel am Podest. Dann wurde das Sicherheitsschloss verriegelt. Die Birkenbacher steckte den Schlüssel ein. Als Letztes fiel das feine, grau glänzende Abdecktuch über die Kuppel.

Der Kelch war endlich in Sicherheit, wie die dahingeraffte Schmeißfliege auf dem Infrarotsensor. Der hätte sofort Alarm geschlagen, hätte ein Langfinger das zentrale Ausstellungsstück entfernen wollen. Jetzt aber meldete er dem Sicherheitssystem, dass sich ein unbewegtes Objekt auf dem Podest befand. Dass es nur eine Fliege war, erkannte er nicht.

Als das Putzvolk das AllgäuerAlpenMuseum verlassen hatte, wurde das Gebäude von der Birkenbacher verriegelt. Sie warf die Alarmanlage an. Am heutigen Freitag sollte niemand mehr die Ausstellung betreten. Wollen sollten es einige.

* * *

Endlich, Samstag. Atemberaubende, auf Hochglanz polierte Bergwelt. Der übel gelaunte Nebel hatte sich verzogen. Eine gnädige Freigabe der in ihren kräftigsten Farben erstrahlenden Landschaft. Jetzt wetteiferte das satte Grün der Wiesen und Wälder mit dem unendlichen Azur des Himmels. Dazwischen stach das Grau der noch gezuckerten Berggipfel empor. Unter knallgelber Sonne. Idylle hoch zehn, besser ging's nicht.

Heute, am Tag der Museumseröffnung, war herrliches Wetter, und Egi litt unter Diarrhö (Flitzekacke). Unwohlsein war an der Tagesordnung.

Der Chefmeier hatte am Morgen wieder herumgeschwafelt, wie toll es doch wäre, würde der Egi mit Streifenwagen und

PHK-Uniform zum AllgäuerAlpenMuseum fahren, um dem Ganzen eine offizielle Note zu geben. Egi fand's total deppert. Er entsprach aber dem eindringlichen Wunsch des PI-Leiters. Der hatte ihn immerhin zum PHK ernannt, und die neue Gehaltsstufe war nicht schlecht, auch wenn Frau und Kinder sich einen Großteil davon in die Taschen stopften.

So fuhr der PHK-uniformierte Egi nun mit Polizeilackierung vor. Dem PI-Repräsentanten gelang eine gekonnte Umsetzung dieses speziellen Auftrags durch die Eroberung der direkt vor dem Museumseingang liegenden Parkbucht. Diese war kurz zuvor von einem jungen Familienvater freigegeben worden, Grund: vierjähriger Sohn mit vollen Hosen. Der musste nun schreiend nach Hause verfrachtet werden. Egis Beinkleidern drohte das gleiche Malheur, er parkte trotzdem ein.

Blank liegendes Nervenkostüm, als er in das Gebäude eintrat. Viele Menschen waren da, auch wenn die meisten gegen dieses Projekt gewesen waren. Man musste es sich zumindest einmal angehen. Das AllgäuerAlpenMuseum aus Glas, Edelstahl und heimischen Hölzern sah schon stylisch aus.

Der Hauptausstellungsraum platzte vor Besucherandrang. Alle schauten auf das die Glaskuppel verhüllende graue Tuch. Die Konturen des Heiligen Kelches schimmerten durch den dünnen Stoff.

Natürlich waren Egis Kollegen da. Der Chefmeier fehlte jedoch unfreiwillig. Er war heute Morgen mit seinem BMW SUV (Sport Utility Vehicle, im Allgäuerischen: I hol di mit meim Traktor ab) in einen Nagel gefahren. Unmöglich für ihn, den Traktor-Reifen zu wechseln.

Dafür waren viele Bewohner der Seniorenwohnanlage Oberstdorfer Gold-Residenz gekommen, mit dem Bus, als morgendliche Kaffeefahrt sozusagen. Mehrere Dutzend langsam schleichende ältere Herrschaften, die hätten die Kapazitäten des Gondelbetriebes gesprengt. Eine erhebliche Störung des minutiös geplanten Ablaufs hätte es gegeben. Mit Krückstöcken und voluminöseren Gehhilfen eroberten die Senioren nun die vorderen Stehplätze.

Etwas abseits standen Herbert und Robert Lollinger, Robbi und Herri genannte Zwillinge, auf ihre Rollatoren gestützt. Herri war an der Seite von Berta, einer Bewohnerin der Seniorenresidenz, erschienen. Robbi daneben, mit eingehakter Gundi, einer weiteren Bewohnerin. Die Damen konnten sich nicht ausstehen. Die Herren auch nicht. Aber sie wollten unbedingt dabei sein, wenn der Heilige Kelch enthüllt wurde.

Belli stand zitternd vorne am Podest. Jemand hatte sie bestohlen. Ihr Rucksack, den sie erst gestern bei den Damentoiletten abgestellt hatte, war leer. Sie klammerte sich jetzt krampfhaft an Onkel Volkers Hand. Der wusste noch nicht, dass Bellis Vorhaben durchkreuzt worden war und damit auch sein Racheplan.

Tommi war ausnahmsweise aufmerksam. Bei dem Getue seiner kleinen Schwester musste er seine pubertätslastigen Gedanken zur Seite schieben, zu krass das Ganze. Er filmte das Spektakel mit seinem Smartphone, um es später in sozialen Netzwerken hochladen zu können, auf Gesichtsbücher und Zwitscherseiten.

Elli stand ganz stolz mit den beiden Kindern neben ihrem Mann Egi. Dem schlotterten die PHK-Knie vor der repräsentativen Aufgabe, das war alles zu viel für seinen malträtierten Magen-Darm-Trakt. Unerträglich, die Anspannung, mit der er auf das mit der Birkenbacher vereinbarte Zeichen wartete. Zum Zerreißen war's.

Aber jetzt ging's los, die Birkenbacher hielt ihre Eröffnungsrede. Das Gepiepse verstand der Egi gar nicht. Seine Gehörgänge nahmen nur einzelne Wortfetzen auf, im Angesicht der drohenden Blamage.

»Verehrte Alpenkunst-Freunde … erfreulich … großer Aufwand … unvergleichliche Artefakte … einzigartiger Einblick in die bewegte Vergangenheit … geschichtsträchtiges Bergleben … bemerkenswertes Oberallgäu … ich freue mich außerordentlich, mit Ihnen zusammen das neue AllgäuerAlpenMuseum in Oberstdorf hier an der Nebelhornbahn eröffnen zu dürfen!«

Es folgte tosender Applaus der von ihrer Vogelstimme irritierten Zuhörer. Stolz durfte man schon sein auf die Heimat oder auf seinen Urlaubsort. Vereinzelte Pfiffe gingen unter.

Die Birkenbacher nickte Egi zu. Jetzt war er dran. Bald hätt er's hinter sich gebracht, dachte er. Seine Rede, ein einziges PHK-Gestottere vor dem Podest, mit starrem Blick auf den angefertigten Hilfszettel. Egi gab eine stark gekürzte Fassung zum Besten, wie in Trance oder wie nach einer Kiste Allgäuer Büble Bier im breiten Allgäuerisch.

»Liebe, äh, Bergfreunde, es isch mir, äh, eine, äh, Ehre, Ihnen die Sensation hier, ähm, zu entblösche. Alsbald können S' sisch den lang, äh, vermissten, wunderschönen Heiligen, äh, Kelch aus dem Oberallgäu betrachten, als, äh, wäre er nie weg gewese. Bitt' schön!«

Die amüsierten Anwesenden öffneten den Mund zum Jubel, Hände wurden zum Klatschen gehoben. Das graue Tuch war vom Egi mit purpurnem Teint zu Fall gebracht, da war der Blick frei, auf das güldene Heiligtum.

Aber: Was war denn hier los? Die Kunstfreunde erstarrten mit weit aufgerissenen Augen. Auf dem Podest stand ein Kelch. Aber was für einer? Der bestand aus braunem Holzblock, gelber Knetmasse, bunten Plastiksteinle und orangenem Kaugummi. Ein Witz war das, ein unverschämter! Ungläubiges Raunen in der Menge. Jetzt ließ die Klebekraft der zweckentfremdeten, zuckerigen Kaumasse nach. Der große, rote Stein löste sich von der offensichtlichen Kelch-Fälschung ab und fiel klirrend auf das Podest, unter der geschlossenen Sicherheitskuppel.

Die gesunde Bräune der Birkenbacher war wie weggeblasen. Belli schrie auf. Tommi blieb der Mund offen stehen. Elli überkam ein Schwindelgefühl. Onkel Volker machte Freudensprünge. Und der Egi, der wollte jetzt sofort im Boden versinken.

Ein Geräusch beherrschte den Ausstellungsraum: das Klicken der Fotoapparate. Der Redakteur der Allgäuer Zeitung konnte seine Zufriedenheit kaum verbergen. Ein Strahlen machte sich in seinem Gesicht breit. Morgen würde die Sensation in seinem Blättle zu lesen und zu sehen sein, auf der Internetpräsenz www.all-in.de schon in wenigen Minuten. Die Marktgemeinde Oberschtdorf, nein, das ganze Allgäu würde aus dem Staunen nicht mehr herauskommen.

* * *

Egi war bei seinem offiziellen Termin gescheitert, eine Riesenpeinlichkeit war das. Dazu kam der Druck in der Magengegend. Er musste seine anwesenden Kollegen einspannen, alles absperren lassen und so viele Besucher wie möglich erfassen, für spätere Befragungen. Denn eines war klar: Der Originalkelch war entweder in der Nacht oder heute Morgen vom Podest geholt worden.

Egi ließ seine Familie stehen. Er kämpfte sich durch die tobende Masse. Er bat die Museumsdirektorin, die Menschenmenge am Ausgang in Schach zu halten. Viele verschwanden trotzdem. Der Kassenwart wurde mit einem Absperrband losgeschickt. Das war noch aus Baustellenzeiten übrig geblieben. Nun diente es zur Sicherung des Ausstellungspodestes. Dem durfte sich jetzt keiner mehr nähern. Andere Museumsmitarbeiter wurden von Egi damit beauftragt, Angestelltenküche, Nebenräume und Toiletten zu sperren. Letzteres war für ihn in seiner Verfassung ein Drama. Der Darm wollte entleert werden. Aber er konnte nicht zulassen, dass dort Spuren verwischt wurden oder – noch schlimmer – die seinigen auf der Kloschüssel zu finden wären. Er hatte Respekt vor der Spurensicherung (Spusi). Die konnten da ganz schön massig werden.

Egi vermutete, dass außer den Museumsmitarbeitern niemand die hinteren Räume und Toiletten betreten hatte, da das Museum gerade erst eröffnet worden war. Alle Besucher waren direkt in die Ausstellung gestürmt. Weiter war von denen keiner vorgedrungen, der Dieb aber vermutlich schon.

Als Nächstes war die Busladung Senioren dran. Der Fahrer musste sein Gefährt erst einmal stehen lassen. Damit später die Personalien der Kaffeefahrt-Passagiere aufgenommen werden konnten. Bei denen herrschte alles andere als Langeweile. Die freuten sich über die willkommene Abwechslung, so a spannende Sachen war das. Die alten Herrschaften setzten sich brav in den Bus. Sie harrten aus und betrachteten die Geschehnisse. Das war wie eine Krimikomödie auf der ins Freilicht verdammten Bühne im Oberstdorfer Kurpark.

Vier Senioren setzten sich jedoch ab: Die Ganovenzwillinge Herri und Robbi machten sich mit ihren Rollatoren auf den Rückweg. Gefolgt von ihren weiblichen Begleitungen. Die verdrückten sich im Gedränge unbemerkt zur Nebelhornbahn. Alle richteten ihr Interesse auf das Geschehen im AllgäuerAlpenMuseum. Nur eine Person beobachtete ihr Entschwinden und speicherte sich das gleich im neuronalen Netzwerk ab, für spätere Zwecke.

Egi versuchte erfolglos, die entweichenden Besucher zurückzuhalten. Das waren einfach zu viele. Andere waren zu neugierig und entfernten sich erst recht nicht vom geschändeten Museumsgelände. Das waren aber leider die Unbrauchbaren, Wichtigtuer und Sensationsgierige. Es war ein heilloses Durcheinander, die Menschen liefen kreuz und quer, Kinder schrien. Erwachsene diskutierten diverse Varianten des Tathergangs durch. Jeder wollte etwas gesehen haben. Mitteilungsbedürftige drängten vor. Egi versuchte, Ordnung in das Treiben zu bringen. Dieses extrem dynamische System folgte allerdings in unvorhersehbarer Weise der Chaostheorie und nicht dem verloren wirkenden Exekutivorgan des Staates.

»Ja, Herrschaftszeiten, jetzt seid's doch mal ruhig!«, schrie

Egi in die Menge so hochdeutsch, wie es ihm grad möglich war. »Ich bleib hier am Ausgang, und nur diejenigen von Ihnen, die ich befragt hab, dürfen austreten.«

»Wie willst'n das allein schaffen?«, hörte man einige Rufe. »Wir wollen raus hier.«

Egi ignorierte das vertraute Du des geschwätzigen Volkes. Verzicht war zu üben, auch wenn eine Verwarnung ihm Freude bereitet hätte.

»Es ist Unterstützung hier. Die Kollegen müssen erst mal durchkommen. Bleibt's halt ruhig, dann geht's auch zügig!«

Egi war vollkommen überfordert. Einige zwängten sich an der schwächlichen PHK-Uniform vorbei. Sie alleine aufzuhalten, unmöglich. Denn andere drängelten sich vor, um Egi sofort über äußert wichtige Beobachtungen informieren zu können.

»Da war so a Türke, der hatte was Verdächtiges an sich.«

»Neben mir war a Kleinwüchsige gestanden. Die hatt' a Bündel unter ihrer Jacken versteckt!«

»Ich hab die auch gesehen, die war schwanger.«

»Nein, die war nur so dick.«

»Ihr seid's alle spinnert. Der Kaschierer war's gewesen. Den hab i scho oft beim Antiquitätenhändler gesehe.«

»Warum warst denn du so oft beim Antiquitätenhändler?«

»I war nur davorgestande, du Depp!«

»Ich glaube, dass es die Rothaarige neben mir gewesen sein muss. Die habe ich hier schon oft auf dem Erlebnisweg gesehen. Die hat sich immer Notizen dabei gemacht.«

»Da war so ein Mann mit einer großen Tasche. Der hatte zur Tarnung drei Kinder dabei.«

»I made a video with my cell phone. You can see the face of nearly all visitors. Do you want it? For your investigations? I think it could help a lot!« Was wollte der Ami denn jetzt? Egi verstand nix davon. Bloß weg mit dem. Heftiges Kopfschütteln vom PHK.

»Neben Ihnen, Herr Kommissar, da stand einer mit so 'n Verbrechergesicht. Der war gar nicht erschrocken. Der hat sich über'n lächerlichen Kelch gefreut!«

Egi dachte bei den Worten an seinen Bruder. Den hatte das Erstaunen nicht geschüttelt. Den Lügenbaron musste er sich später unbedingt vorknöpfen.

»Ich hab zwei Opas mit Rollator gesehen. Die sahen sich sehr ähnlich und haben so gegrinst.«

Egi schrieb alles mit, notierte sich dazu Namen und Adressen der Zeugen in seine Loseblattsammlung. Er sehnte sich nach der Entledigung seines Darminhalts.

Endlich tanzten seine Kollegen Rudi und Beate an. Egi hatte ihnen Spitznamen gegeben: Rudi, das Enggestirn, war mit einer extrem engstirnigen Verhaltensstörung gesegnet. Beate, der Hinkefuß, war vor zwei Jahren angeschossen worden. Sie humpelte seitdem größtenteils im Innendienst herum. Die beiden hatten für die paar Meter genauso lang gebraucht wie die grad eintreffende Unterstützung aus dem Tal. Lächerlich, selbst mit Hinkefuß.

Die zwei Streifenwagen mit je zwei Beamten und ein Polizeitransporter mit mehreren Leuten von der Spusi parkten ein. Männer in weißen Ganzkörperanzügen holten jetzt ihre Ausrüstung aus dem Kofferraum und zwängten sich damit durch zum Tatort.

»Was isch denn hier los? Hascht'n Kelch selbscht g'baschtelt?«, fragte Rudi spöttisch. Der konnte nicht wissen, wie nah er damit an der Wahrheit lag. Aber das Enggestirn wusste ja generell nicht viel.

»Hast abba trotzdem 'ne geile Rede gehaltn, Egi. Nä, waa dat schön. Passt abba nich so gut zum Ausstellungsstück«, witzelte Beate ruhrpöttlerisch. Der steile Zahn kam aus Essen. Die Kollegen hatten die Ansage vom Chefmeier, im Dienst Hochdeutsch zu sprechen, noch nicht verinnerlicht.

Egi kochte: »Jetzt lascht mi in Ruh mit eurem depperten Geratsche! Kümmert euch um die Leut'. Nehmt alle Personalien auf. Befragt sie. I muss los zum Chefmeier.«

Die persönliche Darlegung des Falls vor dem PI-Leiter stand an. Sakra! Da ging dem Egi der Arsch auf Grundeis.

»Und schreibt alles schön sorgfältig mit!« Egi wandte sich zum Gehen. Aber da war noch etwas. »Da drüben, da steht a Bus mit einigen Fahrgästen älteren Semesters. Die müsst ihr auch noch abfertigen.«

Genervtes Angestarre von Rudi und Beate. Der Egi meinte das ernst. Rudi zog sowieso immer a Fressen, wenn er den Egi sah. Er war neun Jahre älter und schon viel länger Polizist. Aber das zählte beim Chefmeier nicht. Das Enggestirn hatte zu viele seiner Dienstjahre in Lindau abgesessen, bevor er nach Oberstdorf versetzt worden war, der Sesselpupser. Also war der Egi nun PHK, der waschechte Oberschtdorfer.

Plötzlich schrie aus der Menschenmenge einer der bereits befragten Schlaumeier: »Da isch der Türke!«

Er zeigte auf einen dunkelhaarigen Mitarbeiter der Spusi. Egi schüttelte den Kopf. Jetzt schnell in den Streifenwagen und weg. Gut, dass der direkt vor der Museumstür stand. Der PHK fuhr mit Blaulicht zur PI am Bahnhof. Egi musste dringend in den Sanitärbereich, Gefahr in Verzug.

Als er in seiner Arbeitsstätte ankam, hatte es sich bereits herumgesprochen. Er hatte bei seinem verhunzten Auftritt ein Witzobjekt enthüllt. Die gesamte Mannschaft stand in den Fluren. Mit Absicht: abfangen, ausquetschen, nötigen.

Egi war da die beschissene Uniform besonders peinlich, in dieser verkappten Situation. Hätte er doch bloß nicht auf den blöden Chefmeier gehört. Es half nur eins: In geduckter Haltung fix vorbei an den Ketzern. Die sprachen den schweißgebadeten Deppen im Endspurt trotzdem rücksichtslos an. Ein endloses Labyrinth der Grausamkeiten war's.

»Egi, du Kunschtbanause.«

»Servus, Baschtelkönig.«

»Griaß Gott, Kollege. Hascht dei neues Gewerbe auch angemeldet?«

»Kann i bei dir Bügelperlen kaufen?«

Problemlösung: Wortloser Sprint zum WC, rein in die Kabine, Hintern freigelegt und druff uffs Töpfle. Ordentliche Geräuschkulisse und Geruchsorgie – herrlich!

»Und, Egi, bischt erleichtert?«, kam’s von der Kabine nebenan, dialektfrei schien hier niemand außer Egi zu sprechen.

Erleichtert? Von wegen! Geschafft war hier noch lange nix. Jetzt waren sich erst einmal Gedanken zu machen, wie man die Kripo Kempten da heraushalten konnte aus dem Kapitalverbrechen. Dann ab zum Chefmeier. Der hatte im Kofferraum seines BMW SUV keinen Wagenheber ausfindig machen können. Gab’s ja auch nicht, dafür brauchte man einen Kran. Da hatte der sich vom weibischen Daniel per Streifenwagen herchauffieren lassen. Chefmeiers Frau konnte ja den feschen Burschen vom ADAC beim Traktor-Reifenwechsel bestaunen. Knackige Rückansicht, in Gelb. Der Chefmeier saß stattdessen mit’n Paradearsch am Schreibtisch, in Schwarz. Seine Wurstfinger trommelten auf die Platte. Die bog sich schon. Er wartete auf den neuen PHK. Der klopfte endlich an seine Tür. Die Höhle des Löwen riss gierig ihr Maul auf. Die wollte den Egi unter abscheulichen Qualen verschlingen. A Kreuz war’s mit’m neuen Dienstgrad!

* * *

Am frühen Samstagnachmittag befanden sich nur noch Spusi und Polizeibeamte am Tatort. Sie arbeiteten wieder unter der Leitung vom Egi, dem neuen PHK. Der Chefmeier hatte ihn ordentlich abgewatscht. Egi musste jetzt den Fall lösen, und zwar ganz fix. Am besten, bevor die Kripo Kempten Wind davon bekam. Der Kelch war ja ein Vermögen wert. Da würden die sich bestimmt einmischen.

Also war der Egi gleich zum AllgäuerAlpenMuseum zurückgeschickt worden. Das nahm man nun komplett auseinander, um den Tathergang rekonstruieren und wichtige Beweise sichern zu können. Dann noch penible Sammlung von Fingerabdrücken und DNA-Spuren am Ort des Verbrechens und Überprüfung der Sicherheitstechnik sowie Suche nach weiteren verdächtigen Objekten.

Beate versorgte alle mit Kaffee, ihre Hauptaufgabe. Da kam plötzlich eine mächtige Gestalt um die Ecke, Kollege Hugo Hasenkamp, bekannt als »der Knacker«. Er wurde vom Lorenz, dem Chef der Spusi, gerne zur Überprüfung der Sicherheitseinrichtungen eingesetzt. Der Knacker hatte eine rundliche Figur und flinke, dicke Finger. Er überbrachte Egis Team in regelmäßigen Abständen neue Hiobsbotschaften über den Stand der Dinge.

»Egi, glaub mir, das Sicherheitskonzept, das hätten die sich auch sparen können. Keine Ahnung, was das verhindern sollte. Das unbefugte Eindringen ins Museum auf jeden Fall nicht. Ich kann dir die Defekte noch mal aufzählen.«

»Lass gut sein, Knacker.« Egis Hirnkapazität reichte gar nicht aus für die ganze Informationsflut.

»Die Spusi hat einiges zu tun. Unmengen an Fingerabdrücken, Haaren und Hautschuppen müssen die jetzt sammeln. Bei der Besucherzahl war's nicht anders zu erwarten. Der Dieb hat's wirklich gut abgepasst.«

Ein intelligenter Langfinger, Egi war begeistert. Ob man den jemals kriegen würde?

Dann empfahl der Knacker noch, die Log-Daten des Sicherheitssystems auslesen zu lassen.

»Lockdate, wasch soll des sei?«, fragte Rudi engstirnig.

Der Knacker erklärte: »Das Sicherheitssystem protokolliert unter anderem alle Vorgänge, Zugriffe und Anmeldungen. Ihr könnt so zum Beispiel herausfinden, wer sich wann eingewählt und was er an Änderungen eingegeben hat. Ihr könnt auch sehen, ob ein Alarm ausgelöst wurde oder wann die Alarmanlage ein- beziehungsweise ausgeschaltet wurde.«

An so etwas hatte Egi gar nicht gedacht, er war ja auch noch nicht lange PHK. Bestimmt brachte sie das weiter. Er orderte gleich eine Horde von internen Polizei-Hackern zu sich. Immer mehr Einsatzkräfte, eine tolle Sache war das. Die nahmen ihm die Arbeit ab, von der er gar keine Ahnung hatte.

Die Polizei-Hacker rückten mit allerlei Gerätschaften an: Notebooks, externe Festplatten, USB-Sticks, Kabelstränge und undefinierbare Kisten mit bunt leuchtenden Lämple. Egi begleitete sie mit Ehrfurcht in den fensterlosen Technikraum. Der war mit einer elektronischen Zutrittskontrolle ausgestattet. Die Hacker hatten von der Birkenbacher den Zugangscode erhalten, traten ein und wussten gleich, was zu tun war. Dort standen verkabelte Boxen, Geräte und ein Mini-PC, der für die Alarmmeldungen über Internet mit einer Notrufzentrale verbunden war. Eine Kooperation mit der Secure Edifice GmbH, wie die Museumsdirektorin erklärte.

Der Oberhacker telefonierte mit der lächerlich benannten Sicherheitsfirma in Stuttgart, der Hauptstadt vom Ländle. Er erhielt nach kurzer Diskussion alle Passwörter zur Authentifizierung in jeglichen Systemkomponenten. Ein in dieser Situation angebrachter Verstoß gegen jegliche datenschutzrechtliche Errungenschaften. Zufrieden konnte nun angeschlossen, verkabelt, hochgefahren, ausgelesen und ausgewertet werden. Beeindruckt verließ Egi die ehemaligen Kellerkinder.

Unterdessen erschien der Knacker wieder auf der Bildfläche. Der hatte seine Erkenntnisse fein säuberlich in ein Dokument auf seinem mobilen Endgerät eingetippt. Er reichte Egi seinen Tablett-PC mit einer Auflistung der fehlerhaften Sicherheitsmechanismen und einen Papierbogen mit einer Skizze der aufgestellten Geräte. Hier wurden moderne elektronische Erfassungsmethoden mit altbackenen Kritzeleien kombiniert. Duale Vorgehensweise im Oberallgäu.

»Egi, das Küchenfenster wurde ausgehebelt. Da ist einer eingestiegen. Ich schätze, das war euer Dieb. Er hat das Fenster wieder angelehnt und in den Rahmen gedrückt. Wenn man nicht genau hinsieht, bemerkt man es nicht. Ist niemandem aufgefallen.«

»Prima, da war i nit der einzige Depp hier«, bemerkte Egi. »Schau di weiter um, wir dürfen hier nichts übersehen.«

So ein unüberschaubares Chaos. Alle hatten sich auf die Sicherheitstechnik verlassen, ein großer Fehler.

Der Knacker knackte einen Museumsschrank. Darin stand noch so ein Kelch. Das war ja wie eine Plage. Ein Spusi-Kollege meinte, abplatzendes Blattgold entdeckt zu haben, wahrscheinlich eine weitere Kopie. Die Situation wurde damit um einiges konfuser. Kleine Kelchkopien kreisten um Egis zermartertes Köpfle. Später wurde der passende Schlüssel für das Schrankfach auf dem Fußboden gefunden. Den hatte jemand im Getümmel unter den Schrank gekickt.

Egi erlangte eine Erkenntnis, nämlich dass die Lösung des Falles nicht einfach werden würde. Dazu war es sein erster Fall als PHK. Er hatte es verbockt und musste die Sache nun ausbaden. Hätte er den Posten doch gar nicht erst angenommen.

Er bat den Knacker, ihm die endlose Mängelliste per E-Mail zuzusenden, dann fuhr er heim. Er musste sich mit der verdächtig erscheinenden Familie unterhalten, und zwar ernsthaft.

* * *

Als Egi daheim ankam, parkte er seinen Dienstwagen in der Einfahrt. Tarnung war angesagt. Er schlich sich in geduckter Haltung ins Häusle. Ja niemandem von den Nachbarn begegnen. Sie hätten ihn oder den Streifenwagen sehen und aus ihren Haustüren hechten können, zur direkten Klärung einiger gerüchteweise aufgekommener Unklarheiten bezüglich der Museumseröffnung. Nach Geratsche war ihm aber gar nicht, also schnell rein.

In der Diele zog er Jacke und Schuhe aus, schlüpfte in seine Hausschuhe und ging ins Wohnzimmer. Dort sah er Belli heulend zwischen Elli und Onkel Volker auf dem Diskussionssofa sitzen. Ein rotes Sitzmöbel zum familieninternen Austausch voneinander abweichender Meinungen. Stark frequentiert war das Teil.

Die beiden Erwachsenen hielten Bellis Patschehändle, Verbrecherhände waren das. Tommis Miene verriet wenig Traurigkeit. Egis Bruder Volker thronte da wie ein selbstgefälliger Richter. Er hatte sein Urteil vor der Anhörung aller Zeugen gefällt. Das machte Egi wütend, ja rasend, das war schließlich sein Platz.

Onkel Volker ergriff gleich das Wort, während seines Medizinstudiums in Heidelberg hatte er sich perfektes Hochdeutsch angeeignet: »Die kleine Belli hat sich mir anvertraut, Egi. Du bist durch deinen Beruf so angespannt, dass sie Trost bei mir gesucht hat.«

Egi überlegte, die Dienstwaffe herauszuholen und dem Lügenbaron in die Kolbennase zu stecken.

Volker hatte Belli, Tommi und Elli mit seinem Auto heimgefahren. Belli hatte während der Fahrt alles gebeichtet. Dabei hatte sich der liebe Onkel schön in Szene gesetzt, von wegen Trost und so. Egi war nun dummerweise der Letzte, der die haarsträubende Geschichte zu hören bekam.

»Du hältst di ab sofort da raus, Brüderle. Sonscht knallt's!« Beherrschung, Egi, Beherrschung! Richtung Belli sprach er: »Mein süßer Schatz, erzähle mir genau, was passiert isch. Das isch jetza sehr wichtig. Denn um den Fall muss si die Polizei kümmern. Es handelt si um ein Verbrechen. Der Schuldige musch gefunde und bestraft werde. Kapiert?!«

Belli schluchzte, keine Krokodilstränen heute, ganz und gar nicht.

»Papi, i wollt dir do nur einen Streich spiele und den doofen Knetmasse-Kelch in das Bild für die Zeitung halte. Weil doch

Onkel Volker letztesch Jahr auch so blöd auf seinem Zeitungsbild aussah.«

Aha, der Onkel Volker. Der hatte wirklich doof ausgesehen letztes Jahr, nicht nur da.

»Mehr wollt i wirklich nit machen. I war so sauer über den Stubenarrest. Da hab i den Kelch gebaschtelt, auf der Museumstoilette versteckt, um ihn kurz vor der Enthüllung dort abzuhole. Hättest du ihn auf der Hinfahrt im Auto gesehen, hättest du ihn mir bestimmt weggenomme. Aber dann, als i heute Morgen zu den Toiletten bin, konnt i den nimmer finde. Den hat mir jemand aus meinem Rucksäckle gestohle!«, sprudelte es aus Belli heraus.

»Du hascht ihn also gestern in deinem Rucksäckle auf dem Damen-WC stehe lasse?«, fragte Egi nach. Ihm fiel die Sache mit der Toilette wieder ein. Seine Unachtsamkeit war direkt bestraft worden, in Form eines kleinen Monsters, sein eigen Fleisch und Blut.

»Ja, Papi, genauso war's. Muss i jetza ins Gefängnis?«

»Klar«, meinte Egi mit finsterer Miene.

Elli nahm sie sofort in den Arm, von wegen Bestrafung.

»Hör nicht auf den Quatsch!« Die Ehefrau sah Egi strafend an. »Nein, mein Schatz, das musst du nicht. Der Papi wird rausfinden, wer das gemacht hat. Derjenige muss dann ins Gefängnis. Der hat nämlich den Originalkelch gestohlen.«

»Da sind wir uns ja wohl alle einig, dass die Belli bestimmt nicht den Heiligen Kelch gestohlen hat, Egi«, witzelte Onkel Volker. Gut, dass der Lügenbaron das klarstellte.

»Halt di da raus, Volker. Tommi, du hast do alles mit'n Handy gefilmt. Das wird jetzt konfisziert! Her damit!«, forderte Egi.

»Warum das denn? Hab do nur den Podest und die puckelige Verwandtschaft drauf!«

»Zeigen!«, befahl Egi.

Tommi kramte sein Smartphone aus der Gesäßtasche und startete den Videofilm. Alle drängten sich um das Display. Da war ja wirklich kaum etwas zu erkennen. Meist waren auch noch die Köpfe abgeschnitten. Das konnte Egi nicht in der PI Oberstdorf vorführen. Er setzte sich niedergeschlagen.

»Kannst 'n wieder wegpacke, Tommi«, urteilte der PHK.

»Egi, du kannst doch auch nicht von deinem halbwüchsigen Sohn erwarten ...«, fing der Lügenbaron an zu bemängeln.

»Mit dir, Onkel Volker, muss i sowieso reden. Nein, genauer g'sagt, verhöre muss i di«, meinte Egi gereizt. Der Dialekt ließ sich nicht vermeiden, dem Volker stand da abrupt ein Schreckensgesicht auf der Frontseite.

Tommi verkündete überraschend: »Das wird scho wieder. Wir werden dir alle helfe, kleines Schwesterle.«

Ja, waren denn hier alle verrückt? Die Täterin war längst überführt, die sollte gefälligst den Originalkelch rausrücken. Der PHK musste durchgreifen.

»Belli, du wirscht die Geschichten bei der Polizei wiederhole müsse. Am beschten denkst no mal genau nach, versuchst di an jede Kleinigkeit zu erinnern und merkst dir alle Einzelheite. Vor allem das mit'n Onkel Volker. Dann schauen wir mal, wer den Heiligen Kelch gestohle hat.«

Dem Lügenbaron fiel die Kinnlade runter. Belli nickte ängstlich. Elli warf Egi vorwurfsvolle Blicke zu. Tommi grinste verstohlen. Egi lehte sich zurück und kratzte sich zufrieden am Allgäuer-Büble-Bier-Bauch.

* * *

Am Samstagabend sah die familiäre Situation verdammt angespannt aus. Der Lügenbaron hatte fluchtartig das Häusle verlassen. Er hatte ja seinen Palast in Immenstadt, der Prof. Dr. Huber. Damit er dort schneller zur Klinik kam, bei Notfällen, Tag und Nacht, der feine Herr Chefarzt.

Elli wollte nun gute Laune machen, also ab in die Traube. Die Traube, das ist ein Hotel mit urigem Restaurant in der Hauptstraße 6 in Oberstdorf. Zur Stimmungshebung geeignet, die war angesichts der niederschmetternden Tatsachen dringend nötig.

Wettervorhersage: Am Abend trocken und erträglich warm. Also ging's in den Biergarten, den hüttigen. Highlights: phantastische Küche mit Rezepten aus Omi Scheuerls Kochbuch plus legendäres Unterhaltungsprogramm des Juniorchefs Seppi. Der stammte wie Elli aus dem Kleinwalsertal. Nicht erwähnenswerte Gegend, aber trotzdem vorhanden. Mit bayerischer Livemusik und Blödeleien trieb Seppi den Gästen Tränen in die Augen. Heute trat er zusammen mit Kurti auf. Der war Bürgermeister, und zwar von drei Mini-Dörfle irgendwo. Auch nicht erwähnenswert, aber ungewöhnlich.

Die Instrumente, Akkordeon und Kontrabass, wurden zwischendurch fröhlich getauscht. Erfreuen konnte man Seppi und Kurti damit, ihnen als Aufmerksamkeit ein Weizenbier zu spendieren. Dann kamen sie zum Tisch der edlen Spender und musizierten dort beherzt weiter. Jeder in Oberstdorf kennt die Sitte und vor allem dieses Restaurant. Eine Institution, ein Muss!

Egi beobachtete das Treiben dennoch skeptisch. Die Stimmung durfte nicht zu gut werden. Familieninterne Täter mussten büßen. Das war ja hier eher eine Gaudi, völlig fehl am Platz für die aktuelle Huber'sche Lage. Egi war strikt dagegen gewesen, aber was machte man schon, wenn das Weib mit dem Kochlöffel hinter einem stand? Genau, schnell »Ja!« sagen, wie vor'm Traualtar.

Egi versuchte äußerst geschäftig an seinem Oberstdorfer Schlemmerteller zu agieren, Devise: Kopfeinzug. Seppi und Kurti sollten dahinten bleiben. Aber die Tarnung flog auf. Belli und Tommi kreischten vor Vergnügen, als Seppi alle Gäste zum Jodeln aufforderte. Beim zur Allgäu-Hymne abgewandelten Kufsteinlied, dem wohl bekanntesten volkstümlichen Lied aus Tirol. Dieses wurde von zig Alpenregionen als ihr Hit in Anspruch genommen. Kufstein war überall, in den Alpen.

»Nun jodeln alle Männer!«, rief Seppi.

Die meisten folgten seiner Anweisung. Tommis Jodeln klang wie eine verstimmte Geige, Stimmbruch. Egi blieb als strafendes Familienoberhaupt stumm, wie die schweigsamen, nicht jodelfesten norddeutschen Touristen.

»Jetzt jodeln alle Frauen!«, hieß es nach dem Gejaule.

Lautes Geschmettere von Elli, Belli und zig anderen Damen.

Plötzlich schrie Seppi: »Jetzt will ich alle Jungfrauen jodeln hören!«

Instrumentalmusik, niemand erhob seine Stimme,trotz der anwesenden Teenies. Belli hätte als Einzige jodeln dürfen, aber ihr sagte der von Seppi verwendete Begriff nichts.

»Mami, was isch denn a Jungfrau?«, fragte sie mit erhobenem Stimmle, um die Instrumentalmusik zu übertönen.

Da hätte sich der Papi am liebsten in Luft aufgelöst. Schallendes Gelächter, für die anderen war's a Brüller. Elli bestellte Enzian für Seppi und Kurti, aus Dank für die Fröhlichkeit hier.

»Elli, was soll denn das? Bischt verrückt g'worde?«, raunte Egi. Der wollte lieber unerkannt bleiben.

»Aber das ist doch ein toller Spaß! Jetzt sei doch nicht so, Brummele«, erwiderte sie fröhlich. Das Brummele musste mit ansehen, wie sie die zwei Kerle mit den Instrumenten anlächelte und nicht das Brummele. Entgeistert sah Egi die zwei auch noch an ihren Tisch treten.

Kurti brüllte: »Der Seppi ist der Schönste hier, von Fuß bis Hals!«

Nun ja, von Nahem betrachtet, der Kopf ging auch. Mit dem Akkordeon imitierte Kurti eine Polizeisirene. Jubel! Egi haute das die rote Farbe ins Gesicht. Mussten die jetzt mit dem Zaunpfahl winken, zum PHK?

Der Enzian war von Seppi und Kurti schnell hinuntergekippt. Dieser alpenländischen Spirituose werden unerklärliche Heilwirkungen zugeschrieben. Die kamen bei den beiden Entertainern auch unverzüglich zur Wirkung. Voller Euphorie tauschten sie die Instrumente, gaben ein Lied nach dem anderen zum Besten. Dann lehnte Seppi plötzlich den Kontrabass an Egis Tisch, stellte sich akrobatisch mit einem Bein auf die obere Wölbung des Rieseninstrumentes. Er hob das andere Bein hoch in die Luft, zupfte dabei die Saiten und trällerte zusammen mit Kurti am Akkordeon weiter. Nicht zu fassen. Egi verkroch sich unter den Tisch.

»*Wenige Stunden nach der verpatzten Eröffnung des AllgäuerAlpenMuseums: PHK-Frischling Huber von der PI Oberstdorf begafft Kleinwalsertaler auf Kontrabass!*« Hoffentlich war keiner von der Zeitung hier. Das nächste peinliche Zeitungsfoto. Bloß nicht!

Egi war erleichtert, als vom nächsten Tisch alkoholische Getränke für die Musiker bestellt wurden. Da verschwanden die gleich. Egi verlangte die Rechnung, dann schnell weg mit dem Familienanhang.

Aber: Ziel erreicht. Egi dachte an diesem Abend nicht einmal an die verpatzte Museumseröffnung. Allerdings hatte er einen sehr unruhigen Schlaf. Träume von auf riesigen Instrumenten umherschwebenden und Enzian schlürfenden Musikern in weißen Engelsgewändern quälten ihn. Bedrohlich waren die!

Zaghafte Ermittlungen

Am nächsten Tag, einem Sonntag, saß Egi notgedrungen an seinem Schreibtisch in der PI Oberstdorf. Fallbesprechung war angesagt. Die Erholung von Egis Darmflora ließ auf sich warten, zu viel Stress.

Er plagte sich mit Gedanken, völlig absurden Gedanken. Aber in diesem Fall war nichts normal, da musste man abwägen. Einerseits: Bellis Spuren am Knetmasse-Kelch waren polizeilich unbekannt, kein bestehender Verdacht, einfach schweigen, verlockend. Andererseits: äußerst gewagte Vorgehensweise, wenn das im Nachhinein aufflöge, undenkbar das bei seinem ersten Fall als PHK, eine Katastrophe, Karriere abrupt beendet. Verdammte Probleme. Wär er doch Musiker geworden, dann würden ihm jetzt andere den Enzian und das Allgäuer Büble Bier bezahlen.

Hinzu kam, dass Egi sowieso miese Laune hatte. Der Alte, der Vatter Huber, der Bauer, hatte ihn ausgelacht. Beförderung zum PHK, und sofort wurde die kleine Tochter kriminell. Das brauchte keiner in solch prekärer Situation.

Gedanken weggewischt, und jetzt Konzentration. Egi sah auf die Liste der bisherigen Beweise. Da war zum einen die Schmeißfliege, oder besser »Scheißfliege«. Ohne sie wäre das ganze Theater nicht möglich gewesen, vernachlässigte man die Tragödie um das verkappte Sicherheitskonzept der Firma Secure Edifice GmbH. Dann gab es noch Kopfhaare, die auf dem Podest gefunden worden waren. Dazu kam die Kopie des Kelches im Museumsschrank und der Knetmasse-Kelch von Belli, der Bastelprinzessin. Eine meterlange Liste enthielt die Mängel des Sicherheitssystems. Ein Packen unzähliger hanebüchener Aussagen der Museumsbesucher lag daneben. Das war alles kaum durchzuarbeiten.

Und noch ein riesiges Problem: Der Chefmeier machte Egi die Hölle heiß. Das war ein Ding der Unmöglichkeit, was der Egi da als Repräsentant der PI Oberstdorf fabriziert hatte. Und der Chefmeier wusste noch gar nicht, dass Belli in die Sache verstrickt war. Sakra! Wenn Belli verhört werden würde, hätten die Kollegen Einblicke ins Huber'sche Familienleben. Das ganze Dorf würde ratschen, geschwätzige Touristen würden die Geschichte außerhalb herumposaunen. Dann besser alles unter den Tisch gekehrt! Oder doch …

A Knall wie eine Atombombe, Rudi trat ein. Egi schoss hoch wie ein aufgeschrecktes Huhn, als könnte man die schändlichen Gedanken auf der PHK-Stirn lesen.

»Egi, sind jetza alle da«, meinte der Rudi. »Isch wasch?«

»Nein!«

Egi packte mit Puls 180 die beiden Listen unter den hängenden Arm und humpelte mitgenommen rüber. Dort saß der Chefmeier, mit deutlicher Temperaturerhöhung. Der sah aus wie ein Pitbull mit gefletschten Zähnen und Nasenpolypen. Wahrscheinlich lag es an den Personen hier im Raum. Nicht Egi, Rudi und Beate. Nein, da standen auch noch ein schöner Türke und eine attraktive Blonde, beide mit Besucherschildle am Kragen: »Kripo Kempten« stand drauf.

Puls jetzt auf 240. Egi musste sich erst einmal sammeln, ruhig atmen, Herzfrequenz normalisieren, Gedanken ordnen. Dann fix die Prioritätenliste angelegt:

Prio 1: Den Türken und die Psychotante loswerden.

Prio 2: Die Belli da raushalten.

Prio 3: Irgend an Depp als Dieb verhaften.

Prio 4: Den saublöden Kelch wiederfinden.

Prio 5: Dem Lügenbaron eine reinhauen.

Egi konnte es noch nicht besser wissen. Wenn jedoch in Kürze eine Leiche dazukäme, dann würde er die Prioritätenliste dermaßen umstellen. Aber so.

»Grüß Gott, Kommissar Huber! Ich bin Kriminalhauptkommissar Akay Tok. Das hier ist meine Kollegin Dr. Silvia Stern, Polizeipsychologin.« Der Türke reichte Egi lächelnd die Hand, strahlend weiße Zahnreihen. »Wir sind von der Kripo Kempten und werden mit Ihnen gemeinsam an der Lösung des Falles arbeiten. Als SOKO Kelch.«

»Super Idee, aber am besten verschwindets ihr ganz schnell wieder«, dachte Egi, ergriff das türkische und das blonde Händle und sprach: »Griaß Gott! I bin der Egi, wir duze unsch hier alle.«

Der Türke und die Blonde schienen beide Mitte dreißig zu sein und begrüßten das »Du«, junge Generation halt. Metrosexuell waren die auch noch, stellte Egi nach der Vorstellungsrunde fest. Der Türke stammte aus Frankfurt am Main, ein Anzügler sozusagen. Die Blonde war aus dem Zentralien Oberbayerns gekommen, München genannt. Beide hatte es nach Kempten verschlagen, bestimmt nicht freiwillig. Welcher Metropolist ging schon gerne zur Provinz-Kripo?

Deren Lebensläufe waren ein krasser Gegensatz zu dem vom Chefmeier. Der entsprach zwar rein optisch und akustisch einem gestandenen Allgäuer Mannsbild. Aber streng genommen war dabei zu beachten, dass er aus Mittelfranken stammte. Er war gebürtiger Treuchtlinger, Landkreis Weißenburg-Gunzenhausen. Abwertendes Stirnrunzeln machte sich da breit, bei solch plagiatorischen Zügen. Nach seiner Polizeiausbildung im oberbayerischen Fürstenfeldbruck war er wegkomplimentiert worden, ins Ostallgäu. Nach über zwanzig Jahre waren keine guten Argumente mehr für seine Position aufrechtzuerhalten gewesen. Die Entscheidungsträger der PI Kaufbeuren hatten ihn loswerden wollen. Das hatte damals etwas mit Giraffen zu tun gehabt, eine ganz irre Geschichte. Es war gang und gäbe, die Unfähigen vom Ostallgäu (Autokennzeichen: OAL) ins Oberallgäu

(Autokennzeichen: OA) zu versetzen – und andersherum ebenso. So blieben die Allgäuer unter sich, ohne sich wiedersehen zu müssen. Also war der grantige Erwin zur Ruhigstellung befördert und plötzlich PI-Leiter in Oberstdorf geworden, tolle Sache.

Nun saß er da, mittelgroß, mit beachtenswertem Bauchumfang und dunklem Haarkranz. Aus dem ragte eiförmig sein glänzendes Haupt hervor. Wirklich keine Schönheit, vor allem mit seiner aktuellen Pitbull-Optik. Seine Einleitung in die Besprechung der SOKO Kelch ließ zu wünschen übrig, zumindest was den Ton anging. Das fränkische rollende »R« donnerte durch den Raum.

»Ja, Herrschaftszeiten, Egi, was fällt dir ein, so an Bockmist zu bauen? Kann man dich nicht mal zu einer harmlosen Enthüllungszeremonie schicken, ohne dass du gleich einen riesigen Schlamassel draus machst? Hättest du nicht vorher unter das Enthüllungstuch schauen können? Wie stehen wir denn jetzt da, als PI Oberstdorf?«

Wie a Giftzwerg lugte der Chefmeier rüber zur Kripo Kempten. Die grinste.

»Das isch nit mei Aufgabe! Das Museum muss selbscht wisse, was es ausstelle will. Sakra!« Egi wollte den Kunsthubern doch nicht die Entscheidung über ihre Ausstellung abnehmen.

»Jetzt sag, was ist das für ein lächerlicher Kelch, den du da enthüllt hast? Wo kam der denn her, verdammt noch aimoal?«, bohrte der Chefmeier weiter.

»Das war so, na gut, i sag mal, den musch ja einer gebaschtelt haben.« Sinnloses Gequatsche vom Egi. Wie blöd wäre es hier und jetzt gewesen, hätte er die Geschichte von der Belli erzählt.

»Ja, sagt's mal, seid's ihr denn alle spinnert? Ganz klar hat den einer gebastelt. Aber wer? Ich will das sofort geklärt haben! Egal wie ihr das anstellt. Seht's zu, dass so schnell wie möglich wieder der Originalkelch im Museum steht!«, schrie der Chefmeier in die Runde.

»Dafür sind wir ja jetzt da«, schaltete sich der Anzügler beschwichtigend ein, als könnte das die PI Oberstdorf nicht selbst. »Die Hoheit liegt bei der Kripo Kempten. Wir freuen uns natürlich über jede Unterstützung von euch. Das kriegen wir gemeinsam schon hin, keine Frage.«

Klar, Unterstützung, keine Frage. Der türkische Schönling sollte schnell wieder den Rückwärtsgang einlegen, genauso wie die blonde Psychotante. Da waren sich alle PI-Kollegen unausgesprochen einig. Also war jetzt konsequente Untergrabung der Kripo-Autorität angesagt.

»Prima, da fange wir mal an«, meinte Egi, um hierbei gleich einen Schritt weiterzukommen. »Wir habe a endlose Mängellisten des Sicherheitssystems vom AllgäuerAlpenMuseum. Am beschten schaut's ihr euch das an. Wir verstehe dieses technische Zeugs gar nit.«

»Gerne, Egi, gib her. Ich habe einige IT-forensische Fortbildungen gemacht. Ich überfliege das schnell, dann wissen wir gleich mehr«, sprach Akay und schien sich dabei recht sicher zu sein.

Skepsis kam beim Egi auf. Er hatte den Anzügler damit aus dem Verkehr ziehen wollen, per Verbannung ins Büro. Der Papierwust war schon herübergereicht, da befürchtete Egi, dass der ruck, zuck vom Akay durchgearbeitet werden würde.

»Danke, Egi! Sieht doch gar nicht so schlimm aus«, hieß es prompt vom Anzügler.

Egi stand der Angstschweiß auf der Stirn. Wie konnte man diesen Typen nur einschüchtern? Egi übergab ihm wortlos auch noch die Befragungsprotokolle der lästigen Museumsbesucher, zwecks Abschreckung.

»Sehr schön, ihr habt auch schon Zeugenbefragungen durchgeführt. Die nimmt sich die Silvia vor. Als Psychologin kann sie das am besten beurteilen«, meinte der Anzügler im Tatendrang. Die Psychotante nickte.

Das war ja ein sinnloses Unterfangen, die wurd man nicht los. Der Chefmeier fletschte schon wieder die Pitbullzähne.

»Jetzt hört's mal auf mit dem Geplänkel«, fauchte der PI-Leiter. »Was liegt sonst noch vor, Egi?«

Egi zählte auf: »Kopfhaare, a tote Fliege …«

»Schluss mit dem Scheiß!« Chefmeiers Stimme überschlug sich. Das hörte sich ja an, als hätt' der Egi sie nicht mehr alle beisammen. So was vor der Kripo Kempten.

Der Egi war nicht weit gekommen, also fuhr er fort: »… noch a Kelchkopie im Museumsschrank, DNA-Spuren. Da isch die Forensik gefragt.«

»Noch a Kelch?«, kreischte der Chefmeier. »Ihr seht's jetzt zusammen zu, wie ihr damit klarkommt, und leitet alles wieder in geordnete Bahnen!«

Ein eindeutiger Hieb Richtung Egi war das. Die Kripo Kempten sollte weg und der richtige Kelch zurück. Egis Motivation hielt sich in Grenzen, genauso wie seine Geduld. Eine vernünftige Besprechung unter der Leitung vom Chefmeier, unmöglich. Die Kollegen Rudi und Beate fanden es aber amüsant. Die richteten ihren Blick nach unten, mit Lachsalven hinter vorgehaltener Hand – Schadenfreude war's.

»Ist noch was aus dem verdammten Museum geklaut worden?«, wollte der Chefmeier wissen.

»Nein, Chef«, antwortete Egi genervt.

»Gut. Nein, nicht gut! Ich will jetzt nichts mehr davon hören. Seht's zu, dass ich bis morgen früh einen ordentlichen Bericht über den aktuellen Stand der Dinge bekomme. Egi, du teilst die Truppe vernünftig ein, damit wir deinen Mist hier schnell vom Tisch bekommen!«

Den Chefmeier sah man jetzt nur noch von hinten. Seine üppige Hüftpolsterung schwankte im Takt des energischen Schrittes. Er verließ den Besprechungsraum und knallte lautstark die Tür.

Egi fühlte sich zu Unrecht beschuldigt. Das war nicht sein Mist, zumindest nicht zu einhundert Prozent. Aber wie kam er da jetzt raus, aus der üblen Nummer?

»I werd mi um alle Beweismittel und Spuren kümmern und mi dazu mit Forensik und Spusi abstimm'n. Weil mir dann alles vorliegt, verfass i auch den Bericht für den Chefmeier«, ordnete Egi an, um die Kontrolle zu behalten. »Der Akay übernimmt die Mängellisten, die Silvia die Aussagen der Museumsbesucher. Bitte markiert alles, was nit stimmig isch. Dann muss unsere Beate ab morge die fragliche Zeuge abtelefonieren und, wenn's sei muss, auch herbestelle. Rudi, du schau nach, ob du Vergleichsfälle aus der Vergangenheit finde kannscht.«

Wirkung wie a schriller Wecker, Rudi schrak hoch. Auf eine Aufgabe war das schlummernde Enggestirn nicht gefasst.

»Guter Plan, Egi, ich bin deiner Meinung«, erklärte Akay. »Aber ich möchte noch einmal klarstellen, dass ihr unter der Leitung der Kripo Kempten handelt. Gib mir eine Kopie deines Berichts. Ich übernehme dann morgen die weitere Planung.«

Zustimmendes Nicken von der Psychotante.

* * *

Es war Montagmorgen. Egi hatte eine üble Nacht hinter sich. Ein Alptraum war nichts dagegen. Existenzkämpfe, eine kriminelle Familie und Versagensängste prägten seine Realität als PHK. Seine Erscheinung glich der eines Schreckgespenstes. Die momentane Situation verschlechterte seine Verfassung um ein Weiteres, denn er saß neben Akay. Der hatte sich zusammen mit Silvia in einem Hotel nicht weit von der PI Oberstdorf eingemietet. Die wollten tatsächlich länger bleiben.

Der Chefmeier hatte Egi aufgetragen, dass er die Kripo Kempten auf keinen Fall aus den Augen lassen sollte. Ein Ding der Unmöglichkeit, dass die sich in seinem Oberstdorf einmischten. So hockte Egi nun mit ihnen im Besprechungsraum und lauschte dem Gequäke aus dem Lautsprecher des lautgestellten Telefons.

Akay sprach mit der Forensik. Die befanden sich in einem Kellerraum, Kilometer entfernt in Memmingen. Für Egi war es ein Gruselkabinett. Er stellte sich die zur Respekteinflößung ausgestellten historischen Beweismittel humaner Herkunft vor: Körperteile in Glibberflüssigkeit, ekelhaft. Vor seinem geistigen Auge zuckte das schaurige Bild einer abgetrennten Hand, wie eine Vorahnung war das. Gänsehaut bekam der Egi da.

Der Anzügler und die Psychotante schienen indes hoch konzentriert.

»Servus, Köhler! Was gibt's Neues?«, begrüßte Akay die Leiterin der forensischen Abteilung.

Barbara Köhler war eine graue Maus Mitte vierzig, oft unterschätzt. Man duzte sich zwar mit dem Gruselkabinett, sprach sich aber mit Nachnamen an, Missverständnisse vorprogrammiert. Denn wenn jemand von Forensik und Köhler sprach, vermuteten einige einen Mann dahinter. Das machte die tiefstimmige Barbara rasend. Egi hatte schon einige Male mit ihr zu tun gehabt und sie beim ersten Gespräch »Herr Köhler« genannt. Er hatte ihr danach nie wieder begegnen wollen. Heute war's zum Glück nur akustisch.

»Servus, Tok! Wir konnten einiges für dich herausfinden. Haben Tag und Nacht daran gearbeitet. Ich hoffe, ihr wisst das zu würdigen. Wir lösen ja die Fälle für euch«, meinte Köhler durchs Telefon.

»Dann schieß los«, bat der Anzügler. Er war durch Köhlers Sticheleien nicht kleinzukriegen.

Die graue Maus legte los, schneller, als Egi denken konnte: »Wir haben eine Menge DNA-Spuren und Fingerabdrücke in den Museumsräumen finden können: Ausstellungsraum, Nebenräume, Küche, Schränke, WCs. An den Fenstern konnten wir nichts entdecken, auch nicht an dem aufgebrochenen. Auf dem Herren-WC haben wir Spuren von einer Person sichern können, die die Toilette und das Waschbecken benutzt hat. Das Gleiche auf dem Damen-WC: eine Person, die aber nur eine

Kabinentür, Spültaste des WCs und ein Waschbecken angefasst hat, aber nicht den Toilettendeckel. Ohne Handschuhe. Kleine Fingerabdrücke. Auf der Tastatur der Alarmanlage an der Eingangstür befanden sich Fingerabdrücke von einem Finger. An der Glaskuppel und am Abdecktuch über dem Podest wurden Knetmasserückstände gesichert. Es dauert aber noch eine Weile, bis wir alles ausgewertet haben. Da musst du ein paar Tage warten, Tok.«

»Kleine Fingerabdrücke«, verdammt, die Belli. Egi hoffte inständig, dass nichts herauskommen würde. Zusammen mit der Kripo Kempten warten wollte er auch auf gar keinem Fall. Und er hatte nur die Hälfte der im Takt eines Maschinengewehrs vorgetragenen Punkte erfassen können. Was für eine mentale Belastung wieder.

»Interessant sind die zwei Kelchkopien, die vom Podest und die aus dem Museumsschrank«, fuhr sie fort. »Die müssen im Detail untersucht werden. Dadurch können wir Rückschlüsse auf die Fälschungsmethoden und eventuell auch auf die Täter erhalten. Bei dem Knetmasse-Kelch wird die Untersuchung nicht allzu schwierig werden.«

Das Mäuschen schien belustigt. Egi dröhnte der Kopf.

Um von diesem peinlichen Thema abzulenken, fragte er Köhler: »Und wie sieht es mit der Umgebung aus? Konnte draußen was gefunden werden?«

»Nicht viel«, erwiderte sie. »Die Spuren um das AllgäuerAlpenMuseum herum sind durch den nächtlichen Starkregen so in Mitleidenschaft gezogen worden, dass sie für die Ermittlungen leider nicht brauchbar sind. Eine eindeutige Zuordnung zu Fahrzeugen oder Schuhen ist unmöglich. Aber eine Sache ist zu erwähnen: Einem Kollegen ist am Speichersee ein Teil der Uferböschung aufgefallen, der zertrampelt schien. Die Spuren sind ebenfalls überschwemmt worden. Aber durch den Wind und das sich zurückziehende Wasser wurde ein Schlüssel am Ufer angespült. Ich schicke ihn euch zu, dann könnt ihr schauen, wo er passt. Das war's. Ich kann euch noch den Tipp geben, die Technikjungs zu kontaktieren. Sie sollten die internen und externen Zugriffe auf die Museums-Website überprüfen. Heutzutage googeln die Täter nach ihren Tatorten.«

Das war wirklich ein guter Rat, kein Mangel an Intelligenz und Weitblick bei der grauen Maus.

Akay daraufhin: »Danke für den Hinweis, das hatte ich schon auf dem Plan. Ich warte dann deine Ergebnisse ab, Köhler. Melde mich in den nächsten Tagen wieder. Bis dann!«

»Freue mich schon, Tok. Bye bye!«, meinte sie. Niemand hätte sagen können, wann Köhler sich das letzte Mal gefreut hätte.

Für Egi war es wieder eine Informationsüberflutung. Hier den Überblick zu behalten, das war ja a Graus. Er war froh, dass der Akay die Ermittlungen leiten musste, dem Chefmeier seine Prioritäten hin oder her. Egi hielt sich lieber zurück bei der Verantwortung. Er sah aber dem Schlüssel und der Suche nach dem zugehörigen Schloss freudig entgegen. Mit Uroma Bruni vertrieb er sich die Zeit gerne mit Ratespielen, die Bruni war gut darin. Egi verlor meist, obwohl er fünfzig Jahre jünger war, ein Unding. Er würde sie mitnehmen, zum heiteren Schlüsselloch-Raten im AllgäuerAlpenMuseum.

Dass am Grund des Speichersees noch ein Schrankschlüssel lag, war niemandem bekannt.

* * *

Egi saß Montagmittag an seinem Schreibtisch und schrieb sich Notizen zu dem Gespräch mit Köhler auf, ganz herkömmlich mit Kugelschreiber auf einem üblichen Schmierzettel. Den würde er später zu dem ungeordneten Sammelsurium in seiner Schublade legen, zur Archivierung. Nach Lösung des Falles würde er den Reißwolf anwerfen, zur Vernichtung. Damit er den Überblick nicht verlor. Nichts war schlimmer, als wenn sich die Schnipsel verschiedener Fälle vermischten. In diesem Zusammenhang waren ihm in der Vergangenheit einige Missgeschicke passiert.

Er hatte schon einmal die Altersangaben der Zeugen vertauscht und die neunjährige Tochter eines Vorstandsmitgliedes des Skiclubs 1906 Oberstdorf zum Drogentest gebeten, a peinliche Sachen. Da hatten gleich alle Doping unterstellt bei dem armen Kind. Der Chefmeier hatte drei Monate gebraucht, um den Vater wieder zu beschwichtigen. Egi war daraufhin zur Mitgliedschaft verdonnert worden. Er zahlte seit zwei Jahren einen erhöhten Beitrag für die Förderung der Ski-Jugend in Oberstdorf und schuftete regelmäßig als freiwilliger Helfer bei Sportveranstaltungen.

Jetzt, als PHK, musste er dergleichen penibelst vermeiden.

Egi rief nun die Technikjungs an, um sie zu bitten, diese Google-Sache zu klären. Damit nahm er Akay Arbeit ab, was dieser allerdings nicht wusste. Differenzen vorprogrammiert. Egi tippte trotzdem die Durchwahl der IT-forensischen Abteilung und wartete. Die saßen auch in Memmingen. Im Gegensatz zum Gruselkabinett kannte man die Kellerkinder nur unter ihrem Vornamen.

»Hi, Alter! Hier is Nico«, hörte er seinen Gesprächspartner sagen. Ob der jemand anders erwartet hatte? Egi wunderte sich über den Umgangston der Kellerkinder. Anpassung war vonnöten, sonst verstanden die einen nicht.

»Hi, Nico, hier isch Egi. Du erinnerscht di bestimmt, i bin von der SOKO Kelch und hätt gern mal den aktuellen Status zu eure bisherige Ergebnisse mit dir besproche.«

»Ach so, du bist das. Wart halt, ich bin grad mitten in einer komplexen Abfrage. Ich geb dir meinen Chef, den Hannes.«

Es klickte in der Leitung. Egi hatte keine Ahnung, was er mit Abfrage meinte. Nicos Chef war Egi bekannt, mit dem war besser zu reden. Egi hatte schon einige Male mit ihm zusammengearbeitet. Nach einer halben Minute meldete sich der Hannes.

»Servus, Egi, wie geht's?«, Hannes wartete keine Antwort von Egi ab, er legte gleich hektisch los. »Also, ich kann dir sagen, das Sicherheitssystem des AllgäuerAlpenMuseums ist ein Witz! Da funktioniert nix. Unsere Auswertungen sind entsprechend nutzlos. Wir können nur Folgendes sicher sagen: Um 00:36 Uhr hat jemand die Alarmanlage über das Tastenfeld am Eingang deaktiviert. Dieser Jemand kannte den Code, hat sich dabei nicht vertippt und muss auch einen Schlüssel für die Tür gehabt haben. Der Sensor am Herren-WC-Fenster meldete eine Öffnung von 00:42 Uhr bis 00:51 Uhr. Um 01:13 Uhr wurde die Alarmanlage wieder aktiviert. Wir haben auch alle anderen Sicherheitskomponenten ausgelesen, aber die Sensoren waren entweder defekt, inaktiv oder blockiert. Ich schreibe dir heute noch einen Bericht dazu, Egi. Jetzt muss ich in eine Konferenz.«

»Wart mal, Hannes! Eine kurze Frage beziehungsweise Bitte noch«, meldete sich Egi schnell zu Wort.

So angenehm wie vermutet war das Gespräch nun doch nicht. Er suchte nach den richtigen Worten. Wie hatte sich Köhler da noch ausgedrückt? Interne und externe Zugriffe auf die Museums-Website? Was war da wohl der Unterschied, und wie kam man da dran? Egal, er formulierte sein Anliegen wie gewohnt fundiert mit seinem gefährlichen IT-Halbwissen.

»Ist es möglich, dass ihr noch die internen und externen Zugriffe auf die Museums-Website untersucht? Heutzutage informiere si Täter do im Internet über ihre Angriffsziele.«

»Gute Idee, Egi. Das lass ich den Nico machen. Er muss dazu den Provider des Museums kontaktieren. Vorab bräuchten wir noch einen richterlichen Beschluss, sonst rücken die nichts raus. Sobald wir den haben, können wir die Verbindungsdaten von ihnen anfordern. Sag dem Akay Bescheid, der besorgt das fix. Ich wünsch dir was, Egi. Ciao!«

Hannes hatte schon aufgelegt, bevor Egi sich verabschieden konnte. Frage war, ob er nun das bekommen würde, was er haben wollte. Und jetzt musste Egi doch mit Akay sprechen, um den richterlichen Beschluss für den Staatsanwalt zu bekommen. So a Mist aber auch!

* * *

Egi ging zu Beate rüber. Es war besser, sie zum Akay zu schicken. Egi musste noch dringend den Bericht zur aktuellen Lage für den Chefmeier tippen, der war schon einige Stunden überfällig. Mit den bisherigen Erkenntnissen wäre er ganz schön dünn ausgefallen.

Und die Beate wollte er auch noch um andere Dinge bitten. Die Kripo Kempten war mit den diversen Listen und Befragungsbögen schnell durch gewesen. Beate sollte den unklaren Aussagen der Museumsbesucher nachgehen und die Liste der Kennzeichen aller am Eröffnungstag auf dem Museumsparkplatz abgestellten Fahrzeuge überprüfen. Egi schritt in ihr Büro, dem Vorzimmer zur Löwenhöhle.

»Dem Hinkefuß was erklären, a Kreuz«, dachte er bei sich. Für einen Allgäuer war ihr Ruhrpott-Dialekt eine Zumutung.

»Servus, Beate! I hätt' da drei Aufgaben für di. Alle für die SOKO Kelch.«

»Tach, Egi. Komma bei mich bei, ich spendier' dir 'nen Kaffe.« Letzteres sprach sie aus wie Affe mit dem zusätzlichen führenden Buchstaben K.

Der Kaffe aus ihrem privaten Kaffee-Automaten war grauselig. Egi konnte jedoch beim Hinkefuß nicht ablehnen. Hatte sie doch mit ihrem Knöchel die Kugel abbekommen, die ihm gegolten hatte. Ganz traurige Geschichte, Egi könnt das Heulen kriegen, wenn's wieder hochkam. Jetzt musste er also da durch.

»Danke, Beate! Schau mal, dieser Antrag müsste vom Akay ausgefüllt und an die Staatsanwaltschaft weitergeleitet werden. Das wäre wirklich sehr nett von dir, wenn du das erledigen könntest.« Egi drückte sich ganz gewählt aus.

Beate reichte ihm die Tasse Kaffe aus ihrem Röstbohnen-Monstrum, zwinkerte ihm zu und sagte: »Klaro, ich geh für dich zum Akay hin. Is ja 'n Netter.«

Nett fand die den Anzügler? Ungläubiges Kopfschütteln vom Egi. Er kippte so viel Milch wie möglich in seine Tasse. Mit verzerrtem Gesicht würgte er den ersten Schluck der nahezu tödlichen Mischung hinunter.

Beate erkannte eine leichte Verzweiflung in Egis Ausdruck, missinterpretierte ihn und meinte zweideutig: »Ich weiß, dat schießt imma so heiß da raus.«

Egi zwang sich unter Anstrengung zu einer Antwort: »Passt scho. Dann habe i hier noch die Listen der Aussagen von den Museumsbesuchern. Die Silvia hat die durchgearbeitet und alles, was nit zusammenpascht, markiert. Du müsstest genau diese Zeugen anrufen und sie noch mal befrage. Bei wichtige Sachen solltest du sie herbestelle.«

Egi versuchte entspannt zu wirken. Er kämpfte aber weiter mit dem Inhalt seines Keramikbechers. Der musste hier und jetzt vernichtet werden, sonst wäre die Beate gekränkt.

»Jau, Egi, mach ich sofort. Bis zum Nachmittach schaff ich dat bestimmt. Dann krichste die Ergebnisse auf'n Tisch.«

Als Beate sich kurz umdrehte, um ein eingehendes Privatgespräch an ihrem Telefon abzulehnen, schüttete Egi einen Teil des Gebräus in einen zu bedauernden Plastikblumentopf. Den hatte er bereits des Öfteren zur Entsorgung der trotz hohem Milchanteil schwarzen Brühe genutzt. Dessen blaue Farbe näherte sich allmählich der der unerwünscht zugeführten Flüssigkeit an, sah gruselig aus. Von der darin wachsenden, zur Unkenntlichkeit mutierten Pflanze ganz zu schweigen. Aufgrund der Kürze der Zeit verblieb leider ein Schluck in Egis Trinkgefäß. Das hielt er nun voller Argwohn in seiner Hand.

»Schö, Beate. Das isch wirklich toll, wie du di da reinhängst. Pasch auf, das Letzte isch dann no eine Kleinigkeit: Die Liste der erfassten Kfz-Kennzeichen vom Museumsparkplatz, würdest du diese bitte mit unserem Archiv abgleiche? Vielleicht findescht da ja was.«

Er nutzte seine Redepause, um den Rest des hochprozentigen Koffeins hinunterzubekommen. Das Schlucken bereitete ihm krampfartige Schmerzen, sein Magen bäumte sich auf. Seinen Verdauungsorganen ging es doch sowieso schon schlecht.

»Mach ich auch noch, Egi.«

Beate freute sich über Arbeit, trotz Verletzung wurde sie gebraucht. Es war in der PI Oberstdorf bekannt, dass sie seit Jahren einen Klüngel mit dem Chefmeier hatte. Inwieweit dabei Körperflüssigkeiten ausgetauscht wurden, war nicht bekannt. Aber der hielt nun die Hand über'n Hinkefuß. Das war eine Art Symbiose: Die angeschossene Beate durfte Innendienst schieben, und der Chefmeier kam durch sie an wichtige Informationen. Eine Art Flurfunk-Weiterleitung an ausgeschlossenen Kommunikationsteilnehmer war das.

Egi war's egal. Er hatte sein Ziel erreicht und konnte gehen. Er hatte im Kampf gegen ihr psychotropes Heißgetränk bestehen können, der PHK war zufrieden.

»I danke dir recht herzlich, Beate. Auch für deinen Kaffee. Der isch a richtiges Aufputschmittel«, meinte Egi.

* * *

Am Montagnachmittag traf sich die SOKO Kelch im Besprechungsraum der PI Oberstdorf. Akay hatte einen besonderen Punkt auf der Agenda, den er gleich ansprach.

»Egi, hast du mit der IT-Forensik telefoniert?«

»Äh, ja, Akay. Mehr oder weniger. I dacht halt, i ruf die scho mal an. Dann hast nicht den Verwaltungskram am Hals«, erläuterte Egi seinen Alleingang.

Rudi und Beate bekamen große Augen. Was hatte ihr neuer PHK nun schon wieder getrieben?

»Das war nett gemeint, Egi«, erwiderte der Anzügler mit drohendem Zeigefinger. »Aber fürs nächste Mal möchte ich dich bitten, solch wichtige Dinge mit mir abzusprechen. Denn die Anforderung eines richterlichen Beschlusses ist, wie du weißt, immer hoch aufgehängt. Das ist mein Zuständigkeitsbereich.«

Nun war allen klar, was der neue PHK getrieben hatte. Gar nicht schlecht.

»Da das jetzt geklärt ist, gebe ich euch einen kurzen Abriss zur aktuellen Lage«, fuhr Akay fort, seinen strengen Blick auf Egi gerichtet. »Am Wochenende wurden noch DNA-Proben der Museumsmitarbeiter genommen, um sie mit den gefundenen Spuren abgleichen zu können. Bisher erscheint dort niemand verdächtig. Wir haben bereits erste Ergebnisse von der Forensik.«

Alle sperrten die Ohren weit auf. So oft passierte kein Kapitalverbrechen im gemäßigten Oberstdorf, man konnte froh sein, wenn man so etwas einmal miterleben durfte. Hochspannung pur war das für die PI-Leute.

Akay hielt seinen Vortrag: »Die Fingerabdrücke an der Alarmanlagen-Tastatur am Museumseingang stammen von Ruth Birkenbacher. Logisch, sie hat morgens die Tür geöffnet. Auf dem Herren-WC konnten DNA und Fingerabdrücke einer noch nicht identifizierten Person sichergestellt werden. Es wurden Fingerabdrücke auf dem Damen-WC an einer Kabinentür, auf der Spültaste der dahinter befindlichen Toilette und an einem Waschbecken entdeckt. Der Toilettendeckel war allerdings zugeklappt und wies keine Spuren auf. Dieselben Fingerabdrücke konnten auf dem Knetmasse-Kelch nachgewiesen werden. Von der Größe her könnten sie von einem Kind stammen. Dazu kommen einige feine Abdrücke eines Textilhandschuhs in der Knetmasse, von größeren Fingern. Auf der Kelchkopie im Museumsschrank waren keine Fingerabdrücke und DNA-Spuren zu entdecken. Der wurde von einem Profi gereinigt. Dann noch ein offener Punkt: Es müssen DNA-Proben der im Museum beschäftigten Mitarbeiter von der Sicherheitsfirma angefordert werden. Die sind alle schon seit einigen Tagen zurück in Stuttgart. Dabei wird uns die Kripo Stuttgart unterstützen.«

Egi hatte die letzten Sätze gar nicht mehr gehört. Vier Worte geisterten durch sein Hirnkästle: »Fingerabdrücke von einem Kind!« Den Egi zerriss es förmlich. Hektische Zuckungen beherrschten seinen Körper.

»Egi, geht's dir nich gut?«, wollte Beate wissen.

»Doch, doch. Alles in Ordnung. Das isch halt a aufregende Sache für mich, wo i do diese Lächerlichkeit enthüllt habe«, versuchte Egi von seiner Not abzulenken.

»Egi, da fällt mir ein, dass du mir noch deinen Bericht geben wolltest«, schaltete Akay sich ein. »Ist der schon fertig?«

Vergesslich war der Anzügler leider auch nicht.

»Ja, so gut wie«, log Egi.

Der Bericht war schon beim Chefmeier. Als Egi ihn getippt und ausgedruckt hatte, hatte er regelmäßig aus seinem Büro gelugt. Nach zweiundzwanzig Minuten hatte er den Chefmeier endlich aus seinem Chefzimmer austreten sehen. Da war Egi schnell hineingehuscht und hatte ihm den Ausdruck auf seine Tastatur gelegt, zur Konfrontationsvermeidung. Dem Akay hatte er nichts gegeben, zur Außenvorhaltung.

»Okay«, meinte der Anzügler. »Dann gib ihn mir gleich, wenn er fertig ist. Bevor ich weitermache, gibt es noch etwas Neues von eurer Seite?«

»Was konntet ihr denn rausfinde?«, gab Egi die lästige Frage an seine Kollegen Beate und Rudi weiter.

Die hatten sich bisher bequem zurückgelehnt. Nun kam Leben in ihre Motorik.

»I hab heut Morgen a Vergleichfallanalysen gemacht. Der KPMD hat mir nur zwei ähnliche Fälle auschg'worfe«, mit KPMD meinte Rudi den Kriminalpolizeilichen Melde- und Auswertungsdienst. »Da wurd mal vor dreizehn Jahren während a Besichtigung a Haufen Ikonen aus'n Kloschter Ottobeuren gestohlen. Drei Jahre später hatte einer bei a Führung versucht, goldene Kerzenleuschter aus'n Schloss Neuschwanstein mitgehe zu lasse. Der war verkleidet wie der Märschenkönig persönlich. Er wurd erwischt, konnt aber fliehen. Die Täter wurde in beide Fälle nit identifiziert.«

»Danke, das bringt uns leider nit weiter«, bedauerte Egi.

Hätte er gewusst, wer damals die Täter gewesen waren, wäre die SOKO Kelch einen großen Schritt vorangekommen mit ihren Ermittlungen.

»Ich bin nich weit gekommen mitta Liste der Museumsbesucher. Ich sollt ja alle widdasprüchlichn Aussagen gegenprüfn. Abba die gehn alle nich ans Telefon. Bin da noch dran«, erklärte Beate. Sie hatte zwei Stunden mit ihrer Mutter in Essen telefoniert. Das machte sie jeden Montagmittag, hatte sich so eingebürgert.

»Danke! Silvia, was kannst du uns zum Täterprofil sagen?«, wollte Akay nun wissen.

Zum ersten Mal redete die Psychotante in zusammenhängenden Sätzen: »Ich denke, es handelt sich sehr wahrscheinlich um einen Kunstliebhaber, der eine heimatliche Verbundenheit zum Allgäu vorweist. Ansonsten könnte man seine Habgier mit viel weniger Aufwand abdecken. Zum Beispiel durch Hauseinbrüche, mit wertvollen Dingen wie Geld, Schmuck, Gemälde oder Skulpturen. Der Kelch muss ihm also sehr wichtig sein. Darüber hinaus muss der Täter über ein hohes Maß an Wissen und Geschick verfügen, um solche Kelchkopien herstellen zu können. Er benötigt für diese Tätigkeiten entsprechende Werkzeuge und Räumlichkeiten sowie Quellen zur Beschaffung der Materialien. Er kann also nicht sehr jung, aber auch nicht sehr alt sein. Ich gehe von einer Frau oder einem Mann zwischen dreißig und fünfzig Jahren aus, die oder der sich sehr gut in der Kunstszene auskennt, aus dem Allgäu stammt oder bereits lange dort lebt. Mit hohen künstlerischen Fähigkeiten und einem religiösen Hintergrund für die Tat. Frage ist, warum es mehrere Kelche gibt. Es könnte sich in diesem Zusammenhang auch um mehr als einen Täter gehandelt haben. Vielleicht wollten sie sich gegenseitig übertrumpfen, und es war eine persönliche Konkurrenzsituation. Wobei einer von ihnen seine Tat in einer humoristischen Weise begangen hat. Er hat einen Knetmasse-Kelch erstellt. Er wollte also, im Gegensatz zu dem anderen Fälscher, dass seine Tat aufgedeckt wird, und damit das Verbrechen ins Lächerliche ziehen.«

»Eine sehr präzise Analyse, Silvia«, sagte Akay. »Das ist wirklich aufschlussreich.«

Mit dieser Meinung stand der Anzügler allein da. Für die anderen war es a Gähner, sie bestaunten lieber zwei triebgesteuerte Vögel in einem Busch vor dem Fenster. Der nächste Besprechungspunkt war die Überprüfung der Angestellten des Museums, der Sicherheitsfirma Secure Edifice GmbH und des Reinigungsdienstes Putzteufel GmbH.

Akay hatte sich bereits einen Plan zurechtgelegt: »Die Büroarbeit können wir von Beate erledigen lassen. Sie kann die Namen aller betroffenen Personen mit dem Polizeiarchiv abgleichen und Verdächtige kennzeichnen. Die nehmen wir genauer unter die Lupe. Dann haben wir mehr Luft für die wichtigeren Dinge. Einwände?«

»Alle Dinge sind hier wichtig, Akay«, erwiderte Egi ganz im Sinne vom Chefmeier. Die Beate könnte auch für Ermittlungen am Museum eingesetzt werden, laufen konnte die ja noch.

»Natürlich, Egi. Da die Beate aber hauptsächlich im Innendienst arbeitet« – Akay sah dabei auf ihren Hinkefuß –, »ist es sinnvoll.«

»I geb dir recht, dass die Beate uns hier unterstütze kann«, bestätigte Egi. »Sie kann alle Mitarbeiter der involvierten Unternehmen überprüfen. Aber die Befragung der Museumsangestellten dürfte uns wichtige Hinweise geben. Das sollten wir besser vor Ort mache, oder?«

Egi sah dem heiteren Schlüsselraten mit Uroma Bruni entspannt entgegen, das könnte er in diesem Zuge gleich mit ansetzen. Aber zu früh gefreut.

»Ganz deiner Meinung, Egi«, erklärte Akay. »Silvia kann das zusammen mit Rudi übernehmen. Bitte sprecht dort mit allen. Es sind nur drei Angestellte und die Museumsdirektorin. Findet raus, wer von der Putzfirma oder der Sicherheitsfirma verdächtig erscheint. Danach fahrt ihr beide zu den *Putzteufeln* und macht das ganze Spielchen andersherum. Einverstanden?«

Der Rudi hatte sich seine Aufgaben bequemer vorgestellt. Am liebsten hätte er den Bürodienst übernommen und das Archiv durchgesehen. Aber der Anzügler hatte die Beate dafür vorgezogen. Mit der Psychotante wollte Rudi nix zu tun haben. Also setzte der nun an, zur Verneinung den Kopf zu schütteln. Als er gerade den ersten Linksschwenk vornahm, spürte er Egis Schuh in der stattlichen Wade. Stechender Schmerz, der hatte ihn unter dem Tisch getreten, eine Frechheit!

Der Egi verfolgte eigene Ziele, auch wenn er Uroma Bruni nun nicht mit in die Ermittlungen einbinden konnte. Rudi könnte die Psychotante im Auge behalten, selbst wenn er nicht der Schlaueste war, besser als nix. Dann könnte die nichts anstellen und vor allem keine Informationen zurückhalten.

Das Enggestirn zögerte kurz. Egi war hier der PHK und trat noch einmal fester zu. Daraufhin überführte der Rudi den Linksschwenk schwungvoll in ein energisches Nicken.

»Sehr schön«, meinte der Anzügler.

»Wir haben ein Problem mit den Sicherheitsleuten«, warf Silvia ein. »Die sind ja alle wieder zurück nach Stuttgart. Sollen wir sie im ersten Schritt telefonisch befragen?«

»Da hast du recht, Silvia. Wir lassen Beate den Arbeitsplan von der Geschäftsleitung anfordern. Dann haben wir die Namen der Leute, die vor Ort gearbeitet haben«, entschied Akay. »Du kannst die dann abtelefonieren. Es existieren hinreichende psychoanalytische Methoden für entfernte Verhöre, oder, Silvia? Wir können mit der Kripo Stuttgart eine Videokonferenz schalten. Die kannst du zusammen mit Rudi durchführen. Danach nimmst du dir die potentiellen Verdächtigen persönlich vor. Die müssen wir dann herbestellen.«

Er schaute in die Runde. Silvia nickte. Die PI Oberstdorf begaffte wieder das mittlerweile wüst aufeinanderhüpfende Vogelpaar vor dem Fenster. Egi wollte jetzt aber doch eingreifen, zur angemessenen Vertretung der Anliegen des nicht anwesenden Chefmeier. Sonst gäb's wieder a Watschn. Denn der Rudi in einer Videokonferenz, das war wie ein Neandertaler auf der Raumstation.

Egi sprach: »Videokonferenz hin oder her, wenn die Typen nit vor uns sitze, dann können die uns doch wer weiß was vormache. Selbscht wenn wir die so nah ranzoomen, dass man den kleinste Popel sehe kann, der Gesamteindruck von derer Körpersprache fehlt uns. I halt nix davon. Dann fahr i lieber selbscht nach Stuttgart.«

Rudi wollte mit dem Einsatz solch moderner Gerätschaften auch nix zu tun haben und meinte: »Akay, ehrlisch, meinst, dass so was funktioniere kann? I möcht das nit dem Chefmeier verklären, wenn uns Verbrecher durch die Lappen gehen, weil wir uns Videos angesehe habe.«

»Rudi, wir schauen uns keine Videos an«, erklärte Akay, Rudi verstand davon kein Wort. »Bei einer Videokonferenz handelt es sich um ein synchrones, audiovisuelles Kommunikationsmittel zwischen räumlich getrennten Gesprächspartnern. Bei der Kripo Kempten ist das eine alltägliche Sache. Ich entscheide jetzt, dass wir das genauso machen. Die Silvia hat große Erfahrung mit solchen Befragungen und kann uns hier einiges an Arbeit und Zeit ersparen.«

Ja, war denn dieser Anzügler durch nichts aus der Fassung zu bringen? Der plante alle PI-Leute dort ein, wo sie am wenigsten zu gebrauchen waren. So hatten die null Einflussmöglichkeiten. Egi gab alles zur Boykottierung, der Anzügler blieb aber unbeeindruckt auf Kripokurs. Die PI Oberstdorf manövrierte er direkt uffs Abstellgleis! Die lag ja auch direkt am Bahnhof. Wie konnte der PHK das dem Chefmeier beibringen? Gar nicht.

Akay fuhr fort: »Die Auswertung der Log-Daten des Sicherheitssystem müssen noch einmal komplett durchgesehen werden. Es steht auch noch die Überprüfung der Zugriffe auf die Museums-Website aus. Der richterliche Beschluss liegt uns vor. An diese beiden Aufgaben setze ich mich morgen Vormittag. Zusammen mit Egi, da er selbst in gewisser Weise ein Opfer des Diebstahls und damit befangen ist. Er bleibt also von der Befragung der Beteiligten verschont.«

Egi brach der Schweiß aus. Mit'n Anzügler die Techniklisten durchgehen? Das war die Zumutung schlechthin. Erstens wollte er null Komma nix seiner Lebenszeit mit dem alleine verbringen. Zweitens würde Egi gar nix zu den Auswertungen beitragen können, weil der Egi nämlich gar nix davon verstand, von dem IT-Kauderwelsch. Und drittens konnte Egi so keine Befragungsergebnisse manipulieren. Was, wenn da jemand etwas von der Belli ausplauderte? Das würden dann alle mitbekommen. A Horror war das. Egi musste sofort einschreiten, sonst …

Akay plante routiniert weiter: »Als letzten Punkt sind die Befragungen der Senioren vorzunehmen. Das waren um die vierzig ältere Damen und Herren. Ich denke, das Beste ist, wir fahren am Dienstagnachmittag gemeinsam zur Oberstdorfer Gold-Residenz. Wir können nach dem Kaffeekränzchen mit den Herrschaften sprechen. Jeder hat circa zehn Personen zu befragen. Zu viert sollten wir das in einigen Stunden erledigt haben, denke ich. Einwände?«

Natürlich keine Einwände. Es mangelte an Argumenten gegen so eine ausgefeilte Kripologik. Keiner traute sich mehr, etwas zu sagen. Denn eins war klar: Der Anzügler war von der Kripo Kempten eingesetzt worden, weil er gewissenlos alle Zuständigkeiten an sich zog. Wie ein Staubsauger war der da. Und wie ein Laubbläser, wenn es um die Verteilung der niederen

Aufgaben ging. Der hatte alles fest im Griff. Anders als der PHK der PI Oberstdorf, der saß da wie a Depp.

* * *

Beate hatte am Dienstagmorgen alle fraglichen Personen überprüft. Die SOKO Kelch versammelte sich kurz vor ihrem Schreibtisch.

»Endlich ma widda alle zusamm in mein Büro. Nä, wat schö!«, meinte sie und bot allen einen Kaffe an.

Akay fiel als Einziger darauf herein und nahm eine Tasse. Der mediterrane Teint des Anzüglers färbte sich nach dem ersten Schluck abrupt gelb. A Freud' war's für'n Egi.

Beate erzählte: »Ich hab dat alles durchgeguckt. Da warn nur Einträge zu zwei Männan ausser Zeugenliste im Polizeiregister: Herbert und Robert Lollinger. Dat sind zwei achtundsechzichjährige Zwillinge und Kleinkriminelle. Leben seit einiga Zeit inna Oberstdorfer Gold-Residenz. Die ham sich damit gerüchtehalber zur Ruhe gesetzt.«

Als Egi das hörte, da dämmerte es ihm. Da war doch etwas gewesen, mit alten Opas. Eine Durchforstung seiner Schublade mit den Notizzetteln vom Eröffnungstag war erforderlich. Zur Erinnerung schrieb er sich das Wort »Schublade« auf einen kleinen Zettel. Der kam in seine Hosentasche.

»Interessant«, meinte Akay.

* * *

Vier Wochen zuvor:

»Herrgott, was ist das langweilig hier«, dachten sich Herri und Robbi in ihrer neuen Unterkunft, der Oberstdorfer Gold-Residenz.

»Alte Ganovenzwillinge« wurden sie genannt, und das nicht

zu Unrecht. Sie konnten mit einer ordentlichen Litanei an Straftaten aufwarten. Ihre amtlichen Namen waren Herbert und Robert Lollinger. Sie waren beide achtundsechzig Jahre alt und erfreuten sich bester Gesundheit. Trotz allem hatten sie sich zur Tarnung mit Rollatoren ausgestattet. Das wirkte schön harmlos, wirklich eine praktische Sache. Sie hielten sich seit Jahrzehnten im Oberallgäu auf, sprachen jedoch keinen reinen Dialekt. Die verlogene Betonung verriet sie. Die waren Fremde, das war klar.

Die Zwillingsbrüder wohnten seit zwei Monaten in der neuen Seniorenwohnanlage. Diese lag im ruhigen Nordwesten Oberstdorfs, direkt an der Breitach, an ein kleines Waldstück angrenzend. Ein herrschaftlicher Altersruhesitz von der Stange. Ausstattung der protzigen Wohnungen: Panoramafenster, Hochglanz-Profiküchen, Designbäder, blitzeblankes Stabparkett, Etepetete-Möbel und wuchtige Balkone. Das alles nebst repräsentativer Parkanlage mit Bundesgartenschau-Ambiente. Als Sichtschutz dienten akkurat mit Lineal gestutzte Hecken hinter dem schmiedeeisernen Zaun. Nix mit Einblicken in die nackten Tatsachen der Poollandschaft, Milch und Honig flossen im Verborgenen.

Und dort lebten jetzt die Ganovenzwillinge. Sie badeten in Alpenmilch, aßen Wildblumenhonig und nahmen an vielen Veranstaltungen teil. Bei der freitäglichen langen Tanznacht waren sie Stammgäste, getrennt wohlgemerkt.

Gesichtstechnisch bestand bei den alten Ganovenzwillingen eine frappierende Ähnlichkeit. Die Gefahr der Verwechslung bestand allerdings nicht, Herri war mit 1,74 Metern um acht Zentimeter größer als Robbi. Bereits in der gemeinsamen Fruchtblase hatte der Lange sich mehr einverleibt. Robbi zog meist den Kürzeren, obwohl er der Intelligentere war – meinte der Kurze.

»Hier geht ja gar nichts ab bei der beigen Fraktion«, sprach Robbi eines Abends, als sie sich notgedrungen am Buffet unterhielten. Er flanierte als Einziger in Jeans und buntem Hemd.

»War doch klar«, brummte Herri in beigen Gewändern. »Was erwartest du von den ausrangierten Herrschaften? Gehörst ja selbst dazu. Da hilft dir das grüne Hemd gar nix.«

Robbi sah ihn an. Er hätte ihm gerne eine Schüssel mit Vanillecreme und Kirschen über den Kopf gestülpt.

»Und du? Du bist hier der große Macher, oder was?«, stichelte er über den langen Herri.

Robbi drehte sich um und begab sich mit seiner gegrillten Putenbrust an Polenta-Sternle mit Lauchgemüse zu einem Tisch weit weg von dem seines Bruders. Die Allgäuer Schmankerln ließ er links liegen. Die hingen ihm zum Hals heraus.

Herri sah ihm wütend nach und gesellte sich zu Gundi und Berta, um mit ihnen über das Kartoffelgratin mit Vegi-Bratlingen an einer Variation aus grünen Blattsalaten herzufallen. Die Allgäuer Schmankerln konnt' er nimmer sehn.

Ganz klar, hier mangelte es an Euphorie, Nervenkitzel und Turbulenz im Gaunerleben. Die mussten einfach wieder wo einsteigen, das Schießeisen schwingen, in ängstliche Augen blicken. Zusehen, wie andere sich in die Hosen machten, und ihre Macht genießen, wie früher.

Hervorragend, als sie eines schönen Morgens im Frühsommer dieses Jahres die Zeitung lasen. Da waren wichtige Informationen enthalten, aus Oberstdorf. Über die Eröffnung des neuen AllgäuerAlpenMuseums und der Hauptattraktion, dem wertvollen Heiligen Kelch. Der war in der NS-Zeit verschwunden und nach achtzig Jahren unter mysteriösen Umständen wieder aufgetaucht. Alle waren hinter dem her gewesen. Ein Gedanke durchfuhr die Ganovenzwillinge. Ein schändlicher Gedanke, ein Gedanke ganz nach ihrem Geschmack.

* * *

Rudi und Silvia fuhren am Montagnachmittag gemeinsam zum Museum. Totenstille herrschte im Dienstwagen, die Fahrt so lang wie ein Flug zum Mond. Rudi verabscheute Silvia und ihren Psychokrimskrams. Silvia fand den engstirnigen Rudi abstoßend. Nun waren sie ein Ermittlerteam und schon angenervt, bevor sie überhaupt jemanden vernommen hatten.

Das nervtötende Schweigen musste überschallt werden, Silvia schaltete das Autoradio ein. Wie in vielen Dienstwagen der Kripo Kempten lief SWR3. Das passte Rudi überhaupt nicht, zu moderne Musik. Also schaltete er um auf BR-Heimat. Silvia wählte wieder SWR3. Daraufhin Rudi wieder BR-Heimat.

»Die Klügere gibt nach«, war das Einzige, was die Psychotante während der Fahrt von sich gab, von ihrem schrägen Gepfeife einmal abgesehen, damit begleitete sie das unerträgliche Tubagedröhne.

Rudis Mundwinkel zogen sich nach unten. Er musste das Radio etwas lauter stellen, zur Übertönung des Pfeifkonzerts. Die Psychotante gab wieder nach, als Klügere.

Der Zielort war nach endlosen Minuten erreicht. Als sie einparkten, war der Museumsparkplatz beinahe leer. Vereinsamt stand dort der schwarze BMW der Birkenbacher auf einer der VIP-Parkbuchten.

Rudi und Silvia mussten die Museumsdirektorin, zwei weibliche und einen männlichen Mitarbeiter anhören. Die Birkenbacher verfügte über einen glaubwürdigen Zeugen, zumindest war die PI Oberstdorf dieser Meinung. Denn die Birkenbacher hatte während der Museumseröffnung neben dem PHK gestanden und ihm einen Tag zuvor die verqueren Sicherheitsvorkehrungen erklärt. Silvia wollte sie daher nur zum Ablauf des Morgens vor der Kelchenthüllung und zum Versagen des Sicherheitssystems befragen. Rudi hatte sich etwas anderes zurechtgelegt, er schaffte ja für den umtriebigen Chefmeier.

Silvia ergriff gleich das Wort: »Frau Birkenbacher, was genau haben Sie vor der Eröffnung im Museum getan beziehungsweise beobachten können?«

Die Birkenbacher verzog keine Miene: »Am Vortag war

Kommissar Huber da. Mit seiner kleinen Tochter. Die hat nach der Grundreinigung noch unser Damen-WC benutzt. Als sie gegangen waren, wurde der Kelch aufgestellt. Dann habe ich das Sicherheitssystem aktiviert und das Museum verriegelt. Am Samstag habe ich wie jeden Morgen das Museum durch den Haupteingang betreten. Für die Schließanlage benötigt man einen Schlüssel und einen Sicherheitscode. Meine Mitarbeiterinnen Andrea und Stefanie Brunner und der Kassenwart Jens Pfennig standen bereits vor dem Museum und sind zusammen mit mir reingegangen.«

»Haben Sie etwas Ungewöhnliches bemerkt? War alles so, wie sie es am Vortag verlassen hatten?«, wollte Silvia wissen.

»In den Räumlichkeiten selbst war nichts Auffälliges. Alles stand an seinem Platz. Alles war sauber. Das Podest für den Heiligen Kelch war wie am Abend zuvor mit einem Abdecktuch verhüllt. Darunter konnte man die Konturen eines Kelches erkennen. So kurz vor der Eröffnungszeremonie habe ich leider nicht mehr unter das Tuch geschaut. Ich muss zugeben, das war ein unverzeihlicher Fehler von mir.«

Kein Bedauern in ihrer Mimik. War das Ganze überhaupt ein Verlust für die Birkenbacher? Rudi dachte nicht weiter darüber nach. Die Silvia schon. Silvias Einmischung war für das Enggestirn eine Unverfrorenheit. Das war seine Befragung, in seinem Oberstdorf, auch wenn er sie gar nicht hatte übernehmen wollen. Da hatte die Psychotante nix zu suchen. Er musste Silvias Konzept über den Haufen werfen.

Im Dienst war schön Hochdeutsch zu sprechen, wie vom Chefmeier angeordnet. Rudi fragte: »Frau Birkenbacher, a wichtige Sachen: Hat no jemand außer Ihna a Schlüsseln für'n Museumscheingang und die Nummer für diesen Sischerheitskaschten an'er Tür?«

»Aktuell haben ich und der Kassenwart jeweils einen Schlüssel und den Zugangscode.« Die Birkenbacher überlegte. »Aber den Code hat auch die Firma Secure Edifice GmbH. Er wurde bisher nicht geändert. Allerdings mussten sie mir ihren Schlüssel bereits vor einigen Tagen zurückgeben. Ohne den kriegt man die Tür nicht auf.«

»Wie viele Schlüsseln gibt's denn?« wollte das Enggestirn wissen. Ja keine Redepause für die Psychotante einlegen.

»Na, drei. Die Secure Edifice GmbH hat die Schlösser im Museum verbaut. Für den Eingang hatten sie drei Schlüssel anfertigen lassen, von denen ich während der Bauzeit zwei erhalten habe. Den dritten hat Finn Schönfeldt von der Sicherheitsfirma, um seinen Mitarbeitern auch bei meiner Abwesenheit die Tür öffnen zu können. Diesen Schlüssel hat er aber vier Tage vor der Eröffnung abgegeben. Einen Tag vor der Eröffnung habe ich meinen Zweitschlüssel dann dem Kassenwart übergeben. Damit er den Eingang für die Besucher öffnen könnte, falls ich unpünktlich sein sollte.«

Bei der Nennung von Finns Namen sprühten Funken in den Augen der Museumsdirektorin. Der Silvia fiel es gleich auf. Dem Rudi nicht. Das Enggestirn musste am Ball bleiben.

Er fragte: »Hatte der Reinigungsdienscht denn ah Schlüsseln?«

»Nein. Ich war immer anwesend, wenn die das Museum betreten haben. In einem Museum mit derartigen Kunstschätzen kann man solchen Leuten doch nicht trauen«, meinte die Birkenbacher.

Rudi, einige Zentimeter kleiner als sie, schaute bei seiner Frage zu ihr auf. »Wo befindet si denn jetza der Drittschlüssel, verehrt' Direktorin?«

Für Silvia kaum fassbar, die Blödsinnigkeit seiner Fragen.

»Na, den haben Sie! Ein Polizeibeamter hat ihn doch am Ufer des Speichersees gefunden«, sagte die Birkenbacher genervt.

Rudi schnellte eine Hitzewelle ins Haupt. Welch Peinlichkeit, jetzt nur noch das Gespräch beenden. Völlig irrelevant die ausgelassene Frage, warum ihr der Drittschlüssel, den Finn

Schönfeldt bei ihr abgegeben hatte, abhandengekommen war. Zumindest dem Rudi war's egal.

»Ja, natürlisch, da haben S' recht«, meinte er knallrot. »Das war nur a freche Überprüfung meinerseits, ob S' mit'er Verteilung der ganze Schlüsseln ah nit durch'nandergekomme sin. I danke Ihna rescht schö fürs nette Gespräch. Sie haben's sehr geholfe. Wir würde jetza gern no Ihra Angestellte befrage.«

»Gut, ich führe Sie zu ihnen. Die sind bestimmt wieder hinten in der Küche und machen Pause.« Erleichterung macht sich bei der hochnäsigen Dame breit.

Entsetzen bei Silvia. Wie konnte Rudi nur jetzt schon das Gespräch beenden? Nicht eine Frage zu den zweifelhaften Sicherheitsvorkehrungen oder zum Verschwinden des einen Eingangsschlüssels. Silvia hätte der Birkenbacher gerne noch einiges Unbehagen bereitet, mit ihrer Sicherheitsaffäre, um sie aus der Fassung zu bringen. Etwas stimmte hier nämlich ganz und gar nicht.

Das Enggestirn und die Museumsdirektorin standen schon in der Tür zur Küche. Die Silvia hatte mit ihren Kripo-Stöckelschuhen nicht mithalten können. Ihr »Moment einmal, warten Sie!« überhörten alle.

Die Museumsmitarbeiterinnen Andrea und Stefanie Brunner und der Kassenwart Jens Pfennig saßen in der Angestelltenküche. Bei denen war Pause machen Prio 1. Sie schienen alle um die dreißig Jahre alt zu sein.

Sie hatten sich offensichtlich beim Café Franziskus in der Oststraße 1 in Oberstdorf versorgt, das stand zumindest auf mehreren Tüten gefüllt mit süßen Leckereien, die man eigentlich am Nachmittag zum Kaffee oder Tee verspeisen würde. Vor den beiden Schwestern stand jeweils ein Teller bestückt mit verführerischen Kuchenteilchen.

Rudi, ein bekennender Kuchenfan, musste sich enorm zusammenreißen, um seine Hände von unerlaubten Zugriffen abzuhalten. Jens Pfennig biss gerade genussvoll in ein flaches rundes Schokoladenstück. Um das beneidete ihn Rudi aber nicht im Geringsten. Denn es sah aus wie ein Kuhfladen.

Die Frauen lachten. Der Kassenwart jodelte. Eine Gaudi in der Küche. Bis sie die Birkenbacher erblickten. Da verdunkelten sich ihre Gemüter.

Jens legte den Schoko-Kuhfladen zurück auf seinen Teller. Das Enggestirn schaute ihn ungläubig an. Das Getue der jungen Leute heutzutage war für ihn unverständlich. Sein eigener Sohn entwickelte sich ebenfalls zu so einem Hedonisten. Der nahm nichts ernst, auch er war ein Kind der Spaßgesellschaft (auf Allgäuerisch: Du hosch jo nimme alle Latte am Zaun).

Silvia bemerkte den Konflikt zwischen der diktatorischen Museumsdirektorin und ihren spaßigen Angestellten. Rudi dachte weiter über die Kuchenstückle nach.

»Hier sind zwei Polizeibeamte«, meinte die Birkenbacher. »Die möchten mit Ihnen über den Diebstahl des Heiligen Kelches reden. Ich muss kurz wegfahren, bin aber auf dem Handy erreichbar.«

Und schon war sie weg. Silvia hatte heute keine zweite Chance, sich die Museumsdirektorin vorzunehmen.

Rudi wollte nicht noch einmal in der zweiten Reihe stehen, er preschte sofort vor. Silvia blieb der Mund offen stehen, unausgesprochene Worte stauten sich an ihren rot getünchten Lippen. Eigentlich hätte man jetzt die Zeugen getrennt befragen müssen, um Widersprüche herausarbeiten zu können. Der PI-Depp hatte keine Ahnung davon und fing gleich an.

»Bitte schildern S' uns, was S' genau vor der Kelsch-Enthüllung getan und beobachtet habe.« Das Enggestirn schaute sie auffordernd an.

Damit verursachte er unsichere Blicke zwischen den drei Museumsangestellten. Dann meldete sich Jens als Erster zu Wort: »Also, wir sind an dem Morgen gemeinsam um kurz vor acht mit einer Gondel zur Mittelstation hochgefahren und zum Museum rübergelaufen. Die Tür war noch verschlossen. Nach einigen Minuten kam die Birkenbacher mit ihrem BMW vorgefahren und hat uns reingelassen. Den Zugangscode und einen Schlüssel hatte ich zwar schon, aber das war nur für den Notfall. Sonst durfte ich in ihrer Abwesenheit nicht aufschließen. Wie geplant haben wir alle die Räume kurz gecheckt und geprüft, ob alles noch so dasteht wie am Vortag. An den Kelch durften wir aber nicht rangehen. Dann sind wir ohne die Birkenbacher in die Küche und haben uns Kaffee gekocht. Nach einer Viertelstunde stand dann die Chefin in der Tür und forderte uns auf, endlich die Gläser für den Sekt aus den Schränken zu holen und auf mehrere Tabletts zu verteilen. Die Flaschen lagen im Kühlschrank. Da sind sie jetzt immer noch. Es sollten nach der Eröffnung die Korken fliegen. Die Birkenbacher hatte zu der Backstage Party den Bürgermeister, Leute aus dem Rathaus, aus der Kunstszene und aus Zeitungsverlagen eingeladen. Aber dazu kam es dann nach der Enthüllung nicht mehr. Sie wissen ja, warum.«

Nicken der Brunner-Schwestern.

Rudi fragte sie trotzdem: »Das können S' beide bestätige?«

»Ja.«

»Genauso war es.«

Silvia musste einschreiten, damit sie nicht wieder den Faden verlor: »Sagen Sie im Vertrauen, ist Ihnen am Verhalten Ihrer Chefin etwas aufgefallen? Sie wirkt sehr kühl auf mich. Sie können bei Ihren Worten natürlich sicher sein, dass nichts von Ihren Aussagen an Frau Birkenbacher weitergegeben wird.«

Rudi schaute Silvia wütend an.

Andrea, die ältere der beiden Schwestern, sah sich gezwungen zu antworten. Sie sprach flüsternd, obwohl die Birkenbacher gerade das Museum verlassen hatte. Es hingen ja überall Videokameras, hier wurde bestimmt alles aufgenommen.

»Wir fühlen uns hier nicht sehr wohl. Uns gegenüber hat die Birkenbacher immer einen Befehlston drauf. Die ist eine berechnende Schlange und nur auf ihren Vorteil aus. Sie ist herrschsüchtig und kontrolliert alles, was wir hier tun. Das geht manchmal echt zu weit. Nichts mit Vertrauen und Teamarbeit, wie es in der Stellenanzeige stand. Zum Glück verstehen wir drei uns gut. Sonst wär's hier nicht auszuhalten.«

»Andrea hat vollkommen recht«, hauchte daraufhin Stefanie. »Sie schikaniert uns mit blöden Aufgaben, damit wir ja keine einzige Minute unbeschäftigt sind. Wir mussten zum Beispiel kurz vor der Eröffnung alle Museumsschränke überprüfen, ob da nicht unerwünschtes Zeugs drin ist. Dabei ist uns aufgefallen, dass ein Schrank ein kaputtes Schloss hatte und ein anderer abgeschlossen war und der Schlüssel fehlte. Da ist sie ausgerastet und hat uns angeschrien, dass wir unnützes Pack sind, das keine Ordnung halten kann. Sie schwätzte was von 'Noch ein Schlüssel weg' und wollte den abgeschlossenen Schrank aufbrechen. Hatte aber kein Werkzeug dafür zur Hand. Sie fluchte und schaute immer wieder zu dem Podest mit dem Heiligen Kelch, als wäre was nicht in Ordnung. Dann standen da auch schon die ersten Besucher vor der verschlossenen Tür. Man kann durch die ganzen Glaswände durchsehen, also hat sie nichts weiter unternommen und uns in die Küche geschickt. Da ist Jens aufgefallen, dass das Fenster nicht richtig im Rahmen saß. Aber wir haben uns nicht mehr getraut, was zu unternehmen. Die Birkenbacher war so schon auf hundertachtzig, ist direkt in ihr Büro und hat die Tür zugeknallt. Sie kam erst wieder raus, als Ihr Kollege, der Kommissar Huber, ankam.«

»Noch ein Schlüssel weg«, hatte die Museumsdirektorin gesagt? Das war ja ein Jackpot! Rudi hatte mit seiner Schlüsselfragerei bei der Birkenbacher ins Schwarze getroffen. Das war sozusagen ein Schlüsselerlebnis, in dem sie sich hier befanden.

Die Psychotante sah das jedoch ganz anders. Sie wollte erst gar keine PI-Zufriedenheit aufkommen lassen. »Das sind sehr aufschlussreiche Aussagen«, meinte sie. »Wir würden Sie aber gerne in der Polizeiinspektion weiter befragen. Hier ist ganz offensichtlich nicht der richtige Ort dafür.«

So könnte Silvia sie doch noch getrennt befragen, ohne das Enggestirn.

»Ich habe noch eine abschließende Frage« sagte sie, da heute noch weitere Befragungen anstanden. »Ist Ihnen von den hier involvierten Arbeitern jemand verdächtig vorgekommen?«

Kopfschütteln mal drei. Dann aber erhellte sich plötzlich Jens Pfennigs Miene.

»Der Finn Schönfeldt von der Sicherheitsfirma, bei dem ist der Name Programm. Der war auffällig hübsch und ein Draufgänger. Oder, Mädels?« scherzte der Kassenwart.

»Das stimmt«, meinte Andrea und lachte.

Stefanie wechselte stumm ihre Gesichtsfarbe ins Purpurne.

»Und wir haben immer Witze darüber gemacht, dass er dauernd bei der Birkenbacher im Büro rumhing. Der hatte ständig einen Grund dafür, mit ihr unter vier Augen zu sprechen. Und die sind auch mal gemeinsam nach Feierabend in ihrem BMW weggefahren. Aber wie ein Verbrecher kam der nicht rüber. Eher wie ein Faulpelz und Frauenheld«, urteilte Jens.

Bei Rudi entwickelte sich ein Grinsegesicht. Über Silvias Kripo-Haupt erschienen kreisende Fragezeichen. Sie legte sich gerade eine ausgeklügelte Anmerkung zurecht, da verabschiedete sich Rudi plötzlich wieder, der hatte genug von dem ganzen Geschwätz hier.

»Vielen Dank für Ihra Schilderungen! Wir werden's bei Ihna melden, um an Termin für a weiteres Gespräch zu vereinbaren. Halten S' si bitte diese Wochen dafür bereit. Griaß Gott!«

Rudi ging. Silvia stand unschlüssig herum. Niemand schien sie hier zu mögen, wie früher in der Schule und an der Uni.

Die drei vom Museum widmeten sich wieder ihren Schlemmereien, sie ignorierten die grell geschminkte Psychotante im Armani-Kostüm. Die stöckelte daraufhin hinter Rudi her, zum Kripo-Dienstwagen.

Per Smartphone informierte Silvia Akay über ihre bisherigen

Ergebnisse. Die Psychotante stellte die Befragung dar, als hätte sie sie geleitet. Dann tat sie noch so, als hätte sie den Treffer mit den fehlenden Schlüsseln gelandet. Dem Rudi kam die Galle hoch. Er ballte stumm seine Fäuste.

Die nächste Station war der Reinigungsdienst Putzteufel GmbH. Der hatte ein kleines Büro im Westen von Oberstdorf. Die fraglichen Mitarbeiter standen in Reih und Glied bereit. Silvia hatte die Kripo Kempten angemeldet, entsprechend ging denen das Hinterteil auf Grundeis.

Mit herausragender Intelligenz waren sie nicht gesegnet. Nach den Einzelgesprächen war selbst Rudi klar: Die zwei Putzfrauen, der eine Putzmann und die Vorarbeiterin Rosi Roth konnten keine Kriminelle sein, der Grips reichte dafür einfach nicht. Genauso wie die Ambitionen, das Wissen und das Geschick, um eine derartige Diebesaktion durchzuführen.

Das Ergebnis dieser unnützen Befragungen war: Keine nennenswerten Beobachtungen, nichts Verdächtiges, keine Ungereimtheiten – alles wie immer in der Putzkolonne. Selbst der Disput zwischen der Museumsdirektorin und ihren Angestellten war keinem aufgefallen. Die befehlshaberische Art der Birkenbacher aber schon. Die hatte sie ganz schön gescheucht, die Wischmopps hatten im Akkord schaffen müssen.

Die Putzteufel hatten die spektakuläre Enthüllung dann gar nicht mehr mitbekommen, nach ihrer Putzwut. Und interessierte Nachrichtenverfolger waren sie bestimmt nicht, unklar, ob sie nach ihrem Dauereinsatz noch etwas über das Museum wissen wollten. Sie hatten auch erst gar nicht verstanden, warum die Kripo Kempten überhaupt hier antanzte.

Mit einer Ausnahme: Die Rosi Roth schien trotz ihres erheblichen Sehfehlers sehr gut informiert zu sein. Ihr Hörvermögen war beachtenswert. Sie erwähnte mehrmals vertrauliches Geflüster zwischen der Birkenbacher und dem schönen Finn. Dabei war es um Treffen außerhalb des Museums gegangen. Eine

Bestätigung der bisherigen Vermutungen: Die zwei Turteltaunben hatten was miteinand'!

* * *

Dreieinhalb Wochen zuvor

Belli fand ihren Stubenarrest gar nicht mehr so schlimm. Ihr war für die Rache an ihrem Papi eine tolle Idee gekommen. Sie hatte sich an eine Geschichte vom letzten Jahr erinnert, wie Papi schon einmal ganz gemein zu ihrem Lieblingsonkel Volker gewesen war, dem Lügenbaron.

Onkel Volker war Mitglied im ESV Immenstadt – Tennisclub Bühl am Alpsee und hatte letzten Sommer unerwartet ein Turnier gewonnen. Die stärkeren Gegner waren allesamt im Urlaub gewesen. Es sollte ein Foto für die Zeitung gemacht werden. Dafür war nur wenig Zeit gewesen, denn ein Sommergewitter hatte sich genähert. Es blitzte und donnerte bereits in der Nähe. Onkel Volker stieg mit dem Pokal auf das Siegertrepple, der Wind brachte ihn dabei zum Wanken. Im Stolperschritt verlor er einen seiner neuen Tennisschuhe. Papi stand direkt parat und bot gnädig an, das Ehrenstück, den Pokal, zu halten, damit Onkel Volker den Schnösel-Treter schnell wieder anziehen konnte. Die ersten Tropfen fielen vom Himmel, statt der Siegertrophäe reichte Papi ihm eine Bierdose aus dem Discounter in die Hand. Onkel Volker wusste nicht, wie ihm geschah, ein dümmlicher Gesichtsausdruck machte sich breit. In diesem Moment waren schon mehrere Fotos geschossen. Der Fotograf rannte zum Auto, seine Kamera sollte nicht nass werden, dann fuhr er davon. Ein tobender Onkel Volker stand da, vor ihm ein herzlich lachender Papi. Es sorgte für Belustigung bei allen Anwesenden.

Als dann der Bericht in der lokalen Tageszeitung erschien, war Onkel Volker äußerst erzürnt gewesen. Überschrift: »Der begehrte Pokal ging an den überglücklichen Prof. Dr. Volker

Huber«. Das Foto dazu ein Eklat: Es zeigte ihn mit Billigbier, zerzauster Sturmfrisur, losem Tennisschuh und hängenden Mundwinkeln auf dem Siegertrepple. Da hatte es Geratsche und Gelächter bei Onkel Volkers Freunden, Arztkollegen und Patientinnen gegeben.

Belli dachte, dass das sehr ungerecht von Papi gewesen war. Sie wusste jetzt, wie sie sich für den Stubenarrest und auch im Namen von Onkel Volker rächen könnte. Papi würde dann genauso deppert dastehen. Es gab ein neues Museum im Osten von Oberstdorf, an der Nebelhornbahn, das würde bald eröffnet werden. Und Papi würde auch bei der Eröffnung dabei sein. Er durfte, wie er erzählt hatte, *aufgrund besonderer Verdienste ehrenhalber* ein Ausstellungsstück enthüllen. Das war so ein alter goldener Kelch, von dem Belli bereits ein Foto gesehen hatte. Die Enthüllung sollte für überregionale Zeitungsartikel fotografiert werden.

Ganz klar, was sie in der einen Woche Stubenarrest zu tun hatte: Sie würde den Kelch nachbauen, und zwar in einer ganz blöden Variante. Sie müsste ihn dann in das Bild halten, wenn der Fotograf abdrückte. Sie entschloss sich, Onkel Volker zu fragen, ob er bei der Museumseröffnung dabei sein wollte. Der würde sich freuen.

* * *

Die SOKO Kelch hatte am Dienstag von Hannes, dem Chef der Technikjungs, eine Auswertung der Log-Daten des Sicherheitssystems des Museums erhalten. Die kryptischen Originaldateien hatte er mitgeliefert. Nico hatte noch eine Liste mit internen und externen Website-Zugriffen auf die Museums-Homepage übergeben. Er hatte Auffälligkeiten mit verschieden farbigen Textmarkern angestrichen. Nun brütete Egi, der IT-Verweigerer, mit Akay, dem digitalen Überflieger, über den Ausdrucken.

»Das Sicherheitssystem des AllgäuerAlpenMuseums verdient seinen Namen nicht!«, ärgerte sich Akay. »Da funktioniert nichts. Abgesehen von der Alarmanlage am Eingang und dem Sensor auf dem Podest, der von der Fliege lahmgelegt wurde. Wieso die Birkenbacher das überhaupt abgenommen hat, ist mir ein Rätsel.«

»Die war damit überfordert. So Kunsthuber verstehen nix von Technik. Die isch ins offene Messer gelaufe«, meinte Egi, um überhaupt etwas dazu beizutragen. »Dieser Finn Schönfeldt, mit dem sie was am Laufen hatte, der hat sie nit gewarnt. I bin mir sicher, der wusste was.«

»Der war nur darauf aus, die Alte flachzulegen«, bestätigte Akay. »Aber das kann uns egal sein. Wir fassen jetzt die Sicherheitsmängel kurz zusammen, damit wir eine überschaubare Liste haben. Die anderen wollen keinesfalls die ganze Auswertung von Hannes lesen.«

»Super«, meinte Egi erleichtert, »dann hab i auch was für'n Chefmeier. Schreib's bitte verständlich.«

Akay runzelte die Stirn. Hatte der PHK ihm gerade eine Arbeitsanweisung gegeben? Er tippte einige Stichpunkte auf seinem Notebook, schneller, als Egi lesen konnte. Egi konnte den Inhalt gar nicht erfassen. Akay hatte unbemerkt ein paar Fachausdrücke eingebaut, für'n Chefmeier. Er hoffte auf neuen internen Ärger für den PHK.

Wie lahm Egi doch dagegen an seinem Rechner arbeitete. Er überlegte, was ihn da weiterbringen könnte. Vielleicht ein Schreibmaschinenkurs? So hatte man das zumindest früher genannt. Mit zehn Fingern zu tippen, hatte er bis heute als unnütz abgetan. Aber jetzt war er PHK und musste sich weiterbilden, um dem Puls der Zeit zu folgen.

»Das Nächste ist die Liste der Website-Zugriffe. Nico hat uns da schon einiges markiert. Zum Beispiel hier«, Akay zeigte auf einige Zeilen, die als interne Zugriffe gekennzeichnet waren. Egi hätte es ohne seine Erläuterungen nicht kapiert. »Das waren die Birkenbacher und Mitarbeiter des Museums. Die haben getestet, ob die Links richtig funktionieren. Ich sehe da nichts Auffälliges. Bei den externen Zugriffen hat Nico uns schon angestrichen, welche vom Webdesigner bzw. Programmierer stammen, der dem Museum die Homepage eingerichtet hat. Da sind auch einige Tests hin- und hergelaufen, sieht plausibel aus.«

Für Egi sah hier nichts plausibel aus, von den maschinellen Aufzeichnungen verstand er überhaupt gar nix. Jede Zeile führte ihn in tiefere Verständnislosigkeit. Sie begannen mit einem ellenlangen Zeitstempel, er beinhaltete Jahr, Monat, Tag, Stunde, Minute und Sekunde. Egi hatte erst nicht begriffen, was das für eine Zahl sein sollte. Der Rest einer solchen Zeile bestand aus aneinandergereihten, mit Semikolon getrennten englischen Ausdrücken. Nichtssagend, das ganze Kauderwelsch.

»Aber hier«, fiel Egi dann doch auf. »Das hat der Nico rot hervorgehobe.«

Farbenblind war er noch nicht, der PHK. Rot als Signalfarbe, das musste etwas Wichtiges sein.

»Richtig, Egi. Da sind tatsächlich einige Aufrufe aus der Oberstdorfer Gold-Residenz. Denen wollen wir heute sowieso einen Besuch abstatten. Auffällig, wie oft nach den Informationen zum Bau des Gebäudes geschaut wurde. Aber möglich, dass die Alten so vergesslich sind, dass sie zigmal das Gleiche angeklickt haben. Das Problem wird sein, herauszufinden, wer da ein verdächtiger Surfer ist. Ich vermute, dass die Senioren über einen zentralen PC in der Seniorenwohnanlage oder über deren WLAN mit einem eigenen Gerät in ihrer Wohnung ins Netz gehen. Dann können wir nur noch hoffen, dass die Residenzleitung eine Vorratsdatenspeicherung für die WLAN-Verbindungen durchführt.«

Keine Ahnung, was Akay damit meinte. Egi wollte trotzdem einen Kommentar dazu loswerden, damit ihm der Kemptener Kollege keine Untätigkeit vorwerfen konnte: »Ja, sicher, das müssen wir unbedingt vor Ort prüfen.«

Egi hatte daheim ein Notebook stehen, das nutzte er fast nie.

Aber Frau und Kinder hatten es beantragt, und der Bruno, sein Hund. Denn das Frauchen Elli kaufte ihm immer Hundefutter aus dem Online-Shop. War die riesige +30%-Extra-Inhalt-zum-gleichen-Preis-bei-Onlinebestellung-Tüte leer, ging der jetzt immer an den Schreibtisch und leckte an der PC-Maus. Bald könnte sich der Bruno sein Fressen selbst bestellen, befürchtete Egi. Am Ende würde er sich noch online mit heißen Hundedamen verabreden, heutzutage war ja alles möglich. Bei Frau und Kindern machte Egi sich noch üblere Gedanken in dieser Richtung. A Graus das Ganze! Am liebsten würde er das unliebsame Gerät wieder abschaffen. Das würde ihn jedoch vor der Familie in hinterwäldlerischen Verruf bringen.

Das besagte Notebook war über ein Kabel mit dem Internet verbunden. So eine mörderische Funkvorrichtung, WLAN genannt, hatte der Egi als Hausherr strengstens untersagt. Da bekam man doch Hirntumore von. Zumindest dabei hatte Egi sich durchsetzen können, da war er gerne ein Ignorant (auf Allgäuerisch: Der isch hinter'm Mond dahoim). Jetzt wusste er aber nicht, wie das funktionierte mit den kabellosen Verbindungen, aktuell eine unauffüllbare Wissenslücke.

»Ansonsten gibt es keine Auffälligkeiten. Am besten, wir konzentrieren uns auf unsere Befragungen in der Seniorenresidenz«, schloss Akay.

»Einverstanden.« Egi war erlöst.

Allerdings war es bereits Dienstagnachmittag, viel zu spät. Zu optimistisch, Akays Planungen vom Vortag. Alle hatten Unmengen an Zeit für ihre anliegenden Aufgaben benötigt. Die Leute von der PI Oberstdorf hatten ein Arbeitstempo wie Landschnecken. Die Verhöre der Senioren, die für heute geplant waren, mussten auf den nächsten Tag verschoben werden. Die Alten waren bestimmt ähnlich träge. Da würden die Polizeibeamten bis in die Nacht bei denen sitzen.

Aber so gesehen gar nicht übel. Sie hatten ja die Namen der Zeugen schon vorliegen. Beate und Rudi hatten die am Eröffnungstag alle notiert, als sie die Busladung Senioren abgefertigt hatten.

So konnte Beate am Dienstagabend eine Liste der zu befragenden Personen zusammenstellen. Die faxte sie der Residenzleitung zu. Äußerst erfreut waren die dort. Sie fingen daraufhin gleich mit der hochkomplexen Organisationsplanung an. Circa vierzig zum Teil demente und gehbehinderte Senioren auf die Minute genau durch undurchschaubare Flurlabyrinthe zu steuern und in vier unterschiedliche Räume zu lotsen, ohne dass jemand abhandenkam oder gar meuterte, das war ja a Klacks für die!

* * *

Drei Wochen zuvor:

Die Fälscher hatten sich in den ersten zwei Juniwochen auf ihren Coup vorbereitet, jeder auf seine Weise, keiner wusste vom anderen. Jeder hatte gemeint, einen perfekten Plan zu haben. Ein echtes Verbrechen war das auch gar nicht. Die Menschheit würde keinen Nachteil durch den Austausch eines hässlichen Kelches haben, das dachten zumindest die Ganovenzwillinge. Die Besucher würden ihn nur anglotzen, keinen Unterschied zwischen Original und Kopie erkennen. Was dort droben auf dem Podest im AllgäuerAlpenMuseum stand, war vollkommen bedeutungslos. Der wertvolle Kelch würde im Besitz der Ganovenzwillinge erst einen Sinn ergeben.

Die kleine Belli hatte mit alledem nichts zu tun. Sie versuchte nur, ihren Stubenarrest sinnvoll zu nutzen und Papi einen Denkzettel zu verpassen. Sie arbeitete eifrig an einer lustigen Kopie des komischen Kunstwerkes, das ihr Papi bei der Eröffnungsfeier des AllgäuerAlpenMuseums zu enthüllen hatte. Sie musste dabei immer wieder an Onkel Volker denken. Der Rachewunsch als Antrieb, nichts beflügelte mehr.

Sie hatte Mami gebeten, ein paar Dinge zum Basteln zu besorgen, damit ihr Strafvollzug nicht so langweilig werden würde. Onkel Volker war auch da gewesen und hatte sie beraten. Nun lag alles vor ihr: gelbe Knetmasse, bunt glitzernde Plastiksteinle aus dem neuen Bastelset, ein unförmiger Holzblock aus Papis Garage, ein Filzstift und Flüssigkleber.

Belli war sehr aufgeregt, ihre Hände zitterten, und ihr kindliches Herz pochte bis zum Hals. Zur Beruhigung kaute sie ihren Lieblingskaugummi: Der war orange und so klebrig, dass er Papis Flachbildfernseher an der Wohnzimmerwand hättte halten können. Sie versuchte nun, die gelbe Knetmasse in Form zu bringen. Dazu haute sie wieder und wieder mit ihren kleinen Fäustle drauf. Sie packte die Knete, warf sie hoch, nur um sie der Schwerkraft folgend auf den Schreibtisch knallen zu sehen. Dann fing die Tortur von vorne an. Sie stellte sich vor, es wäre ihr Papi, der Papi, der ihr Stubenarrest aufgebrummt und ihren Lieblingsonkel Volker beim Tennisturnier bloßgestellt hatte. Eine Zornesfalte bildete sich zwischen ihren Augenbrauen, als sie an diese Ungerechtigkeit dachte. Sie war stinksauer. Also fing sie an zu basteln. Das Zeitungsfoto wartete auf dem Schreibtisch darauf, als Vorlage zu dienen. Onkel Volker hatte es ihr zusammen mit einigen Ratschlägen gegeben.

Jetzt war die Knetmasse bereit zur Kelchformung. Die bauchigen Rundungen gelangen hervorragend. Der Fuß hielt. Die Größe stimmte. Da stand nun ein Kelch aus Knetmasse vor Belli. Sie ritzte noch ein paar Symbole hinein. Diese wurden mit einem Filzstift schwarz ausgemalt.

Als Mami und Papi einmal morgens zusammen im Bad waren, stellte sie die Rohfassung ihres Kelches zum Härten in den Ofen. Obwohl sie dort alleine gar nicht herumfuhrwerken durfte. Schon alleine das hätte eine Erhöhung des Strafmaßes nach sich gezogen. Aber die Eltern merkten nichts davon, das gemeinsame Duschvergnügen dauerte meist länger als ein Backvorgang. Ihr Bruder Tommi lehnte dann oft mit einem Ohr an der Badtür. Als

Zeuge ihrer erneuten Straftat kam er also nicht infrage. Er schien zu fasziniert von den aus der Nasszelle zu hörenden Geräuschen.

Die elterliche Körperreinigung war beendet, die ehelichen Pflichten erfüllt, beide Körper wieder in Kleider gehüllt, da ging es raus aus dem Bad. Tommi stand im Flur herum, Egi hatte es kalt erwischt. Hatte der Sohn seine ekstatischen Ausrufe mitbekommen? Laute, die nicht für solch junge Ohren gedacht waren? Tommi grinste. Elli zupfte an ihrem Rock und schaute zu Boden. Egi war es egal. Sie gingen gemeinsam zum gedeckten Frühstückstisch in den Garten, Belli hatte alles vorbereitet.

Sie hatte extra ein Messer vergessen, lief noch einmal fix in die Küche und schaute nach dem Kelch. Das Aushärten war gelungen. In ihrem Zimmer ließ sie das heiße Kunstobjekt auskühlen. Nun konnte sie auch frühstücken gehen, mit dem fehlenden Messer. Danach ging sie wieder hoch, in den Strafvollzug. Steckte sich wieder Kaugummi in den Mund. Sie präparierte den Holzblock mit Flüssigkleber und setzte den Kelch mittig auf. Sie klebte bunte Steinle daran. An der Vorderseite musste sie einen ganz großen roten Stein anbringen. Der kraftlose Alleskleber wollte ihn nicht halten. Sie probierte es kurzerhand mit ihrem Kaugummi. Problem erfolgreich gelöst, sie betrachtete zufrieden ihr Werk: Es war perfekt!

* * *

Egi verstand nicht, er hörte einen ekelhaften Klingelton, der ihn aus seinem wohligen Schlaf riss. Sein schriller Wecker haute ihn aus dem Bett. Er bekam nur ein Auge auf, über das andere hatte er noch keine Kontrolle. Zu erschlagen war er von dem ganzen Schlamassel. Er lag daheim in seinem Schlafzimmer und starrte einäugig aus dem Fenster. Dichter grauer Nebel hing an den Berggipfeln. Er schloss das eine Auge und legte sich wieder hin. Er wollte weder dem Chefmeier noch den Oberstdorfer Kriminellen begegnen.

»Egiiii!«, schrie Elli noch einmal von unten hoch. »Mach, dass du aus dem Bett kommst. Der Chefmeier hat schon zweimal angerufen und gefragt, wo du bleibst.«

Sakra! Der PI-Leiter ging dem Egi aber auch auf die Nerven, seit die Kripo Kempten hier in Oberstdorf weilte. Er bekam ja schon Alpträume davon. Dann noch der unnütze Darmvirus. Egi ahnte nicht, was noch auf ihn zukommen würde. Heute würde es auf keinen Fall besser werden, dieser Mittwoch sollte schwarz für ihn enden.

Zum Frühstück brachte er nichts herunter. Der Alte war mit Mutter auf einer Bergtour. Seit die nicht mehr auf den Feldern unterwegs waren, trieben die sich ständig in der Allgäuer Bergwelt herum. Wie Touristen sahen die aus, ausgestattet mit grellblauen Rucksäcken, bunter Funktionskleidung, Hightech-Trekking-Schuhen, Walking-Stöcken und Fotoapparat. Peinlich war das. Ständig musste sich Egi Fotos mit grinsender Mutter vor Bergpanoramen und dem stolzen Alten an Bergkreuzen ansehen. A Graus!

Egi und Elli passten dann immer auf die Bruni auf. Jetzt aßen sie grad mit ihr. Elli hatte die Uroma mit dem Rollstuhl an den Frühstückstisch geschoben. Ihre Beine trugen sie nicht mehr so zuverlässig wie noch vor zwei Jahren. Hören konnte sie auch kaum noch, und sie nuschelte unverständlich. Das lag nicht an ihrem Dialekt, sondern an ihren locker sitzenden dritten Beißern.

»Ögi.« So nannte sie Egi in ihrer Greisinnensprache. »Mosch' mi no o Somme?«

Ein einziger Buchstabensalat. Ein D, L, R, T und Z konnte ihre Zunge schon lang nicht mehr aussprechen. Da war das antiquarische Produkt der Zahntechnik zu sehr im Weg. Egi hörte ihr meist nicht zu. Er wartete auf ihre Körpersprache, die setzte sie immer ein, wenn niemand reagierte. Nun zeigte ihr krummer Mittelfinger auf eine Semmel. Egi griff eine, beschmierte sie fingerdick mit frischer Alpenbutter und legte einen Kanten

Allgäuer Bergkäse darauf. Dann verzierte er das Schmankerl mit einem Teelöffel voll Mayonnaise, frischer Petersilie und einem Radieschen. So liebte es die Bruni. Die grinste, riss ihm die Semmel aus der Hand. Mit wenigen Bissen war sie Uromas Magen zugeführt. Nun grinste Egi.

»Egi, beleg die Semmeln für die Bruni doch bitte dünner«, tadelte ihn Elli. »Das ist viel zu viel Cholesterin, und das in ihrem Alter.«

Vom Egi kam keine Bestätigung, die war doch nur deshalb so alt geworden. Er zwinkerte Bruni zu und gab ihr a dickes Busserl auf die Stirn. Stöhnend erhob er sich vom Stuhl.

»Ögi, i hob no wosch fo hi«, schwafelte die Uroma aufgeregt. »Ho, o Bief vonno Hiho. Hös ho mo!«

Sie wedelte mit einem Stück Papier in der Luft herum. Die Hiho musste ihre alte Schulfreundin Rita sein. Die beiden hatten ein gemeinsames Hobby: Gedichte schreiben. Aber die Zeit wurd jetzt wirklich knapp für'n Egi. Für so 'n alten, kritzeligen Brief langte es nimmer.

»Uroma, i muss leider gehen. Bin am Abend wieder zurück. Dann schauen wir mal. Treib's nit zu doll heut!«

Er gab ihr noch a dickes Busserl auf die Stirn. Dann machte er sich auf zur PI Oberstdorf.

* * *

Hervorragende Idee, das mit der Videokonferenz, dachte der Chefmeier. Die Gerätschaften waren ihm aufgebrummt worden, ein neuer Standard für die PIs in Bayern. Wenn solch ein teures System angeschafft wurde, sollte man es gefälligst auch nutzen. Also saß der Rudi am Mittwochmorgen in einer Videokonferenz mit der Kripo Stuttgart. Der Rudi! A Witz war das. Hightech im hintersten Oberallgäu. Da lachten sich die Kollegen im fortschrittlichen Ländle schlapp, dem innovativen Bundesland, in dem immer wieder Technologie-Firmen mit fünf oder weniger Angestellten aus dem Boden sprießten, die mit ihren genialen Erfindungen den High-Tech-Weltmarkt erschütterten und ihn in ihrer Sparte (z. B. unter dem Deckmantel der Green IT, Green Energy oder Green Business Process Re-Engineering) sogar mit schwäbischer Manier (Pfennigfuchserei) beherrschten.

Die Kripo Stuttgart hatte der Kripo Kempten bereits die DNA-Proben der Mitarbeiter von der Sicherheitsfirma weitergeleitet. Unerwartete Ergebnisse hatten die forensischen Untersuchungen gebracht: Die auf dem Herren-WC des AllgäuerAlpenMuseum gefundenen Spuren stammten von Finn Schönfeldt.

Silvia hatte von Helmut Dinger, dem Chef der Secure Edifice GmbH, sechs Namen genannt bekommen. Fünf Männer und eine Frau warteten nun auf ihre Cyber-Verhöre. Silvia hatte am Vortag noch kurze Telefongespräche mit ihnen geführt. Die waren auch nicht grad mit klarem Verstand gesegnet.

Silvia konzentrierte sich auf die für sie wichtigen Vertreter dieser Branche: Herr Schönfeldt hatte ein Techtelmechtel mit der Birkenbacher, und seine DNA klebte auf dem Herren-WC des Museums. Wenn der mal nicht verdächtig war, selbst den Chefmeier hatten diese Zusammenhänge ins Grübeln gebracht. Und Frau Grieser hatte mit an der Installation der wichtigsten Systemkomponenten gearbeitet.

Um 08:00 Uhr betraten Silvia und Rudi den Verhörraum. Da lag der Egi noch im Bett und schlug auf seinen Wecker ein. Der Verhörraum der PI Oberstdorf war neu eingerichtet und mit modernster Technologie ausgestattet worden. Diese wurde nun zum ersten Mal eingesetzt. Nur wusste niemand, wie man das anschaltete. Rudi war zu sehr geblendet von den neumodischen Geräten. Er wäre am liebsten gleich wieder verschwunden.

Für Silvia hieß es, endlich einmal Können zu beweisen. Das war ja bisher nix gewesen. Im Museum hatte der Rudi sie ins Abseits befördert, heute sollte es besser laufen. Dazu bedurfte es nicht viel, der Rudi war von der reinen Existenz der vor ihm stehenden modernen Kommunikationstechnik höchst schockiert. Die totale Blockade beherrschte ihn.

Silvia hantierte am vor ihr liegenden Tablet-PC herum. Das Menu war anders als das in der Kripo Kempten. Sie grübelte, wie man denn Bild und Ton gleichzeitig startete. Rudi sollte das auf keinen Fall mitbekommen. Der saß da wie ein Felsbrocken, unbeweglich, mit starrem Blick. Ganz irre sah der aus.

Silvia wollte ihre technische Unfähigkeit nicht zu lange zur Schau stellen, gab auf und meinte beiläufig: »Rudi, du musst dich doch mit eurem Konferenzsystem auskennen.«

Das triebe dem den Ärger ins Gemüt, hoffte sie. Bloß kein Wohlbefinden aufkommen lassen, also reichte sie ihm, dem Totalverweigerer, den Tablet-PC. Rudi fuhr der Schreck durch die Glieder. Er sah Silvia an, als wollte sie ihm damit Gift injizieren.

»Frag halt den Akay, wenn'sch das nit kannst«, schrie er wie unter Strom.

Also fragte sie den Akay. Der kam herein und legte ein mit dem Fernseher verbundenes Mikrophon auf den Tisch. Er startete die Videokonferenz mit drei gezielten Touch-Bewegungen auf dem Tablet. Der große, an der Wand hängende Bildschirm war aktiviert. Die darüber befestigte Videokamera bewegte sich. Das Objektiv war jetzt auf den Tisch ausgerichtet, an dem Silvia und Rudi saßen. Ein kleines Bild in der unteren rechten Ecke des Riesendisplays zeigte die Anwesenden in Oberstdorf. Daneben das große Bild der Stuttgarter Kollegen. Akay ging. Das Enggestirn war wieder alleine mit der Psychotante.

Silvia zeigte sicheres Bewegen in gewohntem Terrain, virtuelle Verhöre waren bei der Kripo Kempten alltäglich, forensische Psychologie ihr Hauptfach.

Rudi hingegen kam sich vor wie ein unfreiwilliger Protagonist in einem Horrorfilm, gefräßige Zombies drohten ihm aus der Monster-Glotze.

Die ersten vier Zeugen wurden schnell von Silvia abgefertigt. Die hatten im Museum nur unbedeutende, einfache Kabel- und

Schrauberarbeiten durchgeführt, mit Beobachtungsgabe gleich null.

Rudi hatte bei den Verhören wortkarg mit versteinerter Miene auf seinem Stuhl gesessen. Fraglich, ob der noch unter den Lebenden weilte.

Dann betrat Danielle Grieser, ein Security Engineer, den Verhörraum in Stuttgart. Ihr Profil: Ende zwanzig, intelligent, selbstbewusst, unbefangen, aufmerksame Beobachterin.

»Schön, dass Sie heute ins Stuttgarter Präsidium kommen konnten, Frau Grieser. Wir wollten Ihnen ersparen, den relativ weiten Weg nach Kempten auf sich zu nehmen. Daher die Videokonferenz. Ich möchte Sie darüber belehren, dass alles aufgezeichnet wird«, sagte die Psychotante.

Danielle Grieser nickte.

»Nun erzählen Sie uns bitte, was genau Ihre Aufgabe während des Baus des AllgäuerAlpenMuseums war«, bat sie Silvia.

»Das war so: Der Finn trug die Verantwortung über alle elektronischen Installationen. Das ging von der Alarmanlage am Eingang über die Bewegungsmelder und Sensoren bis zum Sicherheitssystem im Technikraum. Er hat mit unserem Chef, Herrn Dinger, zusammen das Sicherheitskonzept ausgearbeitet und die notwendigen Checklisten zur Überprüfung der technischen Funktionalitäten aufgestellt. Ich habe die einfacheren Dinge alleine installiert. Die zwei Junior Security Engineers waren meist auf anderen Einsätzen. Nur an vier Tagen hat mich jemand von ihnen begleitet. An den komplizierteren Sachen habe ich mit Finn zusammengearbeitet.«

»Und was haben die anderen Kollegen vor Ort gemacht?«, fragte Silvia.

»Die primitiven Arbeiten haben zwei Aushilfen erledigt, zum Beispiel die Verkabelung. Daran spart der Chef gerne. Ist nicht so kritisch. Nach Fertigstellung hat Finn die Checkliste abgearbeitet und die Funktionsweisen der einzelnen Komponenten getestet.«

»Bitte erklären Sie den Unterschied zwischen den primitiven, einfachen und komplizierteren Arbeiten«, forderte Silvia die junge Frau auf.

»Das lässt sich technischen Laien nur schwer erklären«, erwiderte Frau Grieser mit gnädigem Lächeln auf dem frischen Gesicht.

Der Rudi war hier sicherlich der technisch unbegabteste Mensch, aber er nahm aktuell sowieso nichts wahr, da konnte die Grieser erläutern, was sie wollte.

Silvia schaute sie hingegen auffordernd an.

Der Security Engineer fuhr fort: »Wir haben inoffizielle Zuständigkeitsbereiche bei der Installation von sicherheitsrelevanten Systemen, nach einem Ampelsystem: Rot darf nur der Finn als Senior Security Engineer. Angestellte in meinem Level sollen zusehen, Vier-Augen-Prinzip. Gelb darf ich unter Finns Anleitung durchführen. Grün darf ich alleine machen. Dabei sollen die Junior Security Engineers mitmachen und Handreichungen übernehmen, damit man sie auch mal alleine losschicken kann.«

»Wie genau unterscheiden sie in dem Ampelsystem?«, hakte Silvia nach.

»Die Einordnung in Rot, Gelb, Grün ist schwammig. Unser Chef sagt immer, jedes Konzept ist anders, da kann man keine eindeutigen Zuordnungsregeln aufstellen. Im Museum war alles Rot, was mit Alarmauslösung zu tun hat. Grün waren die einfachen Arbeiten, wie Schalter und Tastaturen anbringen. Gelb war, was mit Informationsübertragung und Logik zu tun hatte, wie beispielsweise die Sensoren, Schaltkreise und Verbindungen zum Mini-PC. Auf dem werden alle Daten protokolliert und für eine Alarmauslösung ausgewertet. Die primitiven Arbeiten sind außerhalb des Ampelsystems zu sehen. Das sind zum Beispiel die Verkabelung und die Anbringung der Kästen an Wände oder Decken, die wir zum Einbau unserer Komponenten nutzen.«

»Wer übernimmt die primitiven Arbeiten?«, wollte Silvia wissen.

»So was wird meist von Aushilfen oder günstigen Sub-Unternehmen gemacht. Im Museum haben wir allerdings nur eigene Leute beschäftigt, weil die Birkenbacher keine Drittfirma akzeptiert hat.«

»Das verstehe ich so weit«, meinte Silvia. »Können Sie denn sagen, dass diese Aufteilung der Aufgaben auch so eingehalten wurde? Oder gab es Abweichungen beim Arbeitsablauf oder den Zuständigkeiten?«

»Also, alles, was ich mitbekommen habe, lief nach Plan. Wir haben nichts getauscht. Es waren alle wie vereinbart mit ihren Aufgaben beschäftigt. Es war auch niemand krank oder so. Wir mussten nichts verschieben. Es lief dieses Mal richtig gut.«

Richtig gut, das war ja a Brüller. Was war denn dann schlecht?

»Bitte überlegen Sie noch einmal, ob es nicht doch Schwierigkeiten gab. Es hat doch letztendlich nicht alles funktioniert. Es gab einen unbemerkten Einbruch. Da kann nicht alles gut gelaufen sein«, entgegnete Silvia provokant.

»Ja, Mängel gibt es immer. Kein System läuft von Beginn an fehlerfrei. Ich meinte das nur auf den Ablauf der Arbeiten bezogen. Da lief alles wie geplant. Es gab keine Zwischenfälle, die durch personelle Ausfälle oder Planungsfehler begründet waren.« Eine gekonnte Relativierung von Frau Grieser, von Verlegenheit keine Spur.

Bewunderung von Silvia. Diese junge Frau wusste wovon sie sprach. Sie hatte sich nicht aus der Ruhe bringen lassen. Eine aussagekräftige, glaubwürdige Zeugin. Nur hörte sich jetzt alles so an, als hätte die Secure Edifice GmbH saubere Arbeit geleistet. Das war aber nicht so. Also, weiter reinknien in das kritische Thema.

»Welche technischen Probleme gab es denn? Beziehungsweise, von welchen wissen Sie?«, fragte Silvia.

Frau Grieser überlegte. »Also, der Finn hat eine Mängelliste erstellt: Beim Bau des Küchenfensters war ein Schlitz in der Wand vergessen worden. Wir konnten daher den geplanten Sensor nicht anbringen. Die Videoüberwachung funktionierte nicht. Da war ein Problem mit der Verkabelung, soweit ich weiß. Dann war der Sensor auf dem Podest nicht mittig angebracht, was bei großen Ausstellungsstücken keine Probleme verursachen würde. Bei so einem kleinen Kelch aber schon. Wenn der auf dem Sensor stehen soll, befindet er sich nicht in der Mitte des Podests. Der Chef meinte, eine Korrektur wäre zu teuer. Daher haben wir es so gelassen. Denn funktioniert hat der Sensor einwandfrei. War nur eine optische Sache.«

»Gut, über diese Punkte haben uns unsere Spezialisten bereits informiert. Sie haben uns aber auch noch ein weiteres Problem mitgeteilt, das mit den Sensoren und den Log-Daten zu tun hat. Das System soll nicht zuverlässig gearbeitet haben, bzw. nur unvollständige Auswertungen gemacht haben. Können Sie mir das bitte erklären, Frau Grieser? Wurde hier etwas manipuliert?«, fragte Silvia. Jetzt kam doch Ungeduld auf. Frau Grieser stellte hier alles so dar, als hätte es keine großen Vorkommnisse gegeben. Hatte es aber.

»Nein, das hat nichts mit Manipulation zu tun. Es ist sehr kompliziert. Wir haben für das Museum die neuesten Technologien eingesetzt. Ich versuche es einmal einfach zu erklären. Die Software auf dem Mini-PC beinhaltet ein Modul mit künstlicher Intelligenz. Das heißt, es handelt sich um ein selbstlernendes System. Es lernt aus den vergangenen Protokolldaten, um daraufhin zukünftig sicherer über Normalverhalten und Alarmsituationen entscheiden zu können. Anfangs laufen solche Systeme nicht rund. Das muss sich erst einpendeln. Weil zu Beginn nicht viele Sensordaten vorliegen. Aber nach einigen Wochen läuft das System sicher. Der Einbruch fand leider in der Nacht vor der Museumseröffnung statt. Da lagen so gut wie keine Log-Daten vor, die zu solchen Analysen hätten genutzt werden können. Die Museumsdirektorin wollte unbedingt so ausgeklügelte Sicherheitskomponenten, da sie meinte, sie würde in Zukunft sehr wertvolle Exponate ausstellen.«

Das war jetzt aber seltsam. Was wollte die Birkenbacher damit in dem Miniatur-Museum? Silvia machte sich eine Notiz auf ihrem Smartphone.

»Und was ist mit dem Gewichtssensor vor dem Podest gewesen?«, hakte Silvia nach.

»Davon weiß ich nichts. Da ist meines Wissens nichts auf der Mängelliste gewesen.«

Wieder seltsam. Der Zustand des Gewichtssensors und dessen gekappte Kabel waren etwas, worüber Frau Grieser hätte Bescheid wissen müssen. Silvia machte sich einen weiteren Vermerk auf ihrem Smartphone. Eine spätere Überprüfung der Checklisten von der Sicherheitsfirma war gefordert.

Silvia warf einen Blick auf das Enggestirn. Rudi war weit weg mit seinen Gedanken, mit ängstlichem Gesichtsausdruck.

Auch wenn es sie nicht interessierte, fragte Silvia ihn: »Hast du auch noch was, Rudi?«

Das löste bei Rudi ein hektisches Hochschrecken mit Panik in den Augen aus: »Neiii, auf kei Fall!«

Sehr irritierend, diese dramatische Reaktion. Silvia beendete lieber das Gespräch: »Ist Ihnen sonst noch etwas aufgefallen? Sei es das Verhalten anderer Beschäftigter im Museum, verdächtige Gegenstände oder Sonstiges?«

»Nein. Nur eines, und dabei waren sich alle einig: Die Frau Birkenbacher ist eine Giftspritze.«

Nun war Finn Schönfeldt an der Reihe. Zunächst stellte ihm Silvia einige Fragen nach seiner Funktion und seinem Hintergrund. Seine Haltung verriet Unbehagen: Erst verschränkte er trotzig seine Arme vor der Brust. Die sanken bei den Fragen zu seinen Arbeitsaufgaben immer tiefer. Die Hände griffen krampfhaft ineinander. An der Haut bildeten sich Druckstellen von seinen Fingernägeln. Er veränderte immer wieder seine Sitzposition.

So cool wie die Birkenbacher war der auf keinem Fall, seine Körperhaltung war wie ein offenes Buch für die Psychotante. Jetzt wollte sie sich den Schlawiner näher ansehen. Sie entdeckte ein Kamerasymbol mit einem Minus und einem Plus auf dem Tablet-PC. Sie berührte das Pluszeichen. Damit zoomte sie Finn Schönfeldt näher heran. Der Bildschirm zeigte seinen auf Übergröße aufgeblähten Kopf.

Rudi wurde ebenso vom Touchscreen ferngesteuert. Aber andersherum, der sank immer tiefer in seinen Stuhl. In Deckung gehen vor dem sich auftuenden Ungeheuer war das.

Silvia ging gleich zum Angriff über: »Herr Schönfeldt, uns wurde das Sicherheitssystem des AllgäuerAlpenMuseums bereits im Detail erläutert. Bitte beschreiben Sie uns nun dessen Mängel, und wie ein Einbrecher diese zu seinem Vorteil hätte nutzen können.«

Der überrumpelte Finn duckte sich, als würde er eine herabsausende Keule auf seinem Haupt fürchten. Erwartet hatte er ein unspektakuläres Videoverhör zu seinen Beobachtungen im Museum, aber nun schienen die Bullen schon etwas über die Fehlfunktionen seiner Installationen zu wissen.

»Äh, ich, äh, ich weiß jetzt nicht, welche Mängel sie genau meinen«, druckste er herum.

»Die defekte Videoüberwachung, fehlende Sensoren am Küchenfenster, die unvollständigen Log-Daten, das nicht funktionierende Überwachungssystem, der defekte Gewichtssensor.« Silvia beschoss ihn mit den unangenehmen Fehlfunktionen seines Sicherheitssystems.

Der Gewichtssensor! Finn verlor die Fassung. Silvia konnte genießen, das Wichtigste zum Schluss genannt zu haben. Die Wirkung war phänomenal.

Es folgte ein hektisches Ablenkungsmanöver seinerseits: »Den, äh, Sensor am Küchenfenster konnten wir nicht anbringen, da fehlte eine Aussparung im Mauerwerk. Da muss noch mal, na ja, jemand an der Wand was aufklopfen. Log-Daten lagen in der, äh, kurzen Zeit nicht ausreichend vor. Und, und mit den Sensoren, ich kann ihnen nicht sagen, was dort genau falsch gelaufen ist. Ähm, es muss an Fehlern in der Verkabelung liegen. Das kann ich mir nicht, äh, anders vorstellen. Die haben unsere Aushilfen verlegt, und dabei ist wohl was nicht, nicht richtig gelaufen.«

»Da ist was nicht richtig gelaufen?«, fragte Silvia wütend. »Sie müssen das genau wissen. Sie waren dafür verantwortlich und haben alles nach Checkliste geprüft und abgenommen. Ich erwarte von Ihnen eine umfassende, eindeutige Aussage dazu. Oder haben Sie etwas zu verbergen?«

Silvia beugte sich zur Videokamera vor, als würde der Zeuge direkt vor ihr sitzen. Das erkannte er in Stuttgart sehr wohl, der labile Senior Security Engineer (im Deutschen: ranghoher Sicherheits-Ingenieur; auf Allgäuerisch: du Pfeifa).

»Ihra unverständliche Berufsbezeichnung lässt uns sehr wundern! Isch die ihra Namen gar nit wert? Los jetza, raus mit die Sprache!«, schrie Rudi plötzlich.

Die Psychotante fiel fast vom Stuhl.

»Ja, ja, das kann schon alles sein. Aber, wissen Sie, ich kann mich nicht an jede Kleinigkeit, äh, erinnern. Ähm, also wirklich, ich habe momentan auf so vielen Baustellen …«

»Kommen S' uns nit so! Mir reischt's. Egal, welch Einsätze Sie habe, i erwart Sie morgen früh hier bei unsch in'er PI Oberschtdorf. Wenn S' nit pünktlich um 09:00 Uhr auf die Matte stehen, lasse wir Sie zur Fahndung ausschreibe!«

Das war ein sehr weites Aus-dem-Fenster-Lehnen vom Rudi. Nichts, aber auch gar nichts hätte eine Fahndung begründen können. Das Enggestirn hatte genug von dem Zeugen und dem verhassten Videokonferenzsystem. Silvias Plan hatte er damit einmal mehr durchkreuzt. Aber seine Worte verfehlten ihre Wirkung nicht, der Senior Security Engineer war davon sichtlich eingeschüchtert.

»Natürlich, Herr, äh, Entschuldigung, ich habe Ihren Namen vergessen«, gab Finn klein bei. »Ich komme sowieso am, ähm, am Donnerstag noch mal nach Oberstdorf, um die defekte Videoüberwachungsanlage zu reparieren. Da macht es mir nichts, ja wirklich gar nichts aus, vorher bei Ihnen vorbeizukommen.«

»Ströber heisch i, Polizeioberwachtmeischter Rudolf Ströber«, rief das Enggestirn beim Rausstürmen aus der Video-Folterkammer.

* * *

Zweieinhalb Wochen zuvor:

Die Zwillingsbrüder Herri und Robbi hatten Anfang Juni an ihren Kelchkopien gearbeitet. Zu Beginn standen sie grübelnd vor den Zeitungsfotos, die zeigten nur die Vorderseite des Originals. Infos zur Rückseite waren Mangelware. Ihre Kopien sollten jedoch nicht als solche erkannt werden. Daher mussten sie sich weitere Bilder und Beschreibungen aus Archiven besorgen, jeder für sich, über alte Beziehungen. An unterschiedlichen Tagen machten sie sich mit dem Zug auf nach München, zum Haus der Kunst, das seit dem Jahr 2014 eine Archiv-Galerie beheimatete. Die Ganovenzwillinge kannten einen der dortigen Mitarbeiter: Vladimir Kralitschki. Vladimir, der auf Grund seiner Tätigkeiten oft auch Kralle gerufen wurde, war in der Szene seit Jahrzehnten als begabter Kunstsammler bekannt. Er hatte sich seit seiner Geburt 1953 eine beachtliche Menge an Kunstgegenständen gekrallt, und das alles nur, um von seinem eigentlichen Wirkungsfeld abzulenken. Niemand ahnte, dass er hauptberuflich ein sowjetischer Spion im Kalten Krieg gewesen war und ein Meister der Verwandlung. Als der Osten endlich seine roten Schranken geöffnet hatte, wollten ihn die Genossen nicht mehr kennen – bei seinen unzähligen gefälschten Pässen und Gesichtern kein Wunder. Da war er von einem Tag auf den anderen arbeitslos gewesen. Deshalb konzentrierte er sich ab 1990 auf sein zweites Standbein, den Kunstsektor. Nachdem die Bullen ihn 1993 erwischt hatten (von seiner Spioniererei wussten sie immer noch nichts), war er für einige Jährchen ins Gefängnis verschwunden. Sein Diebesgut war daraufhin in der Archiv-Galerie im Haus der Kunst wieder zum Vorschein gekommen. Er hatte es großzügig gespendet, als der Richter ihn vor die Wahl gestellt hatte: Her mit den Gemälden, Skulpturen, Statuen, Fotos, Medaillen, Brokatvorhängen und Kronleuchtern oder weitere fünfzehn Jahre sitzen. Nach seiner vorzeitigen Haftentlassung war er geläutert und bewarb sich bei dem angesehenen Haus, in dem er heute noch umherlief und den Besuchern aufgrund seines umfassenden Wissens alles über die Ausstellung erzählen konnte. Voraussetzung für seine Einstellung war Zurückhaltung gewesen. Man hatte ihn einstellen müssen, weil kaum jemand mehr über die historischen Ausstellungsgegenstände wusste als er. Natürlich wusste Kralle auch, wie es um den Heiligen Kelch stand. Nur wo er damals gestanden hatte, entzog sich seiner Kenntnis. Er war selbst monatelang hinter ihm her gewesen, und hatte ihn Anfang der Neunzigerjahre in einer Betrügerfamilie vermutet. Leider waren ihm, kurz bevor ihm ein Mittelsmann ihre Adresse übergeben und er sie persönlich kennenlernen konnte, aufgrund eines Diebstahls aus einem Gemäldetransporter unerwartet die Handschellen angelegt worden. (In dem Lkw hatten sich gar keine Gemälde, sondern eine Sondereinheit der Bundespolizei und der Zollbehörde befunden, die geduldig darauf gewartet hatten, dass er endlich die Schließvorrichtung der großen Lkw-Schwenktüren aufbrach.) Herri und Robbi kannte Kralle bestens aus seinen alten Zeiten. Mit Herri konnte er besser, aber leider hatte heute der Robbi zuerst bei ihm an der Kasse gestanden und nach einer Eintrittskarte verlangt. Also hatte Kralle ihn mit den notwendigsten Informationen für eine eventuelle Nachbildung des Heiligen Kelches versorgt. Robbi hatte dazu zwar nichts durchblicken lassen, aber Kralle war sich sicher, dass es dem Ganovenzwilling nur darum gehen konnte. Einen anderen Grund für seine penetranten Nachfragen konnte sich Kralle nicht vorstellen.

»Du weißt jetzt wirklich, dass der Rubin oval und acht Zentimeter lang ist?«, fragte Robbi ungläubig und starrte in das Buch, das eine Abbildung des Heiligen Kelches zeigte.

»Klar«, antwortete Kralle, schließlich sollte Robbis Kopie sofort als solche erkannt werden. Robbi hatte ihm in seiner Laufbahn einige Zielobjekte vor der Nase weggeschnappt, er hatte es nicht besser verdient.

»Und sonst? Dir scheint es hier ja gutzugehen. Sitzt direkt an der Quelle, was?«

»Bei mir läuft nix mehr, damit ist lange Schluss. Und mit den Öffnungszeiten auch, du musst jetzt hier raus«, brummte Kralle und schob Robbi unsanft zum Ausgang. Kralles kräftige Hände fügten sich über die muskulösen Unterarme an einen bedrohlichen, mit voluminösen Muskelsträngen aufgepumpten Oberarm- und Schulterbereich an. Der war Kralle aus den Spionagezeiten erhalten geblieben und brachte seine Hemdknöpfe samt Knopflöchern noch heute beinahe zum Bersten. Der Anblick flößte Robbi gehörigen Respekt ein, er hielt sicherheitshalber einen Meter Mindestabstand.

»Schon gut, schon gut, Kralle, ich gehe. Draußen ist es ja so herrlich heute, da schlendere ich gleich noch durch den Englischen Garten. Sag mal, was ist eigentlich auf der Rückseite vom Heiligen Kelch?«, fragte Robbi beiläufig, damit Kralle nicht merkte, wie wichtig dieser Punkt für ihn und sein Vorhaben war.

»Eine Gravur, in Latein.«

Robbi blieb kurz stehen und schaute Kralle an. Er trug einen seriösen dunkelblauen Anzug mit strahlend weißem Hemd (bestimmt eine Sonderanfertigung bei dem Kreuz), ganz anders als früher. Er schien tatsächlich nichts mehr mit Brüchen und Diebesgut zu tun zu haben. Warum auch? Kralle saß fast den ganzen Tag zwischen begehrenswerten Ausstellungsstücken, die sich im Haus der Kunst gewiss viel besser machten als in seinem heruntergekommenen Single-Apartment in der Münchner Bahnhofsgegend. Robbi ging weiter und überlegte, wie er diesem russischen Haudegen die lateinischen Worte aus der im Laufe des Kalten Krieges platt geboxten Nase ziehen konnte. Robbi plauderte drauflos: »Ich gehe jetzt jeden Sonntag in die Kirche. Hab ich früher nicht gemacht. Aber jetzt, wo man alt wird, ist es von Vorteil, wenn man einen guten Draht nach da oben hat. Meinst du nicht auch? In der Heiligen Messe werden immer kurze Passagen in Latein gesprochen. Kannst du Latein?«

Kralle sah Robbi mit zusammengekniffenen Augenbrauen an und log: »Klar kann ich das, Latein ist die erste Fremdsprache in Russland.«

»Aha, das wusste ich gar nicht.« Robbi grübelte, er konnte sich das nicht vorstellen, also bohrte er weiter: »Dann kannst du es mir bestimmt aufschreiben, ich meine, was auf dem Heiligen Kelch steht.«

»Klar«, lachte Kralle, nahm einen Kugelschreiber und einen Flyer vom Haus der Kunst. Er hatte überhaupt keinen Funken Ahnung vom Lateinischen (es war sozusagen die allerletzte Fremdsprache, die auch nur an wenigen Schulen in Russland angeboten und noch seltener von den Schülern gewählt wurde) und schrieb Robbi eine Handvoll schräger Worte auf die Rückseite des Werbeblättle, die Kralle selbst nicht recht entziffern konnte: »autonomin in sanctus conspirantis dermus dermatitis cnospi« oder so ähnlich.

»Ich danke dir, Kralle, lieber Freund. Auf bald mal wieder«, rief Robbi überschwänglich aus. Er warf seine Vorsichtsmaßnahme (den Sicherheitsabstand zum Kraftprotz) über Bord, denn er kannte die russischen Bräuche sehr gut aus dem Fernsehen. Zum Beispiel küssten sich russische Männer zum Abschied, sogar Politiker taten das. Robbi wollte sich dankbar zeigen, spitzte die Lippen und umarmte das russische Kraftpaket, dessen

Muskelstränge sich daraufhin zum Gegenangriff anspannten, bevor ihre Münder sich in einem aufwühlenden Finale treffen konnten. Robbi erkannte Kralles Abwehrvorhaben, ließ daraufhin früh genug wieder los, machte eine Kehrtwende, presste die Lippen wieder zusammen und konnte unversehrt entkommen.

Nach zwei Tagen stand Herri vor Kralles Tür. Sie gingen gemeinsam russisch essen, hoben einen Wodka nach dem anderen und fachsimpelten ununterbrochen über den Heiligen Kelch. Kralle kopierte Herri noch Fotos des Artefakts aus dem Archiv im Haus der Kunst, Vorder- und Rückseite. Dass Robbi vor Kurzem bei ihm gewesen war, erzählte Kralle ihm nicht. Sein Freund Herri wäre aufs untröstlichste beleidigt gewesen. Der Ganovenzwilling hatte noch mehr unter Robbi leiden müssen als Kralle, und zwar seit Geburt. Als Herri endlich verschwunden war, sah sich Kralle rein interessehalber selbst noch einmal die Kopien aus dem Archiv an, die er für sich gemacht hatte.

Herri und Robbi wussten danach mehr oder weniger Bescheid über Beschaffenheit, Material und eingelassene Edelsteine. Vorne und hinten. Es konnte losgehen.

Für ihre Arbeiten nutzten sie die Werkräume von Bert Leitstänger, weit bekannt unter dem Namen Im-Ex-Berti. Ein gewiefter, schmieriger Geschäftsmann. Zur Diversifikation hatte der Zweiundsechzigjährige sich neben seiner Import-/Export-Tätigkeit vor vielen Jahren eine große, abgelegene, alte Scheune ersteigert. Sie lag in einem Wald östlich von Oberstdorf. Sie war nur über einen Kiesweg zu erreichen. Der war ausreichend breit für die Befahrung mit unauffälligen Kastenwagen. Ein vorteilhafter Aspekt, die dort gelagerten und bearbeiteten Objekte mussten schließlich abtransportiert werden. Äußerst wichtig für seine Kunden.

Im-Ex-Berti konnte die abgetrennten Bereiche der Scheune als Werkstatt, Lagerstätte oder Sonstiges an zwielichtige Gestalten vermieten. Sonstiges war hoch im Kommen, also war hochpreisiges Vermieten möglich. Voraussetzung für einen

Mietvertrag: Absolutes Stillschweigen der »Geschäftspartner«. Die Tätigkeiten der benachbarten Kollegen, ein großes Tabu. Man war unter sich, das brüderliche Ehrenwort funktionierte, und Im-Ex-Berti war ohne Zweifel, dass dies so bleiben würde.

Er kannte die beiden Ganovenzwillinge schon seit Urzeiten und wusste, wie er das anpacken musste. Sie planten die Vermietungen und Arbeitszeiten so, dass sie nichts voneinander wussten und sich nicht in die Quere kamen.

Kelchkopien waren zu erstellen, dazu mussten sie sich einige Dinge beschaffen. Sie benötigten Kupfer- und Blechvorräte, dubiose Metallhändler deckten ihren Bedarf. Dazu kam geeignetes Werkzeug zum Biegen, Zusammenfügen und Formen. Dafür gab es bekannte Läden in der Nähe.

Dann bestellten sie sich noch Kleber, farbige Zirkonia-Steine und Blattgold in Online-Shops. Das begehrte Computer-Terminal im Gesellschaftsraum der Seniorenresidenz musste dafür herhalten. Das war eine unauffällige Sache, es trieben sich am zentralen PC doch Unmengen an alten Herrschaften herum. Die hatten sich von netten, jungen, ehrenamtlichen Helfern des Bayerischen Roten Kreuzes in die Kunst des Internet-Surfens einführen lassen. Soziales Engagement in Form von regelmäßigen Seniorenbesuchen in der Residenz. Wirklich praktisch war das. Die dachten, die Ganovenzwillinge würden schon mal Weihnachtssternle basteln.

Die Hintergründe waren jedoch ganz andere. Robbi baute einen Kupferkelch, der sah sogar etwas weihnachtlich aus. Das leicht formbare Metall war sein Favorit. Der Händler seines Vertrauens schnitt ihm ein Stück Kupferblech zurecht.

»Na, gibt's bald wieder 'n Coup?«, hatte der noch gefragt.

»Ich bin jetzt in Rente«, hatte Robbi nur geantwortet.

Augenzwinkern bei beiden.

In seinem Scheunenraum erwärmte Robbi den Metallklotz über offener Flamme, großes Gekokel folgte. Gut, dass Im-Ex-Berti an diesem Tag im Export-Bereich tätig war. Das weiche

Kupfer ließ sich nun willig in eine Kelchgestalt verwandeln. Robbi zeichnete die Umrisse auf. Er trat an die Werkbank, dann hob er den Metallhammer. Unter seinen Hieben formte sich der Klotz bauchig. Er bettete das vorgearbeitete Kupferstück auf einen mit Sand gefüllten Ledersack, der aussah wie die Gesichtshaut seines Bruders. Die kräftigen Gummihammer-Schläge gingen ihm leicht von der Hand, damit trieb er das Stück in die gewünschte Form. Dann noch der Fuß, den formte er mit einem Stahlhammer. Die ächzende Werkbank brach bald auseinander. Am Schluss lötete er die beiden Teile zusammen. Jetzt musste das Gebilde erst einmal tagelang auskühlen. Danach besetzte er mit Hilfe einer Heißklebepistole die vorbereiteten Vertiefungen mit gefärbten Zirkonia-Steinen. Danach war das Blattgold dran. Er legte es über den Kupferkelch und strich es mit einem Wattebausch glatt. Danach ritzte er die lateinischen Worte hinein und presste Blattgold nach. Das Ergebnis war gar nicht schlecht.

Das trügerische Objekt fand im üblichen Versteck in seiner Wohnung einen Platz. Am Folgetag standen Aufräumarbeiten im Scheunenraum an. Er putzte die benutzten Gegenstände gut ab, entfernte alles verdächtige Handwerksmaterial. Es wurde einfach geringpreisig an seine Scheunen-Nachbarn verkauft. Die feierten ihre Errungenschaften aus dem Sonderangebot, diese Deppen. Aber die Werkbank, der reine Schrott, die wollte keiner haben. Da stellte Robbi sie zur weiteren Verwendung durch bedürftige Mieter vor die Scheune. Der ebenfalls mit Abneigung verwendete Lötkolben nebst Schutzmaske wurde einfach draufgelegt. Jemand würde das Zeug schon nehmen. Das war ein guter Trick, so kamen Unmengen von Fingerabdrücken und sonstigen Spuren auf eingesetzte Gerätschaften. Spätere Untersuchungen würden damit schön in die Irre geleitet.

Herri erschien kurz nach Robbis Abgang. Er freute sich über die kostenlos sowie anonym feilgebotene beulige Werkbank und das Uralt-Lötgerät mit passender Maske. Er hatte vor, einen Blechkelch zu erstellen. Von einem Metallsammler-Meister hatte er sich entsprechende Teile besorgt. Zusammengesetzt sahen die schon fast wie ein Kelch aus. Herri musste lediglich etwas klopfen und löten, schon hatte er eine akzeptable Attrappe dastehen. Diese wurde ebenfalls mit Blattgold und Zirkonia-Steinen bestückt. Am schwierigsten stellten sich für ihn die lateinischen Wortfetzen dar, die ihm Kralle, Vladimir Kralitschki, aufgeschrieben hatte: »autonomin in sanctus conspirantis dermus dermatitis cnospi«. Herri legte ein Stück Pappe neben das Gekritzel, fertigte sich eine Schablone an, die ihm erst nach dem sechsten Versuch fehlerfrei glückte. Damit konnte er sich auf dem Kelch nicht im Eifer verschreiben, und so kratzte er die Buchstaben in das vergoldete Blech. Nach getaner Arbeit stellte Herri die gereinigten Leihstücke wieder für den nächsten zwielichtigen Einsatz eines Kollegen vor die Scheune. Am nächsten Tag waren die Utensilien bereits nicht mehr zu sehen.

Die Zwillinge benötigten für all das eine gute Woche. Sie hatten aber ihre Räume vorausschauend für einen Monat im Voraus gemietet. Sie wollten sie noch für ein paar spezielle Tüfteleien an ihren Fahrzeugen nutzen.

* * *

Gundi, die neugierigste Seniorin des Oberallgäus, konnte es einfach nicht lassen, sie musste wieder einmal in Dingen herumschnüffeln, die sie absolut nichts angingen. Schlaflose Nächte bereiteten ihr die unerwarteten Funde in Herris und Robbis Seniorenwohnungen. Zwei Kelche hatten bei ihnen gestanden, die ausgesehen hatten wie die aus dem Museum gestohlene Heiligkeit! Gundi hatte vor der Museumseröffnung unerlaubte Blicke darauf erhaschen können. Wenn die zwei alten Säcke mal nicht etwas mit dem Diebstahl zu tun hatten!

Sie beschloss, am Mittwoch in der Früh alleine zum AllgäuerAlpenMuseum zu fahren, ohne lästige Begleitung, nur zwecks einkommenserhöhender Ermittlungsarbeiten. Zu diesem Zeitpunkt lag der Egi grad im Bett und verprügelte seinen Wecker. Sein verschrobener Kollege Rudi saß derweil mit Silvia in einer psychedelischen Videokonferenz.

Gundi hingegen fuhr nun mit dem Bus zur Talstation der Nebelhornbahn in Oberstdorf. Alle Ehre machte das Nebelhorn seinem Namen, der dichte Morgendunst hatte nur Gnade für die unschuldigen Täler übrig. Gundi ergatterte mit ihrem Seniorenausweis eine ermäßigte Karte für Sektion 1, sie hatte es ja nicht so dicke. Aber bald könnte sich das ändern. Sie setzte sich also in die gelbe Siebzigerjahre-Gondel, stieg an der Mittelstation Seealpe aus und kämpfte sich durch die dicke Suppe zum Museum.

Tausende Gedanken zermarterten ihren ältlichen Schädel. Was hatten Herri und Robbi mit dem Kelch zu schaffen? Hatten sie ihn etwa gestohlen? Die würden bestimmt eine Menge Kohle damit machen können. Wenn Gundi es richtig anstellte, wäre ein echter Geldregen für sie drin. Aber: Die verhassten Streithähne zusammen bei einer solchen Aktion? Niemals! Sie hatten freilich beide einen Kelch in ihren Wohnungen versteckt. Das war aber bereits vor der Museumseröffnung gewesen. Hatten die sich da schon den Kelch gekrallt gehabt? Den Knetmasse-Kelch hatte Gundi jedenfalls vorher nie gesehen. Schwachköpfige Sache. Warum hatte den jemand auf das Podest gestellt? So fiel doch auch dem letzten Deppen auf, dass der echte Kelch weg war. Was hatte das alles zu bedeuten? Herausfinden musste sie es.

Behutsames Ausfragen der Museumsmitarbeiter, eine förderliche Sache. Wie viele Kelche gab es überhaupt? Wer hatte nun das Original? Und wie viel war es wert? Die Gundi war hier einer ganz großen Sache auf der Spur, sie war aufgeregt wie ein Sensationsreporter und konnte schon ihr aufgemotztes Bankkonto sehen. Voller Vorfreude öffnete sie die Museumstür. Grad als sie den Eingangsbereich entern wollte, erreichten dumpfe Klopfgeräusche ihre Hörgeräte. Die Impulse wurden ans betagte Hirn gesendet, sie kamen aus einem nahen, gekippten Fenster. Gundi nahm eine außerplanmäßige Änderung vor: Die Museumstür war jetzt völlig irrelevant, sie ließ sie wieder zufallen.

Gundi schlich mit ihrem Krückstock dem Geräusch entgegen und lugte durch das Fenster. Schräg gestellte silberne Alujalousien versperrten ihr die vom grauen Star eingeschränkte Sicht. Im Dunkeln waren nur undeutliche Umrisse zu erkennen. Da war eine Gestalt im Raum, sie hantierte wild an der Wand herum. Die Person kehrte ihr den Rücken zu. Sie trug ein helles Jackett, nicht auszumachen, ob Männlein oder Weiblein. Blöde Lamellen: Kopf, Schultern und Beine lagen außerhalb von Gundis Blickfeld.

Plötzlich drehte sich die Person etwas. Gundi erkannte, dass sie auf den Wandsafe einschlug. Schnüffelte da nur jemand herum? Oder war ihr eine ihrer Konkurrentinnen zuvorgekommen? Eine, die ihr den Wohlstand nicht gönnte? Oder war das der Kelchdieb? Womöglich wollte sich auch einer am Museumsvermögen bedienen. Was würde der mit ihr machen, wenn er sie sähe? Angstschauer schüttelten die Gundi. Trotzdem, sie musste näher ran ans kriminelle Geschehen, zu wichtig waren die hier potentiell verfügbaren Informationen.

Der vertrocknete Ast lag da schon lange. Gundi zu unachtsam, trat darauf. Das spröde Holz veranstaltete sofort ein ohrenbetäubendes Geknirsche, das durch das gekippte Fenster auch innen zu hören war. Gundis Herzschrittmacher musste Höchstarbeit leisten.

* * *

Eine Woche zuvor:

Gundula Becker, die Gundi, lebte in der Oberstdorfer Gold-Residenz. Sie hatte Affären mit Herri und Robbi. Die beiden Widersacher wussten nichts von ihrer Hinterfotzigkeit. Gundi hatte schnell herausgefunden, dass die Zwillinge sich nicht ausstehen konnten. Beide waren wohlhabend, was lag da näher, als sich gleich an beide ranzumachen? Doppeltes Vergnügen und doppelte Annehmlichkeiten, was wollte sie mehr?

Aber: Undenkbar, dass ihr jemand einen der spendablen Herren ausspannte! Eines Abends, Mitte Juni, schnüffelte sie in Robbis Dreckwäsche herum. Seine Unterhosen waren ihr wohlbekannt, die wollte sie in diesem Zustand eigentlich gar nicht sehen. Zweck der nicht abgesprochenen Suche war jedoch ein anderer: Sicherstellung verräterischer Damenhöschen. Der Robbi war nämlich des heimlichen Techtelmechtels mit Roberta Fellinger, der Berta, angeklagt. Das war eine andere Nutznießerin aus der Seniorenresidenz. Gundi hoffte auf verdächtige Fundstücke. Aber außer einem goldenen Kelch war nichts Ungewöhnliches in Robbis Wäschekörble zu finden. Also besser schweigen und abwarten, diese Erkenntnis war gewiss später zu ihrem Vorteil zu gebrauchen.

Eines anderen Abends beim Herri: Der lange Zwilling holte grad Handschellen mit rosa Plüschbezug aus seinem Nachtschränkle. Darin erblickte die Gundi ihn flink: den zweiten goldenen Kelch.

Erstaunt entfuhr es ihr: »Den Kelch hab ich doch auch beim Robbi gesehen!«

»Du warst in Robbis Wohnung?«, entgegnete Herri spitz. »Na, was habt ihr da wohl getrieben, ihr verdorbenes Pack? Mach, dass du hier wegkommst, du Miststück! Sofort! Sonst bring ich dich um!«

Verdächtiges Rot machte sich auf Gundis Wangen breit. Daraufhin folgte ein wutentbrannter, leicht handgreiflicher Rauswurf durch Herri. Liebschaft beendet, Handschellen zurück in den Schrank, er würd sich ab sofort an die flotte Berta halten.

Gundi war indessen eine Tür weitergegangen, zum Robbi, zwecks Einladung zum Tête-à-Tête. Der besaß auch Handschellen, mit lila Federn beklebt. Sie erwähnte ihm gegenüber nichts weiter von den Kelchen, bloß nicht das gleiche Fiasko noch einmal erleben.

Herri war nun fuchsteufelswild. Er plagte sich mit nächtlichem Wälzen im vereinsamten Doppelbett. Erst am nächsten Morgen vor dem Frühstück kam's ihm: Seltsam, dass sein Zwillingsbruder den gleichen Kelch in der Wohnung stehen haben sollte. Durchdachte Herri seine haarsträubenden Theorien, kam er immer zum gleichen Schluss: keine hinreichende Erklärung. Um sein geistiges Potential stand es nicht mehr so doll. Stundenlanges Nachdenken brachte dann aber doch die Lösung: Sein Zwillingsbruder, der alte Sack, musste auch eine Kelchkopie angefertigt haben!

Tote Quetschkommode

Rudi beendete gerade unter Gebrüll die Videokonferenz mit Finn Schönfeldt. Da saß der Egi am Mittwochmorgen erst in seinem Auto, auf dem Weg zur PI Oberstdorf, nach dem Mega-Cholesterin-Frühstück mit Uroma Bruni. Nicht ahnend, was sich einige Kilometer von ihm entfernt abspielte.

Mitarbeiter der Nebelhornbahn saßen mit einigen Touristen vor der Mittelstation Seealpe im Gras. Nicht zum gemeinsamen Bergpicknick, nein, ihre kreidebleichen Gesichter waren vom Nebel umhüllt. Übergeben war hier im Moment an der Tagesordnung. Unangenehme Gerüche hingen in der Luft, a Beleidigung war's für die Nasen.

Die anwesenden Kinder waren fix weggeschafft worden, raus aus der Mittelstation. Bestialische Geschehnisse hatte es dort gegeben. Einer der Gondelfahrer telefonierte jetzt mit seinem Chef, Letzterer auch weiß wie die Wand. Dem glitt während des Gesprächs zweimal der Telefonhörer aus den Händen, polternd fiel er auf dessen Schreibtisch. Danach rief der entsetze Betreiber der Nebelhornbahn die PI Oberstdorf an, er meldete den grausigen Vorfall.

Von seinen Mitarbeitern war an der Mittelstation Seealpe eine Tote gefunden worden! Gefunden? Na ja, das war nicht ganz zutreffend, aber er wollte es nicht so dramatisch aussprechen. Man war sich nicht sicher, ob die einfahrende Gondel die Frau zerquetscht hatte. Besser, so etwas nicht gleich der Polizei auf die Nase zu binden, die sollten selbst herausfinden, was da passiert war. Der Körper steckte in einer eingeklemmten Position zwischen Gondel und Stahlgestänge fest. Da war auch nicht mehr alles dran an der Frau. Keiner wusst was Genaues, da war's nun mal a Auffinden von a Leich'n!

Daniel Müller war der jüngste, diensthabende Polizist in der PI Oberstdorf. Er hatte eine feminine Ausstrahlung und arbeitete endlich in seiner ersten Dienststelle nach der Polizistenausbildung. Er plagte sich gerade mit dem Telefondienst herum, deshalb musste er den Anruf der Seilbahnfirma entgegennehmen. Jetzt hatte er gleich zu Beginn seiner Polizeikarriere mit einer zerstückelten Toten zum tun. Da musste er sich erst einmal seines Frühstücks entledigen.

Unsicherheit kam beim Neuling auf. Was war nun zu unternehmen? Erst einmal durfte da keiner weg. Die konnten ja alle Mörder sein! Und: Es war unklar, ob die Leiche die Seilbahn beschädigt hatte. Das war ja auch wichtig, dass die noch einwandfrei lief, sonst gäbe es am Ende noch mehr Tote. Total irre war das. Der Betrieb musste aber sowieso zur Spurensicherung eingestellt werden.

Das Rumdiskutieren mit dem Seilbahnchef war auch nicht gerade seine Stärke. Es gab noch einige wenige Menschen auf den oberhalb liegenden Stationen Höfatsblick auf 1932 Metern und am Gipfel auf 2214 Metern. Die kamen jetzt nicht hinunter. Sie mussten die Freigabe abwarten, oder die Evakuierung. Mit dem Bus kam man nur zur ersten Station. Sollten die Besucher und Angestellten der höheren Einrichtungen per Hubschrauber geholt werden? A sauteure Sach'n würd's werden. Aufgrund des Nebels war das zum Glück noch nicht möglich. Also schob er die unangenehme Entscheidung auf und beendete das Gespräch.

Angewidert griff Daniel erneut zum Telefonhörer, Egi musste informiert werden. Die Kripo Kempten war erst einmal außen vor zu halten, generelle Anweisung vom Chefmeier. Er erwischte Egi im Auto auf dem Weg zur PI Oberstdorf.

»Was gibt'sch?«, Egi dachte noch übers Cholesterin nach.

»Du, Egi, ich hab schlechte Neuigkeiten für dich. An der Nebelhornbahn, wir haben a Tote an der Mittelstation Seealpe.«

»Was? Das glaub i nit! Wie konnt das passiere?«

»Ist unklar. Die haben das so komisch verzählt. Nach derer Schilderung war's aber kein natürlicher Tod. Die Frau ist über die Brüstung gefallen und klemmt nun fest, Egi.«

»I fass es nit. Muss das auch noch sein? Dann hängt da doch noch mehr dran an dem Fall«, entgegnete Egi.

»Scheint so. Kann ich noch was für dich tun, Egi?«

Dies war eine Standardfrage vom Daniel, in Hochdeutsch auswendig gelernt, Unterstützung hatte er aber gar nicht im Sinn. Mittlerweile zweifelte er an seinem seit Jugendtagen gehegten Berufswunsch, Polizist zu werden.

»Ja, ruf do schon mal Rudi und Beate an. Die solle si in Beates Büro treffe. I bin gleich da. Dann sehe wir weiter«, bat ihn Egi.

Daniel dachte angestrengt nach. Wie könnte er sich am besten für immer von seiner Dienststelle entfernen?

»Alles klar, mach' ich«, antwortete der verkappte PI-Flüchtige, der nun doch auf seinem Bürostuhl sitzen blieb. Er leierte noch die Informationen zu dem problembehafteten Abtransport der Bergleute herunter, dann legten beide auf. Der Polizei-Novize hatte jetzt leider vergessen, dem Egi die unappetitlichen Details über den Zustand der Leiche mitzuteilen. Der Egi schlug sich aber auch schon mit genug anderen Problemen herum: Noch ein Verbrechen im Umfeld des AllgäuerAlpenMuseums. Eine kriminelle achtjährige Tochter reichte hier nicht. Jetzt hatte er auch noch die Aufklärung der Todesumstände dieser verfluchten Frau am Hals, und das so kurz nach dem Museumseinbruch. Das konnte kein Unfall sein. Die mussten doch alle zusammenhängen, die ganzen Schandtaten. Das war bestimmt a Mord! Aber warum? Hatte die Alte zu viel gewusst? War sie jemandem im Weg gewesen? Oder hatte sie selbst die Finger im Spiel gehabt? War sie eine Komplizin oder ein Opfer? Und was hatte die Belli damit zum tun? Und der Lügenbaron? So a Scheiß alles!

* * *

Eine Woche zuvor:

Robbi hatte sich in den letzten Monaten oft auf dem Museumsareal herumgedrückt, mit'n Rollator auf dem einfachen Abschnitt des Erlebniswegs *Uff d'r Alp* spazieren gehen, herrlich war's gewesen. Beeindruckende Landschaft, starke Regenfälle, Matschepampe auf den Wegen, vom Nebel versperrte Aussicht und unterkühlte Verschnaufpausen am AllgäuerAlpenMuseum. Mitleid hatten's alle gehabt mit dem alten Herren. Der wollte sich fit halten, kam aber kaum noch weiter mit der verschlammten Gehhilfe.

Also luden sie ihn ein, zum heißen Tee am Bau. Praktisch, so konnte er die Bauarbeiten beobachten und mit dem netten Baustellenvolk informative Schwätzle halten. Die hatten keine Bedenken gehabt. Was sollte der Alte schon für eine Gefahr darstellen? Er kam doch aus der Gegend und wirkte dermaßen harmlos. Danach wusste der Ganovenzwilling alles über die Räumlichkeiten, die modernen Sicherheitssysteme und deren Schwachstellen.

Die Entscheidung fiel Robbi daher leicht. Er entschied sich, in besagter Nacht durch eines der WC-Fenster des Museums einzudringen. Die Leitungen der Alarmanlage wären hoffentlich schnell überbrückt. Falls nicht, ginge er auf Risiko rein, bisher war er überall schnell genug wieder draußen gewesen. Die Schanzenstraße war steil und lang, da mussten die Bullen erst einmal hochkommen. Er wäre mindestens doppelt so schnell wieder unten, durchs blickdichte Alpengehölz.

Und dann traf Robbi wenige Tage vor der Eröffnung die Rosi, eine Putzfrau mit riesiger Brille. Sie machte gerade eine kurze Rast auf einer der vier Designerbänke. Dort saß sie geschützt unter einem Pavillon vor dem gerade vorbeiziehenden Schauer. Sie war sofort Feuer und Flamme gewesen, als der sympathische ältere Gentleman mit Regentropfen auf der Stirnglatze sich Schutz suchend zu ihr gesellte und sie ansprach.

»Das ist ein wunderschöner Tag heute. Was meinen Sie, meine Liebe?«, grinste Robbi sie breit an, nachdem die Sonne die penetrante Regenwolke wieder verdrängt hatte, und dachte bei sich: »Was für ein Dickfidlar!« (Allgäuisch für dicker Hintern.) Laut sagte er: »Eine herrliche Umgebung für so ein modernes Museum. Von außen kann man nicht viel sehen, aber Sie kennen sich bestimmt schon sehr gut darin aus, gell?«

»Griaß Gott, der Herr! Freilisch kenn i mi da ausch! Jedesch Steinle kenn i do umanand. I könnt Ihna viel erzähle. Na, hocken S' si dahi.«

Robbi hatte Schwierigkeiten, sie zu verstehen. Aber er hockte si gern auf so a Zwanzigtausend-Euro-Bänkle hi. Rosi erzählte ihm viel über ihre Reinigungstätigkeiten im Museum. Von Türen, Fenstern, Räumen, Gängen, Vitrinen, Kameras sowie Schlössern. Für alles gab es spezielle Putzmittel, äußerst spannende Sache. Robbi war guter Dinge: Seine Kopie des Kelches war fertig, und er hatte sich einen genialen Plan zurechtgelegt. Er hatte jedoch nicht mitbekommen, dass sein Gespräch mit der schielenden Reinigungskraft belauscht worden war. Hinter dem Designerbänkle stand ein mächtiger Baum, hinter welchem wiederum eine noch vom vorbeigezogenem Kurzregen triefende dunkle Gestalt kauerte. Es war Kralle, Vladimir Kralitschki, der seine engen Freunde nie allein durch die Kunst- und Kulturwelt wandern ließ, zumindest wenn etwas Besonderes anstand und er davon etwas absahnen konnte. Nach seinem Gefängnisaufenthalt hatte Kralle es sich angewöhnt, als Erstes Informationen zu sammeln, die Lage zu sondieren, seine Gedanken zu ordnen und erst nach reichlichen Überlegungen zu handeln. Daher hatte er heute einen Tablet-PC dabei, den er unter seinem dunkelgrünen Regen-Cape hielt. Auf ihm hatte er geschickt in geduckter Haltung alles Wichtige mitgeschrieben.

Herri war es so viel Mühe nicht wert. Er begutachtete einmal auf den letzten Drücker die Fenster des Museums. Die an der Küche hatten eine äußerst günstige Lage.

Dann vollführte Herri noch einen nächtlichen Einstieg über den benachbarten Balkon in die Schlafgemächer seines Zwillingsbruders. Er fand Robbi geräuschvoll schnarchend im Bett liegen. Bei den Klangwelten bekam der bestimmt nix mit vom Einbruch. Neben ihm schnaufte Gundi ohne Hörgeräte im Ohr, denn die lagen auf dem Frisiertisch. Auch zu vernachlässigen. Herri klaute im Bad einige winzige Stoppelhaare aus Robbis Kamm. Ja, der kämmte sein Haar, die wenigen störrischen Millimeter am Hinterkopf und über den Ohren. Herri fand's lächerlich. Er pflegte lieber seine geschmeidige Stirnglatze mit duftendem Kokosöl.

Jetzt aber ab in die Tüte mit Robbis Haarresten. Danach durchforstete er noch Robbis Nachtschränkle, darin war sein Poesiealbum versteckt. Poesie war nicht enthalten, aber Notizen unter dem schlüssigen Stichwort »Museeom«. Dieses Heftle benutzte Robbi, seitdem er sich seine eigenen, hochkomplexen Pläne nicht mehr merken konnte. Herri las es seit Jahren regelmäßig.

* * *

A Mord im Chefmeier-Dienstbereich! Nun würde auch noch die Kripo Kempten länger bleiben. Der PI-Leiter war wie a rasende Wildsau. Egi konnt nimmer. Der hatte fix seine Prioritätenliste aktualisiert:

Prio 1: ~~Den Türken und die Psychotante loswerden.~~

Irgend an Depp als Dieb und Mörder verhaften und die Kripo Kempten dabei alt aussehen lassen.

Prio 2: ~~Die Belli da raushalten.~~

Den saublöden Kelch wiederfinden.

Prio 3: ~~Irgend an Depp als Dieb verhaften.~~

Vor'n Chefmeier ein' auf dicke Hosen machen.

Prio 4: ~~Den saublöden Kelch wiederfinden.~~

Die Belli da raushalten.

Prio 5: Dem Lügenbaron eine reinhauen.

Der PHK musste sich in Szene setzten, zum Nachteil der Familieninteressen, sonst würd der Egi demnächst doch a Bauer wie der Alte. Den ganzen Tag auf dem Feld schuften? Niemals!

Am Mittwochmittag wurde eine eilige Besprechung der SOKO Kelch zu der Toten einberufen. Die Tatorte beider Verbrechen lagen in der Umgebung der Mittelstation Seealpe, es musste also Zusammenhänge geben, meinte Egi. Man traf sich kurz im Besprechungsraum und wartete auf den Chefmeier, um das weitere Vorgehen zu bereden, bevor man die neuen Ermittlungen anging und zum Tatort fuhr.

Rudi, Akay und Silvia saßen bereits am Konferenztisch. Egi stand noch im Türrahmen. Er steckte seine Hände in die Hosentaschen, aus Unentschlossenheit darüber, ob er sich schon setzen oder besser einen Rundgang um den Tisch machen sollte. Zur Entwirrung seines Gedankengutes. Kleidungswechsel stand beim Egi zum Unwillen seiner Angetrauten höchstens dreimal die Woche an. In diesem Fall höchst vorteilhaft. Denn er ertastete jetzt ein Stückle Papier. Er zog es heraus und sah es verwundert an. Darauf stand »Schublade«. Sakra! Da hatte er etwas vergessen.

Jetzt schnell zurück zum eigenen Schreibtisch. Bestimmt war es wichtig für die Konferenz. Stöbern in unsortierten, zusammengeschmierten Notizen war wirklich kein Vergnügen. Er las mehrere bestimmt in einer gewissen Art wichtige Infos: »rothaarige kleinwüchsige Frau: schwanger?« und »verdächtiger Türke« und »zwei grinsende Senioren mit Rollator am Museumsausgang« und »erfreutes Verbrechergesicht: Volker?«. Aber was suchte er hier?

Nach einigen Minuten gab er auf. Sollte es etwas Wichtiges gewesen sein, würde es ihm bestimmt wieder einfallen. Egi warf die gelesenen Zettel zusammen mit dem soeben wiederentdeckten Papierstück zurück in das Schubfach. Dann schloss er seinen Schreibtisch ab und lief zurück zum Besprechungsraum.

Dort wurde er bereits erwartet, Chefmeiers Miene war

schwarz wie die Nacht. Der Egi kam später zur Konferenz als der PI-Leiter, a Unding!

»Wo treibst du dich rum, Egi?«, polterte er los. »Wir warten schon a Ewigkeit auf dich!«

Egi war nur drei Minuten fort gewesen und ohnehin schon vor dem Chefmeier anwesend gewesen.

»Musst nur mal schnell austrete«, log der Egi.

»Ich frag mich, Egi, warum zum Kelchdiebstahl jetzt auch noch a Tote dazukommt«, warf der Chefmeier ihm vor. »Du kümmerst dich nicht ausreichend um die Oberstdorfer Kriminellen. Die machen ja, was sie wollen!«

Die Kripo Kempten grinste.

»Also, Chef ...« Das »...meier« konnte Egi so gerade noch unterdrücken. »Einer von den Fälschern isch bestimmt auch der Mörder. Auf den sollten wir uns konzentriere. Wir haben hier bestimmt kei neuen Kriminellen dazubekomme.«

Sehr gewagte These vom Egi. Aber wer nicht wagt ...

»Ich entscheid hier, wie wir vorgehen«, gab der Chefmeier wütend vor.

Akay sah seine Autorität untergraben. Da sprach er die Leut' gern mit Nachnamen an, selbst wenn er sie duzte.

»Herr Chefmeier, die Kripo Kempten leitet hier die Untersuchungen.«

Auch das noch, verdammter Scheiß! Jetzt hatte der Anzügler den PI-Leiter »Chefmeier« genannt! Egi litt spontan unter Hitzewallungen. Der Rudi auch. Denen wurde ganz schwindelig.

Der Chefmeier schien in Brand geraten, so rot wurde er.

»Was fällt dir ein, mich Chefmeier zu nennen?«, brüllte er. Sein »R« rollte wie noch nie. »So eine Ungezogenheit! Ich werd mich bei deinem Vorgesetzten beschweren über dein respektloses Verhalten hier.«

Der Akay wusste nicht, wie ihm geschah, er hatte ja keine Ahnung, was hier gespielt wurde. Aber gut, der Egi konnte damit jetzt viele Punkte einfahren.

Der Anzügler meinte zu seiner Verteidigung: »Aber hier nennen dich doch …«

Die Silvia wollte ihrem Kollegen beistehen, da begann sie gleichzeitig: »Ich kann bestätigen, dass …«

War kaum zu verstehen gewesen, der Wortstrudel. Jetzt aber fix eine Unterbrechung eingeschaltet, sonst gäb's ein unfassbares Donnerwetter in der PI Oberstdorf.

»Akay, du musst dich verhört haben. Unser Chef heißt BACHMEIER, Erwin Bachmeier. Nicht Chefmeier, wirklich!«, sprach Egi eindringlich hochdeutsch. »Sag doch einfach Erwin.«

Die Psychotante erahnte das böse Spiel. Der Anzügler musste noch darüber nachdenken.

»Okay, Erwin«, meinte er zögerlich, »machen wir doch einfach weiter.«

Silvia blieb still, ohne Ansage vom Akay traute die sich nix. Eklat grad noch mal abgewendet. Egi tupfte sich mit dem triefenden Hemdärmel den Angstschweiß ab.

»Jetzt gebt mir einen Abriss, was ihr bisher rausgefunden habt. Rudi?«

Großes Erstaunen machte sich unter den Anwesenden breit. Der Chefmeier fragte das Enggestirn nach aktuellen Ermittlungsergebnissen? Das hatte es noch nie gegeben. War bestimmt als öffentliche Ohrfeige Richtung Akay und Egi gemeint.

»Öh, also, i, öhm, hab nach 'er verpatzten Museumscheröffnung am Seniorenbus g'hört, dass da wohl einige Klüngel am Laufe sind, in'er Seniorenresidensch. Die alta Zwillinge Robbi und Herri hatte, glaub i, beide Affären mit Gundi und Berta oder wie die Alten da alle heiße tun. Öhm, es schnackelt da offensischtlich gewaltig. Es könnt also a … a Beziehungstat sei«, stotterte sich der Rudi zusammen.

Eine Beziehungstat? Ungläubiges Kopfschütteln über so viel geballte Blödheit beherrschte seine Kollegen.

Akay ergriff das Wort: »Rudi, jetzt denk doch mal nach! Die alten Zwillinge haben überall ihre Finger im Spiel. Vor allem wenn es um viel Geld geht. Die Beate hat einiges über die in den Akten gefunden. Die Frauengeschichten sind hier zweitrangig. Das ist denen doch wurscht, ob sie sich so 'ne vertrocknete Jungfer teilen oder nicht!«

Der Anzügler traf den Punkt, da waren sich alle einig. Dabei wollte der doch nur von seinen Hauptverdächtigen ablenken, die wollte er alleine festnageln.

Der immer noch beleidigte Chefmeier haute aber in die gleiche Kerbe: »Wir sollten hier nichts ausschließen, Kollegen. Es kann viele Hintergründe für den Tod der Seniorin geben. Egi, zeichne mal alle involvierten Personen an unserer Pinnwand auf und auch deren Beziehungen!«

Egi hatte in Kunst immer einen Fünfer gehabt, jetzt sollte er als PHK malen. So a Schmarrn! Er wär lieber zum Tatort gefahren, stattdessen trat er mit einem Boardmarker an die benannte Wand. An der klebten Fotos des Originalkelches, der zwei Fälschungen aus dem Museumsschrank und des Knetmasse-Kelches. An den Kelchfotos befanden sich Fragezeichen, wusste ja keiner etwas Genaues drüber. Nun schmierte Egi die Namen der drei Senioren Herbert und Robert Lollinger, Roberta Fellinger und der Toten Gundula Becker darunter. Die Gundi bekam ein schwarzes Kreuz übers Köpfle gemalt, der auf dem Foto noch auf ihrem Hals thronte. Dann noch Pfeile kreuz und quer, fertig war das Gemälde. Gar nicht so schlecht für'n Fünfer-Kandidaten.

»Na, wenn das nicht nach einer Beziehungstat aussieht«, meinte der Chefmeier triumphierend.

Die Kollegen betrachteten die Skizze. Auffallend, dass von den Senioren kein Pfeil zu einem der Kelche führte.

»Und was hat's dann mit'n Diebstahl vom Heiligen Kelch zu tun?«, fragte das Enggestirn.

Akay war froh über die allgemeine geistige Beschränkung in der PI Oberstdorf.

»Das müsst ihr jetzt rausfinden«, erwiderte der PI-Leiter.

»Gebt endlich Gas! Und Egi, eine andere Sache noch: In dem Bericht von der Silvia steht, dass die Museumsdirektorin was über deine Tochter verzählt hat. Die war am Freitag mit im Museum? Was hat die denn da auf'n Klo gemacht?«

Herzstillstand. Egi blieb die Luft weg. Wie war das so schnell ans Licht gekommen? Und jetzt stand das auch schon in einem Bericht drin, a ganz großer Scheiß war das!

»Die hat da nix, nix Großes gemacht«, stammelte Egi benommen. »Was soll da so a kleines Mädle scho zu tun habe?«

»Das musst du wissen, Egi. Sieh zu, dass du das alles auf die Reihe kriegst. Ich hab keine Zeit mehr für diesen Kleinkram. Macht ihr mal alleine weiter, teilt euch auf und ermittelt ab sofort in alle Richtungen.« Mit diesen Worten entschwand der nichts ahnende Chefmeier.

Egi konnte wieder Sauerstoff aufnehmen. Die anderen waren auch erleichtert, endlich war die Wildsau weg.

»I schlag' vor, wir ermitteln später in alle Richtungen. Wir konzentrieren uns erst mal drauf, dass die beiden Verbrechen zusammenhängen«, entschied Egi, um Belli da herauszuhalten. »Dazu müssen wir …«

»Egi, ich bitte dich wiederholt«, unterbrach Akay, »das entscheide ich. Wir werden uns nun gemeinsam den Tatort anschauen. Damit wir einen besseren Eindruck über die aktuellen Geschehnisse erhalten. Danach sehen wir weiter.«

»Genau das wollt i ja ah sage«, stimmte Egi kleinlaut zu.

Als Egi aus dem Besprechungsraum trat, stand ihm die Belli im Weg, und zwar direkt vor dem Chefmeier! Die Elli hatte sie hergebracht. Es war heute »Girls' Day« – Mädle schnuppern in Männerberufe. Zur Erhöhung der Frauenquote war's, und das im Oberallgäu. Der Termin war nicht nur unnütz, sondern auch denkbar schlecht, mit den ganzen kriminellen Verstrickungen des Huber'schen Clans. Aber der Egi hatte es schon vor Wochen versprochen.

Er hatte die Belli zum lustigen Daniel setzen lassen. Aber

jetzt, jetzt schaute sie zum PI-Leiter auf. Der lächelte. Bei kleinen Kindern war der wie a Lamm, eigene hatte er ja nicht.

Egi stand nun da wie einer der Oberstdorfer Kriminellen. War er ja auch: Unterschlagung von entscheidenden Ermittlungsergebnissen im eigenen Familienumfeld, Vertuschung von Straftaten, inklusive gröbster Befangenheit. Wenn das alles ans Licht kommen würde! Die Huber'schen Felder freuten sich schon.

Hatte der PI-Leiter die Belli wohl zum Toilettengang im Museum ausgequetscht? Das alles war schwerste mentale Last für'n Egi.

Da fragte sie plötzlich: »Papi, wann werd i denn endlich zu meinem Knetmasse-Kelch verhört?«

Da wurde der Papi ganz panisch. Seine PHK-Laufbahn war hier und jetzt am Ende, und zwar ganz abrupt, bevor er zum Tatort kam und die Tote in Augenschein nehmen konnte.

Der Chefmeier lachte: »Das ist ja ein süßer Fratz, deine Belli, und so witzig. Das hat sie sicher nicht von dir, Egi.«

Damit begab der PI-Leiter sich zur Beute, der aktuelle Flurfunk musste wieder einmal abgehört werden.

* * *

Einige Tage vor der Museumseröffnung:

Verdammte Scheiße, dachte sich Finn Schönfeldt. Die Schönheit war ihm zugefallen, nicht aber die Begabung. Der Sicherheitsfachmann aus Stuttgart saß mit dem Hintern auf den Fliesen vor einem offen stehenden Bodentank, im Hauptausstellungsraum des AllgäuerAlpenMuseums. Er schlug mit seiner Flachrundzange auf das Innenleben des Lochs ein. Jedoch nicht, um etwas darin zu befestigen, nein, eher aus Wut. Unendliche Wut über seinen geldgierigen Chef, die unfähigen Kollegen und die hochnäsige Museumsdirektorin. Eine ganz blöde Bagage war das!

»As duats aso«, sagte sein beschränkter Chef, wenn es nicht nach Plan lief.

»Wos meinst'n du mit'n Scholtkreis hier?«, fragten seine Kollegen, wenn sie seine komplexen Pläne nicht kapierten.

»Kannst das nicht mal ordentlich machen?«, fragte seine rangniedrigere Kollegin, wenn er zu schlampig war.

»Ja, macht's ihr denn hier nur an Scheiß?«, keifte die Museumsdirektorin, wenn er die Planungsstufen stümperhaft umsetzte. Mit der blöden Kuh hatte er auch noch eine Affäre angefangen.

Finn reichte es. Er wollte nur noch weg vom Horrorbau. Kurz vor der Eröffnung des Museums kappte er im Rache-Affekt eine Elektroleitung mit seiner Flachrundzange. Das wäre die Stromzufuhr gewesen für die in den Fußboden eingelassenen Gewichtssensoren am Ausstellungspodest. Nun würde kein Alarm mehr ausgelöst, wenn diebisches Volk den Exponaten zu nahe kam. Die derbe Lücke öffnete Tür und Tor im Hochsicherheitstrakt.

Heißkalte Schauer durchströmten den Finn, und die hatten nichts mit der paarungswilligen Museumsdirektorin zu tun, eher mit der Verletzung seiner Sicherheitsfachmannsehre. Er schaute sich um. Von den anderen hatte es keiner gesehen, also besser den Schaden vertuschen. In der Checkliste hakte er den Bodentank ab und schloss diesen mit schlechtem Gewissen. Er bemerkte nicht, dass ihn draußen vor der gläsernen Eingangstür jemand beobachtet hatte. Es war Kralle, Vladimir Kralitschki, grau-weiß gekleidet wie ein Allgäuer Felsbrocken mit leichtem Schnee-Topping. Und wie ein ebensolcher stand er auch da, bewegungslos und vor der steinernen Wand nahezu unsichtbar. Ihm schien dieses Miniaturmuseum mit jedem Besuch interessanter, auch wenn es unter kuriosen Umständen gebaut und bestückt wurde. Die Ausstellung war so gesehen für die Tonne, aber die Hauptattraktion hatte schon ihren Reiz.

* * *

Egi fuhr nach der kurzen Besprechung am Mittwochnachmittag mit Silvia, Akay und Rudi zur Mittelstation Seealpe der Nebelhornbahn. Leider hatte der Kripo-Kempten-Dienstwagen heute Morgen mit dicken Rauchschwaden nach einem Werkstattbesuch verlangt. Nun drängten sie sich zu viert in Egis schäbigen Streifenwagen. Mit dem waren am Vortag stark alkoholisierte Touristen in eine Ausnüchterungszelle transportiert worden, und er stank jetzt wie Sau.

Silvia nahm hinten Platz, Akay setzte sich schnell neben sie. Bloß nicht neben der PI Oberstdorf hocken. Der Anzügler hatte heute einen besonders penetranten Duft aufgelegt. Die Geruchskombi war nicht grad a Nasenschmeichler. Egi und Rudi öffneten vorne rasch ihre Seitenfenster, um dem Erstickungstod zu entgehen. Silvia telefonierte während der Fahrt, mit dem balztechnisch eingesprühten türkischen Single wollte sie sich nicht unterhalten. Nachher wären dabei noch Kripo-Interna herausgekommen. Akay wunderte sich über das Verhalten seiner unfreiwilligen Fahrgemeinschaft und über die Existenzberechtigung der PI Oberstdorf. In seiner Kripo-Laufbahn hatte er noch nie mit solchen Deppen zusammengearbeitet.

Als sie ausstiegen und die Mittelstation Seealpe betraten, wurde die Duftwelt auch nicht angenehmer. Erich Engstein, der Schwabe mit dem ewig verstopften Riechorgan, war bereits dort. Er bezeichnete sich selbst als »Einstein der Rechtsmedizin«. Der kleine Glatzkopf mit kompakter Gestalt und Bauchansatz steckte seine Kartoffelnase gerade in die sterblichen Überreste im Gestänge.

Bei der Toten handelte es sich sehr wahrscheinlich um Gundula Becker, eine Bewohnerin der Oberstdorfer Gold-Residenz. Zumindest dem zerknitterten Seniorenausweis nach, der in einer am Tatort gefundenen Handtasche gesteckt hatte.

Bevor Erich sie befreien durfte, musste erst alles fotografiert und lückenlos erfasst werden. Die Spusi war bereits am Werk, unter der Leitung vom Lorenz. Den kannte der Egi schon lange. Der Lorenz kam auch aus Oberstdorf, die beiden waren sogar zusammen zur Schule gegangen. Frau und zwei Teenagertöchter wohnten da auch noch, in seinem Haus. Aber nicht der Lorenz. Der hatte jetzt ein neues Domizil in Immenstadt und eine neue Freundin, fünfundzwanzigjährig war sie. Die Turteltäuble waren Nachbarn vom Onkel Volker, dem Lügenbaron. Der erzählte immer von den wüsten Ü-20-Partys nebenan. Der Lorenz tät jedoch besser dran, Ü-2x20+10-Partys auszurichten.

Jetzt aber konzentrierte er sich mit seinem Team auf andere Dinge. Es wurde gepinselt, abgeklebt, gesaugt und mit Pinzetten kaum sichtbare Fitzel aufgesammelt und in säuberlich beschriftete Tüten verstaut. Das alles um den in Folie verpackten Erich herum, sein weißer Schutzanzug verlieh ihm das Aussehen einer Presswurst.

»Na, Erich, was gibt's zu berichten?«, fragte Egi unbefangen einige Schritte entfernt. Er war nicht vorbereitet auf den Fleischhaufen, der Daniel hatte es ja verpasst, ihn mit den brutalen Tatsachen zu konfrontieren.

»Egi, heute so locker beim Anblick einer kopflosen Quetschkommode?«, blödelte der Erich.

Egi erkannte erst jetzt das Ausmaß der zerstörerischen Gondelkräfte. Wie ein Fleischwolf hatten die gewirkt. Beim Anblick des Grobgehackten stieg in Egi übler Brechreiz auf. Rudi und Silvia näherten sich generell kaner Leich'n. Nur der Akay schaute sich neugierig die deformierten Körperteile an. Er unterhielt sich mit Erich Engstein über Todeszeitpunkt und mögliche Todesursachen, obwohl die ja jetzt nicht grad zu übersehen waren.

Die anderen wandten sich zügig ab und nahmen die Aussagen der zwei mittlerweile grünhäutigen Seilbahn-Mitarbeiter auf. Räuspern und Schlucken, das half beim Egi gegen pietätlosen Würgereiz.

Er richtete seine erste Frage an einen der Gondelfahrer: »Was haben S' beobachten können?«

»Es war zu nebelig. Ich hab nix gesehen«, schluchzte der. Er dachte immer noch, er hätte eine stürzende Frau getötet. »Ich kann mir das alles nicht erklären. Es ging so schnell. Im Nebel hab ich die Brüstung in der Station nicht gesehen. Ich hab mit dem Kollegen der Talstation telefoniert, um zu klären, ob wir den Gondelbetrieb jetzt einstellen sollen. Ich wollte fragen, ob unten überhaupt noch Fahrgäste da sind. Dabei hab ich kurz auf mein Pult in der Gondel geschaut, um den Telefonhörer zu nehmen und die Nummer zu wählen. Der Kollege meinte, unten wäre niemand mehr, und ich solle oben nachfragen. Auf einmal zuckte die Gondel. Als ich hochsah, war es schon zu spät. Obwohl die Gondel doch so langsam einfährt. Die Frau klemmte plötzlich zwischen der Kabine und der Brüstung. Ich habe nur ihre Beine in der Luft gesehen. Das war ein Schock! Habe erst den falschen Knopf gedrückt, dann aber eine Notbremsung vorgenommen.«

Tränen tropften auf seine »Das Höchste«-Jacke.

»Nun beruhigen S' sich. Die Frau Stern wird sich um Sie kümmern, sie ist Psychologin.«

Egi schob den Mann in Richtung Psychotante ab und wandte sich an den Herren aus der Glaskabine im Innern der Mittelstation, eine Art Aufseher oder Ordnungshüter. In diesem Fall schien er mächtig versagt zu haben.

»Können S' diese Aussage bestätigen?«, fragte der PHK durch die kleine geöffnete Sprechluke in der Glaswand.

»Nein, ich war grad pinkeln, als das alles passiert ist«, beichtete der schweißbeperlte Angestellte. »Danach bin ich zur Wandergruppe und hab denen erklärt, dass sie besser wieder runterfahren. Dann klingelte schon der Alarm.«

»Das kann doch nicht wahr sein!« Egi schüttelte den Kopf und ging zum Fahrer der anderen Gondel. »Können S' die Aussage Ihres Kollegen bestätigen?«

Akay trat hinzu.

»Nein, leider nein«, meinte der Kollege des Erstbefragten.

»Wir befanden uns zu dem Zeitpunkt auf der anderen Seite der Mittelstation und konnten von dort aus nichts sehen. Die Wände hier versperren uns doch die Sicht. Wir wurden erst durch den Alarm aufmerksam und sind rübergelaufen. Und da … da klemmte die Frau schon im Gestänge.« Er würgte.

Bei der Vorstellung musste Egi wieder schlucken. Schnell weiterreden, dann würde das schreckliche Bild aus dem Kopf verschwinden. Der Anzügler wusste es zu verhindern.

»Haben Sie denn alle nichts gehört? Die Frau muss doch geschrien haben«, unterbrach Akay Egis Gegenmaßnahmen.

»Nein, ich habe mit den Fahrgästen diskutiert, ob es Sinn macht, noch weiter hochzufahren. Ich habe geraten, es zu lassen, weil man die Hand vor Augen nicht sehen konnte. Die meinten, sie hätten dafür gezahlt, und wollten weiter. Gleich würde es sowieso aufklaren. Dann haben deren Kinder noch so geschrien, die hatten gar keine Lust auf die vernebelte Bergtour. Nur der Alarm hat das ganze Getöse übertönen können.«

Unter der Gittertreppe, die zu den Gondeln hinaufführte, lungerte ein nebelgrau gekleideter Mann herum, der kaum unter seiner Kapuze hervorsehen konnte. Freie Sicht war aktuell auch nicht notwendig, es war ihm vielmehr um die Aussagen gegangen, die er unbemerkt mit angehört hatte. Jetzt verzog er sich wie ein Nebelschwaden in eine nicht einsehbare Nische, in der er warten würde, bis der Polizeiapparat wieder abgezogen wäre. Er nutzte die Wartezeit, um seine Erkenntnisse auf seinem Tablet-PC zu verewigen. Mittlerweile kann man sich wohl denken, wer es war: Kralle, Vladimir Kralitschki. Wieder war er in der Lage, interessante Informationen festzuhalten, die zwischen den nahezu unverständlichen Gesprächsführern hier im Oberallgäu hin und her flossen. Sie würden eventuell zu unerwartetem Reichtum führen.

Unterdessen hatte Rudi in Eigenregie die drei Fahrgäste befragt. Sie bestätigten die Version der eingeschränkten Sicht des zweiten Gondelfahrers und des Aufsehers, sie hätten alle auf der anderen Seite der Mittelstation nichts beobachten können.

Ergebnisse der Befragungen: Keiner kannte die Frau, niemand hatte etwas mitbekommen, keiner war der Mörder. Der Egi war ja nicht blöd, dem waren die Aussagen nicht geheuer. Wie konnte ein solches Geschehnis unbemerkt bleiben? Die Zeugen könnten selbst etwas mit dem Tod der Frau zu tun haben. Jemand von denen könnte den Kelch gestohlen haben, die gondelten doch den ganzen Tag vor dem Museum herum.

Selbstmord schloss Egi instinktiv aus, die Möglichkeit bestand aber. Die Alte war eher von jemandem absichtlich geschubst worden. Wie sollte man mit dem Eigengewicht sonst entgegen der Schwerkraftgesetze über so eine Brüstung fallen? Und das grad da, wo eine Gondel einfährt. Solche Zufälle gab's doch gar nicht!

Jetzt durfte der Tatort nicht weiter durch trampelnde Schnüffler verschandelt werden. Der Akay entschied, dass ein Hubschrauber fliegen sollte, für den Abtransport der ganzen Leut' dort droben. Der Nebel befand sich auf dem Rückzug, es war jetzt also wieder möglich.

Da war sie wieder, die sauteure Sache. Wer wäre wohl bereit, das zu bezahlen? Keiner! Egi, als PHK-Frischling, kannte sich damit nicht aus. Undenkbar die Vorstellung, dass am Ende die Flugkosten in die Bilanz der PI Oberstdorf einlaufen würden. Der Chefmeier würd bestimmt schnaufen wie a wild gewordener Platzhirsch, wenn der das hörte. Aber: erst mal egal, der Anzügler hatte es ja veranlasst.

Egi, Akay und Rudi gingen zum AllgäuerAlpenMuseum hinüber, um herauszufinden, wer da etwas mitbekommen hatte vom Mord. Silvia betreute in der Zeit die mental angeschlagenen Zeugen. Die drei Ermittler trafen auf die Birkenbacher und ihre zwei Museumsmitarbeiterinnen, die Brunner-Schwestern. Freiwild für den Anzügler, er sprach sie direkt an.

»An der Mittelstation Seealpe ist eine Frau in den Tod gestürzt. Was habt ihr Schönen denn gemacht in den letzten zwei Stunden?«

»Wir waren die ganze Zeit hier. Haben hier gar nichts mitbekommen, durch den Nebel war ja nichts zu sehen. Gehört haben wir erst recht nichts, dazu ist die Mittelstation dann doch zu weit weg.«

»Haben Sie denn ihre Chefin in der fraglichen Zeit gesehen?« Dem Akay gefielen die zwei feschen Mädels. Er vergaß, dass es besser gewesen wäre, sie getrennt zu befragen.

»Ähm, ja, schon, die ging in ihr Büro. Hat glaube ich lange telefoniert. Die haben wir dann ewig nicht mehr gesehen. Sie hat heute Morgen schon gesagt, sie müsste einem Sponsor noch etwas Honig ums Maul schmieren. Sie wollte sich noch mehr wertvolle Kunstgegenstände für die Ausstellung besorgen«, erklärte Andrea.

»Stimmt, das habe ich auch gehört«, meinte ihre Schwester. Die versaubeutelte Getrenntbefragung wurde direkt von den zwei Grazien genutzt.

Akay fiel es dann doch auf, und er ärgerte sich über seinen Fauxpas. Das Verhalten der Schwestern war eindeutig. Wenn die nicht etwas verheimlichten! Es musste hier um riesige Geldmengen gehen, selbst die beiden Brunners oder der Kassenwart könnten etwas mit den verwerflichen Taten zu tun haben. Die hatten neben der Museumsdirektorin den besten Überblick über die ausgestellten Kunstgegenstände. Sie saßen direkt drin im Vermögen. So unschuldig, wie die alle taten, konnten sie nicht sein.

Egi bat sie daher: »Frau Brunner und Frau Brunner, wir hatten sowieso vor, Sie in der Polizeiinspektion zu befragen. Bitte kommen S' doch heute um 16:00 Uhr bei uns vorbei.«

Das hätte der Akay jetzt auch gern vorgeschlagen, aber der PHK hatte sich wieder vorgedrängelt.

»Äh, ja, natürlich. Das machen wir.«

»Wir werden auch Herrn Pfennig dazu einladen, dann können Sie ja zusammen fahren.« Der kumpelhafte Vorschlag kam vom Anzügler.

Die Schwestern grinsten ihn an: »Ja, gerne.«

Rudi befragte währenddessen die Birkenbacher in deren Büro. Er war einfach unbemerkt eine Tür weitergegangen, ohne Anzügler-Genehmigung.

»Wissen Sie, Herr Ströber, Sie sind mir der sympathischste Polizeibeamte in diesem Fall.« Ihr Lächeln wie eine grässliche Fratze, aber der geschmeichelte Rudi merkte nix von der Hinterhältigkeit. »Heute Morgen war das so: Ich war einmal kurz in meinem Büro, circa 09:30 Uhr, um dort ein Telefonat mit einem Sponsor zu führen. Ansonsten habe ich bis zu Ihrer Ankunft in den Ausstellungsräumen nach dem Rechten gesehen und eine Liste mit den gesondert zu reinigenden Gegenständen für den Putzservice angefertigt.«

Rudi nickte und machte penible Einträge ins säuberlich geführte Notizblöckle.

»Und, gnä Frau, was haben Ihra Mitarbeiter in der Zeit g'macht?«

»Sie sind mir heute erst einmal begegnet, kurz vor dem Telefongespräch. Ansonsten weiß ich nicht, wo sie sich rumgetrieben haben. Ich war ja die meiste Zeit in der Ausstellung, da habe ich sie nicht getroffen. Die machen so oft Pausen, dass ich jetzt stärker durchgreifen muss. Die sollen gefälligst für ihr Geld arbeiten.«

»Da haben S' natürlich recht. Vielen Dank, verehrte Direktorin, das reicht mir. I möcht S' nit weiter stören. Pfiat Gott!«

Wieder ein Fratzenlächeln von der Birkenbacher. Die freute sich, dass der bescheuerte Ströber endlich ging.

* * *

Glück im Unglück, der Kopf war vom Körper abgetrennt worden. Er war dadurch vollständig erhalten geblieben. Man hatte ein intaktes Gebiss der Leiche, die an der Mittelstation Seealpe gefunden worden war. So war eine eindeutige Identifizierung der Toten möglich. Dazu hatt's natürlich noch an Zahnarzt g'braucht. Man nahm dafür jenen, der die Bewohner der Oberstdorfer Gold-Residenz behandelte. Eine Goldgrube für ihn, bei den Kauleisten.

Ergebnis: Die Gondel hatte tatsächlich die Gundula Becker zerstückelt. Der Erich vermutete, dass ihre rechte Hand fehlte. Das behielt er aber erst einmal für sich. Er wollt's noch mal genau untersuchen. Nicht, dass ihm da jemand ein' Strick draus drehte. Möglich, dass die in den Tüten mit dem Flüssiggewebe gelandet war. Also rief Erich den Akay an und bestätigte lediglich den Namen der Toten.

Den Senioren musste jetzt endlich ein Besuch abgestattet werden. Egi, Rudi, Akay und Silvia quetschten sich erneut in Egis polizeiliches Gefährt. Der Weg zur Oberstdorfer Gold-Residenz war nicht lang, aber a Qual. Egi fuhr wieder, neben ihm auf dem Beifahrersitz wie gewohnt der Rudi, Akay nutzte seine Zeit auf der Rückbank zum Flirt mit Silvia.

Da lief doch was! Egi wollte sie aufschnappen, die gehauchten Worte vom Anzügler, deshalb lehnte sich der PHK auf dem Fahrersitz weit nach hinten. Er versuchte, sein rechtes Ohr zwischen den Vordersitzen zu positionieren, zur näheren Ausrichtung am hinter ihm sitzenden Gesprächsführer. Der Versuch scheiterte, so konnte er keine vertraulichen Wortfetzen aufschnappen. Die unbequeme Haltung verursachte auch noch eine Halsstarre, die sich kaum ohne helfende Hand wieder beheben ließ. Egis Nackengegend war krumm wie ein verbogener Löffel, wirklich a Tortur.

Die Fahrt war recht unentspannt. Egi stand einige Male auf der Bremse, um nicht jemand anders hinten aufzufahren. Das war zu viel für den Rudi, dem lagen die Nerven blank von dieser absonderlichen Fahrweise seines Vorgesetzten. Er konnte kaum sprechen, so fertig war der Rudi. Das Enggestirn war ohnehin ein schlechter Beifahrer. Der bremste immer stumm mit dem rechten Fuß mit, ohne sichtlichen Erfolg, auf seiner Seite war ja keine Bremse. Jetzt stampfte er aus Verzweiflung mit seinen Beinen wild im Fußraum herum. Das irritierte den Egi total, seine Laune kippte weiter.

»Verdammt, no aimoal, könnt's ihr nicht alle moal ruhig hocke? I möcht mi jetza auf die Verhöre konzentrier'n«, schoss es unkontrolliert aus dem PHK heraus.

»Du fährscht heut aber au wie a Sau!« Rudis Sprachzentrum funktionierte wieder, jetzt konnte der seine Kritik doch noch anbringen.

Egi war erzürnt. Rudi rutschte noch nervöser herum. Wenn's brenzlig wurde, konnten die ihren Dialekt kaum zügeln.

»I wollt's ja nur aimoal soage, dass dei Bremscherei unangenehm für unsereinsch isch.« Rudi wollte die Kuh wieder vom Eis kriegen.

Die Kripo Kempten stoppte ihre chiffrierte Konversation, sie lachte lieber über die hinterwäldlerische PI Oberstdorf.

Egi parkte endlich vor der Oberstdorfer Gold-Residenz ein. Bei dem Horrortrip war ihm nicht aufgefallen, dass ihnen eine weiße Limousine mit Münchner Kennzeichen gefolgt war. Sie wurde gelenkt von Kralle, Vladimir Kralitschki, der eine überdimensionale Sonnenbrille trug, von seinem Gesicht war kaum etwas zu erahnen. Er zwängte sein sündhaft teures Fortbewegungsmittel mit vergoldeten Türgriffen einige Meter entfernt in eine Parkbucht, wartete, bis die Bullen verschwunden waren, um dann mit einem Lächeln auf den Lippen die Limousine zu wenden und zurück nach München zu fahren. Er wusste nun, hinter wem die Deppen aktuell her waren, und hinter wem nicht. In der Zwischenzeit tippte er die Namen in die Datei auf seinem Tablet-PC.

Die vier Beamten begaben sich auf den herrschaftlichen

Fußweg zum Eingang. Sie betraten eine pompöse Empfangshalle, ausgestattet mit cremefarbenem Marmor, riesigen Kronleuchtern, schwarzen Ledersitzgruppen und roten Glanzlack-Tischen. Die große Empfangstheke bestand aus hellen und dunklen Tropenhölzern, deren Namen Egi nicht hätte aussprechen können. Dahinter standen drei penibel geschminkte und frisierte Damen, blau uniformiert lächelten sie die Beamten an.

Eine Rothaarige mit Schwangerschaftsbauch sprach: »Grüß Gott, wie können wir Ihnen helfen?«

Egi, geblendet von der ganzen Pracht, antwortete: »Wir kommen von der PI Oberstdorf und …«

Das war ja unmöglich, Akay schob sich dazwischen: »Wir sind von der Kripo Kempten. Sie haben bestimmt schon vom Tod ihrer Bewohnerin Gundula Becker gehört. Sehr bedauerlich, die Sache an der Nebelhornbahn. Wir möchten jetzt einige Ihrer Senioren zu ihren Beziehungen zu der Toten sowie zu den Vorkommnissen während der Museumseröffnung befragen.«

Er hielt ihr dabei seinen Dienstausweis unter den Sommersprossen-Rüssel. Da zeigten sich auf dem Nasenrücken runzelige Fältle, als würde er ihr einen stinkenden Fisch hinreichen. Ihr Lächeln war immer noch ins angemalte Gesicht gemeißelt. Silvia trat vor und gab ihr eine Liste mit den Namen der Senioren, die sie sich vornehmen wollten.

»Wir haben Ihnen die Aufstellung bereits zugefaxt. Die Residenzleitung hatte uns zugesagt, dass diese Personen anwesend sein werden und heute für uns bereitstehen. Es sollten vier Räume dafür reserviert werden«, erklärte Silvia.

»Ja, das stimmt. Es sind vier kleine Mehrzweckräume hier unten im linken Flur dafür hergerichtet worden. Gehe ich recht in der Annahme, dass jeder von Ihnen einen Raum belegen wird?« fragte die rote Zora.

»Richtig, so soll es sein«, antwortete Akay überrascht von dem Weitblick.

Rot? Da fiel Egi plötzlich wieder ein Zettel von der Museumseröffnung ein. Auf dem hatte er etwas von einer dickbäuchigen Frau mit roten Haaren vermerkt. Er erinnerte sich, dass er sie als kleinwüchsig bezeichnet hatte. Das war die hier absolut nicht, Nachwuchs erwartete sie aber bestimmt. Jetzt musste er dringend wissen, was da Sache war.

Er fragte die Rezeptionsdame: »Sagen S' mal, sind Sie bei der Kelch-Enthüllung dabei gewesen?«

Akay sah ihn wütend an. Ihm wurde durch Egis Frage klar, dass die PI Oberstdorf einen Vorteil eingeheimst hatte, und zwar nur dadurch, dass sie während des ersten Kapitalverbrechens schon vor Ort gewesen war. Der Kripo Kempten fehlten die ersten Ermittlungen nach der Entdeckung des Kelchdiebstahls. Der Egi hielt hier bestimmt eifrig wichtige Informationen zurück. Akay musste auf der Hut sein.

»Ja, da war ich mit von der Partie«, plapperte die Rothaarige. »Ich habe unsere Senioren begleitet. Bei solchen Ausflügen lassen wir sie nicht alleine losziehen, weil es schon des Öfteren zu Verwirrungen kam. So können wir helfen, falls unerwartete Vorkommnisse sie überfordern. Sehen Sie, dieses Mal war es begründet. Ich bin auch sonst oft auf dem Rundweg *Uff d'r Alp* unterwegs, in meinem aktuellen Zustand ist das sehr entspannend in der guten Luft dort droben. Dann lassen Sie uns doch einmal losgehen. Folgen Sie mir bitte! Ich führe Sie zu Ihren Räumen und werde die Senioren zu Ihnen schicken. Einige von ihnen benötigen Gehhilfen oder müssen gestützt werden, unser geschultes Personal wird ihnen dabei helfen.«

Egi konnte nun sicher sein, dass sie den Heiligen Kelch nicht im Bauch versteckt hatte. Dem PHK graute jetzt vor den anstehenden Gesprächen. Mit Uroma Bruni war er ja ganz dicke, aber die Greise in der Seniorenwohnanlage waren bestimmt von der senilen Sorte oder unausstehlich. Sonst müssten die ja nicht hier wohnen.

Alle folgten der kugeligen Roten. Akays Strategie: Egi und Silvia würden sich parallel Herri und Robbi vorknöpfen. Einzeln, damit die sich keine Informationen zuschieben konnten. Zeitgleich sollte Berta von Akay befragt werden. Das Senioren-Dreigestirn schien bei dem Ganzen eine Schlüsselrolle zu spielen. Ansonsten waren Akay und Rudi für alle weiblichen Zeugen zuständig, Egi und Silvia für die Herren. Alle Gespräche wurden aufgezeichnet, dafür hatte der Anzügler die vier Räume fix mit Aufnahmegeräten und Mikrophonen ausgestattet. Die vier Beamten begaben sich nun in ihre Kammern.

Egi saß vor einem milde lächelnden Herri. Wie sollte der PHK nur anfangen? Eine völlig absurde Situation war das. Er begann: »Herr Lollinger, bitte schildern S' mir, welche Art von Beziehung Sie zu der Toten Gundula Becker pflegten.«

Herri grinste, von Trauer keine Spur: »Die Gundi war eine ganz tolle Frau, die wusste, was sie wollte. Und sie nahm sich, was sie wollte. Auch bei mir.«

»Verstehe, verstehe, Herr Lollinger. Kann ich draus schließen, dass Sie ein, sagen wir mal, romantisches Verhältnis miteinand' hatten?«

»Es war schon sehr romantisch, Herr Kommissar.«

Stille. Der PHK war schon jetzt in'er Sackgasse, und das mit Druck im Darm. Was für a Anspannung wieder!

»Das heißt, Sie, ähm ...« Verdammt, so a verzwickte Sache! Egi kam ins Grübeln. Hatte der Herbert Lollinger nur so Sex mit der Toten gehabt? Oder hatten die eine feste Beziehung? Und wie stand sie zu seinem Bruder Robert? War das schon ein Tatmotiv? Oder waren die schon zu alt für solche Sauereien? Und wie sollte der Egi das jetzt in akzeptable Worte verpacken? Hier wurde doch alles aufgenommen. »Nun, wie kann ich es ausdrücken? Haben S' beide, äh, nur zu zweit körperliche Zuneigungsbekundungen ausgetauscht?«

Egi war unendlich froh, dass die Frage gestellt war. Allerdings umständlich formuliert, das klang ja lächerlich. Er überlegte, das Band zu löschen und von vorne anzufangen.

Herri sprach mit unbekümmertem Dauergrinsen: »Herr Kommissar, was glauben Sie denn, was wir Alten noch so alles treiben?«

»Ja, was eigentlich? Das genau ist ja die Frage, aber du antwortest mir nicht, du alter Bock!«, dachte Egi. Er wollte sich nicht weiter zum Affen machen. Ermittlungen hin oder her, die Psychotante würde das alles abhören, also besser Themenwechsel.

»Herr Lollinger, was anderes: Wann haben S' die Frau Becker das letzte Mal gesehen?«

»Das war beim Frühstück, bevor sie sich auf den Weg in die nächste Dimension gemacht hat.«

Sakra! Egi wollte etwas Brauchbares von dem Clown, für die Kripo Kempten. Der musste doch etwas wissen, wollte aber nicht mit der Sprache herausrücken.

»Und was haben S' genau beobachten können?«

»Da saß sie mit meinem Bruder am Nebentisch. Ich habe mit Berta gefrühstückt. Danach ist die Gundi alleine weg.«

»Und warum haben die sich nach'm Frühstück getrennt? Wollten S' den Tag nit gemeinsam verbringen!« Egi kam der Sache näher.

»Nein, das wollte Robbi nicht. Die war doch eine Klette, die Gundi. Robbi konnte froh über jede Minute Freizeit sein. Weil sie an dem Tag erwähnte, dass sie nach dem Frühstück alleine was vorhatte, war der erleichtert.«

»Was hatte Ihr Bruder denn heut vor? Ist er ihr gefolgt?«

»Keine Ahnung was der vorhatte. Aber aufs Nebelhorn ist er nicht.«

»Woher wissen S' das, wenn S' kei Ahnung hatten?« Egi wollte die Unstimmigkeit gleich aufdecken, so wurde auf den Aufzeichnungen deutlich, dass er ein scharfsinniger PHK war.

»Der hätt mich doch um ein Alibi für die Bullen angebettelt, wenn er da oben gewesen wär.«

»Na dann. Und Sie, sind S' Gundula Becker gefolgt?«

»Ich? Nein.«

»Und ihre Partnerin, die Roberta Fellinger? Hat sie …?«

»Nein, die Berta war den ganzen Tag mit mir zusammen.«

Der PHK glaubte Herri kein Wort, die Schurken deckten sich bestimmt gegenseitig.

»Herr Lollinger, können S' sich vorstellen, dass Frau Becker ermordet wurde?« Der PHK nun an einem ganz kritischen Punkt seiner Ermittlungen.

»Ja, die wurde bestimmt ermordet. Gundi war lebenslustig und topfit, es ist unmöglich, dass sie sich runtergestürzt hat oder gefallen ist. Sie sollten nach ihrem Mörder suchen!«

»Das machen wir ja gerade.« Egis Geduld war am Ende, und die Glaubwürdigkeit des vor ihm sitzenden Zeugen auch. Topfit, so a Schmarrn, derer Körper war doch ein einziges Ersatzteillager gewesen, hatte der Erich erwähnt.

»Aber wer hätte denn ein Motiv für den Mord?«

»Das, Herr Kommissar, müssen Sie rausfinden. Die Gundi war sehr beliebt. Von uns hier war es bestimmt keiner.«

»Noch a Frage, Herr Lollinger.« Jetzt fing der Ganove schon an, Arbeitsaufgaben zu verteilen, eine Zumutung für'n Egi. »Können S' sagen, was sie dort droben im Nebel vorhatte? A gemütlicher Spaziergang war da ja heut Morgen unmöglich. Da wär doch jeder lieber unten im Tal geblieben.«

»Die Gundi suchte Herausforderungen und war auch noch sehr sportlich. Die mochte körperliche Anstrengungen. Sie war früher Bergführerin, und liebte es immer noch, auf die Berge zu steigen. Egal bei welchem Wetter.«

»Wenn das so war.« Der verarschte den Egi doch, die Alte hatte er nur mit Krückstock laufen sehen. »Dann kommen wir zur zweiten Sache: Was wissen S' über den Kelchdiebstahl im AllgäuerAlpenMuseum?«

»Gar nichts weiß ich drüber, außer dass ein trotteliger Kommissar mit roter Birne eine stotterige Rede gehalten und einen lächerlichen Knetmasse-Kelch enthüllt hat. Das war eine tolle Vorstellung.« Herri lachte spöttisch.

»Sie können gehen. Hauen S' scho ab!« Abgeknallt hätte der Egi ihn am liebsten, aus Notwehr, seelische Grausamkeit war das nämlich!

Nach dem Gespräch ging Egi widerwillig zu Silvia rüber, er wollte sie nach ihrer Vernehmung von Herris Zwillingsbruder Robbi ausfragen. Sie hatte bestimmt ein paar Psychotricks angewendet, aber, ja aber: Die stand genauso deppert da wie der Egi. Auch der kurze Robbi schien wenig bekümmert über Gundis Tod, dabei war der doch ihr letzter Partner gewesen. Er hatte Silvia den gleichen Bockmist erzählt, wie ihn Egi von Herri zu hören bekommen hatte. Die Silvia konnt's auch nit besser, Egi war wieder etwas versöhnt.

Der schöne Akay war begehrt in der Damenwelt, richtig angegraben wurde er von den Seniorinnen. Roberta Fellinger war als Erste dran.

»Frau Fellinger, wie geht es Ihnen nach der schlechten Nachricht vom Tod Ihrer Mitbewohnerin Gundula Becker.«

»Junger Mann, Sie können mich ruhig wie alle anderen Berta nennen.« Berta zwinkerte ihm vertraulich zu. »Ich hatte mit der Gundi nicht viel zu tun. Sie hatte angeblich mehrere Affären im Haus. Die Frauen hier konnten sie nicht leiden, weil die Gundi ihnen ihre Männer ausgenommen hat. Bei denen war sie beliebt, Sie können sich denken, warum.«

»Wir dürfen uns als Kriminalbeamte natürlich nur auf Fakten beziehen, Frau Fellinger.« Berta wollte der Akay jetzt auch nicht sagen. »Daher überlegen Sie doch bitte, mit wem Frau Becker nachweislich eine Affäre hatte.«

»Ach, die hat sich doch zu jedem ins Bett gelegt. Aber ich war ja nicht dabei und hab's gefilmt.« Sie zwinkerte ihm wieder verschmitzt zu.

Akay musste lachen, die Alte war ja ganz schön schräg drauf.

»Sie haben natürlich recht, Frau Fellinger. So etwas kann man nicht erwarten. Können Sie mir trotzdem Namen nennen?«

»Sicher. Ich weiß zwar nicht von allen, aber darunter waren Anton Berg, Konstantin Willig, Burkhard Stängle, Willibald Orth, Gerhard Wiese, Walther Wanne.«

»Danke, das reicht mir fürs Erste, Frau Fellinger. Ich habe mir die Namen notiert und werde die Herren überprüfen lassen. Aber zwei Namen vermisse ich in Ihrer Aufzählung. Waren denn unter Frau Beckers Eroberungen nicht auch Herbert und Robert Lollinger?«

»Ich will das gar nicht wissen, ich bin ja seit einiger Zeit mit dem Herri zusammen. Was der vorher getrieben hat, ist mir egal. Wissen Sie, wenn man so alt ist wie wir, hat man mehr als eine Handvoll Beziehungen hinter sich. Da nach allen Vorgängerinnen zu fragen und was mit denen war, ist doch Unsinn. Bis die Kerle das alles aufgezählt haben, liegt man schon unter der Erde. Ich nutze die verbleibende Zeit lieber, um mich selbst mit den Herzchen zu beschäftigen«, erklärte Berta mit breitem Grinsen.

Brutale Einstellung, die Alte wurde dem Anzügler immer sympathischer.

»War Robert Lollinger der letzte Partner von Frau Becker?«, fragte er nach.

»Die war immer mit mehreren zusammen. Aber ich habe sie noch kurz vor ihrem Tod mit Robbi turteln sehen, beim Frühstück«, bestätigte Berta.

»Sind die beiden dann zusammen weggegangen?«, fragte Akay.

»Nein. Die Gundi ist gleich danach aufgebrochen, alleine. Übrigens war das früh, viel früher als sonst. Die hat sich beeilt und meinte, sie hätte noch was Wichtiges vor.«

»Was wollte sie denn tun?«

»Das weiß ich nicht. Sie hat es nicht gesagt.«

»Ist Robert Lollinger ihr später gefolgt?«

»Nein, der ist hiergeblieben.«

»Wo waren Sie heute, Frau Fellinger?«

»Ich war auch hier. Sonst hätte ich ja Robbi nicht hier sehen können.« Berta ließ sich nicht aus der Ruhe bringen.

»Wohl wahr. Und Herbert Lollinger, was hat er …?«

»Der war heute auch den ganzen Tag hier.«

»Und was könnte Ihrer Meinung nach oben an der Mittelstation Seealpe passiert sein, Frau Fellinger?«

»Ich könnte mir vorstellen, dass einer ihrer Verflossenen genug von ihrer Abzocke hatte, ihr gefolgt ist und sie vor die Gondel gestoßen hat. Oder es war eine von deren Ehefrauen, viele von denen sind ja verheiratet. Sie hat mit ihren Machenschaften hier einiges an Aufruhr verursacht.«

»Danke, das werden wir weiterverfolgen. Etwas anderes noch: Ist Ihnen bei der Museumseröffnung Ungewöhnliches aufgefallen, in Bezug auf den gestohlenen Heiligen Kelch?«

»Nein. Wir sind ja alle mit dem Bus gekommen und sind dann zusammen ins Museum. Da war so ein Gedränge, dass wir nur noch versucht haben, so weit wie möglich nach vorne zu kommen. Dann war ja auch schon die Enthüllung durch den aufgeregten Kommissar Huber.«

Akay hätte losbrüllen können. Geile Vorstellung, wie Egi stotternd vor den Hundertschaften gestanden hatte.

»Noch eine letzte Frage, Frau Fellinger, dann sind Sie erlöst: Haben Sie in letzter Zeit das Internetterminal hier im Gesellschaftsraum genutzt?«

»Nein, Herr Kommissar. Damit kann ich gar nicht umgehen. Aber viele andere hier klimpern oft auf der Tastatur. Vom Bayerischen Roten Kreuz kommen hin und wieder ein paar junge Leute, die den Senioren zeigen, wie das geht. Mir ist das zu langweilig, ich bin lieber draußen unterwegs.«

»Danke, Frau Fellinger! Dann sind wir jetzt fertig.«

Die alten Damen blühten beim Anblick des sympathischen Kriminalbeamten auf wie angetrocknete Alpenrosen, die noch einmal einen kräftigen Sommerregen genossen und dank der ungewohnten Wassermassen neu erstrahlten. Sonst hatte der

Akay aber leider keinen Erfolg. Die meisten alten Damen wirkten gebrechlich, träge und senil. Ein Gnadenhof war das hier, da konnte man nicht sagen, dass die so etwas wie Mord oder Diebstahl noch auf die Reihe kriegen würden. Selbst wenn sie etwas darüber gewusst hätten, ein Großteil der Erinnerungen schwand jedoch mit jedem Tag.

Aber es gab noch die Sache mit dem Internet. Es waren einige aktiv, meist mit amourösen Hintergründen (Stichwort: Alpenrosen). Ärgerlich war es dabei natürlich, wenn man von anderen Partner-Suchenden vom lebensnotwendigen PC weggedrängt wurde. Ein WLAN gab es hier noch nicht, daher mussten sich alle Residenzbewohner den einen Rechner teilen, unmöglich war's!

Akay konnte feststellen, dass die Alten genau deshalb einen guten Überblick über das Nutzungsverhalten hatten. Die wussten genau, wer sich wann in der digitalen Welt herumtrieb. In dieser Hinsicht waren sie wenig vergesslich, der Zorn darüber hielt die Erinnerungen in ihren ältlichen Hirnen fest. Auf zwei Senioren waren alle besonders schlecht zu sprechen, die hatten in letzter Zeit fast täglich drangehockt, obwohl sie beide Partnerinnen hatten, und gar nicht mehr nach einem Abenteuer suchen mussten: Herbert und Robert Lollinger.

Bei Silvia sah es ähnlich aus, so a fesches Mädle war hier selten zu Besuch. Sie wurde charmant umgarnt von den Herrschaften. Das war dann aber auch schon alles. Keiner hatte eine Ahnung von Mordmotiven, niemand wusste etwas von dem Kelch.

Egi und Rudi hingegen fand keiner attraktiv. Den zwei Gesichtsältesten saßen die dementesten Bewohner gegenüber, a Kampf war's! Realität und Irrsinn lagen da recht nah beieinand'. Alles an nutzlose Aussagen wurde ihnen vor die Füß geschmettert, nur wirres Zeug.

»I leb hier seit elf Jahr'. I hab scho so viel erlebt in'er Residenz, das glaube S' nit«, meinte eine alte Dame.

Egi glaubte es wirklich nicht, ein halbes Jahr stand die Senioren-Wohnanlage erst da.

»Die Berta ist schon lang tot. Warum kümmern S' sich erst jetzt um den Fall?«, erzürnte sich Konstantin Willig.

»Es geht um die Tote Gundula Becker, Herr Willig. Roberta Fellinger steht draußen im Flur.« Egi war ganz verzweifelt. Der Willig hatte doch laut Berta auch etwas mit der Gundi gehabt, und jetzt dachte der, es wäre die Berta gewesen.

»I hab der Gundi scho immer g'sagt, sie soll aufpasse, was sie im Innernet kaufe tut. Die hoat da viel z' viel rumg'tippt. Die hoat sich ihr'n eig'nen Mörder bestellt!«, fluchte ein anderer. Auch möglich.

»Gundi hat ja oft Geld dafür g'nomme. I hab ihr heut' no beim Frühstück g'soagt, sie soll damit aufhöre. Wenn die Residenzleitung das mitb'kommt, hab i ihr g'soagt, dann kriegst Probleme hier. Und jetza is sie scho dod«, flüsterte eine alleinstehende Seniorin verschwörerisch.

Stimmt, die Residenzleitung hätte es auch sein können, daran hatte der Egi noch nicht gedacht.

Drei Stunden reichten, die Beamten brachen die Befragungen ab. Sie packten ihre Aufzeichnungen ein und fuhren zurück. Es hatte länger gedauert als ursprünglich geplant. Abgebrühte Hauptverdächtige und fortgeschrittene Demenz verhinderten einen Ermittlungserfolg. Die einzige brauchbare Sache war die Internetnutzung. Akay wusste, was zu tun war, er wollte Einzelverbindungsnachweise für den PC-Anschluss der Seniorenresidenz beschaffen. Das könnte eine ganz heiße Spur sein, davon sollte der Egi aber nix erfahren.

* * *

Die Einzelbefragungen der Museumsmitarbeiterinnen Andrea und Stefanie Brunner und des Kassenwarts Jens Pfennig standen noch an, am Mittwochnachmittag um 16:00 Uhr in der

PI Oberstdorf. Wahrscheinlich pure Zeitverschwendung. Die hielten doch genauso zusammen wie das Rentnerpack. Silvia musste die Aufzeichnungen vom Seniorengeschwätz auswerten und konnte dem Anzügler nicht beisitzen. Akay nahm sich also die drei zusammen mit Rudi vor. Das träge Enggestirn störte ihn am wenigsten. Er konnte aber gut zuhören und erzählte Egi alles von den Verhören. Herausgekommen war, dass die Museumsleute alle nix wussten, zu der Toten Gundula Becker wollte keiner etwas sagen. Sie gaben nur zu, dass sie die Birkenbacher als Chefin »echt Kacke« fanden. Die war wie eine Furie hinter ihnen her, Sklavenarbeit war's. Verwunderung machte sich beim Egi breit, hatte er die drei Museumsangestellten doch bisher nur Pause machen sehen.

Ergebnis: Ihre Aussagen waren eine reine Farce. Die Brunner-Schwestern und der Kassenwart arbeiteten weiter dort, mit der verhassten Chefin. Warum? Die verheimlichten doch was. Egi konnte sich keinen Reim darauf machen und musste sich jetzt selbst in den Hintern treten. Es musste ein selbst ernannter Profi einbezogen werden, also sprach er wieder die Psychotante an. Warum hatten Andrea, Stefanie und Jens sich nicht längst einen anderen Job gesucht?

»Dafür kann es einige Gründe geben, Egi«, meinte Silvia widerwillig. »Erstens: Sie sind ein eingespieltes Team. Es fällt ihnen nicht schwer, die Schikanen der Birkenbacher gemeinsam auszuhalten. Sie machen sich darüber lustig, für sie ist es ein Spiel, die unbeliebte Chefin auszutricksen. Solange sie zusammenhalten, können sie sie zermürben, ja vielleicht sogar rausekeln.«

Nicht schlecht. So hatte der Egi das bisher nicht betrachtet.

»Zweitens: Sie scheinen auch privat befreundet zu sein«, fuhr Silvia fort. »Sie werden nicht alle gemeinsam eine neue Anstellung finden. Wenn jemand von ihnen geht, müsste man andere zurücklassen. Der- oder diejenige würde es alleine im Museum nicht mehr aushalten. Sie wollen sich nicht trennen, weil sie freundschaftlich verbunden sind. Ich könnte mir sogar vorstellen, dass es bei Andrea und Jens funkt, und Stefanie möchte im Schutzbereich ihrer großen Schwester bleiben.«

Das klang logisch für Egi. »Aber jetzt sag mal ehrlich, Silvia, sie müssten doch nit so Geheimniskrämer sein, wenn das alles wäre, oder?«

»Stimmt. Es fehlt ja noch drittens: Natürlich ist es eine blöde Situation für Andrea, sie ist verheiratet und hat eine kleine Tochter. Wenn die Affäre mit Jens auffliegt, wäre das schlecht für sie. Ihr Mann könnte sich von ihr trennen, und ihre soziale Absicherung wäre dahin. Aber von dieser Sorte hatte ich schon einige vor mir sitzen. Da muss noch mehr laufen. Die drei befinden sich direkt an der Quelle, und es werden demnächst einige neue Kunstschätze in das AllgäuerAlpenMuseum kommen. Vielleicht planen die etwas zusammen. Wir sollten überprüfen, mit wem sie Kontakt haben. Zum Beispiel über deren Einzelverbindungsnachweise«, sprach die Silvia, um Egi auf eine falsche Fährte zu locken.

Die Kripo Kempten verdächtigte ganz andere Leute, die alten Säcke wollten sie aber alleine schnappen. Außerdem würde Egi wegen der Anforderung der Verbindungsdaten bestimmt wieder Ärger mit Akay kriegen, eine förderliche Sache für das angespannte Verhältnis zur PI Oberstdorf. Hoffentlich würde der Chef der Kripo Kempten dann endlich die Deppen aus den Ermittlungen herauslassen.

Da kam der Rudi auf einmal um die Ecke. Er hatte die letzten Worte aufgeschnappt und zog Egi in Beates Büro. Die hatte sich bereits mit dem Chefmeier zusammen auf den Heimweg gemacht, ihre Räumlichkeiten standen also gerade leer. Der Chefmeier fuhr sie immer, seit sie den Hinkefuß hatte.

Rudi meinte: »I hab was rauschgefunde, Egi!«

Egi war sichtlich amüsiert, weil der Rudi selten etwas herausfand.

»Was denn, Rudi?«

Rudi antwortete: »I hab mal im Melderegischter nach'n Familien der jungen Leut geforscht. Der Georg Pfennig, der Vatter vom Jensch, der isch Kunschtkritiker bei einer renommiert'n Fachzeitschrift. Er wohnt in Lindau. Seinen Nachbarn, den Günther Himmel, den kenn i noch vom Schafkopf-Spiele, von früher, I hab ja selbscht dort in'er Nähe gelebt. Den hab i mal angerufe. Der meinte, der Georg Pfennig hätt sei Sohn durch Beziehungen beim AllgäuerAlpenMuseum eingeschleust. Sonscht wär der mit seine Zeugnisse nie da neigekomme. Der hat vorher nebe seinem Kunschtstudium nur in Freizeitparks an'er Kasse oder im Kioschk gejobbt. Der isch überall nach kurze Zeit wieder rausgefloge!«

Gar nicht schlecht, fand der Egi.

»Pass auf, Rudi, wir beide knöpfen uns den Jens noc hmal vor.«

Rudi nickte zufrieden.

»Egi, wart halt mal, no was: I hab grad no den Anzügler belauscht. Der hat telefoniert mit'er Kripo Kempten, und was vom Internet in'ner Seniorenresidensch verzählt. Die Alten waren da die letzte Monate sehr aktiv, und das hatt was mit'n Museum zu tun.«

Jetzt war Egi zufrieden.

Die Kripo Kempten war schon los zum Hotel, da saß der Jens vor Egi und Rudi. Seine Beine wippten unter dem Tisch. Der war alles andere als entspannt, obwohl der junge Mann so fröhlich tat, als könnte dem keiner etwas anhaben.

»Herr Pfennig, mein Kollege hat herausgefunden, dass Ihr Vater ein bekannter Kunstkritiker ist. Hat das was mit Ihrer Arbeit im AllgäuerAlpenMuseum zu tun?«

»Ach, Herr Kommissar, das weiß doch jeder, da gibt's absolut keine Zusammenhänge. Ich studiere Kunstgeschichte in Augsburg und möchte mal in seine Fußstapfen treten. Es lag nahe, dass ich mich bei diesem Museum bewerbe. Die ganzen Heimatmuseen im Oberallgäu sind ja ein Witz dagegen, da wollt ich nie hin.«

Eine Unverschämtheit war das, Egi hätte ihn am liebsten über den Tisch gezogen. Das Oberstdorfer Heimatmuseum war das Beste im Oberallgäu. Der Alte, sein Vatter, hatte uralte Werkzeuge aus seiner Scheune gespendet, weil die Mama die Einwilligung entzogen hatte für die weitere Aufbewahrung von so vergöttertem Gerät. Die wollte sie dem Recycling zuführen, weil einfach kein Platz mehr dafür im eigenen Häusle war, nachdem der Egi dort vor zehn Jahren mit seinem ganzen Anhang eingezogen war. Die Hämmer, Zangen und Scheren wurden jetzt im Keller des Heimatmuseums ausgestellt. Dieser Pfröpflar (Allgäuer Nichtskönner) aus Lindau hatte ja keine Ahnung, mit dem wollte Egi kein Wort mehr sprechen. Er trat wieder Rudi unter dem Tisch, damit der weitermachte.

Das Enggestirn hatte schon Hämatome an den Beinen von diesem ewigen Getrete. Mies gelaunt fragte er den Zeugen: »Jetza sagen S' uns do aimoal, wie Ihra Zukunftschpläne aussehe tun. Sie scheinen ja a ewiger Student zu sein und arbeite nebenbei in a Museum mit wertvolle Ausstellungsstücke.«

»Hahaha, wollen Sie mir was unterstellen? Das ist ja lustig, hahaha. Das erzähle ich meinem Vater, der lacht sich krumm. In unserer angesehenen Sippe sollen sich Diebe herumtreiben. Nein, es wäre gar nicht notwendig, dass ich da was klaue. Meine Eltern sind vermögend, ich habe keine Geschwister, meine Familie hat mindestens für die nächsten zwei Generationen ausgesorgt. Was danach kommt, ist mir egal, verstehen Sie?«

Der Takt seiner Wipperei unter dem Tisch wurde immer schneller. Egi hörte die Schuhabsätze klappern, wie Morsezeichen, die etwas ganz anderes sagten, als der Mund dieses eingebildeten Sohn-von-Beruf von sich gab.

»Warum sind S' so nervös, Herr Pfennig?«, fragte der PHK.

»Bin ich doch gar nicht!«

»Doch, das sind S'. Mein Kollege hat Sie wohl auf dem falschen Fuß erwischt, oder warum sind S' gerade in den Rechtfertigungsmodus geraten?«

Der Egi hatte den verräterischen Fuß durchschaut.

»Ich rechtfertige mich nicht. Ich will hier nichts weiter sagen. Ich habe Ihnen alles erzählt, was ich zu den Vorfällen weiß, jetzt gehe ich. Falls noch was sein sollte, wenden Sie sich bitte an den Anwalt meines Vaters.«

»So, so, ab jetza isch der Anwalt dran«, meinte Egi. »Das langt uns dann auch. Sie können ruhig gehen, Herr Pfennig.«

Als Herr Pfennig ging, wurde er digital erfasst. Denn auf der gegenüberliegenden Straßenseite stand an der Ecke vor Optik Müller ein grünes, abgeschlossenes, herrenloses Herrenrad. Dieses war mit einer Luftpumpe ausgestattet, die zweckentfremdet worden war: Aus ihrer kleinen Öffnung, aus der eigentlich im Bedarfsfall Luft strömen sollte, schaute das Objektiv einer winzigen Webcam heraus, die tagein, tagaus den Eingang der PI Oberstdorf filmte. Die bewegten Bilder wurden per App an ein Smartphone gesendet, das ein breit grinsender Russe im Raum München in Händen hielt. Das Gerät war nicht vom hiesigen Optiker Müller, nein, es stammte aus einem Optiker- und Hörgerätegeschäft in München, das nicht nur Brillen im Angebot hatte. In der Szene wusste jeder, dass es Produkte eines bestimmten Segmentes anbot: Abhören, Abfangen, Aufzeichnen. Der Name des Geschäftes war »3A-Brillen« – nur Insider (oder besser: Spione) aus Russland wussten, was das bedeutete. Der Beobachter hatte die Webcam dort erstanden, da er nicht ständig in der Rentnerhochburg verweilen konnte. Das hätte sein anstrengender Job im Haus der Kunst aktuell nicht zugelassen. Genau, es war Kralle, Vladimir Kralitschki, der nun einen weiteren Verdächtigen der Oberstdorfer Deppen-Polizei identifiziert hatte. Und dabei heute einmal ganz leger im hellblauen Jogginganzug mit drei Streifen an der Seite an seinem Wohnzimmertisch sitzen konnte.

* * *

Wenige Tage zuvor:

Der Elektriker Finn Schönfeldt hatte während der Bauphase im Museum eine Elektroleitung gekappt, und zwar die vor dem Podest, für die Gewichtssensoren. Es hatte niemand gemerkt, da war er sehr froh drum. (Von dem ehemaligen russischen Spion namens Kralle, der ihn dabei beobachtet hatte, ahnte der Finn ja nichts.) Finn hatte einen genialen Einfall, wie er die defekten sicherheitstechnischen Gegebenheiten für einen kleinen Streich nutzen konnte. Die Birkenbacher tat immer so dominant, der Finn musste ihr unbedingt einmal zeigen, wo der Hammer hängt, und zwar mit einem Foto auf dem Podest. Er würde in der Nacht einmal lässig in das AllgäuerAlpenMuseum spazieren und den Kelch austauschen. Auf der Rückseite des Fotos wollte er auf einen Museumsschrank verweisen. Da würde er den Kelch einschließen, kurz vor der Eröffnung. Nur um die eingebildete Kuh zu erschrecken. Sie hätte ja dann noch Zeit, um die Scheußlichkeit wieder aufzustellen. Die Zicke hatte das verdient.

Finn war voller Vorfreude und zeigte ein süffisantes Grinsen bei den Racheplänen. Die würde sich schrecklich aufregen, ihn in ihr Büro zerren, ihn aufs gröbste beschimpfen. Er würde kleinlaut alles zugeben und sie dann fachmännisch auf dem Schreibtisch entkleiden. A riesige Gaudi würd's werden.

* * *

Jens setzte sich ins Auto, Geschenk vom reichen Papa, dem Kunstkritiker. Er fuhr Richtung Nebelhornbahn, denn er musste heute noch im Museum schaffen. Den cremeweißen Beetle Cabrio parkte er an der Talstation der Nebelhornbahn. Dort blieb Jens noch einige Minuten sitzen, um Überlegungen anzustellen. Er sollte jetzt telefonieren, mit dem Erzeuger, damit der Bescheid wusste. Jens zog sein Handy aus der Halterung am Armaturenbrett und scrollte seine Kontaktliste durch. Eine Touch-Bewegung, und die Verbindung zum Papa baute sich auf.

»Hallo, Papa, ich muss dir was erzählen. Die Bullen haben mich gerade verhört, Museumseinbruch und so weiter. Die haben mitbekommen, dass die Birkenbacher bei uns unten durch ist. Von unserer Familienfehde wissen die nichts. Aber jetzt fragen die zu viel. Wir sollten den Ralf Wirth, deinen Anwalt, mit ins Boot holen. Sie können mir nichts nachweisen, dann dürfen sie mich doch nicht ständig in ihren Verhörraum schleppen, oder?«

Der Sohn hörte aufmerksam zu, wie es erwachsene Abkömmlinge sonst kaum taten. Aber hier ging es ja um seine Zukunft, seine Freiheit und um sein Bankkonto. Die Antwort vom ewig zahlenden Papa stellte ihn zufrieden.

»Ja, Papa, das stimmt. Also rufst du den Wirth an, und ich gehe ohne den nicht mehr da hin?«

Wieder lauschte der Sprössling.

»Ja, mach' ich. Danke, Papa, bis später!«

* * *

Der Diebstahl des Heiligen Kelches war zweitrangig. Die Tote an der Mittelstation Seealpe gab den Ton an bei der Kripo Kempten. Nur für Egi hing beides zusammen. Aber wie? Er wollte noch einmal alleine mit Rudi zur Oberstdorfer Gold-Residenz. Es war keine übliche Arbeitszeit, am Mittwochabend. Das Enggestirn zog a Fress'n so lang wie das Zugseil von der Nebelhornbahn. Wurscht war's dem Egi. Rudi wurde ins Auto verfrachtet, zur Wiedergutmachung schaltete der PHK den Sender BR-Heimat ein, und es ging los.

»*Die Berge hoch, das grüne Tal, mein Mädel und der Wein!*«, jaulte das Südtiroler Heimatlied aus dem Autoradio. Rudi schunkelte im Takt.

Als sie ankamen, hieß es raus aus dem Streifenwagen und rein in die prunkvolle Residenz. Wieder die kugelige Rothaarige an der Info, großes Hallo bei der Begrüßungszeremonie, mit Fanfaren durch's Flurlabyrinth, und ab in den Mehrzweckraum. Dieses Mal saßen sie dort aber zu fünft, um zu sehen, wie das betagte Dreigestirn zusammen agierte.

Herri, Robbi und Berta konnte man die Begeisterung direkt ansehen. Die hatten schon erhebliche Probleme mit der Sitzplatzverteilung. Nach ewigem Hin und Her wurde die Berta in die Mitte genommen. Das war jetzt aber komisch, wo die da so nebeneinandersaßen. Der Herri war doch der Lange, aber auf dem Stuhl war der Robbi ein Stückle größer, sozusagen a Sitzriese. Egi musste sich sammeln, Gedanken weggewischt und Konzentration.

»Meine Dame, meine Herren, wie S' wissen, wollen wir zwei Verbrechen aufklären, die beide an der Nebelhornbahn verübt wurden: Den tragischen Tod von Gundula Becker an der Mittelstation Seealpe und den Diebstahl des Heiligen Kelches im AllgäuerAlpenMuseum«, so der Egi ganz förmlich.

»Pff«, meinte Herri dazu.

»Sagen S' mir bitte eines, Herr Lollinger und Herr Lollinger.« Egi wollte Rudis Lauschangriff auf den Anzügler nachgehen und platzierte eine Fangfrage. »Unsere Internetspezialisten haben festgestellt, dass sich hier am PC oft über den Museumsbau informiert wurde. Was wollten S' denn da rausfinden?«

»Ach wissen Sie, wir waren neugierig, was da gebaut wird. Es haben sich so viele gegen die Landschaftsverschandelung gewehrt, das haben wir in den Medien verfolgt.«

Der Robbi fühlte sich persönlich angesprochen, von Egis Unterstellung. Seltsam, dass er gleich für'n ungeliebten Zwillingsbruder mit antwortete.

Herri war nicht damit einverstanden: »Was soll das denn heißen? Das hat dich doch noch nie interessiert, was hier mit der Landschaft los ist.«

»Halt dich zurück, so blöd kannst du ja jetzt nicht sein. Sonst erzähl halt selbst, warum du da ständig geglotzt hast nach dem Bau, Volldepp«, unterbrach ihn Robbi.

»Äh, was willst du denn jetzt? Lass mich in Ruh!«, meinte der Volldepp mit akuten Schweißperlen auf der Stirnglatze.

Das war ein Volltreffer vom Egi gewesen, die hatten sich intensiv über den Museumsbau informiert. Nun war aber Vorsicht geboten, der PHK durfte nicht zu waghalsig sein. Besser die Ganovenzwillinge in Sicherheit wiegen. Mit locker gelassener Leine rannten die bestimmt selbst Richtung Festnahme. Und genau da würde der PHK ihnen einen angemessenen Empfang bereiten, ohne Kripo Kempten.

»Das kann i verstehe. Mei Familie hat auch sehr intensiv über den Museumsbau diskutiert, da gibt's viel an Für und Wider«, redete der Egi belanglos daher, um aus der Gefahrenzone zu kommen.

Rudi wollte auch etwas sagen, wenn er schon daheim nix mehr auf den Teller kriegen würde: »Sie zwei Herren Lollinger, unternehmen S' hier eigentlich viel miteinand' im gemeinsamen Alterschruhesitz?«

Egi war fassungslos. Wie konnt das Enggestirn nur immer so an Scheiß fragen?

»Junger Mann, wir hatten keine andere Möglichkeit, die haben uns die letzten freien Wohnungen gegeben. Ich kann mir was Besseres vorstellen, als ständig mit dem da zusammenzuhocken.« Es folgte eine abwertende Kopfbewegung vom Herri in Richtung Zwillingsbruder.

»Ich kann dein Geratsche auch kaum aushalten. Wenn ich dich nebenan immer durch die Wand höre, kommt's mir hoch.« Robbis Zuneigung zum ehemaligem Fruchtblasenpartner hielt sich in Grenzen.

»Jetzt hört auf, ihr Deppen! Es geht euch doch gut hier. Ihr solltet die Zeit lieber genießen, bevor euch die Lampe ausgeknipst wird«, griff Berta ein, das wurde ihr alles zu riskant.

»Ja, ja, du hast gut reden. Du lässt's dir auch gut gehen in Herris Bett!« Robbi hatte bei Berta den Kürzeren gezogen.

»Wenn du ein Kerl wärst, dann hättest du deine Gundi beschützt vor ihrem Mörder!«, meinte Herri, der Längere im Stehen. »Und vor allem schon vor Monaten aus meinem Bett geholt!«

Das war jetzt aber ein Eigentor vom Herri. Seine zukünftige Expartnerin saß ja neben ihm.

»Herri, wenn du nicht sofort aufhörst, deinen Bruder auf so eine miese Art zu beleidigen, dann lege ich mich nie wieder zu dir! Es müssen ja hier nicht alle wissen, wer es wo mit wem getrieben hat!«

Herris Gesicht wurde von einem schuldvollen Dackelblick erobert.

»Herri, wenn die Berta nicht mehr zu dir kommt, ich nehm die Hübsche gern. Das hat ja immer gut geklappt mit deinen abgelegten Weibern.« Robbi war jetzt ganz Sitzriese.

Das Enggestirn hatte doch den richtigen Riecher gehabt mit seiner depperten Frage, das lief jetzt ja wie von selbst.

Herri meinte voller Jähzorn: »Es geht doch nicht um die Weiber. Du Zwerg wolltest mich immer nur übertrumpfen, weil du so mickrig bist. Den Bullen erzähl ich's jetzt!«

Die Bullen schauten von einem zum anderen. Die waren ja total abgedreht, die Senioren. Was lief hier nur?

»Du erzählst hier gar nichts. Du hängst genauso drin, in'er Scheiße«, stellte Robbi richtig.

»Du hast dir doch immer alles in die Taschen gesteckt. Du konntest ja noch nicht einmal bei Tante Trudis am Silberbesteck vorbeigehen, ohne es einzustecken. Und da warst du erst zwölf«, gab Herri trotzdem zu Protokoll.

»Aber bei dir habe ich vier Tage später ihre Perlenkette gefunden, in deinen dreckigen Socken«, gab Robbi zur Verteidigung an.

»Was hast du in meinen Socken zu schnüffeln?«, Herri wollt's genau wissen, das war immerhin seine ganz private Sache, mit dem hundertprozentig sicheren Stinksockenversteck.

»Ich schnüffle nicht an deinen Socken, du Arsch, sonst wäre ich schon tot.« Robbi wurde vom Ekel geschüttelt.

Egi machte sich rasch eine Notiz: »Dreckige Socken«. Der Zettel kam wie immer in die Hosentasche.

»Meine Dame und meine Herren, i glaub all diese Verbrechen sind entweder verjährt oder strafrechtlich nit relevant«, schloss Egi. »Uns interessiert mehr, was Sie in den letzten Wochen getan haben. Im Zusammenhang mit den Geschehnissen an der Nebelhornbahn und im Museum.«

»Gar nix haben wir«, kam vom Robbi.

»Ich war immer mit der Berta zusammen«, meinte Herri.

»Hätt'st wohl gern«, zischte die Berta.

Die rote Zora kam herein und hielt ein Fähnle in Form einer Schlafmütze hoch: »Entschuldigung, die Herren Polizisten, es wird jetzt wirklich Zeit, dass unsere Senioren ins Bett kommen.«

Egi hatte genug von dem Theater: »Da haben S' recht, isch scho spät. Wir machen besser Schluss und unterhalte uns ein andermal. Gutes Nächtle zusamme!«

»Auf Nimmerwiedersehen«, raunte jemand.

So schnell konnte der Egi gar nicht gucken, wie die Ganovenzwillinge mit der Ganovenbraut weg waren.

»Egi, was willscht eigentlich von deana? Die Greise kriegen do nix mehr auf die Reihen«, urteilte das Enggestirn mit Zornesfalte. Seine Frau war eine Spitzenköchin, und seine Portion an selbst gemachten Semmeln mit Wurstsalat löste sich gerade wohlig im Magen des Sohnes auf, direkt neben dessen eigener Portion.

Egi wusste es auch nicht genau: »Wart's halt mal ab, Rudi!«

* * *

Der Tag vor der Museumseröffnung:

Die Geschäfte von Im-Ex-Berti liefen hervorragend, es herrschte umtriebiges Gewusel in seiner Scheune. Auch Herri und Robbi arbeiteten einen Tag vor der Museumseröffnung dort. Der eine vormittags, der andere nachmittags, Begegnung ausgeschlossen.

Ihre Kelchkopien warteten schon lang auf ihren Einsatz. Aber es waren noch weitere Dinge in ihren Mieträumen zu erledigen, die Vorbereitungen fürs letzte Verbrechen ihrer Karriere. Beide schwangen die Pinsel, sie bemalten ihre Gefährte mit abwaschbarer Farbe, weil sie sie in der nächsten Nacht einsetzen wollten. Ein dichtes buntes Blumendekor sollte es werden. »Flower Power« hatten sie seit Jahrzehnten nicht mehr verwendet. Die Bullen von damals waren schon alle in Rente, unter anderem der alte Gruber. Der war ja vor Kurzem durch'n Huber ersetzt worden, der war auch nicht viel heller.

An Motorroller und VW Käfer wurden gestohlene ausländische Kennzeichen geschraubt. Herri sprenkelte dicken Schlamm aus dem angrenzenden Graben über seine Autofenster, man konnte von außen kaum noch hineinsehen. Tricks dieser Art wurden zur Tarnung benutzt, sehr erfolgreich waren's.

Einmal waren Herri und Robbi zum Beispiel (jeder auf eigene Faust) mit ihren getarnten Fahrzeugen über die Grenze nach Österreich gefahren. Dort hatten sie in der Sommersaison ordentlich abkassiert, und zwar Bargeld von asiatischen Touristen. Die konnten ja mit ihren unverständlichen Sprachen den Bullen nix erzählen übers Ausrauben. Zur Anzeige kam es nie, die wollten immer schnell weiter zum nächsten Urlaubsziel, sie hatten nur ein paar Tage Urlaub im über achttausend Kilometer von ihrer Heimat entfernten Land. Während der ausgiebigen Fotosessions der bereisten Gäste fingerten Herri und Robbi das Geld aus ihren Rucksäcken und Bauchtaschen. Jeden Tag ging es auf einem anderen Weg über die Grenze nach Deutschland zurück. Die Spuren verliefen sich im Getümmel. Täglich ein anderer, gut besuchter Ort und verschiedene Dekors und Kennzeichen für die Fahrzeuge, die österreichischen Polizeistreifen hatten keine Chance. Sie gingen damals von einer größeren Gaunerbande aus, vermutlich eine Art internationaler Roller- und Auto-Verein. Herri und Robbi hatten sich schlapp gelacht. Genial war's gewesen, zur Einkommenserhöhung.

Aber dieses Mal, im Juni dieses Jahres, sollte es der letzte Coup werden. Vor ihrer wohlverdienten Rente.

Verschleierte Erkenntnisse

Egi war am späten Mittwochabend auf dem Heimweg und grübelte. Die alten Ganovenzwillinge waren in den Kelch-Fall verwickelt, keine Frage. Der Tod von Gundula Becker musste mit dem Kelchdiebstahl zusammenhängen. So viele Verbrechen gab es ja gar nicht in Oberstdorf. Da konnte man froh sein, wenn man jemanden wegen Ruhestörung verwarnen durfte. Zum Beispiel wenn wieder einer aus dem Unterhaltungssektor nach 22:00 Uhr a Halligalli im Biergarten machte und damit die Anwohner störte, bei ihren Tätigkeiten zur Erhöhung der mickrigen Oberstdorfer Geburtenrate. Und dann gleich zwei so derbe Nummern am selben Ort innerhalb weniger Tage? Das war doch kein Zufall! Egi konnt sich aber nicht vorstellen, dass die Ganovenzwillinge Mörder waren. Wie hing das nur zusammen?

Aber: Morgen würde es weitergehen mit der Verbrechensbekämpfung, jetzt war erst einmal Entspannung auf dem Plan. Als Egi daheim ankam, kriegte er die Haustür gar nicht auf. Die Uroma Bruni stand innen mit dem Rollstuhl davor. So war sie eingenickt, mit ihrem Brief vonno Hiho in Händen. Egi quetschte sich auf Zehenspitzen daran vorbei, damit sie nicht …

»Ögiii, do wos mo Bief höse, vonno Hiho!«

»Ach, Uroma, i bin doch jetzt PHK, das macht mi alles so fertig. I kann nimmer, das Runde muss jetza ins Eckige nei: I geh ins Bett.«

Der Egi ging aber noch nicht ins Bett, er rief oben im Flur noch beim Lügenbaron an, um endlich herauszubekommen, was der mit dem Knetmasse-Kelch zu tun hatte. Der hatte bei der Enthüllungszeremonie gleich eine Freudenmiene aufgesetzt, also muss er einen üblen Plan verfolgt haben, ganz klar.

»Volker, jetzt sag's mir halt, was du weißt. Du warst do kei bissle überrascht, dass nit der echte Kelch enthüllt wurde.«

»Egi, du hast dich da in etwas verrannt. Ich habe einfach über diese lächerliche Aktion gelacht: Kommissar will einen tollen, uralten, wertvollen Kelch enthüllen, und gerade ihm wird so ein Witzobjekt untergeschoben. Das ist Realsatire, Bruderherz, gib es doch zu.«

Egi hätte dem Bruderherz am liebsten eine reingehauen. Früher, als Kind, hatte er das oft getan, heute, als Erwachsener, ging's leider nimmer. Er fragte sich, warum nicht. Aber am Telefon war's ja sowieso schlecht möglich, also ließ er von seinen Absichten ab.

»Volker, die Belli kann do so a Aktion nit allein durchziehe, und du hascht scho vorher so deppert gegrinst. Rück endlich naus mit der Sprache!«

»Da gibt es nichts Egi, wirklich.«

»I geb dir noch eine Chance, es zuzugeben, dass du an der Sache beteiligt warscht.«

»Egi, du hast sie nicht mehr alle. Was soll denn ein Chefarzt wie ich mit solchem Kinderkram?«

»I sag's dir: Du wollt'st di rächen, für die depperte Bierdose bei deine lächerliche Siegerehrung!«

»Das war nicht lächerlich, du Ignorant, das war ein knallhartes Tennisturnier!«

»Dass i nit lache. Jetzt bin i mal knallhart, Volker, polizeilisch protokolliert wurde was ganz anderes. Nämlich dass du, du toller Chefarzt, kleinen Kindern Tipps gibscht, wie sie Verbreche begehe könne, ohne dass ihre Eltern es bemerke!«

Egi knallte den Telefonhörer auf die Ladestation. Auf der anderen Seitc blieb ein äußerst ernüchterter Prof. Dr. Volker Huber zurück. Der dachte tatsächlich, er wäre nun ein Mittäter.

Gut, Ziel erreicht. Egi ging frohen Mutes ins Schlafgemach. Da lag auch schon die Elli, ohne Nachtgewand. Noch besser.

* * *

Am Donnerstagmorgen saßen Jens Pfennig und sein Vater Georg Pfennig im Restaurant Nana, auf der Dachterrasse direkt an der Hafenpromenade von Lindau. Sie genossen ein Fitness-Frühstück mit Seeblick und österreichischem Bergpanorama am Horizont. Sie hatten sich Prosecco dazu bestellt und beflüsterten ihre Planung für die nächsten Tage. Sie mussten leise sein, denn die Tische waren alle besetzt.

»Jens, sei vorsichtig, wenn du dort weiter rumschnüffelst. Die Birkenbacher ist ein ekelhaftes Weib, mit der ist nicht zu spaßen, glaub mir. Ich kenne sie noch persönlich aus ganz alten Zeiten.«

»Ich weiß, Papa, das musst du mir nicht sagen, ich arbeite seit Monaten mit der zusammen. Die hat mich auch giftig angesehen, nachdem sie mitbekommen hat, wer mein Vater ist. Aber sie wird mich nicht los. Ich glaube, momentan kenne ich sie besser als du.«

»Ist ja gut. Also, Jens, wir machen das folgendermaßen: Du nimmst diese kleine Webcam und versuchst sie so unter ihrem Schreibtisch festzuschrauben, dass sie sie nicht sehen kann. Die darf die Kamera auf keinen Fall finden. Sie muss aber so auf den Safe ausgerichtet sein, dass wir endlich den verdammten Code aufzeichnen können, wenn sie ihn eintippt. Richte die Webcam seitlich aus, damit du nicht nur ihren Hintern filmst, den kenne ich schon zur Genüge. Und bitte, Jens, ich möchte nicht, dass du weiter nach dem Zufallsprinzip vorgehst und unkontrolliert Zahlenkombis ausprobierst. Das dauert mir zu lang, und am Ende erwischt sie dich noch dabei. Das ist viel zu gefährlich.«

Georg überreichte seinem Sohn das Spionagegerät.

»Mach ich, Papa. Danach haben wir dann hoffentlich ein Problem weniger.«

»Das hoffe ich auch. Wenn du dort nicht fündig wirst, müssen wir in Birkenbachers Wohnung einsteigen.«

»Klar, Papa.«

»Es gibt noch etwas, Jens. In Oberstdorf, da gibt es eine Scheune. Die wird von einem Kerl namens Im-Ex-Berti geführt. Dort scheint in den letzten Wochen einiges abgegangen zu sein. Ich habe Kontakte, die mir bestätigt haben, dass in den Räumen an Kelchkopien gearbeitet wurde. Am besten mietest du dich unter falschem Namen ein und gibst an, dass du was an deinem Motorrad tunen willst. Halt da die Augen offen, wir brauchen unbedingt mehr Informationen zu den Kelchen. Wir werden das Original kriegen, das verspreche ich dir. Hätte mein Opa Friedhelm besser drauf aufgepasst, dann wäre er sowieso in unserem Besitz. Aber seine gehässige Schwester hat ihn reingelegt und …«

»Ich weiß, Papa, ich weiß. Reg dich nicht weiter auf, bald haben wir ihn. Es ist nur schwierig für mich, das Original zu erkennen. Ist es denn hundertprozentig sicher, dass die Bullen nicht den echten Kelch haben? Den aus dem Museumsschrank?« Jens schaute sich hektisch um, doch es schien sich niemand für sie zu interessieren. Alle Tischnachbarn waren in heitere Gespräche vertieft. Nur ein älterer Herr im feinen Zwirn und mit Rauschebart saß drei Tische weiter alleine vor einer Schüssel mit seinem Frühstück, das ihn nicht glücklich zu machen schien. Er versuchte mit Händen und Füßen die Bedienung davon zu überzeugen, dass er etwas anderes bestellt hatte, als ihm soeben von ihr serviert worden war.

»Ganz sicher, Jens. Die Birkenbacher hätt niemals den Originalkelch ins Museum gestellt, die Schlange.«

»Und andere Leute haben noch Kopien des Kelches bei diesem Im-Ex-Berti gebaut. Was ist denn mit denen? Könnten die den echten haben?«

»Nein, das glaube ich nicht. Sobald du einen Kelch bei der Birkenbacher gefunden hast, bring ihn sofort zu mir, ich erkenne, ob es das Original ist. Der echte Kelch hat eine kleine Delle unter dem Rubin, Opa Friedhelm hat ihn einmal fallen lassen. Sie muss den echten haben. Jeder andere Dieb hat nur eine Kopie geklaut, anders kann es nicht sein.«

»Okay, Papa. Ich werd mich an die Arbeit machen.«

»Sehr gut, sehr gut. Wie läuft es denn mit den Brunner-Schwestern?«

»Ach die, die sind langweilig, stehen aber auf mich. Die Stefanie ist noch grün hinter den Ohren, die merkt gar nichts. Die Andrea ist da anders, sie hat mich schon gefragt, wieso ich immer so hinter der Birkenbacher herschnüffle. Erst habe ich versucht, ihr weiszumachen, dass die mir nur auf die Nerven geht und ich sie aus dem Museum rausekeln will, in der Hoffnung, dass mein Vater Museumsdirektor wird. Das hat sie mir abgenommen, fand es sogar gut. Sie hat mir auch ein paarmal geholfen, in Birkenbachers Büro zu schleichen, hat Schmiere gestanden. Aber als die alte Gundi tot war, da gab sie keine Ruhe mehr. Es gibt nur ein Mittel dagegen: Wenn ich sie flachlege, vergisst sie ihre saudoofen Fragen.«

»Mach das, mein Junge. So lenkst du sie von unserem Vorhaben ab. Außerdem sind die beiden dir bestimmt noch behilflich, damit du die Birkenbacher ausschalten kannst. Sie denken ja, dass es um mich geht. Pass nur auf, dass es nicht zu auffällig wird. Wie auch immer, die Birkenbacher muss da weg. Das war von Beginn an mein Posten, aber mit ihren Intrigen hat sie mich aus dem Rennen gekickt. Sobald wir den Kelch haben, ist die dran.«

Pling, sie prosteten sich mit'n Prosecco zu.

»Ja, Papa.«

Drei Tische weiter schaltete der alte Herr im feinen Zwirn, der widerwillig das nicht von ihm bestellte Bircher Müsli verzehrt hatte, sein sogenanntes Hörgerät aus. Für einen Russen war so eine Schweizer Pampe eine Qual. Dazu war ihm einiges vom Löffel gefallen und in seiner ungewohnten Gesichtsbehaarung hängen geblieben. Es war Kralle, Vladimir Kralitschki, der sich einen buschigen Bart angeklebt hatte, in dem neben den eben abgestürzten Müslibrocken ein Hightech-Abhörgerät steckte. Damit war ihm gelungen, jedes Wort der Pfennige aufzufangen. Er hatte sich eigens für Gelegenheiten dieser Art von einem Kumpel beraten lassen, der ein gut laufendes Optiker- und Hörgerätegeschäft in München führte. Der war auch Russe und verkaufte seine Brillen und Kontaktlinsen nur nebenbei. In der Szene wusste jeder, dass er, wie bereits erwähnt, auf einem anderen Gebiet spezialisiert war: Abhören, Abfangen, Aufzeichnen. Der Name seines Geschäftes war »3A-Brillen«, wie jeder weiß, und kurz zuvor hatte Kralle schon eine Webcam mit Luftpumpenumbau bei ihm erstanden.

* * *

Am Donnerstagmorgen war es in Oberstdorf viel kühler als in Lindau. Die Belli bibberte und ging mit zwei Freundinnen zum Bäcker, da war es schön warm. Sie sollten heute einen Ausflug machen. Die GSO (Grundschule Oberstdorf) wollte mit ihrer Klasse eine Zugfahrt nach Immenstadt wagen, und dort sollte es in den Kletterwald gehen. Das Schuljahr war bald zu Ende, da wollten alle ihren Spaß haben, auch die gestressten Lehrer.

Der Bahnhof befand sich bei der PI Oberstdorf. Nebenan war auch das Ehrat's Backhaus, wo die Belli sich jetzt aufwärmte. Das Hotelfrühstück reichte nicht für den ganzen Tag, daher ging der Akay dort immer frühmorgens seine Mittagssemmeln kaufen.

»Di kenn i do«, meinte die Belli zu dem auffallend hübschen Türken, damit konnte man gut vor den Freundinnen angeben.

»Ach, du bist doch die kleine Tochter vom Egi«, meinte der Anzügler, der sie in der PI einmal beim Chefmeier, oder besser beim Erwin, gesehen hatte.

Klein? Das war jetzt blöd gelaufen, da kicherten Bellis Freundinnen. Ein aufregendes Thema musste her.

»Und du bist wirklich ein echter Kriminalkommissar?«, fragte Belli mit großen Augen. Jetzt waren die Freundinnen aber beeindruckt.

»KriminalHAUPTkommissar«, korrigierte Akay, und schaute sich nach seinem Mittagessen um. »Ja, das bin ich.«

Jetzt konnte die Belli einen dramatischen Auftritt hinlegen, die würden alle aus dem Staunen nicht mehr herauskommen. Sie sprach: »Mei Papi hat's bestimmt schon verzählt. I hab ja den Knetmasse-Kelch gebaschtelt. Toll, oder?«

Dem Anzügler stellten sich alle schwarzen Haare hoch, und davon hatte der viele. Er sah jetzt aus wie a Gorilla.

»Ja, also, ja, das ist wirklich toll.« Er musste jetzt erst einmal heraus aus dem Semmelkauf-Modus und wieder sein kriminelles Gespür aktivieren, bei dieser Meganachricht. »Weißt du was? Ich nehm dich mit zur Polizei, dann kannst du mir das genau schildern, wie du den gebaut hast.«

Der Anzügler könnte jetzt mit einem Schlag den lästigen PHK loswerden, verlockend. Er vergaß die Semmeln für die Mittagspause. Der nette Herr mit krachlederner Hose, weißem Rüschenhemd und spitzem grauem Filzhut neben ihm rückte damit in der Warteschlange vor und kaufte sich vier Butterbrezeln. Es war Kralle, Vladimir Kralitschki, der sich danach unverzüglich auf den Heimweg begab. Die Strecke München Oberstdorf und zurück konnte er mittlerweile im Schlaf fahren, daher tippte er auf der Autobahn nebenbei ein paar Stichpunkte auf seinem Tablet-PC. Der Dateiordner mit dem Namen »Heiliger Kelch« wuchs beständig weiter. Fast jeden Tag kamen einige vielsagende Bytes hinzu, in Form von Text, Foto, Video. Die PI Obestdorf hätte ihn um die akkurat geführte, umfangreiche Informationssammlung beneidet.

Schade, kein Kletterwald heute für die Belli. Aber die Freundinnen waren voller Neid, das war noch viel besser. Und dann ging's noch zur Klassenlehrerin. Die stand da auch wie vom Schlag getroffen, als der schöne Türke die Belli abmeldete vom

Ausflug. Es hätte zumindest der Zustimmung eines Erziehungsberechtigten bedurft, aber bei der Kripo Kempten konnte man darüber hinwegsehen. Der Papi, der PHK, saß ja direkt nebenan in der PI. Als die Belli mit dem Schönling ging, da hat die Klassenlehrerin auch unverzüglich angerufen und war ihrer Informationspflicht nachgekommen beim Egi.

Egi stand wie a Eins auf'm Bürostuhl. Der hatte grad Bellis Klassenlehrerin am Telefon, und die machte er jetzt zur Sau. Wie konnte sie nur die Belli ohne seine Zustimmung einem Türken mit Kripo-Kempten-Dienstausweis mitgeben? A Unding war das! An Egis Schläfen pochten rote Adern.

Die arme Frau lag nun wie a platte Null auf dem hoch frequentierten Bahnsteig, war allen im Weg, und die Klasse verpasste den Zug. Jetzt mussten sie alle eine halbe Stunde auf den nächsten warten. Aber sie könnte die Belli vielleicht doch noch mitnehmen, wenn der Egi sie sofort wieder zurückbrächte.

»Nein, bestimmt nit«, schrie der Egi in die Muschel. »Das haben S' versaut! Die kommt heut nit mit.«

Egi knallte den Hörer auf die Gabel, das Telefongespräch wurde grußlos beendet.

Jetzt saß die Belli am Donnerstagmorgen um 08:15 Uhr statt im Kletterpark vor Silvia und Akay im Verhörraum. Die Zweitklässlerin war nun doch verunsichert, das Ganze war zu gewagt gewesen. Der Papi war an die Decke gegangen im Büro. Aber ändern konnt man's ah nimmer.

Egi plagte genauso das schlechte Gewissen, denn es war seine Entscheidung gewesen. Er hätte besser alles von Anfang an zugeben sollen. Jetzt hatte die Kripo Kempten ratz, fatz über die Anhörung eines Kindes entschieden. Der Akay musste Beziehungen haben, sonst wäre es nicht so fix abgenickt worden, in der Provinz-Kripo. Bestimmt wollte der Anzügler damit dem PHK an den Kragen. Aber so ein Depp war der PHK nicht, dass er nicht ausreichend Gegenmaßnahmen einleitete.

Egi hatte zugestimmt, das hätte sonst blöd ausgesehen. Aber

er hatte der Belli vor der Befragung noch unbemerkt das Wichtigste zuflüstern können, dass sie nämlich behaupten sollte, sie hätte es den Eltern noch nicht verzählt. Gut. Egi stand nun als beobachtender Erziehungsberechtigter im Nebenraum hinter dem Spiegel. Sein Magen rumorte und boxte ihn innerlich in Leber, Herz und Darm, wie ein Rebell.

»Belli, du weißt, dass der Heilige Kelch gestohlen wurde. Aber wir haben noch nicht herausgefunden, wer es war. Du warst ja auch bei der Enthüllung dabei. Deshalb ist es ganz wichtig, dass du uns jede Kleinigkeit erzählst, die du zu der Sache weißt. Du musst uns die Wahrheit sagen, sonst kann das schlimme Folgen haben. Auch für dich und deinen Papi. Hast du das verstanden?«, flötete die Psychotante.

»Ja, Frau Stern.«

»Dann sag uns doch jetzt, was du weißt«, forderte Silvia sie auf.

»I hab vom Papi Stubenarrest bekommen, weil i seine frisch eingepflanzt'n Blümle mit'm Tretroller überfahren habe. Da war i so sauer. Eine Woche fand i viel zu viel!«, beschwerte sich Belli bei der Kripo Kempten über die unlauteren Erziehungsmaßnahmen ihres Papis.

Hinterhältiges Lächeln war von denen hinter dem Spiegel zu sehen. Egi biss die Zähne zusammen.

»Das habe ich früher auch immer gedacht, wenn ich etwas angestellt habe. Sag deinem Papi das nächste Mal, dass das Strafmaß reduziert werden muss. Der hat als Kind bestimmt auch sehr viel Unsinn gemacht«, riet ihr Akay und bekam unverzüglich von der Silvia einen Hieb in die Seite.

Belli musste kichern, der war ja so cool. Aber sie musste ihn jetzt siezen, hatte der Papi gesagt, es würde hier alles aufgezeichnet.

»Mach i, Herr Tok.«

Verdammt, jetzt hörten die sich Huber'sche Familieninterna an. Egi stand wie ein scharrender Stier vor dem Spiegel.

»Wie ging es denn dann weiter?«, fragte Silvia.

»I wollt'n Papi ärgern. Als Denkzettel wollt i einen doofen Knetmasse-Kelch in das Zeitungsbild mit ihm und dem echten Kelch halten. Weil er so was auch schon mal mit einer Bierdose bei meinem Lieblingsonkel Volker gemacht hat, als der ein Tennisturnier gewonnen hat.«

Jetzt wurde die Sache für Silvia und Akay interessant.

»Ja, und dafür hab i den Knetmasse-Kelch gebaschtelt und einen Tag vor der Museumseröffnung auf der Museumstoilette versteckt.«

»Hat dich dein Papi da ins Museum mitgenommen?«, half Akay nach.

»Ja.«

»Und warum hast du den Kelch dort versteckt? Dein Papi hat doch die Bierdose bestimmt auch nicht einen Tag vor der Siegerehrung auf den Tennisplatz gebracht, oder?«, wollte Silvia wissen.

»Nein, das hat Papi nit. Aber Onkel Volker meinte, dass Papi vor der Fahrt zur Museumseröffnung in meinen Rucksack schauen könnte und mir den Knetmasse-Kelch dann wegnehmen würd. I sollt's zur Sicherheit scho ein' Tag vorher probiere. Darum hab i das gemacht.«

Egi wäre im Nebenraum beinahe in die Horizontale geraten. Der hinterhältige Lügenbaron war wirklich in den Fall verstrickt!

Silvia und Akay fanden diese Geschichte hervorragend. Der PHK würde bald in der Beurlaubungsphase schmoren.

»Der Onkel Volker wusste also von deinem Vorhaben?«, fragte Akay nach.

»Ja, dem habe i das verzählt. Er hat gemeint, der Papi hätt das verdient, deshalb sollten wir das gut planen. Der Onkel Volker war so sauer wegen der Bierdosen-Geschichte.«

Silvia und Akay sahen sich zufrieden an. Das waren perfekte Voraussetzungen.

»Na, das ist ja ein Schlitzohr, dein Onkel Volker«, meinte Akay. Silvias Blicke trafen ihn wie strafende Pfeile.

»Ja, stimmt«, grinste Belli.

»Und dein Papi wusste dann nach der Enthüllung auch Bescheid?« Das war jetzt nicht gerade als Frage vom Akay formuliert. Belli hatte ja vorhin beim Semmelkauf erwähnt, dass der Papi das bestimmt schon bei der Polizei erzählt hätte.

»Nein, nein!« Entsetzen schüttelte die Belli. Wie war noch der hochdeutsche Satz vom Papi grad gewesen? Ja, so: »Meine Eltern wissen noch gar nichts davon!«

»Aber du hast doch gerade beim Bäcker ...« Akay kam nicht weiter.

»Akay, stopp! Du darfst die Kleine nicht beeinflussen. Wenn wir Kinder anhören, gelten spezielle Regeln«, maßregelte die Psychotante, die Befragung sollte vor dem hohen Gericht verwendbar sein. »Lass mich jetzt weitermachen.«

So eine Peinlichkeit für Akay, Beeinflussung unschuldiger, kleiner Kinder. Das war jetzt auf dem Band. Egi rieb sich die Hände.

»Was genau hast du denn auf der Damentoilette gemacht?«, fragte Silvia nach.

Belli musste überlegen: »Also, wie war das denn noch? I hab Papi gebeten, die Museumsdirektorin zu fragen, ob i auf die Toilette gehen darf. Die war erst komisch, sagte aber ja. Dann bin i einfach hin und hab meinen Rucksack dort neben die Tür, unters Waschbecken gestellt.«

»Und der Kelch war in dem Rucksack?«, fragte Silvia.

»Ja, der war da drin. I hatt noch vergessen, den richtig zuzumachen, und war froh, dass Papi den nit durch den offenen Schlitz gesehen hat.«

»Und sonst hast du nichts angefasst?«, wollte Silvia wissen.

»I weiß es leider nicht mehr, Frau Stern. Das war alles so aufregend. I konnt doch nit wissen, dass der Heilige Kelch gestohle wird.« Jetzt fing Belli an zu heulen.

Silvia nahm sie in den Arm und tröstete sie: »Belli, beruhige dich! Das hast du bisher ganz toll gemacht. Aber sag mir bitte, wann hast du es deinen Eltern erzählt?«

Wie hinterhältig von der Psychotante. Egi wollte gerade durch den Spiegel springen, da sagte Belli schniefend, aber mit festem Stimmle: »I hab's ihnen doch noch nit verzählt!«

Nun blieb der Egi lieber auf dem Beobachterposten. A saugutes Mädle war seine Belli!

Die verlogene Umarmung lösend, sagte Silvia: »Wir müssen jetzt nur noch eins wissen, dann hast du es geschafft. Wie ist der Knetmasse-Kelch auf das Podest gekommen?«

»I weiß nit, Frau Stern«, rief Belli mit dicken Tränen. »Den hat mir jemand gestohle! Am nächsten Morgen war der gar nit mehr da.«

»Und was hast du dann gemacht?«, wagte Akay zu fragen.

»Nix. I bin zum Onkel Volker. Der fand das so lustig, dass der Knetmasse-Kelch unter der Kuppel stand. I hab aber keine Ahnung, wie der da hingekommen ist. Der Onkel Volker hat mi auch noch gefragt, wie i das hingekriegt hab.«

»Der wusste das also auch nicht?«, hakte Akay nach.

»Nein, nichts.« Es folgte großes Schluchzen von der Belli.

Egi war voller Stolz und zu Tränen gerührt. Seine Belli hatte ganz großen Familiensinn. Vor der Kripo Kempten musste man zusammenhalten, selbst mit dem Lügenbaron.

Für die Kriminalisten war dies hingegen eine bittere Enttäuschung. Silvia meinte: »Mach dir keine Sorgen, Belli, wir werden den Dieb finden. Wir sind jetzt fertig, du darfst zu deinem Papi gehen.«

* * *

Um 09:30 Uhr saß Akay Tok dann neben Rudi. Er brauchte einen zweiten Mann für das anstehende Verhör, und den beschränkten Rudi zog er dem durchtriebenen Egi vor.

Die Silvia wertete gerade die Anhörung von Belli aus, daher konnte die nicht dabei sein. Leider war da nix mehr zu drehen bei Bellis Aussagen. Gelogen hatte die aber allemal. Ihre ganze Familie wusste bestimmt schon lange von ihrem Knetmasse-Kelch. Da gab es jetzt eine verlockende Möglichkeit. Die Psychotante log sich ein paar fundierte Argumente für die Entscheider der Kripo Kempten zusammen, für weitere Penetrationen des Huber'schen Clans. Dieser Prof. Dr. Huber, der Onkel von der Belli, wäre ein geeignetes Zielobjekt. Ganz unvorbereitet würde sie den gehörig einschüchtern mit ihren ausgeklügelten Psychotricks. Fertig würde sie den machen und seinen Bruder gleich mit, den neuen PHK der PI Oberstdorf. Der könnte dann in Frührente gehen und würde fortan nicht mehr ihre Ermittlungen behindern. Dieser Plan bereitete Silvia eine hervorragende Stimmung. Die Welt geriet wieder in ihre Fugen.

Tolle Idee, hatte auch der Akay gefunden. Der verhörte nun den Finn Schönfeldt, zusammmen mit Rudi. Für Gundis Todeszeitpunkt hatte der Sicherheitsspezialist ein Alibi. Er hatte nachweislich auf einer Baustelle in Böblingen gearbeitet. Jetzt ging es nur um den Kelchdiebstahl. Nicht so dringlich, das goldene Ungetüm würde sowieso erst wieder in ein paar Jahrzehnten auftauchen, wenn überhaupt. Aber: Wenn man den Finn als Dieb ausschließen würde, könnte man weiter die Huber's beschuldigen und so den PHK loswerden. Finns Befragung stellte eine strategisch äußerst wichtige Sache für den Anzügler dar.

Der Rudi wusste natürlich nicht, was die Kripo Kempten vorhatte. Er kannte den Sicherheitsfachmann aber schon aus der Videokonferenz. Einen Hass hatte das Enggestirn auf den.

»Jetzt kommen Sie, Herr Schönfeldt, wir wissen, dass Sie das mit dem Museum verbockt haben, geben Sie es doch zu. Wir müssen sonst annehmen, dass Sie das Sicherheitssystem absichtlich manipuliert haben, damit Sie den Heiligen Kelch stehlen konnten«, drängte Akay den Finn in die Ecke, damit der gleich alle Verteidigungsregister zog. Akay hoffte, dass die Sache damit schnell erledigt wäre.

Der Akay wusste aber nicht, dass er damit zum Teil recht hatte. Der Finn hatte ja tatsächlich den Gewichtssensor vom fehlerhaften System getrennt, zwar nur im Affekt und nicht, um den hässlichen Kelch zu klauen, sondern um die Birkenbacher zu ärgern. Aber so an Scheiß konnte er schlecht zugeben. Das hätte ihm doch keiner hier geglaubt, jetzt, wo das grässliche Ding weg war.

Da blieb der Finn standhaft und log weiter: »Nein, das stimmt nicht. Ich habe alles nach Plan installiert. Die Sensoren liefen einwandfrei. Das muss an den Kabelleuten gelegen haben, die waren bei ihrer Arbeit nicht ganz bei der Sache.«

»Die Kabelleute beherrschen ihre Aufgaben nicht?« Das war doch ein gutes Argument für'n Finn, dachte Akay und legte es ihm direkt auf die Zunge.

»Doch schon«, sagte Finn begriffsstutzig. »Aber die haben die Stränge bestimmt nicht richtig zusammengelötet. Wenn sich da was lockert, läuft's nicht.«

»Aber Sie, Sie sind do ganz helle«, meinte der Rudi da. »Und Sie haben deren Arbeit geprüft. Das hätten S' merke müsse, wenn da was nit laufe tut.«

Was wollte der denn jetzt? Akay hatte ihm nicht das Wort erteilt.

»Es lief ja alles, was auf der Checkliste war«, antwortete der Sicherheitsfachmann unfachmännisch.

Verdammter Rudi, das war jetzt auf dem Band. Akay musste in die gleiche Kerbe wie das Enggestirn hauen, man durfte ja nicht zu auffällig vorgehen.

»Sie wollen uns also weismachen, dass sie nichts von den Defekten im System wussten?«, wollte Akay wissen.

»Ja.« Unbehagen machte sich beim Verdächtigen breit.

Das war aber auch a Depp. Der Anzügler grübelte, wie er dem helfen könnte.

»Aber, Herr Schönfeldt, Sie hatten die Aufsicht über alle Arbeiten, haben das Syschtem geprüft und a Lischten geführt. Sie wollen nit bemerkt haben, dass was nit stimmte?«, bohrte Rudi weiter und versuchte sich dabei am Hochdeutschen.

»Nein, das war nicht möglich«, meinte der schweißgebadete Finn.

Der ließ nicht locker, der Rudi. Akay musste jetzt eine Sache finden, die das Verhalten des Verdächtigen erklären könnte, um ihn zu entlasten. Die Hubers mussten ins Zentrum der Ermittlungen gerückt werden.

»Warum war das nicht möglich, Herr Schönfeldt? Gibt's da keine Möglichkeiten in diesem System?«, legte ihm der Anzügler nahe.

»Das System ist dermaßen komplex, Herr Kommissar, dass man nicht alle Eventualitäten durchtesten kann. Das, was ich getestet habe, streng nach Plan, das können Sie mir glauben, das funktionierte auch«, meinte Finn.

Geschafft! Das konnte man als Erklärung stehen lassen. Akay war zufrieden.

»Aber der Gewichtssensor, der reagiert überhaupt nit auf Gewicht. Nit beim kleinen Kindle und nit beim Muckibuden-Junkie wie dem jungen Kollegen hier«, meinte Rudi und zeigte auf Akay. »Wie kaa's sein, dass Sie das nit bemerkt habe?«

So a penetrante Sau, der Rudi. Konnte der nicht endlich Ruhe geben? Akay kam in Bedrängnis.

»Das muss jemand im Nachhinein manipuliert haben, sehr wahrscheinlich der Dieb«, redete sich Finn heraus.

Sehr guter Hinweis, Akay wurde wieder ruhiger.

»Ah so, der Dieb. Na, das isch ja ganz schlau von dem g'wese. Der musch ja alle Pläne, viel Zeit und Muße g'habt habe, um das alles noch vor'm Diebstahl hing'kriegt zu habe! Wer könnt denn das g'wese sei, außer Ihnen?«, bohrte Rudi weiter.

»Die alte Birkenbacher, dieses Miststück!« Finn hatte seinen Sündenbock gefunden, eine Erleichterung für ihn. Aber auch nur für ihn. Akay kam immer mehr ins Schwitzen.

Diese Aussage war total unglaubwürdig, das war jetzt nicht gut gelaufen. Hätte der doch besser gesagt, der Huber wär's gewesen. Akay war am Rande der Verzweiflung.

»Frau Birkenbacher, die Museumsdirektorin? Unwahrscheinlich, Herr Schönfeldt. Fällt Ihnen nicht noch jemand anders ein?«, soufflierte der Anzügler genervt.

Der Finn verstand es als Ironie, da meinte er: »Nein, nein, Sie sollten die wirklich überprüfen! Die hat ständig telefoniert, wegen Kunstgegenständen, die sie im Museum haben wollte. Ein ganz hinterhältiges Weib ist die.«

Der Finn kapierte es einfach nicht. Also, nächster Punkt auf der Liste der Kripo Kempten. Hoffentlich lief es da besser.

»Eine andere Sache, Herr Schönfeldt«, sprach der Akay die lästige Unklarheit an. »Unsere Forensiker haben Ihre DNA und Fingerabdrücke auf dem Herren-WC gefunden, in einer Kabine und am Waschbecken. Es waren die einzigen Spuren, die dort nachgewiesen werden konnten. Nach der Endreinigung war unseres Wissens niemand mehr in diesen Räumen. Wie kam Ihre DNA dahin? Wann waren Sie dort?«

»Ach, das, das kann ich Ihnen erklären. Ich war am Freitag nach der Putzkolonne auf der Toilette. Das war so gegen Mittag. Die Rosi Roth ist mir dabei begegnet und hatte danach keinen Bock mehr, noch mal drüberzuwischen. Die kann das hundertprozentig bestätigen.«

»Aha«, meinte Akay, das war sehr gut. »Werden wir überprüfen. Danke, Herr Schönfeldt, wir sind jetzt fertig.«

Finn war sehr verwundert über das abrupte Ende der Befragung. Wollte der wirklich schon Schluss machen?

»Noch a letzte Frag'n«, mischte sich Rudi plötzlich wieder ein, also doch kein Ende in Sicht. »Angenommen Sie hätten den Kelch doch g'stohle, und Frau Gundula Becker hätt das rauschbekomme, wären S' zu einem Mord fähig, Herr Schönfeldt?«

»Was ist denn das für ein Unsinn? Ich bringe keine Menschen

um! Und ich stehle auch nicht! Ich bin Senior Security Engineer, zuständig für Sicherheit«, entrüstete sich Finn.

»Mensch, Rudi, jetzt versau's doch nicht! Der hat ein Alibi für Frau Beckers Todeszeitpunkt. Hast du das schon wieder vergessen? Entschuldigung, Herr Schönfeldt. Der Kollege ist nicht von der Kripo Kempten. Ich habe keine weiteren Fragen mehr, Sie können gehen.« Das war nun das tatsächliche Ende des Gesprächs für Akay.

* * *

Während Rudi den Akay vor Finn in Bedrängnis brachte, hatte der Egi vor seinem PC gesessen. Er musste dringend einen aktuellen Bericht für'n Chefmeier schreiben. Der wusste ja noch nix von Bellis Schandtat. Das musste der PHK dem jetzt verklären! Ein Horror für Egi. Er tippte sich die PHK-Finger wund. Nach zwei nervenzehrenden Stunden war er fertig, mit acht Versionen. Sieben waren für den Reißwolf, PHK-Unterschrift unter den achten und fertig. Aber wie jetzt das schändliche Papier übergeben? Erst einmal zur Beate? Besser nicht. Wenn der Chefmeier ohne Vorwarnung von den Huber'schen Verstrickungen erfuhr, würde der den Rudi zum PHK machen. Also wieder persönlich in die Höhle des Löwen. Nett geklopft war halb gewonnen.

»Joa?«, brüllte der Chefmeier. Was für eine Laune schon wieder.

Egi ging rein, Richtung Chef-Schreibtisch.

Da lag die Postmappe vom PI-Leiter. Er legte sein Geschreibsel fix dazu und trat unschlüssig von einem Bein aufs andere.

»Für di, Chef, neuester Bericht«, sprach der Egi dann endlich. Aber erlöst war er noch lang nit.

Der Chefmeier nickte und brummte einen unverständlichen Laut. Er starrte grad auf den Bildschirm. Egi startete einen schleichenden Bürorundgang. Da, die Blumentöpfle, guter Anlaufpunkt für den mit sich selbst ringenden PHK.

»Die brauchen ah mal wieder a Wässerung«, riet der Hobbygärtner beiläufig und schielte aus den Augenwinkeln zum PI-Leiter herüber.

»Mmh«, grunzte der Chefmeier.

Der war in seine Polizeistatistiken vertieft, sah bestimmt schlecht aus. Also doch kein guter Zeitpunkt, um die Hosen runterzulassen. Der Egi entschied sich um, wollte doch wieder gehen, den Rauswurf besser auf einen anderen Tag verlegen.

»Egi, wo du grad hier bist, da hab ich a Frage«, schrie der PI-Leiter plötzlich. »Was isch hier los?«

»Was meinste, Chef?« Egi war mehr als eingeschüchtert von dieser verhängnisvollen Frage.

»Meine Blumen interessieren di sonst an Scheißdreck!« In PI-kritischen Situationen konnt der Chefmeiner den Allgäuer Dialekt schon gut imitieren, da verstanden ihn die untergebenen Leut hier besser.

»Chef, i muss.« Der Egi war schon am Ende seiner Kräfte. »I muss dir …«

»Was musste?«, Chefmeier stand auf und schloss die Tür. Er ahnte schon etwas von der misslichen Lage für die PI Oberstdorf. Solche Themen mussten in Abgeschiedenheit besprochen werden. Vieles brauchte meist gar nicht den Raum zu verlassen und ließ sich unter der Hand regeln.

»Chef, i muss dir was verzählen«, meinte der Egi.

»Hab ich mir gedacht. Raus damit, Egi«, schnaufte der Chefmeier.

Egi wand sich wie eine Schlange im Netz, so a Blamage aber auch.

»Chef, meine Belli, die kennst ja«, begann der Egi.

»Jetzt mach scho, Egi. Ich hab nicht ewig Zeit für deine G'schichtn. Was hast'n verbrochen?«

»I? I hab gar nix verbrochen, Chef, wirklich gar nix. Aber die

Belli, die hat a saudumme Sachen g'macht«, verdammt, der Dialekt ließ sich nicht unterdrücken, da wusst doch jeder sofort Bescheid über Egis missliche Lage.

»Deine Belli? Das kann nicht so schlimm sein, die Kleine ist ja noch nicht rechtsfähig«, meinte der Chefmeier erleichtert, es ging ja nur um einen kindlichen Huber'schen Fehltritt.

»Doch, Chef, doch, schlimm isch es scho. Es isch ja so, dass die Belli …« Egi bracht's einfach nicht über die Lippen.

»Was denn jetzt, Egi?«

»Also, Chef, i sag's dir einfach aimoal ganz direkt: Die Belli hat den Knetmasse-Kelch gebaschtelt!«

»Ja, und? Was soll mich das interessieren? Belästige mich doch nicht mit so a unsinnigem Zeug«, der Chefmeier wurde langsam ungehalten, er begriff nicht.

»Ähm, Chef, i meint jetza scho den Knetmasse-Kelch von der Museumseröffnung.«

Bedrückende Stille breitete sich aus. Egi sah einen nachdenklichen Chefmeier vor sich stehen. Dessen Gesicht geriet nun wie in Zeitlupe in eine Transformation, von der PI-Leiter- zur Pitbull-Optik. Er fletschte auf einmal die Zähne, überschüssiger Speichel rann ihm am kantigen Kinn hinunter, am roten Haupt zeichneten sich weiße Zornesfalten ab, sein Haarkranz stellte sich bedrohlich auf.

Der Egi ging lieber in Deckung, hinter'm Stuhl. Da rannte der Chefmeier auf einmal los, direkt auf Egi zu! Der PHK sprang hoch. Er stürzte hinter den Schreibtisch. Aber zu spät! Der PI-Leiter hatte eine Abkürzung genommen und hielt ihn jetzt am heruntergerutschten Gürtel fest. Seine dicken Wurstfinger griffen in den PHK-Hintern.

»Egiiii«, kreischte der PI-Leiter. »Wie könnt ihr Hubers es wagen! So a Scheiß in meinem Dienstbereich!«

Da klopfte es plötzlich. Die Beate hinkte herein. Sie hatte das Getöse bis auf den Flur gehört und vermutete, dass gewiss Schlichtung gefordert war.

»Wat is denn hier los? Erwin, wat machste denn da?«

Es sah schon seltsam aus: Der Erwin stand hinter dem gebückten Egi mit der Hand am halb entblößten Sitzorgan. Man konnte sich obszöne Gedanken dabei machen. Das fiel dem Chefmeier jetzt auch auf, da ließ er direkt Egis Gürtel los. Der PHK kippte vornüber, dann stand er auf und zog die Hosen wieder hoch. Der Hinkefuß wurd eifersüchtig bei dem Anblick.

Beate ganz entsetzt: »So wat könnt ihr doch hier nich machen! Wat soll denn dat?«

»Wir mache hier nix! Gar nix war das, Beate!« Egi wollt keine schäbigen Gerüchte aufkommen lassen.

Der Chefmeier auch nicht: »Beate, das ist anders, als du denkst! Ich wollt dem Egi nur a Abreibung verpassen.«

Das hörte sich ja in dem Zusammenhang noch perverser an. Der Egi total fertig, der konnt nimmer. Am liebsten wär er jetzt ins Nirgendwo, am besten ins benachbarte Kleinwalsertal ausgewandert.

»Wofür? Und wat für 'ne Abreibung denn?«, wollte Beate wissen.

»Wir klären das unter uns, Beate. Du kannst gehen«, schlug der PI-Leiter vor. »Geh jetza!«

Die Beate ging. Der Egi hatte Angst. Dem Chefmeier war klar, dass er ruhiger werden musste.

»Egi, erklär mir das!«, schrie er.

»Chef, die Belli, die hat den Knetmasse-Kelch nur gebaschtelt, die hat den nit ausgetauscht«, verteidigte Egi seinen niederträchtigen Abkömmling.

»Wer hat den scheiß Kelch dann geklaut?«

»I kann's dir nit sagen, Chef. Sie hat den Knetmasse-Kelch nur einen Tag vor der Enthüllung im Museum auf'm Damen-WC versteckt. Den hat sich dann einer geschnappt und …«

»Einer geschnappt? Egi, das hätt'st verhindern müssen! In meinem Dienstbereich!«

»Chef, das konnt i nit. Die hatte einen Komplizen.«

»Wen?«

»Meinen Bruder, Chef.«

»Deinen Bruder? Ja, seid's ihr Hubers denn alle bescheuert?« Es folgte wieder ein Donnerwetter vom Chefmeier. Das Mobiliar bebte, angetrieben von der derben Akustik und seinem rollenden »R«. Nix mit ruhiger werden.

Da hinkte die Beate wieder herein. Sie musste eingreifen, sonst hätte der Erwin am Ende wieder seine Wurstfinger am PHK-Hintern.

»Jetz hört domma auf! Dat kriegen do alle mit hier«, sprach die PI-Mediatorin.

»Ist gut, Beate, ist gut.« Der Chefmeier ging an seinen Schrank. Dort warf er ein Beruhigungsmittel ein, zwei doppelte Enzian. Dann sprach er ruhig: »Egi, du wirst das jetzt mit deiner Familie zusammen wieder in Ordnung bringen. Du informierst mich ab sofort über jeden deiner Schritte. Verstanden!?«

Das hörte sich nicht mehr so wild an, aber es war eindeutig der Chefmeier'sche Imperativ. Also startete Egi fix ein energisches Nicken.

Beate verwunderte Chefmeiers Ansage. Das war 'ne Familiensache?

* * *

Eine Besprechung der SOKO Kelch am Donnerstagvormittag stand an. Der Konferenzraum der PI Oberstdorf war aktuell gefragt wie noch nie. Der kümmerliche Ermittlungsstand musste zusammengetragen werden, und die heterogene Gruppe war zur weiteren Zusammenarbeit verdonnert. Egi, Rudi, Akay und Silvia saßen am Konferenztisch. Der Chefmeier nicht, er hatte Besseres zu tun, in seinem stillen Kämmerle. Er suchte händeringend nach einer Idee, wie er den ganzen Bockmist mit den Hubers vertuschen konnte.

Die Ergebnisse der SOKO Kelch waren bisher ernüchternd:

Beate hatte Rosi Roth angerufen, sie hatte Finn Schönfeldts Toilettengang und dessen unschöne Hinterlassenschaften am Tag vor der schändlichen Museumseröffnung bestätigt.

Auch Beates Überprüfung der von Gundis unfreiwilligem Ableben überrumpelten Zeugen hatte nichts ergeben. Die Wandergruppe wie auch die zwei Seilbahn-Mitarbeiter waren polizeilich völlig unbefleckt. Sie waren gemeinsam mit den am Nebelhorn zwecks Touristenbespaßung schaffenden Angestellten abtransportiert worden.

Der einsatzfreudige Hubschrauber war gestern zur Evakuierung einige Male rundgeflogen. Genauso wie die drei Blumentöpfe in Chefmeiers Büro, als Egi ihm die schlechte Nachricht von der zumindest für die Gäste kostenlosen Flugschau überbracht hatte, kurz nach der Kelchgeschichte. Angst um sein Leben hatte der Egi da gehabt. »Horrende Ausgaben« war das einzige gewesen, was der PHK von Chefmeiers sakralopernmäßigen Ausführungen verstanden hatte. Ab sofort musste es besser gehen, hatte sich Egi vorgenommen. Aber wie nur? Er befand sich ermittlungstechnisch in einer Sackgasse. Er musste den Fall in den Griff bekommen, sonst sähe es schlecht aus mit seiner weiteren PHK-Karriere. Egi hoffte nun auf die neuen Erkenntnisse, die ihnen übermittelt worden waren.

Die Ergebnisse der forensischen Untersuchungen und der Überprüfung der technischen Checklisten lagen endlich vor, die der PHK sehnsüchtig erwartete. Akay hatte sich zur Präsentation der Neuigkeiten einen Beamer besorgt.

»Was willscht'n mit'm alten Ding jetza machen?«, fragte der Rudi von Skepsis getrieben.

»Rudi, das Gerät ist noch kein Jahr alt«, meinte der Akay, als er es routiniert auf dem Tisch positionierte und diverse Kabel ansteckte.

»Das isch a neuer Diaprojektor? Wo gibt's die denn no zu kaufe?«, wollte das Enggestirn wissen.

»Du bist ja a Pfeifa, Rudi«, sagte Egi, als er sah, dass Akay den futuristischen Diaprojektor an sein Notebook anschloss. »Wir sehen uns doch hier kei Dias an! Der Akay will uns bestimmt an Film damit zeige.«

Der Akay wollte aber gar keinen Film damit zeigen, er wollte endlich diese beschränkten Volldeppen loswerden.

»Ich möchte euch einige Dokumente an die Wand werfen«, sprach er während er in seiner virtuellen Ordnerstruktur nach den Dateien mit den Untersuchungsergebnissen grub.

Daraufhin griff der Rudi nach einer vor ihm liegenden Papierakte, erhob sich und machte eine grazile Bewegung, wie ein olympischer Speerwerfer. Dabei war Oberstdorf eher für den Wintersport bekannt, mit diversen Sprungschanzen für lebensmüde Skifahrer.

Der Egi riss die Augen auf, begriff rechtzeitig und hielt das Enggestirn fix am Wurfarm fest. Der PHK entriss ihm die Akte und legte sie zurück auf den Stapel.

»Spinnst jetza total?«, zischte Egi und hoffte, dass es niemand mitbekommen hatte.

»Wenn der meint, Dokumente wegwerfe zu müsse, damit wir die nit sehen, Egi! Willscht da nix unternehme dagege?«, meinte Rudi gereizt. Jetzt bekamen auf jeden Fall alle Anwesenden seine extrem ausgeprägte Unfähigkeit in Bezug auf die technischen Errungenschaften des einundzwanzigsten Jahrhunderts mit. Allgemeines Kopfschütteln begleitete seine unfassbaren Worte.

»Rudi, du hast mich missverstanden. Schaut euch jetzt die Berichte an. Wenn's euch zu komplex ist, könnt ihr gehen«, provozierte Akay die PI-Kollegen.

»Nein, nein, passt scho«, entschied der PHK fix und sah das Enggestirn drohend an. Rudi presste die Lippen zusammen und verkniff sich einen Kommentar darüber, dass er sich hier bestimmt am besten mit Diaprojektoren auskannte. Akay stand auf und trat lächelnd neben das projizierte Bild an der PI-Wand, das dem Rudi bestätigte, dass es sich doch um ein solches Gerät handeln musste.

Der Anzügler genoss seine Leitungsfunktion in vollen Zügen. Er schaute aufmerksam in die Runde, um das Erstaunen in den PI-Gesichtern auskosten zu können, das nun auf seine Erläuterungen folgen würde. Es hatte eine Überraschung gegeben, die die mickrige PI Oberstdorf zum Wanken bringen würde: »Ihr werdet es nicht glauben. Im AllgäuerAlpenMuseum konnten viele Fingerabdrücke gefunden werden, die mit einem jahrzehntealten Erpressungsfall in Lindau in Verbindung stehen. Schaut hier, da sind kurz die Hintergründe zusammengefasst. Finanzumfeld, hat also nichts mit Museen und Kunstobjekten zu tun. Wir müssen jetzt herausfinden, zu wem sie gehören. Ich glaube, damit sind wir einen großen Schritt vorangekommen.«

Die PI Oberstdorf war wie vom Schlag getroffen, fassungslos starrten sie an die Wand. Diese Erkenntnis bugsierte ihren bisherigen Ermittlungsstand in die Bedeutungslosigkeit. Es war, als ständen sie wieder ganz am Anfang. Vor allem Rudi war völlig perplex, er hatte jetzt akutes rechtes Kammerflimmern. Das durfte er aber nicht zeigen vor der Kripo Kempten, er musste sich zurückhalten.

»Sagt die Geschichte einem von euch was?«, fragte der junge Metropol-Anzügler die alten Oberstdorfer Berghasen, die diese Neuigkeit erst einmal verarbeiten mussten.

Die lokalen Ermittler schüttelten den Kopf, besonders heftig der Rudi.

»Dann haben wir ja mit einem Schlag den Täter gefunde«, meinte Egi erstaunt. »Aber warte mal, warum konnte die Köhler den Abgleich der Fingerle machen, aber die zugehörige Person nit ermitteln? Die haben doch hoffentlich ihre Spuren richtig beschriftet, oder?«

»Das haben sie, aber ihnen ist das System abgestürzt«, erklärte Akay. »Es hat die Daten der letzten Jahrzehnte abgeglichen, bis zu diesem alten Fall. Es hat noch das Ergebnis ausgeworfen, und dann war's vorbei. Sie müssen nun alle Daten neu reinladen. Das heißt, wir müssen leider warten. Die Leute von der

Forensik haben auch gerade noch einige Krankheitsfälle. Sie konnten bisher nicht alle Fingerabdrücke erneut auswerten«, erklärte Akay.

»Also, wenn die Fingerabdrücke übereinstimmen, dann isch unser Dieb einer von den Leuten, die dort droben vor unserer Nase rumgelaufe sind. Und wir haben ihn laufe lasse«, fiel Egi auf.

»Da hast du recht, Egi«, bestätigte Akay. »Wir kennen den wahrscheinlich. Es gibt einige potentielle Verdächtige: Jens Pfennig und auch die Brunner-Schwestern oder Ruth Birkenbacher. Wenn wir die Ergebnisse der Köhler vorliegen haben, dann ist es sehr wahrscheinlich geschafft.« Akay ließ seine Hauptverdächtigen Herbert und Robert Lollinger ungenannt, die wollte er alleine überführen. Finn Schönfeldt ließ er auch weg, der musste ja unbescholten wirken, damit die Hubers im Fadenkreuz blieben. Die Brunner-Schwestern hatte er genannt, um die PI-Kollegen weiter zu verwirren. Wenn man angestrengt nachdachte, war es klar, dass die viel zu jung waren, um etwas mit dem Lindau-Fall von damals zu tun haben zu können. Er hoffte, dass es den Deppen hier nicht auffiel.

Es fiel niemandem auf. Das lag aber auch daran, dass der Rudi kaum noch an sich halten konnt und der Egi verzweifelt überlegte, was der haben konnte. Das Enggestirn rieb sich schon die Hose durch am Konferenzstuhl. Er musste schnellstens hier raus, aber das sollte keiner merken.

Der Egi saß direkt neben ihm. Dem wurde das Geschrubbe jetzt zu viel, er trat das Enggestirn wieder ans Schienbein, unter dem Tisch. Da wurde der Rudi garstig, er trat erstmalig zurück, ins PHK-Bein.

»Verdammt, Rudi! Jetzt pass do mal auf!«, schrie Egi los.

Dem Rudi war es recht, der PHK sollte auch einmal den unerträglichen Schmerz am dünn behäuteten Knochen spüren.

»Lasst uns weitermachen«, unterbrach Akay die um sich tretende PI Oberstdorf, die schienen rein gar nichts von seinen abgebrühten Irreleitungen zu bemerken. Er fuhr fort: »Es gibt noch mehr Neuigkeiten: Die Auswertung der Checklisten der Secure Edifice GmbH hat ergeben, dass die Einträge zum Gewichtssensor vor dem Podest falsch waren. Er war ohne Mängel markiert, obwohl das Kabel durchtrennt war. Kein Schnitt, kein Lötfehler, es sah eher aus wie zerquetscht. Das heißt der Sensor wurde von jemandem außer Gefecht gesetzt.«

»War das denn vor oder nach Schönfeldts Eintrag in'er Checkliste?«, überlegte Egi.

»Moment«, sagte Silvia. »Welches Datum trägt die Checkliste?«

Akay scrollte in dem Bericht hin und her, die Zeilen flogen über die PI-Wand. Dias konnten das nicht sein, dachte sich das Enggestirn noch, bevor es mit ihm mental bergab ging. Die sausende Schrift war wie eine Hypnose-Einleitung beim Rudi, er wankte jetzt auf seinem Stuhl. Kombiniert mit dem Kammerflimmern hatte das keine gute Wirkung. Ein ungesundes Blau eroberte seine von krampfhafter Unterdrückung gezeichneten Gesichtszüge.

»Lass mich nachsehen. Das war der Freitag vor der Museumseröffnung. Hier steht eine Uhrzeit für den Gewichtssensor. Das war das Letzte, was der Schönfeldt dort eingetragen hat: 11:28 Uhr«, las Akay vor. Rudi hörte seine Worte schon nicht mehr.

»Und du warst an diesem Freitag noch dort, Egi?«, wollte Silvia wissen. Für Rudi sah es aus, als blubberten leere Sprechblasen aus den Mündern der Kripo Kempten. Seine Augen drehten sich.

Egi antwortete: »Ja, am Nachmittag. Die Birkenbacher hat mir die Planungen für den Tag erläutert. Laut ihrer Aussage gab's da keinen Defekt. Der Kelch sollt später aufgestellt und danach das Museum verschlossen werden, bis zur Museumseröffnung. Da hätt theoretisch noch einer die Leitung kappen können.«

Der Anzügler und die Psychotante schauten sich wissend an.

Ihre Hoffnung war, dass Egi das Kabel bearbeitet hatte, um den Knetmasse-Kelch seiner Tochter einzuschleusen.

»Das heißt, es lagen nur einige Stunden zwischen Kelchaufstellung und Eröffnung. Abgesehen von dem Code für die Alarmanlage und dem Eingangsschlüssel. Wer hätte denn in dieser Zeit überhaupt in das Museum spazieren, die um das Podest liegenden Platten ausbauen, das richtige Kabel rausziehen, durchtrennen und alles wieder zusammenbauen können, ohne dass es jemand bemerkt. Und das alles kurz vor dem Diebstahl?«, überlegte Silvia laut und dachte im Stillen darüber nach, wie sie den Egi jetzt in die Diebesgeschichte einbauen könnte.

»Finn Schönfeldt meinte, die Ruth Birkenbascher hätt das g'konnt«, presste Rudi plötzlich heraus. Die letzten Sätze hatte er wieder verstanden. Er hatte sich nicht mehr unter Kontrolle und hatte ausgeplappert, was er eigentlich niemandem hatte mitteilen wollen. Egi war ganz irritiert von dem Verhalten des Enggestirns. Er überlegte, wie er ihn wieder in den Normalmodus bringen könnte.

»Das hätte die niemals hinbekommen«, meint Akay, um weiter den Egi in die Geschichte einbauen zu können. »Es ist mir wirklich ein Rätsel, warum innerhalb dieser kurzen Zeit mehrere Leute da reinkonnten und drei Kelche die Runde machten. Ich muss mir das noch mal genau ansehen. Ich gebe euch später Bescheid, wie wir weiter vorgehen. Egi, Rudi, ihr könnt gehen. Ich spreche noch kurz mit Silvia.«

Egi konnte es nicht fassen. Der Anzügler schmiss die PI Oberstdorf aus ihren eigenen Räumlichkeiten hinaus? Wieder mal a Unding!

»I ruf kurz den Chefmeier an, ob der grad Zeit für mi hat«, meinte Egi, ging zum Telefon am Nebentisch und wählte Beates Nummer.

»Ja, Schätzeken, wat gibt's?«, fragte sie.

»Servus, Chef, hascht kurz Zeit?«, bat der PHK.

»Klaro, Egi«, meinte die Beate und hielt weiter den Hörer in der Hand, das war eine PI-codierte Mitteilung gewesen.

»I komm rüber«, antwortete Egi. Er legte den Hörer ein bissle schräg auf und schaltete um auf Lautsprecher. Das Gespräch stand, für das Kripo-Kempten-Abhören.

Der PHK zerrte den dehydrierenden Rudi mit hinaus und schob ihn um die Ecke direkt in Beates Büro.

»Was soll denn das, Egi?«, motzten die bläulichen Lippen vom Enggestirn. »Du bisch so grob zu mir in letzter Zeit. I …«

Da spürte er unverzüglich Egis respektlose Hand vor dem ungesund verfärbten Mund.

»Ruhe jetza!«, zischte der Egi und stellte Beates Telefon laut.

»… drei Kelche: das Original, die Kopie im Museumsschrank und der Knetmasse-Kelch auf dem Podest und kurz darauf eine tote Seniorin. Wie sollen wir das jemals in einen Zusammenhang bringen?«, hörten sie Silvia blechern aus dem Telefon.

»Ich werde der Köhler eine Liste geben, welche Fingerabdrücke sie zuerst in ihr System laden soll. Am wichtigsten sind die Lollinger-Zwillinge und diese Roberta Fellinger. Das sind alte Ganoven, die auch schon zu den Lindau-Zeiten aktiv waren«, hörten sie die abgefangenen Worte des Anzügler durch'n Lautsprecher.

»Gute Kombinationsgabe, Akay. Die Fingerabdrücke könnten von denen stammen. Alle anderen sind zu jung für den Fall von damals«, lobte Silvia.

»Da ist aber noch eine Sache«, meinte der Anzügler. »Es wurde uns mehrfach erzählt, dass die Birkenbacher Absichten bezüglich wertvoller Exponate für die Zukunft verfolgte. Deshalb hat sie diese wahnwitzige Sicherheitstechnik mit künstlicher Intelligenz in ihrem kleinen Museum einbauen lassen. Das ist wie mit Atombomben auf Spatzen schießen. Entweder spinnt die total, oder sie hat etwas vor, was nicht ganz dem normalen Museumsalltag hier im verschlafenen Oberallgäu entspricht.«

Silvia darauf: »Wenn eines klar ist, dann, dass die Birkenbacher eine große Strategin ist. Sie ist zwar zu blöd für den ganzen Hightech-Sicherheitskram. Aber ansonsten ist die schlau.«

»Das glaube ich auch«, bestätigte Akay. »Die führt etwas im Schilde. Aber was?«

»Wir sollten sie unter die Lupe nehmen«, forderte Silvia. »Vielleicht will sie auch nur das Museum erweitern und noch mehr Touristen anlocken.«

»Stimmt«, antwortete Akay. »Die schwimmt im Geld und will mehr davon. Ich glaube, der Jens Pfennig hat einiges von ihren Planungen mitbekommen. Der weiß genau, was ins Museum kommen wird. Es könnte sein, dass der sich da unrechtmäßig bedienen will, zusammen mit seinen Kolleginnen.«

»Das könnte sein. Die Schwestern sind eher harmlos. Dem Pfennig würde ich aber einen Diebstahl zutrauen. Den sollten wir uns in jedem Fall vornehmen. Den Mord sehe ich weiter bei den alten Senioren. Wir müssen den Kelchdiebstahl und den Mord weiter getrennt betrachten«, meinte Silvia.

»Du hast recht«, stimmte ihr Akay zu. »Aber sag diesen Schwachköpfen von der PI Oberstdorf nichts davon. Und den Egi kriegen wir auch noch hier raus, der wird sich noch wundern. Lass uns gleich im Hotel weitersprechen, das wird mir hier jetzt zu heiß.«

Erst war Geschmatze aus dem Telefon zu hören, dann schweres Atmen und Stöhnen, gefolgt von hektischem Schuhklappern Richtung Ausgang. Die Kripo Kempten entflog nun in ihre wohlverdiente Mittagspause.

»Dieser arrogante Arsch«, sprach Egi ungehalten.

»A Schwachkopf von'er PI Oberschtdorf, der weisch aber was, was die nit wisse«, gaben Rudis farblich normalisierte Mundlappen von sich. Eine Welle der Erleichterung floss durch seinen noch angespannten Körper, endlich konnte er es loswerden. Egi und Beate waren schon ganz gespannt.

»Egi, i war do früher in Lindau im Einsatz. I weisch no, dass die da ewig lang über den Erpressungsfall geratscht habe. Da ging'sch um a Frau. Wir hatte kei Namen von der, nur Phantombilder: jung, groß, schlank, dunkelhaarig. Die wissen da bisch heut nit, wer das war. Aber die Erpresserin müsst jetza zwische vierzig und fünfzig sei.«

»Die Birkenbacher«, entfuhr es dem Egi.

»Die Birkenbascher«, bestätigte Rudi. »I frag mal mei alten Kollegen, ob die unsch die Phantombilder schicke könne. Damals, da war die Kripo no in Memmingen, nit in Kempten. Die neue Leut wisse bestimmt nix mehr davon.«

»Sehr gut, Rudi, sehr gut«, freute sich der Egi. »Wir müssen das rauskriegen, bevor die Köhler da rangeht, die gibt's nämlich direkt an die Konkurrenz weiter. Also, Rudi, bitte lass die Deppen von'er Kripo Kempten nix davon wisse.«

Da piepste auf einmal Beates vorsintflutliches Faxgerät. Die Einzelverbindungsnachweise der Telefone vom Museum wedelten fröhlich heraus, von der Birkenbacher, den Brunner-Schwestern und Jens Pfennig. Die Kripo Kempten hatte sie gefaxt, da ihre Netzwerkprobleme aktuell keine andere Art von elektronischer Kommunikation zuließen. Die waren auch mit Schuld am verwerflichen Computerabsturz der Köhler gewesen. Dabei war es um die Analyse aller in den letzten dreißig Jahren eingesammelten Fingerabdrücke gegangen. Ihr altertümliches System hatte nicht mit den Patzern in der Übermittlung umgehen können, da hatte es sich gleich während der totalen Überforderung abgeschaltet.

Hervorragende Fügung, jetzt hatte die PI Oberstdorf einen Vorteil erhascht. Also überprüfte Beate gleich die Verbindungsdaten. Sie fand heraus, dass sich die Aussagen von den Brunner-Schwestern und der Birkenbacher widersprachen. Andrea und Stefanie hatten am Dienstagmorgen dreiundvierzig Minuten mit mehreren Leuten über WhatsApp gechattet. Das hatten sie verschwiegen, aber ihrer Chefin stundenlanges Telefonieren unterstellt. Das stimmte also gar nicht, deren Aussagen waren durchdacht gelogen. Die Birkenbacher hatte um 09:33 Uhr lediglich für vier Minuten mit einer Firma in Kempten ferngesprochen. Das war ein Sponsor des Museums, wusste der Egi.

Die Aussage der Birkenbacher war damit leider bestätigt. Leider, weil doch der Rudi und der Egi sie grad erst der verjährten Erpressung so gut wie überführt hatten. Alles zusammen hieß das jetzt aber auch, dass für Gundis Todeszeitpunkt weder Jens Pfennig noch die Brunner-Schwestern und die Birkenbacher ein entlastendes Alibi hatten. Zwar hatten sich Andrea und Stefanie zur angestrebten Straffreiheit gegenseitig gedeckt, aber das war so viel wert wie a Abmachung mit der Kripo Kempten.

Egi, Rudi und Beate waren noch total überrumpelt von ihren ersten Ermittlungserfolgen, da spuckte das Faxgerät unerwartet Gundis vorläufigen Obduktionsbericht aus. Warum vorläufig? Weil er zeigte, dass nach dem Zusammenpferchen der festen und flüssigen Bestandteile etwas gefehlt hatte. Ein vermisstes Körperteil hatte man nicht untersuchen können. Die rechte Hand war weg, jemand musste sie vom Tatort entfernt haben!

Jetzt gab's also einen gestohlenen Kelch, eine geköpfte Tote und eine entwendete Hand. Aber es gab noch weitere Erkenntnisse. Erich hatte feststellen können, dass Gundi eine Kopfverletzung aufwies, die nicht durch die Gondel verursacht worden sein konnte. Vermutet wurde ein Schlag auf den lebensbedrohliche Dorfgeheimnisse verwahrenden Kopf. Dieser hatte eine Hirnblutung verursacht, die jegliche Speicherinhalte unwiederbringlich zerstört hatte. Davon profitierten viele in Oberstdorf. Die Untersuchungen hatten ergeben, dass dieser Bums bereits eine Todesfolge nach sich gezogen hätte, wäre Gundis verlorenes Haupt nicht körperlos unter die gleichgültige Stahlkabine gefallen. Erich gab in seinem rechtsmedizinischen Befund an, dass mit hoher Wahrscheinlichkeit ein harter Gegenstand die Tatwaffe war, zum Beispiel ein kurzes Rohr oder auch der Lauf eines Revolvers. Die Tote hatte ihr Leben gelassen, kurz vor Absetzen des Notrufs durch den jetzt nachweislich schuldfreien Gondelfahrer.

Das waren sensationelle Neuigkeiten für die PI Oberstdorf. Vor allem konnte die Kripo Kempten sie ihnen nicht mehr vorenthalten, gute Sache.

Da klingelte plötzlich auch noch das wieder seinem eigentlichen Zweck zugeführte Telefon. Der Daniel aus der Einsatzzentrale war dran. Er war schon wieder dem Nervenzusammenbruch nahe, den konnte man kaum verstehen. Nach mehrfachen Interpretationsversuchen seiner genauso kurzen wie umständlichen Ansage war klar: Ein unverzüglicher Besuch der Seniorenresidenz war vonnöten.

* * *

Der Abend vor der Museumseröffnung:

Es war bekannt, dass der Heilige Kelch erst einen Tag vor der Museumseröffnung in den Hauptausstellungsraum gebracht werden würde. Keiner wusste, wo er sich vorher befand, vor allem nicht die Kunsträuber. Für die war der Zugriff kein Kinderspiel. Entwendungen waren erst in der letzten Nacht vor dem besagten Tag möglich, das würde ein Getümmel geben. Aber zum Glück dachten ja fast alle, sie würden allein da hineingehen, sonst hätte sich am Ende keiner getraut. Oder schlimmer, Mordwerkzeug mitgebracht.

Herri hatte als Einziger 'ne Ahnung, dass er nicht alleine ins Museum einsteigen würde. Sein Zwillingsbruder hatte das gleiche Ziel, das hatte sein Poesiealbum verraten. Herri wusste sich zu helfen, er hatte sich an diesem Freitag den finalen Ablauf seines Bruchs zurechtgelegt. Das war eine Belohnung wert, also gönnte er sich nach dem Abendessen kurz einen Zigarillo im Residenz-Park. Dazu musste er im Erdgeschoss durch einen Flur, wo stets ein hoher Publikumsverkehr herrschte. Ein Durchkommen war hier schwierig, denn er führte an der Wellness-Oase vorbei. Unzählige Gehhilfen standen dort im Hindernisparcour herum. Durch Schaufenster erhielt man Einblick in die Chill-out-Area der beheimateten Walrösser. Herri musste unfreiwillig mit ansehen, wie Gundi und Robbi im Whirlpool planschten.

Herri packte der Neid. Aber als er draußen sein Nikotin in Brand setzte, hatte er eine zündende Idee. Er lief fix zurück in die eigenen vier Wände. Da nutzte er die Zeit, um wieder einmal über'n Balkon in Robbis Wohnung einzusteigen, der Depp ließ immer seine Balkontür offen stehen. Jetzt wurd's schwierig. In Gedanken prüfte Herri verschiedene Theorien zum Zeitaufwand. Er rechnete angestrengt hin und her, bildete eine Quersumme, zählte an den Fingern ab, das kürzlich zugeführte Nikotin qualmte aus den Ohren wieder heraus, dann war das Ergebnis endlich von ihm ermittelt. Er stellte alle Uhren um eine Stunde vor, das sollte ausreichen, damit Herri seinen Coup auf jeden Fall vor Robbi durchziehen könnte. So würde Herri stolzer Besitzer des Originalkelches sein, und der ach so schlaue Zwillingsbruder würde eine Kopie stehlen. Herris Kopie, die wahrscheinlich mieser war als die vom Robbi. Ein Gefühl der Genugtuung ließ Herri breit grinsen.

* * *

Donnerstagmittag gab es Hektik in der Einsatzzentrale der PI Oberstdorf. Der Daniel hatte wieder eine Schreckensmeldung angenommen. Ein rundgefressener, nicht mehr als Rauhaardackel zu erkennender Koloss hatte an der Einfahrt zur Oberstdorfer Gold-Residenz eine menschliche Hand gefunden. Sein betagtes Frauchen hatte es mit Entsetzen ansehen müssen: Erst hatte er etwas Undefinierbares ausgebuddelt, dann gierig zugeschnappt. Sein im Verhältnis zum restlichen Körper winziger Kopf nickte auf und ab, begleitet von schmatzenden Kaubewegungen, danach leckte er seine gierigen Beißerchen ab. Was er der unersättlichen Verdauung zugeführt hatte, gehörte jedoch keinesfalls auf seinen Speiseplan.

Die Hand wollte sich dann gar keiner mehr ansehen. Die PI Oberstdorf musste her, dort machten aber alle Mittagspause. Die Spusi wurde direkt losgeschickt, um nachzusehen, ob das wirklich einmal eine menschliche Hand gewesen war. Als sie am Fundort ankam, suchte sie nach einem reißenden Raubtier, fand jedoch nur einen Miniaturdackel, dessen Beinle maßlos von seinem Gewicht überfordert wurden und kürzer als das der Magensäure unterlegene Beweisstück waren. Wie sich dabei herausstellte, hatte dieser sogenannte Hund den Daumen selektiert und verspeist. Dieser obskure Anblick war nicht mit dem zarten Gemüt des alten Muttchens vereinbar gewesen, daher lag Frauchen bereits mit einem Schwächeanfall im Krankenhaus. Ihr Allesfresser verweilte allein unter den im Garten stehenden Residenzbewohnern, die ihn vorsichtshalber an einem Baum angebunden hatten, bevor er auch sie noch angriff und hinunterschlang. Ein tapferer Spusi-Mitarbeiter traute sich, das Monster an der Leine ins Auto abzuführen. Die Senioren klatschten Beifall und gingen zurück, um endlich das Mittagessen zu verspeisen.

Die Spusi überreichte Erich Engstein die daumenlose Hand und den daumeninnehabenden Hund, auch wenn die sonst eher von der Mitnahme lebender Gesellen absahen. Da der Aasfresser aber ein Beweisstück beherbergte, war diesbezüglich umentschieden worden.

Erich ließ dem übergewichtigen Vierbeiner durch einen Veterinärmediziner den überfüllten Magen auspumpen, daraufhin knurrten des Hundes Maul und Bauch. Das konnte der Erich gar nicht mit anhören, er spendierte dem entleerten Scheunendrescher als Entschädigung wohlverdiente drei Leberwurstsemmeln.

Erich setzte so weit wie möglich die aus dessen Mageninhalt separierten Daumenteile wieder zusammen. Da er ein großer Puzzle-Fan war, fiel ihm die Aufgabe nicht schwer, er konnte das wiedervereinte Gebilde recht fix als die fehlende Hand Gundis identifizieren. Der Daumen bestand jedoch größtenteils aus fleischlosen Knochenstücken, das zugehörige Gewebe war bereits zu weit in den Verdauungsprozess des hundeartigen Miniriesens involviert gewesen.

Als Erich fertig war, rief er im Krankenhaus an. Die Hundebesitzerin war wieder auf den unsicheren Beinen. Unsicher, weil sie nun high war. Man hatte sie in der Notaufnahme mit allerlei Beruhigungsmittelchen vollgedröhnt. Die Tochter hatte ihre bekiffte Mutter abgeholt und heimgebracht, sie wohnte direkt neben ihr.

Erich Engstein fuhr den Köter nun dorthin und gab ihn schweren Herzens ab. Zarte Bande hatten sich zwischen ihnen entwickelt, die gleich wieder brutal entzweit wurden. So war es immer beim Einstein der Rechtsmedizin. Keiner wollte bei dem bleiben, nicht einmal a fresssüchtiger Fettwanst.

Dem glücklichen Frauchen musste der Erich wiederholt versichern, dass sich der unerwünschte Daumen nicht mehr in ihrem fettleibigen Gefährten befand.

* * *

Die Nacht vor der Museumseröffnung:

Ein wahrer Taubenschlag war's, das AllgäuerAlpenMuseum, in der Nacht vor der Eröffnung, und das trotz präzise ausgeklügeltem Sicherheitskonzept der Firma Secure Edifice GmbH. Die angepriesenen Systemkomponenten liefen unter aller Sau. Es gab einige Möglichkeiten zum Einstieg, diese inoffizielle Einladung wurde jetzt auch mehrfach genutzt.

Finn fuhr per Motorrad auf der von unzumutbarer Steigung geprägten Schanzenstraße Richtung Mittelstation Seealpe. Danach quälte Robbi seinen Motorroller rauf. Als Letztes schaffte es auch der uralte VW Käfer vom Herri. Alle ohne Licht, sonst hätte es einer sehen können. Hören konnte man die schon zu gut, waren ja nicht grad leise, die Fortbewegungsmittel. So unbeleuchtet konnte man das Gebretter wenigstens nicht orten. Allzu verdächtig war es nun auch wieder nicht, denn hier trieben sich einige motorisierte Liebespärchen herum.

Es ging nun in kurzen Zeitabständen hintereinander hoch. Dann wurde an unterschiedlichen Stellen geparkt, in sicherer Entfernung zum Museum. Es standen schon vereinzelt einige Autos zwischen den Bäumen, da musste man erst einmal ein freies, uneinsehbares Plätzle finden. Keiner bemerkte den anderen, jeder war mit sich selbst und den anstehenden Machenschaften beschäftigt, seien es die liebenden Autoinsassen oder die drei aus ganz anderen Gründen fickerigen Einbrecher. Da hatte keiner Augen für'n anderen. A ganz unkritische Sache. Im Gegensatz zu den Parkenden waren die Plünderer bekleidet, sie trugen Handschuhe, waren ganz in Schwarz gehüllt und maskiert. Letzteres hätte man sich aufgrund der defekten Videoüberwachungsanlage auch sparen können. Alle trugen sie Plastiküberzieher und Gummis zum Drüberstülpen bei sich, ähnlich wie die im Auto Liegenden. Aber bei den Eindringlingen war es für die Treter, zur Vermeidung von Schuhabdrücken im penibel gesäuberten Museum. Die Ganovenzwillinge hatten noch dunkle Rucksäcke mit diversem Handwerkzeugs bei sich.

Finn brauchte so 'n Kram nicht. Er war als Erster angekommen und schloss den Haupteingang einfach mit dem Drittschlüssel auf. Den hatte er der Birkenbacher beim letzten Rendezvous unbemerkt abgenommen. Den Sicherheitscode für die Alarmanlage hatte er auch. Als er drin war, schloss er die Tür wieder ab und betrat den Eingangsbereich. Finn war von Nervosität geplagt. Er sah sich gezwungen, die Herrentoilette zu besuchen. Das stand zwar nicht auf dem Plan, ging aber nicht anders. Nun herrschte ein strenger Geruch in den Räumen. Er musste das Fenster öffnen, um nicht selbst an den Schwaden zugrunde zu gehen. Er wollte es gleich wieder schließen, wenn der Gestank abgezogen war. Er konnte das offene Fenster aber nicht unbeaufsichtigt lassen, daher setzte er sich nach seinem Geschäft kurz auf den Hocker vor den Waschbecken. Die Anstrengungen der letzten Tage hatten ihn arg gebeutelt, er nickte ein.

Robbi war als Nächster da. Herri, der Depp, hatte sich vertan und Robbis Uhren vor- statt zurückgestellt. Davon hatte Robbi nichts bemerkt, somit war er vor Herri am Ort des Verbrechens erschienen. Jetzt stand er draußen vor den Toilettenfenstern. Ein verdammt übler Geruch schlug ihm entgegen. Er lachte sich trotzdem ins Fäustle, es hatte einer das Fenster offen stehen lassen. Robbi stieg ein. Er sah Finn auf dem Hocker schnarchen und ging direkt weiter in die Ausstellung. Nun hieß es ab zum Podest, Tüchle hoch und ran ans Sicherheitsschloss der Glaskuppel. Lächerlich war's. Er bohrte es mit seinem Profi-Handbohrer auf. Danach steckte er es in seinen Rucksack. Von dem Gewichtssensor am Podest wusste er nix, aber der war ja genauso wie die Alarmanlage dank Finn außer Betrieb. Im Strahl seiner Taschenlampe sah er eine tote Fliege auf dem Podest liegen. »Sieht täuschend echt aus. Die moderne Sicherheitstechnik hat heut einige Tricks drauf«, dachte er. Besser das Ding nicht berühren beim Kelchaustausch. Jetzt stand da seine Kopie. Er besaß das Original, so glaubte er. Das Zielobjekt wurde im Rucksack verstaut, Kuppel zu, Tüchle wieder drauf. Das war einfach wie nie, die Götter meinten es auf seine alten Tage gut mit ihm. Er verschwand so schnell und auf demselben Wege, wie er gekommen war.

Finn zuckte durch ein Geräusch geweckt hoch. Er schloss fix das WC-Fenster und ging in die Ausstellung. Am Podest hob er das Tuch und wäre beinahe umgefallen: Das Schloss an der Glaskuppel fehlte. Sein Schloss, das er persönlich angebracht hatte. Nun, egal, es ließ sich nicht mehr ändern, irgendwer hatte es halt entfernt. Er öffnete die Kuppel und sah eine Fliege auf dem Podestsensor liegen. Klasse, die leistete ihm gute Dienste. Er kannte sich ja am besten damit aus, so musste er die Sensor-Alarmauslösung nicht künstlich unterdrücken, wenn er den Kelch entfernte. Er stellte sein eingerahmtes Foto auf den Podest, ohne das dicke Insekt zu berühren, stülpte die Kuppel darüber und bedeckte sie mit dem Tuch. Die Kelchkopie von Robbi kam in den Schrank, den er mit dem steckenden Schlüssel abschloss. Er steckte ihn ein und ging. Die Vorfreude auf die entsetzte Birkenbacher versetzte ihn dermaßen in Aufruhr, dass er nochmals eine ausgiebige WC-Sitzung einlegen musste.

In diesem Moment brach Herri ein. Er hebelte das Küchenfenster aus, denn dort war seltsamerweise kein Bewegungsmelder angebracht worden, obwohl Bohrungen dafür existierten. Seinem strunzdummen Bruder war das nicht aufgefallen. In dessen Poesiealbum hatte nur gestanden, dass alle Fenster mit der gleichen Sicherung ausgestattet seien. Also wollte Robbi an den weniger einsehbaren WC-Luken mit Bewegungsmelder hinein, der Depp. Herri schlich nun von der Küche in den Ausstellungsraum. Er hob das graue Tüchle. Herri zuckte zusammen, als er die Überraschung sah. Es stand nur ein Foto des Kelches auf dem Podest. Er öffnete die Glaskuppel. Praktisch, sie hatte gar kein Schloss. Dann las er auf der Rückseite des Bilderrahmens, dass der Kelch im Schrank stände. Musste eine hirnrissige Sicherheitsmaßnahme sein. Damit die Ermittler später etwas in der Hand hatten, legte er ein paar Haarstoppeln von Robbi neben das Foto. Da war's sowieso nicht sehr sauber, eine vertrocknete Riesenfliege lag im Blickfeld. Der Schrank war mit einem seinen Namen nicht verdienenden Schloss gesichert, das war jetzt wirklich kein Hindernis für einen erfahrenen Einbrecher. Nun war es aber von Herri aufgebrochen, deshalb stellte er seine Kopie in ein anderes Schrankfach. Dieses schloss er mit dem steckenden Schlüssel ab. Aber was mit dem machen? Die sollten ja am Morgen den Schrank aufkriegen. Er legte ihn kurzerhand auf den Fußboden. Herri nahm seine Eroberung an sich und ging zurück in die Küche. Dort stieg er aus, hakte das Fenster, so gut es ging, wieder ein und entfernte sich schleunigst, mit Robbis hässlicher Kelchkopie im Rucksack.

Finn hatte indes auf der Toilette sitzend Zweifel an seinem Vorhaben. Ihm kam's plötzlich, dass der Schrank nicht sicher wäre. Das Foto könnte ihm im schlimmsten Fall zugeordnet werden. Es waren Spuren und Schrift von ihm darauf. Also rannte er zurück in die Ausstellung. Er wollte seine Missetat rückgängig machen. Aber schreckliches Entsetzen schüttelte Finn, als er vor dem Schrank stoppte: Was war denn hier passiert? Das Schrankfach stand offen und war leer! Es musste grad eben jemand hier gewesen sein. Finn war unfähig zu denken. Vor ihm auf dem Boden lag der Schrankschlüssel, aber den sah er nicht. Er konnte nur noch die gähnende Leere anstarren. Total perplex rannte er zu den Toiletten, um sich kaltes Wasser über sein Haupt zu kippen und damit das zerstreute Gedankengut wieder zu ordnen. Er nahm aber die falsche Tür und landete bei den Damenkabinen. Dort stolperte er über einen Rucksack, aus dem daraufhin ein Kelch aus Knetmasse kullerte. Das war die Lösung seines Problems, das er gar nicht hätte haben müssen. Wäre er bloß nicht so scharf auf die Birkenbacher gewesen. Er schnappte sich das Teil und stellte es auf das Podest. Seinen Bilderrahmen nahm er wieder an sich. Nun befand sich etwas Kelchartiges unter dem durchscheinenden Abdecktuch. Damit war die Enthüllung gerettet, zumindest für ihn. So würde morgen früh erst einmal niemandem etwas auffallen. Je später der Diebstahl entdeckt werden würde, desto mehr Verdächtige gäbe es. Finn war wieder etwas ruhiger, er lief zum Ausgang. Mit seiner Taschenlampe strahlte er das Nummernfeld der schlummernden Schließanlage an. Verdammt, da waren ja Knetmasserückstände an seinem rechten Handschuh. Er musste die Alarmanlage mit der zittrigen Linken wieder scharfschalten, dann schloss er die Tür ab. Er bemerkte nicht, dass ihn im Gebüsch ein blinkendes Augenpaar beobachtet hatte. Er hörte auch nicht das verzweifelte

Sausen eines Lüfters, der einen bald heiß laufenden Tablet-PC zu kühlen versuchte.

In den Büschen hockte wieder einmal Kralle, Vladimir Kralitschki, in einem braun-grünen Tarnanzug steckend, den er zusätzlich mit einigen frisch geschnittenen Ästen und Blättern beklebt hatte. In der Dunkelheit war es für einen Außenstehenden unmöglich zu entscheiden, ob dort nun ein oder zwei Büsche standen. Der eine Busch war in jedem Fall Kralle. So hatte er durch die gläsernen Eingangstüren einiges erkennen können, es hatten ja alle Taschenlampen benutzt. Nur die WCs waren aus seiner Perspektive nicht einsehbar gewesen, jedoch reichten ihm die Geschehnisse, die er beobachtet hatte, um die aktuelle Lage einwandfrei beurteilen zu können. Damit war er der Einzige, der dies behaupten und auch belegen konnte. Zwischendurch hatte er immer wieder einmal Fotos mit seinem Tablet-PC geschossen, und natürlich auch wieder eifrig alles mitgeschrieben. Ihm war als Einzigem klar, dass der verdammte Robbi den echten Heiligen Kelch abgesahnt hatte – oder zumindest den Kelch, der von der Birkenbacher als Original ausgestellt worden war. Den Rest musste Kralle noch im Verborgenen klären, sein Archiv im Haus der Kunst könnte ihm dabei eventuell gute Dienste leisten. Er schaltete sein allwissendes Gerät aus, steckte es in den Rucksack und wartete, bis alle verschwunden waren. Dann verschwand auch er.

Finn fuhr nun per Motorrad zum Speichersee unterhalb der Mittelstation Seealpe. In den unergründlichen Tiefen wurden von ihm Drittschlüssel und Schrankschlüssel versenkt. Danach raste Finn zweirädrig zurück nach Stuttgart. Unterwegs hielt er nur einmal in der Nähe von Ulm. In dem Container am Straßenrand würde bestimmt niemand seine schwarze Maske und Handschuhe vermuten.

Herri und Robbi schafften es gerade noch mit ihren Gefährten zu Im-Ex-Bertis Scheune, dann setzte ein nicht zu verachtender Starkregen ein. Glücklicherweise trafen sie sich nicht.

Sonst wär's wirklich a unschöne Sachen geworden. Sie parkten in ihren Mieträumen, dort wollten sie ihre Fluchtfahrzeuge einige Tage verstecken. Die verräterischen Blümle und geklauten Kennzeichen mussten entfernt werden. Jetzt waren sie gezwungen, mit ihren bereitgestellten Fahrrädern nach Hause zu fahren. Nicht nur ihre Schuhe trieften vor bergfrischem Niederschlag.

Am nächsten Morgen erschien Robbi eine Stunde vor der regulären Frühstückszeit im leeren Gesellschaftsraum der Seniorenresidenz. Scheiß Herri! Wütend stellte Robbi seine Uhren wieder richtig.

* * *

Alles musste seine Ordnung haben. Nicht, dass die Kripo Kempten ihnen da etwas Verwerfliches vorwerfen konnte. Die Faxe mit den Einzelverbindungsnachweisen und dem Obduktionsbericht wurden Donnerstag nach der Mittagspause Akay und Silvia übergeben, wie es sich gehörte. Die Dokumente waren ja aus Memmingen gekommen, also mussten sie die auch kriegen. Es würde sonst sofort auffallen, dass die PI Oberstdorf Ermittlungsergebnisse unterschlug.

Sie hatten ihre Schuldigkeit getan, die PI Oberstdorf konnte wieder im Alleingang weitermachen. Die Kripo Kempten hatte nämlich keine Ahnung von den Online-Recherchen der Lollinger-Zwillinge, vom Kunstkritiker Georg Pfennig und von der Lindau-Erpresserin Ruth Birkenbacher. Zwei der Punkte hatte das Enggestirn aufgedeckt, und den dritten hatte er durch Spionage bei der Kripo Kempten herausbekommen. Manchmal war der Rudi schon a blitzgescheiter Kerl. Das alles konnte man jetzt hervorragend weiterverfolgen, ohne Anzügler und Psychotante. Egi schrieb fix einen Bericht dazu, er wollte unbedingt einmal wieder vor dem PI-Leiter glänzen.

Dann musste sich erst um a lästige Sach'n gekümmert werden. Egi sammelte den Chefmeier ein, er saß gerade an seinem Schreibtisch, auf ihm die Beate.

»Geh schon mal vor«, meinte der nur zum Egi.

Egi ging vor, auf Beobachterposten. Ihn freute die Klemme, in der sein Bruder nun steckte.

A Laune wie a Rindvieh vor dem Schlachten hatte Onkel Volker, der Lügenbaron. Aber heute konnte er seinem Spitznamen wieder alle Ehre machen. Er war am Donnerstag zum Verhör geladen worden, in die PI Oberstdorf. Die Belli hatte ihn bei ihrer Anhörung in die üble Sache mit hineingezogen. Akay und Silvia hatten sofort nach einer Einladung des Lügenbarons verlangt, man musste die Hubers doch kleinkriegen können.

Das Mittagessen war für die Verdächtigen deshalb ausgefallen. Der Huber'sche Familienrat hatte stattdessen am Donnerstag kurzfristig getagt, auf dem Diskussionssofa. Alles war durchgesprochen worden, nur Uroma Bruni hatte sich nicht beteiligt, sie war nicht dabei gewesen. Die hatte gerade im Bett gelegen, mit'n Bief vonno Hiho in Händen, Mittagsschläfchen. Danach hatte der Egi den Chefmeier angerufen, damit der auch wusste, wie das Verhör ausgehen würde. Er hatte den Schlachtplan gegen die Kripo Kempten zufrieden abgesegnet.

Also saß der Lügenbaron jetzt am frühen Nachmittag vor Anzügler und Psychotante. Er hatte alles fest im Griff, der Prof. Dr. Chefarzt.

»Prof. Dr. Huber, was wissen Sie über den Knetmasse-Kelch ihrer Nichte Annabelle Huber?«, fragte Akay mit Triumphlächeln. Er hatte im Hotel in seiner Minibar schon den Sekt für heute Nachmittag kalt gestellt.

Onkel Volker ganz locker: »Die Belli, also Annabelle, wollte ihrem Vater, meinem Bruder, einen Streich spielen. Er hatte ihr Stubenarrest gegeben. Deshalb der Einfall mit dem Knetmasse-Kelch. Den wollte sie während der Enthüllungszeremonie in das Zeitungsfoto halten, direkt vor meinem Bruder, zum Scherz.«

Silvia ganz kritisch: »Wann und wo haben Sie den Knetmasse-Kelch das erste Mal gesehen?«

Onkel Volker ganz knapp: »Bei der Museumseröffnung auf dem Podest«

Akay ganz düster: »Welche Rolle haben Sie dabei gespielt?«

Onkel Volker ganz selbstsicher: »Gar keine. Ich hab Belli nur den Tipp gegeben, den Knetmasse-Kelch schon einen Tag vorher im Museum zu deponieren. Am Tag der Eröffnung hätte der Egi bestimmt alles kritisch beäugt, was die Belli mit ins Auto nimmt. Einen Tag vorher hat er gar nicht auf ihren Rucksack geachtet. Ansonsten war ich in keinster Weise involviert«

Akay ganz durchtrieben: »In welcher Form haben sie das Vorgehen gemeinsam geplant?«

Onkel Volker ganz weltmännisch: »Gemeinsam geplant? Sie meinen besprochen. Bei meinem Dienstplan natürlich telefonisch! Ich habe Ihnen meine Einzelverbindungsnachweise mitgebracht. Hier, bitte, das waren zwei Gespräche. Die habe ich markiert. Die Belli hatte ich da bestimmt schon drei Wochen nicht mehr gesehen. Ich war zwischendurch auf Fachkongressen in Dubai und London.«

Silvia ganz patzig: »Warum haben Sie Ihre Nichte bei einem so kindischen Vorhaben unterstützt?«

Onkel Volker ganz belustigt: »Weil mir mein Bruder schon einmal einen ähnlichen Streich gespielt hat. Das mit dem lächerlichen Zeitungsfoto ist in unserer Familie sozusagen ein Running Gag«

Akay ganz kritisch: »Wie ist der Knetmasse-Kelch auf das Podest gekommen?«

Onkel Volker ganz gelangweilt: »Ich sagte doch bereits, dort habe ich ihn zum ersten Mal gesehen. Ich weiß nicht, wie er auf das Podest kam.«

Ein Durchgreifen der Psychotante war gefordert. Zu eingebildet, der verdächtige Prof. Dr. Huber.

Die Psychotante ganz vorwurfsvoll: »Prof. Dr. Huber, Sie

wollen uns erzählen, dass ein achtjähriges Mädchen das alles alleine geplant hat? Sie hat sich die Informationen über den Heiligen Kelch besorgt, das Material dazu angeschafft, ihn mit Knetmasse nachgebaut und die Vorbereitungen für das geplante Zeitungsfoto getroffen? Ohne fremde Hilfe?«

Der Lügenbaron ganz überheblich: »Ich sagte doch bereits, ich war die meiste Zeit im Ausland und habe ihr nur den Tipp mit dem Versteck auf der Museumstoilette gegeben. Den Rest hat sie ganz allein erledigt. Bastelmaterial hat die Belli immer zu Hause. Ihnen ist sicher aufgefallen, dass sie nicht Gold und Edelsteine verwendet hat. Ansonsten standen alle Informationen zu dem Heiligen Kelch in der Tageszeitung, die bei meinem Bruder jeden Morgen auf dem Frühstückstisch liegt. Und lesen kann die Belli sehr gut.«

Die Psychotante ganz widersprechend: »Das kann ich nicht glauben, Prof. Dr. Huber. Das wäre eine zu komplexe Aufgabe für ein Kind. Ihr muss ein Erwachsener dabei geholfen haben. Sie waren doch bestimmt am Wochenende mal zu Hause, oder?«

Onkel Volker ganz kompetent: »Sie können das natürlich nicht wissen, in der Familie Huber sind bereits seit vielen Generationen Nachkömmlinge mit überdurchschnittlich hoher Intelligenz zu finden. Wir haben die Belli daher einstufen lassen, schon vor der Grundschule. Da betrug ihr Intelligenzquotient bereits 143. Ich kann Ihnen gerne eine Kopie des Gutachtens zukommen lassen. Bestimmt würde ein versierter Facharzt ihr heute die notwendigen geistigen und motorischen Fähigkeiten für den Kelchnachbau bestätigen.«

Die Psychotante jetzt ganz verunsichert: »Danke, nicht nötig, Prof. Dr. Huber. Das ist für diesen Fall nicht notwendig. Wenn Sie darauf bestehen, dass Belli das alleine bewältigt hat, können Sie uns denn sagen, wie Ihre Nichte das vollbracht hat?«

Onkel Volker ganz mahnend: »Nein, wie ich bereits sagte, ich war nicht dabei. Diese Art Befragung macht für mich keinen

Sinn. Ziehen Sie's nicht in die Länge. Ich muss hier nicht alles dreimal wiederholen. Sie haben Glück, dass ich kurzfristig für zwei Stunden eine Vertretung in der Klinik gefunden habe. Wenn eine Notfallpatientin eintrifft, muss ich unverzüglich los. Also kommen Sie zum Ende.«

»Was für ein arrogantes Arschloch«, dachte Akay, dem gewieften Chefarzt war einfach nichts anzuhängen. Der Anzügler sah keinen Ansatzpunkt mehr für weitere Sticheleien, die Psychotante auch nicht. Die beiden waren mit ihrem Latein am Ende. Der ebenfalls überdurchschnittlich intelligente Onkel Volker aber noch lange nicht.

»Also, wenn Sie keine weiteren Fragen haben, verabschiede ich mich jetzt. Dann kann ich noch einmal kurz mit meinem Bruder und PI-Leiter Bachmeier sprechen, damit hier in der korrekten Richtung weiter ermittelt wird«, kritisierte Onkel Volker die Kripo Kempten, damit die beiden die Sinnlosigkeit ihres Vorgehens begriffen.

Das war jetzt zu viel für Akay, so etwas durfte man sich als Kripo Kempten von den Provinzlern nicht gefallen lassen.

Also folgte ein Gegenangriff vom Anzügler: »Nein, wir sind nicht fertig, Sie bleiben hier sitzen. Den gewaltsamen Tod von Frau Gundula Becker möchten wir auch noch ansprechen, Prof. Dr. Huber. Es ist möglich, dass er mit dem Kelchdiebstahl zusammenhängt. Was können Sie uns dazu sagen?«

»Jetzt wird es aber lächerlich. Ich bin Chefarzt und leite ein Team von über dreißig Leuten mit dem Ziel, Neugeborenen auf die Welt zu helfen, heimtückische Krankheiten zu besiegen und Menschenleben zu erhalten. Da kommen Sie mir mit einem Mord? Machen Sie weiter so, wenn Sie scharf auf eine Verleumdungsklage eines international hoch angesehen Mediziners sind. Sie werden jämmerlich dabei untergehen, das sage ich Ihnen«, fauchte Onkel Volker und erhob sich. »Am Todestag von Frau Gundula Becker habe ich ab 07:30 Uhr für acht Stunden im OP gestanden. Äußerst komplizierte Operation mit drei Kollegen aus den USA. Die waren extra hergeflogen. Ihre Klinik in New York war per Videokonferenz zugeschaltet, die wollten von mir lernen.«

Akay und Silvia waren sprachlos. Sie waren sich nun sicher, dass sie den Sekt umsonst kalt gestellt hatten, zumindest was den heutigen Tag anging.

Der international angesehene Chefarzt wandte sich zur Tür. Er sagte nix mehr davon, dass er während der hochkomplizierten Operation zwei Stunden Pause gehabt hatte und dass er an den Wochenenden oft mit der Belli spielte – vor allem, wenn die Arme einmal wieder Stubenarrest hatte.

Egi hatte alles hinter dem Spiegel verfolgt, dieses Mal heimlich, zusammen mit dem Chefmeier. Beide waren äußerst zufrieden. Der Onkel Volker war zwar a Lügenbaron, aber auch a verdammt coole Sau.

»Egi, deinen Bruder könnt man hier bei uns gut brauchen«, meinte der Chefmeier beim Rausgehen.

* * *

Diverse Allgäuer Zeitungsverlage hatten bereits am Vortag auf ihren Internetpräsenzen über die Tote an der Mittelstation Seealpe berichtet, zur Befriedigung der allgemeinen Sensationsgier. Fernsehsender waren auf den Fall aufmerksam geworden. Am Donnerstag standen dann die Telefone in der PI-Zentrale nicht mehr still. Dem armen Daniel wurde alles ins wehrlose Ohr gequäkt. Er musste sein Polizeijäckle ausziehen, so heiß wurde ihm. Der dringende Ruf nach einer Pressekonferenz wurde laut. Es war ein kurzfristiges Meeting der SOKO Kelch einzuberufen, der Chefmeier war notgedrungen anwesend. Den nervten diese ewigen Besprechungen mit der Kripo Kempten.

»I hab kei Zeit für so a Lappalie«, meinte der aus Franken stammende Allgäuer, alleine das verriet schon eine hohe Reizskala. »I hab so viel anderes auf'n Tisch, da kümmere du di drum, Egi. Mach's einfach mit einem von'er Kripo zusammen.«

Und schon war der Chefmeier wieder weg. Der Egi wollt's aber nicht mit einem von'ner Kripo machen, selbst für a Million nit. Ein finsterer Blick beherrschte Egis Gesicht. Akays Antlitz zeigte Freude, er hielt seine Model-Erscheinung gerne vor die deutschen Fernsehkameras.

»Soll i mi jetza allein dahi hocke, oder was?«, fragte Egi den Rudi und die Beate, die Situation spitzte sich zu.

»Nein, Egi, ich komme gerne mit«, schleimte Akay.

Das passte dem Egi jetzt gar nicht, den Anzügler wollte er nur loswerden und sonst nix.

»Akay, da isch hauptsächlich die lokale Presse, das sind immer dieselbe Gestalte. Die kenn i schon, der Rudi ah. Wir wisse, wie wir die abwimmeln könne.«

Der Rudi war daraufhin ganz erschrocken, er war doch noch nie bei einer Pressekonferenz dabei gewesen. Genauso wenig wie der Egi. Das hatte bisher immer der alte Gruber gemacht. Was fiel dem neuen PHK ein, so etwas zu behaupten?

»Was soll i denn da? Ich weisch do ah nix«, rief Rudi.

Das stimmt, dachte sich Akay und verdrehte die Augen. Er versuchte der PI Oberstdorf zu erklären, worum es ging.

»Egi, nichts für ungut, aber wir wollen hier niemanden abwimmeln. Wir müssen unsere Position klar darstellen. Aber glaub mir, die Silvia und ich, wir haben da mehr Erfahrung als ihr hier in eurer PI. Wir können das übernehmen, dann braucht ihr gar nicht hin«, bot der Anzügler großzügig an.

Das war jetzt so auch nicht vom Egi gewollt gewesen. Der hätte zwar liebend gern drauf verzichtet, aber die Kripo Kempten allein auf den nationalen TV-Geräten, bei einer Sache, die Oberstdorf betraf? Der Chefmeier würde ihn gleich wieder degradieren. Also musste Egi konsequent dagegenhalten: »Nein, passt scho. I komm dann mit dir mit, Akay. Da können die anderen hier weitermachen. Isch ja noch ausreichend zu tun hier.

Vor allem für die Silvia, mit den Auswertungen der ganzen Verhöre.«

»Okay, Egi. Dann lass uns los«, meinte der Akay zufrieden. Die Silvia hatte er gar nicht mitnehmen wollen. Sie drängelte sich bei Angelegenheiten dieser Art gerne vor, die promovierte Psychologin. Da war dem Anzügler in diesem Fall der Egi lieber.

Der Egi war damit nicht glücklich. Aber aus der Sache kam er nicht mehr raus, also ging er mit, mit dem Anzügler. A Tortur würd's werden.

Donnerstag, 15:30 Uhr in'er Oybelle-Halle. Diese war für die Presse kurzfristig zweckentfremdet worden. Egi und Akay saßen nebeneinander am Pult, darauf waren zig Mikrophone angebracht. Alle bekannten deutschen Fernsehsender hatten ihre mit Logo versehenen Schaumgummi-Knüppel darauf geschraubt. Sechs Kameras waren auf die Beamten gerichtet. Ein Seniorinnen-Mord in Oberstdorf, der gemäßigten Rentnerhochburg, das war der Bringer in der aktuellen Nachrichtenflaute. Es herrschte gerade ein Sommerloch, das man damit hervorragend füllen konnte.

In den Stuhlreihen saßen viele anhängliche Reporter vom Fernsehen und von diversen Zeitungsverlagen. Sie schlugen nun mit Mikrophonstangen und Aufnahmegeräten um sich, um zu Wort kommen zu können. Das sah aus wie a Schlachtfeld. Es hörte sich auch so an, man konnte die gar nicht verstehen. Der Egi hatte so etwas noch nie erlebt in seiner Laufbahn.

Plötzlich brüllte der erfahrene Akay: »Wenn Sie keine Ruhe geben, können wir keine Auskunft erteilen. Lassen Sie uns reden. Danach können Sie Fragen stellen, einer nach dem anderen.«

Jetzt waren die wirklich still. Informationsstopp wär für sie der Untergang gewesen. Der Egi hätte sie ja lieber eine halbe Stunde schreien lassen, dann wäre er einfach gegangen. Aber so musste er nun mit ran.

Der Anzügler sprach mit ernster Miene im Fernseh-Slang:

»Es ist äußerst bedauerlich, wir haben eine schlechte Nachricht für Sie. Es gab eine Tote an der Mittelstation Seealpe. Sie wurde im Sturz von einer einfahrenden Gondel getroffen. Ein schrecklicher Tod. Bei der armen Frau handelt es sich um Gundula Becker, eine zweiundsiebzigjährige Bewohnerin der Oberstdorfer Gold-Residenz. Wir können jetzt schon sagen, dass sie keines natürlichen Todes gestorben ist, wahrscheinlich auch nicht freiwillig. Es ist zu klären, inwieweit es sich um einen Unfall handeln könnte. Wir halten das nach unserem aktuellen Ermittlungsstand jedoch für ausgeschlossen. Ohne Fremdeinwirkung ist es kaum möglich, über die Brüstung der Mittelstation zu fallen. Es ist davon auszugehen, dass es sich um Totschlag oder Mord handelt. Mehr können wir aktuell nicht dazu sagen.«

»Das war do a ganz miese Schlamp'n, die Gundi! Die hat's hier mit allen getrieben. Und geldgeil war die ah«, rief eine ältere Dame von hinten.

Alle Köpfe flogen herum. Die lokalen Presseleute erhoben sich gleich, jeder versuchte als Erstes bei der kompetenten Wissensträgerin zu sein. Die Nachrichten-Dealer wollten teilhaben an ihren Erkenntnissen. Ein Tumult brach aus. Die Dame bereute jetzt ihren unkontrollierten Einwurf, sie machte sich, so schnell es ging, auf den Rückzug. Die Reportermeute stürzte hinterher.

Der Akay konnte gar nichts mehr unternehmen, er hätte sie ja gerne ausgequetscht. Egi hatte sie aber sofort erkannt, das war die Christa Ballinger. Der würde er mit dem Rudi schon bald einen Besuch abstatten, ohne Kripo Kempten.

»Kennst du die, Egi?«, wollte der Akay hinter vorgehaltener Hand wissen.

»Nie gesehe«, meinte der Egi und zog seinen Kopf ein.

»Welche Hintergründe haben zu der Tat geführt?«, unterbrach der Reporter eines bekannten Berliner Nachrichtenformats mit einprägsamem roten Logo das polizeiliche Geflüster.

»Wir können dazu nichts sagen. Es gibt noch keine offiziellen Erkenntnisse. Wir möchten an dieser Stelle auch gerne die Bevölkerung aufrufen, uns jede Art von Hinweis zu geben«, bat Akay. Hoffentlich hörte das die entschwundene Anklägerin von eben.

»Warum denken Sie, dass es Mord war? Warum kann es kein Selbstmord sein?«, wollte ein anderer wissen.

»Für einen Selbstmord würde es weitaus einfachere Methoden geben, als über eine Brüstung zu steigen und sich punktgenau vor eine einfahrende Gondel zu werfen, die sich ein paar Meter über dem Boden bewegt. Nun gut, wenn Sie meinen, dass das in Oberstdorf üblich ist, ist Selbstmord nicht auszuschließen«, erklärte der Anzügler.

»Hängt der Mord mit dem Diebstahl des Heiligen Kelches zusammen?«, fragte jetzt wieder der Reporter des bekannten Berliner Nachrichtensenders.

»Einen Zusammenhang mit dem Kelchdiebstahl konnten wir bisher nicht herstellen. Es ist aber nicht auszuschließen.« Reines Wischiwaschi vom Akay.

Der Egi wollte jetzt auch endlich etwas auf die Aufzeichnungen sprechen, damit der Chefmeier ihn nicht umsonst hierher gebeten hatte: »Wir sind aber an beide Fälle dran.«

Akay sah ihn mit zugekniffenen Augen an. Eine derartige Selbstverständlichkeit musste man nicht vor den Kameras sagen, so ein Schwachkopf, der PHK. Die unprofessionelle Aussage führte gleich wieder zu unverständlichem Gebrüll unter dem Pressevolk. Alle wollten nachbohren bei solch unverständlichem Geschwätz.

Der Akay schrie in die Mikrophone: »Wir haben heute keine weiteren Informationen für Sie. Einen schönen Tag noch!«

Der Anzügler stand auf und ging. Der Egi lief schnell hinterher, allein wollte er auch nicht vor den Nachrichten-Geiern sitzen bleiben.

* * *

Am Donnerstagnachmittag konnte sich der Egi kaum noch konzentrieren. Es standen noch drei Befragungen an, von Besuchern der Museumseröffnung, die Beate bei ihren Recherchen als wichtig identifiziert hatte. Egi rief sie noch einmal an. Die Aussagen der Leute blieben weiterhin widersprüchlich. Sie konnten sich kaum noch an die üblen Geschehnisse erinnern und dichteten daher neue Aspekte hinzu. Dass der Egi den Knetmasse-Kelch enthüllt hatte, das wussten sie aber alle noch. Davon wollte der Egi aber gar nichts mehr hören. Es reichte ihm mit dieser depperten Geschichte.

Sein Magen-Darm-Infekt kannte keine Gnade, der PHK litt immer noch. Er konnte die von Akay aufgebrummten Arbeitsmaßnahmen nicht mehr ertragen. Er beschloss, dass keine bahnbrechenden Neuigkeiten von den Museumsbesuchern zu erwarten wären. Er wollte sie nicht noch einmal einladen, also tippte er sich einen Bericht zur Abwendung des Übels zurecht. Plötzlich hörte er Schritte im Flur. Akay und Silvia schleppten den Rudi in Egis Büro. Es lagen weitere Ergebnisse der forensischen Untersuchungen vor, die der Anzugler in seiner Hand hielt.

»Wie ihr wisst, wurden Haarstoppel auf dem Podest gefunden, circa drei Millimeter lang. Wie kamen die dahin? Und warum waren sie nur dort zu finden? Hat sich jemand nach der Endreinigung genau über dem Podest noch die kaum mehr vorhandenen Haare gebürstet? Egi, in welchem Zustand war denn das Podest, als du am Freitag vor der Eröffnung dort warst?«, wollte Akay wissen. Er verschwieg, dass die DNA-Analyse bereits Robbi als Haarproduzenten identifiziert hatte.

»Da war grad geputzt worden«, meinte Egi. »I kann mir nit vorstellen, dass da Haare liegen geblieben sind. Die muss jemand später dahin gelegt haben.«

»Denke ich auch. Das macht so gar keinen Sinn. Es sei denn, der Dieb ist sehr eitel und sein Aussehen ist ihm wichtiger als seine Freiheit«, scherzte Akay. Er musste herausfinden, wer

Robbis Haupthaar auf dem Podest drapiert hatte. Vielleicht der Egi, damit nicht herauskam, dass er jetzt den Heiligen Kelch in seiner hauseigenen Vitrine stehen hatte?

Für den Rudi war es aber Ernst, er sagte: »Die alten Zwillinge sind bestimmt sehr eitel, die trage nur Markeklamotte.«

Die anderen wunderten sich. Wie konnte dem Enggestirn so etwas überhaupt auffallen? Akay meinte ungläubig: »Rudi, woran hast du das denn erkannt?«

»I trag selbscht nur hochwertige Markekleidung!«

Die anderen staunten, das war bisher niemandem aufgefallen. Akay schaute genauer hin. Rudi hatte einen unmöglichen Geschmack, mit Farben und Schnitten konnte der überhaupt nicht umgehen. Er trug nur weite Säcke in Braun, Blau und Dunkelrot. Grund dafür musste seine unvorteilhafte Körperfettverteilung sein. Aber Akay sah nun doch kleine, ihm bekannte Aufnäher in Rot-Weiß. Seltsam, dass dieser Designer so biedere Klamotten vertrieb. Mussten ältere Sachen sein, die Rudis haarsträubender Kombination zum Opfer gefallen waren.

»Stimmt, Rudi, jetzt fällt es mir auch auf«, stellte Silvia fest. »Du kennst dich da wohl sehr gut aus.«

»Ja, tu i. Die alten Zwillingschbrüder trage garantiert nix unter'n Einzelpreisch von hundert Euro«, erklärte Rudi.

»Das hätt i niemals bemerkt«, gab Egi zu. Sein Modestil war auch unter aller Sau, beschwerte sich seine Frau immer.

Aber so wichtig war das nicht. Und vor allem wollte Akay die PI Oberstdorf von der Fährte abbringen, also fuhr er fort: »Die Abdrücke auf dem Knetmasse-Kelch, die von einem textilen Handschuh stammen, bringen uns leider nicht weiter. Im Gegensatz zu den modebewussten alten Herren hat dessen Eigentümer in einem Billigdiscounter gekauft. Die Forensik hat zig gängige Modelle mit passendem Webmuster aus unterschiedlichen Geschäften besorgt und deren Fasern analysiert. Der Handschuh ist ein Ein-Euro-Massenartikel aus einem Discounter, den Tausende Menschen allein in Deutschland gekauft haben.«

»Diese Spur können wir dann vergessen«, bedauerte Silvia.

»Aber, Egi, sag mal, warum können sich die Zwillinge so teure Kleidung leischte? Was haben die denn für Berufe?«, hackte Rudi weiter auf dem Thema herum. Der musste sich jeden Pulli von seinem geliebten Essen absparen, daher kaufte er nur alle fünf bis zehn Jahre etwas Neues.

Warum sollte der Egi das jetzt grad wissen? Der hatte auch keine Ahnung davon: »Mir haben's nur angegeben, sie seien Lebenskünschtler«.

»Sie sind Trickdiebe. Die Beate hat doch Einträge von denen in den Archiven gefunden«, erinnerte Akay die vergesslichen PI-Deppen.

»Stimmt«, fiel Egi auf. Er war in Gedanken immer noch beim Modestil gewesen und hatte überlegt, wie er sich attraktiver einkleiden könnte. Ohne Ergebnis.

In diesem Moment schoss ihm ein Gedanke durch sein PHK-Haupt. Sein Zettel mit dem Vermerk »Schublade«! Jetzt hatte er es: Das war ein Hinweis auf einen anderen Zettel gewesen. Auf dem hatte er nach der Kelch-Enthüllung etwas notiert, nämlich dass einer der Museumsbesucher ausgesagt hatte, zwei ältere Herren mit Rollator wären grinsend durch den Ausgang verschwunden.

»I glaub, das isch …«, rief Rudi unerwartet.

Der Egi wollt's vor der Kripo Kempten dabei belassen. Also machte er hinter deren Rücken eine Handbewegung Richtung Enggestirn, mit der flachen Hand am Hals entlang.

»Hascht Halschweh, Egi?«, wunderte sich Rudi.

»Nein, Rudi. Alles in Ordnung. Lasst uns jetza mit'n neuen Erkenntnissen vom Akay weitermache. Dieses ganze Modezeugs spielt doch hier keine Rolle«, entschied der Egi fix.

»Das war schon fast alles«, hielt sich der Akay zurück. »Ich wollte nur von dir wissen, ob du was zu den Haaren auf dem Podest weißt, und noch einen Punkt ansprechen. Auf dem Damen-WC hatte man Bellis Fingerabdrücke an einer Kabinentür, auf der Spültaste einer Toilette und an einem Waschbecken sichern können. Sie hatte aber beim Verhör behauptet, nur ihren Rucksack dort abgestellt zu haben. Das lässt uns an ihrer Aussage zweifeln. Kannst du uns etwas dazu sagen, Egi?«

»Nein, kann i nit«, meinte der Egi mit zittrigen Knie.

»Dann muss sie ein weiteres Mal verhört werden«, drohte Akay.

»Ich werde mei Frau bitten, Belli heut herzufahren, damit das direkt geklärt werden kann.« Egi wollt's schnellstens vom Tisch bekommen. Der Chefmeier saß ihm im Nacken. Noch mehr Kriminalität würd der bei den Hubers nicht akzeptieren.

»Okay, Egi. Ich bereite alles im Verhörraum vor. Silvia, kommst du mit?«

»Natürlich«, meinte die Psychotante und stolzierte mit dem Anzügler hinaus.

Egi ärgerte sich. Die Kripo Kempten kam immer nur angetanzt, wenn die etwas wissen wollten. Dabei war Akay mit einem seitenlangen Bericht hereingekommen, darin stand doch nicht nur etwas von Haaren und WC-Spültasten drin.

»Los, Rudi«, forderte Egi das Enggestirn auf, »dei Einsatz.«

»Hä?«, meinte der nur.

»Jetza mach scho«, zischte Egi.

»Warum mascht's nit selbscht?«, schlug Rudi vor.

»I bin PHK und du nit. Nun hau scho ab!«, drängte Egi.

Der Rudi setzte sich behäbig in Bewegung. Er öffnete das Fenster und kroch umständlich hinaus. Egi schaute hinter dem unter chronischer Steifheit leidenden Kollegen her. Er lief hinüber zum gekippten Fenster der Kripo Kempten und hockte sich darunter. Die Knie machten nicht mehr mit, aber er ertrug das Knacken und Ziehen, ohne zu murren, wieder für'n Lauschangriff. Der Rudi war mittlerweile Spezialist dafür.

»Es gibt noch etwas Neues«, hörte er Akay reden.

Er kramte den aktuellen Bericht der Technikjungs vor.

»Sieh mal«, sagte er zur Silvia. »Der Nico, einer von den Technikjungs, hat mir noch Informationen zusammengestellt. Die Einzelverbindungsnachweise für den zentralen PC in der Seniorenresidenz haben gezeigt, dass Zugriffe auf Online-Shops von Blattgold-Anbietern stattgefunden haben. Da hat sich jemand Material besorgt.«

»Das wird schwer, die Senioren haben ja alle die gleiche Postadresse. Da hätte jemand unter falschem Namen bestellen und die Pakete abfangen können. Der hätte auch Robert Lollingers Haare auf das Podest legen können«, bemerkte Silvia.

»Du hast recht. Wir müssen rauskriegen, wer das war. Lass uns gleich morgen früh hinfahren«, meinte Akay. »Das Computerterminal lasse ich sofort beschlagnahmen. Ich schicke die Spusi gleich los, um es auf Fingerabdrücke, DNA und digitale Spuren untersuchen zu lassen.«

Dann schloss der Akay das gekippte Fenster.

Rudi kroch also wieder zurück in Egis Büro. Er musste sich an der Hauswand abstützen, weil er die Knie noch nicht wieder durchdrücken konnte.

Dem PHK berichtete er von den abgefangenen Gesprächsfetzen. Egi wollte sich zur Sicherheit noch einmal die Notiz über die grinsenden Senioren am Museumsausgang ansehen und wühlte in seiner Schublade. Rudi wollte unbedingt nach Hause. Er hatte aber die Befürchtung, dass Egi noch eine Aufgabe für ihn aus seiner Zettelwirtschaft zaubern wollte.

»Hascht no was für mi, Egi?«, fragte er.

Egi hörte ihn gar nicht. Ihm war ein anderes Minischriftstück in die Hände gefallen, über das er sich nun wunderte.

»Dreckige Socken«, las er laut vor.

Diese Aussage irritierte Rudi. Damit wollte er in keinem Fall etwas zu tun haben, er verschwand schnell durch die Tür.

* * *

Im Anschluss befragten Silvia und Akay die Belli noch einmal zu der aufgedeckten Unstimmigkeit. Die verräterische WC-Spültaste sollte ihre Glaubwürdigkeit zunichtemachen. Egi hatte Elli gebeten, die kriminelle Tochter herzubringen und ihr auch gleich einige Tipps zum Thema gegeben. Die Aussagen hatten sie im Auto auswendig gelernt.

»Wir haben Spuren von dir in einer Kabine des Damen-WCs finden können, Belli«, meinte die Psychotante auf vermeintlichem Erfolgskurs. »Kannst du uns erklären, wie die da hinkamen?«

Belli fiel wieder ein, was sie getan hatte und was der Papi ihr grad am Telefon geraten hatte.

»Ja, i hab zur Täuschung Toilette und Waschbecken benutzt, damit mein Papi und die Frau Birkenbacher das auch hören. Sonscht hätten die ja Verdacht geschöpft«, erklärte sie. »Den Toilettendeckel hab i aber nit hochgestellt. Die sollten nur das Wasser hören.«

Silvia hatte nicht erwähnt, wo genau Bellis Fingerabdrücke gesichert worden waren. Die Kleine hatte jetzt die Beweislage exakt bestätigt.

»Schlaues Mädchen«, bemerkte Akay und wollte sie nun zu einer unüberlegten Aussage bringen. »Wer hat dich auf die Idee mit dem Wasser gebracht?«

»Hab i mir selbscht ausg'dacht, bin ja nit blöd«, antwortete Belli mit beleidigter Mine.

»Und warum hast du uns das bei deiner ersten Anhörung verschwiegen?«, bohrte die Psychotante weiter.

»I hab nix zu verschweigen.« Belli ließ sich nicht aus der Ruhe bringen, der Familienfrieden war ihr viel wichtiger. »I hab's vergessen g'habt. I war ja so aufgeregt gewesen an dem Tag. Das wissen S' do bestimmt no, Sie haben selbscht g'sagt, I soll mi beruhigen!«

Blöd gelaufen für die Kripo Kempten. Mit dieser Schilderung erschien Bellis gesamter Racheakt am Papi glaubwürdig. Alles war auf Band aufgezeichnet, da konnten die Kriminalisten nix mehr gegen tun. Egi stand wieder ganz stolz hinter dem Spiegel.

* * *

Egi ging nun mit Rudi rüber zur Beate. Er hatte das Enggestirn grad noch abgefangen, bevor er sich heimmachen konnte. Der war dann bockig hinter ihm hergestampft. So a miese Arbeitseinstellung hatte der Rudi immer. Beim Hinkefuß trieb sich auch der Chefmeier herum und zwängte sich einen Kaffe aus dem Röstbohnen-Monstrum hinunter.

Egi wollte alle über seine neuesten Erkenntnisse informieren: »Die Zwillinge sind unsere Diebe, da bin i mir ganz sicher. Zwei Brüder, die die gleichen Tricks draufhaben, zwei Kelchkopien. Die haben beide Fälschungen angefertigt und das Ding ausgetauscht, in derselben Nacht. Das sind unsere Männer, i sag's euch.«

»Kriegen die so wat noch hin? Grob- und Feinmotorik im hohen Alta, und so? Und warum hamse dat überhaupt beide gemacht? Es gibbet doch nur einen Heiligen Kelch«, überlegte Beate.

»Weil sie si nit ausstehe könne, und beide das Gleiche vorhatten. Die haben nix voneinander gewuscht. In dem Sinne: Dem alten Mistkerl zeig' i's noch mal. Alt und gebrechlich tun die nur«, erklärte Egi.

»So könnt's gewesen sein«, meinte Chefmeier im Koffeinrausch. Der kriegte nicht mit, dass sie auf einer ganz heißen Spur waren.

»Es muss so gewesen sein«, schloss Egi. »Wir müssen jetza rausfinden, wie sie das gemacht haben und warum kurze Zeit später die tote Gundi in der Mittelstation Seealpe steckte.«

»Stimmt, das isch no a Rätschel«, sinnierte Rudi und schlussfolgerte: »Vielleischt hat's die beiden erwischt und wollt ah was absahne.«

»Könnt so gewesen sein«, bestätigte Egi. »Oder die Lindau-Erpresserin hat da mitgemischt.«

»Wer ist die Lindau-Erpresserin?«, wollte der von der Brisanz der Diskussion aufgeschreckte Chefmeier wissen. Er wusste noch nichts von der Erpressung damals. Er hatte Egis letzten Bericht nicht komplett gelesen, weil plötzlich wieder der Hinkefuß auf seinem Schoß gesessen hatte.

»Die Birkenbascher«, meinten Egi und Rudi im Kanon.

* * *

Am Donnerstagnachmittag arbeitete Erich Engstein in der Gerichtsmedizin für die SOKO Kelch. Er nahm sich erneut die weiblichen Leichenteile von Gundula Becker vor. Bei den ersten Untersuchungen war ihm etwas Seltsames aufgefallen, und genau das wollte er noch einmal im Detail analysieren. Er wunderte sich über den Zustand von Gundis Händen. Er stellte fest, dass die rechte Hand mit Seife gesäubert worden war, die linke aber nicht. Diese wies neben perfekt manikürten Fingernägeln übliche Bakterien und Keime auf, schon absonderlich. Wie hätt sich die Gundi aussschließlich die rechte Hand waschen können? Seifenrückstände und schäbige Nagellackreste fand der Erich an der rechten, dazu noch Spuren dreier unterschiedlicher Sorten Erde: Torf, Kompost und Rosenerde. Gundis abgetrenntes Greiforgan hatte vermutlich nach der letzten Einschäumung in verschiedenen Erdlöchern gelegen.

Das war dem Einstein der Rechtsmedizin nicht geheuer. Die Sache musste geklärt werden, aber nicht von ihm. Ein außerordentliches Meeting mit Egis Truppe musste einberufen werden. Sie sollten herausfinden, wie das alles zustande gekommen war.

Erich fuhr mit seinem Bericht persönlich zur PI Oberstdorf. Er hatte schon mitbekommen, dass dort ein Kleinkrieg mit der Kripo Kempten wütete. Er wollte der Fairness halber einen gleichen Informationsstand auf beiden Seiten sichern, um zu sehen, wer die Sache am Ende aufklären würde. Die alten Oberstdorfer Berghasen oder die jugendlichen Kemptener Kriminalisten. Für den Erich war das ein spannendes Match, das gab's nicht alle Tage. Also ließ er die ganze Truppe im Besprechungsraum antanzen. Er deutete an, dass ihm Gundis Hände Gründe zur Verwunderung gaben.

Egi meinte zum verwirrenden Thema: »Was du alles rauschfindest. Hast aber auch überall deine Finger im Spiel.«

»Lupfst de Klodeckel, was kommt raus, a Schwabensäckel«, schwäbelte Erich mit den permanent verengten Nasenflügeln.

Egi warf ihm vor, dass er bei seinen Untersuchungen nur Glück gehabt hatte: »Dir lauft d' Scheiße au da Buggl nauf.«

Rudi und Beate konnten sich kaum halten vor Lachen.

Akay hingegen fand's albern und meinte: »Können wir jetzt anfangen?«

»Der Akay, der junge Kriminalist, der kann meine neuesten Ergebnisse gar nicht erwarten«, stichelte Erich. »Es ist so: Als die Gundi noch beide Hände ihr Eigen nennen konnte, hat sie sich die selbigen logischerweise auch nur mit Hilfe der jeweils anderen waschen können. Seltsam ist nun, dass die linke Hand im Vergleich zu ihrem Gegenstück etwas schmuddelig war, mit Keimen und Bakterien behaftet.«

»Schmuddelhändle«, ergänzte Egi.

Erich musste lachen: »So sieht es aus. Aber: An der rechten Hand konnte ich relativ frische Seifenspuren nachweisen. Sie hätte sich jedoch in Ermangelung ihres linken Pendants nicht selbst reinigen können. Also muss das eine andere Person vorgenommen haben. Hinzu kamen überraschenderweise weitere Spuren von Torf, Kompost und Rosenerde. Da die rechte Hand in Abwesenheit ihres zugehörigen bewegungsfähigen Körpers auch nicht in Blumenbeeten hätte rumlaufen können, muss dies ebenfalls eine andere Person für sie erledigt haben. Das hätte theoretisch dieselbe Person gewesen sein können, die kurz zuvor ihre Reinigung übernommen hat.«

Rudi konnte Erichs rätselhaften Schilderungen nicht folgen: »Du meinscht, die Gundi hat si nach ihra Auschgrabungen an der Nebelhornbahn nur eine Hand waschen könne, und dann wurd's ermordet, weil jemand ihra andere Hand mitnehme wollt?«

»Nein, das meinte ich nicht.«

Akay und Silvia schüttelten den Kopf. Wie konnte die PI Oberstdorf mit dieser Personalaufstellung nur bestehen? Dem Egi fiel's auch auf, er musste Rudi jetzt elegant aus der Schusslinie bekommen.

»Vermutlich wurde die Gundi ermordet und dabei die Hand abgetrennt. Die wurde dann erst gesäubert und an verschiedenen Stellen vergraben. Die Frage ist nun, warum? I schlag vor, dass wir die gesamte Parkanlage der Oberstdorfer Gold-Residenz umgraben. Wir schicken sofort die Spusi los. Einverstanden, Akay?«, fragte Egi sicherheitshalber ganz formell in Hochdeutsch nach.

Akay sprach von oben herab: »Die Spusi ist bereits auf dem Weg, ich habe mir so etwas schon gedacht. Aber ich rufe die noch mal an und sage ihnen, wonach sie genau suchen sollen.«

Der Anzügler hatte sie ja bereits losgeschickt, um den zentralen PC der Seniorenresidenz zu beschlagnahmen. Das konnte er jetzt aber schlecht zugeben.

Dem Egi kam's seltsam vor, er hielt sich jedoch zurück. Er hatte ja auch noch ein paar Trümpfe gegen die Kripo Kempten in Händen.

»Lass mal, Akay«, mischte sich Erich plötzlich ein. »Ich sage denen, wo sie suchen und auf was sie achten sollen. Die müssen auf jeden Fall auch Bodenproben nehmen. Ich erklär's ihnen.«

»Okay, mach das«, meinte Akay widerwillig. »War das alles, Erich?«

»Ja. Damit ist der Obduktionsbericht abgeschlossen.«

»Und dafür bist du extra hergekommen?«, fragte Silvia skeptisch.

»Klar. Wollte euch alle mal wieder sehen. Ab jetzt bin ich ja raus aus der Nummer«, schwafelte Erich, der ansonsten nur Kontakt zu toten Menschen hatte. Mit denen konnte er leider nur Monologe führen.

»Na gut, dann machen wir für heute Feierabend. Morgen früh haben wir das Feedback von der Spusi, dann wissen wir mehr«, beendete Akay den Arbeitstag.

Er machte sich mit der Psychotante auf zum Hotel, dort wartete noch eine gekühlte Sektflasche. Zuprosten auf den anstehenden Ermittlungserfolg in der gemeinsamen Junior-Suite wollten sie nun. Die ließen sie als zwei Einzelzimmer abrechnen. So machten sie das immer bei Dienstreisen, klappte hervorragend.

* * *

Egi machte noch lange nicht Feierabend. Er schnappte sich den erzürnten Rudi, dem knurrte der Magen. Hungerkrämpfe hatte der schon, wieder mit der Aussicht auf leere Töpfe im trauten Heim. Die ließen ihm ja nie etwas übrig, wenn er unpünktlich war. Entsprechend voluminöse Figuren hatten Frau und Sohn auch.

»I hab jetzt noch a spezielle Aufgab'n für uns beide«, erklärte Egi die Ausnahmesituation. »Wir schauen uns heut noch an'er Seniorenresidenz um. Lass uns gleich losfahre. Die Kripo Kempten will erscht morgen früh hin, das isch unsere Chance!«

Nach einiger Zeit rief Lorenz, der Leiter der Spusi, Egi auf seinem Handy an. Er saß gerade mit Rudi im Streifenwagen und war auf dem Weg zur Seniorenwohnanlage.

Silvia und Akay waren grad nicht erreichbar. Also teilte Lorenz Egi mit, was entdeckt worden war: »Egi, du glaubst es nicht. Wir haben frisch ausgehobene und wieder geschlossene Löcher in den Residenz-Beeten gefunden. Wir haben auch die unterschiedlichen Erdsorten erkannt, wie vom Erich beschrieben. Die Hand von Gundula Becker ist an drei verschiedenen Stellen vergraben worden. Der Totengräber hat die auffälligste Stelle als Aufbewahrungsort gewählt. Bei allen drei Gruben konnten wir Fußabdrücke finden. Der Täter hat keine Schuhe getragen. Alles in allem: Hier kann nur ein Wahnsinniger am Werk gewesen sein.«

»Wie sollen wir da nur durchsteigen? Trotz allem, danke, Lorenz!« Egi konnte sich das alles nicht erklären.

Wahnsinn war eine Möglichkeit. Es könnte sich um einen verwirrten Bewohner der Seniorenresidenz handeln, davon gab es ja ausreichend. Aber wer von denen hatte Interesse an Gundis Tod gehabt? Wen hätte sie in Bedrängnis bringen können? Und warum war ihre rechte Hand vom Tatort entfernt und gerade dort an der auffälligsten Stelle verbuddelt worden? Um eine falsche Spur zu legen? Potentielle Verdächtige waren Herri, Robbi und Berta, keine Frage. Alleine schon wegen ihrer Bäumle-wechsel-di-Affären. Oder wollte der wahre Täter sie nur verdächtig erscheinen lassen?

Egi und Rudi kamen am frühen Donnerstagabend an der Seniorenresidenz an, das Abendessen der Alten schmorte noch in der Großküche. Rudi hatte seines bereits abgeschrieben. Die Polizisten sahen sich nun den Ort des grausigen Geschehens an. Unglaublich, was der Täter da veranstaltet hatte.

»Der muss a gestörte Persönlischkeit sein«, bemerkte Rudi.

»Da magscht recht habe, Rudi«, bestätigte Egi. »Lass uns reingehe. Wir müssen die Sache aufklären, bevor die Kripo Kempten da was rauschfindet.«

Sie betraten das Gebäude und fragten nach den Ganovenzwillingen, die sich jedoch aktuell auswärts herumtrieben.

»Wo könnten's denn sein?«, fragte Egi die Empfangsdame.

»Kommissar Huber, das können wir Ihnen leider nicht sagen. Wenn die Senioren mobil und geistig fit sind, müssen sie sich nicht bei uns abmelden. Möchten Sie einen Moment warten?

Sie sind bestimmt bald wieder da, weil das Abendessen gleich serviert wird.« Heute war's eine Blonde, die die PI Oberstdorf abfertigte.

Rudi hoffte inständig, dass Egi das Angebot ablehnte. Es widerstrebte ihm, noch mehr Zeit an diesem Ort des geistigen Verfalls zu verbringen. Daheim lag heute eine Schweinshaxe im Bräter. Wenn er sofort aufbrechen würde, könnte er eine Chance zum Verzehr haben.

»Nein, danke, das isch nit nötig. I möcht Sie aber bitten, den beiden mitzuteilen, dass sie sich unverzüglich bei der Polizeiinspektion melden sollen, sobald sie zurück sind«, entschied Egi. Es konnte noch Stunden dauern, bis die Alten heimkehrten, da wollte er lieber eine ansonsten unter gähnender Langeweile leidende Streife vor der kriminellen Seniorenwohnanlage postieren.

»Das machen wir, Kommissar Huber. Einen schönen Abend noch Ihnen beiden!«, wünschte die Blonde.

Rudi hörte schon nix mehr. Er wollte sich zum Gehen wenden, als Egi ihn zurückhielt.

»Jetza wart halt mal, Rudi. Für die kurze Vorstellung sind wir nit hergefahren. Wir werden einigen Bewohnern noch ein paar Fragen stellen. Die wissen doch alle mehr, als sie uns bisher verzählt haben.«

Rudi sah die Schweinshaxe im Mund seines noch bei den Eltern lebenden neunundzwanzigjährigen Abkömmlings verschwinden. Säuerlich meinte er: »Pascht scho, Egi.«

Egi und Rudi saßen vor Hermine Großhennrich:

»Die Gundi war so a Schlamp'n! Die hat sich an alle Kerle rangemacht. Auch an meinen Hubertus. Aber der war nur das eine Mal bei der. Das hat an Ärger gegeben, das sag i Ihnen. Wenn's noch mal in derer ihr Wohnung neigehst, hab i ihm g'sagt, lass i mi mit dreiundachtzig Jahren noch scheiden!«

»Was hat der denn bei ihr g'macht?« Rudi war neugierig,

Egi trat ihn unter dem Tisch. Jetzt jedoch etwas sanfter, da das Enggestirn sich mehrfach darüber beschwert hatte.

»Nix hat der mit der g'macht! Der Hubertus kann ja nimmer so, auch wenn er acht Jahr jünger isch als i. Aber ausg'fragt hat die ihn, ganz hinterfotzig. Wer was mit wem hat, und nach dem Vermögen von die Leut' hier.«

Egi und Rudi vor Hubertus Großhennrich:

»Die Gundi war so a Guate, ganz reizend. Wir hatten schon a paar Schäferstündle. Mei Frau hat's aber mitbekommen. Da war's leider aus mit'a Romantik.«

»Worüber haben S' sich mit Gundula Becker unterhalten?«, wollte Egi wissen.

»Na, geredet haben wir nit viel dabei. Eigentlich nix.«

»Hat sie Sie nit nach den anderen Bewohnern gefragt?«, hakte Egi nach. Der Herr Großhennrich machte hier ganz offensichtlich einen auf dicke Hose.

»Na, gar nicht. Die war ganz auf mi fixiert. I bin ja no a stattliches Mannsbild, hat's immer g'sagt.«

Egi und Rudi vor Konstantin Willig:

»I bin scho lang Witwer. Wissen S', I bin a einsamer Mann. Aber die Gundi, die hat mi g'tröstet. So a Lieabe war das. Ganz viel geholfe hat's. Auch mit meine Anschaffungen und Banksache. So schad, dass sie jetza auschg'zoge isch.«

»Sie isch nit ausgezoge, sie isch tot, Herr Willig. Was hat'se denn mit ihren Banksachen geholfen?«, Egi wurde hellhörig bei dem armen Demenzpatienten. Der hatte willig ihr Angebot angenommen und sich abzocken lassen.

»Das weiß i nimmer, i krieg's nimmer zusammen.«

Egi und Rudi vor Edeltraud und Burkhard Stängle:

»Jetzt sag's den Beamten, Burkhard. Gib's zu, dass du mit der Nutt'n was hattest!«

»Wir können S' auch getrennt befragen«, bot Egi da direkt an.

»Also, mir wär's lie…«, begann der Burkhard.

»Zum Teufel, nit!«, rief die Edeltraud da. Die krallte ihre Gichtfinger in Burkhards linken Arm, er stöhnte auf.

»I hab mi a paarmal mit ihr g'troffa«, gab er mit dem Arm im Schraubstock zu. Der wurde immer enger gestellt.

»Wie oft? Wie lange? Und wo?«, fragte Egi.

»Vier, fünf Treffen warn's gewese«, presste der Burkhard unter quälenden Schmerzen heraus. Der Schraubstock wurde von der Edeltraud noch einmal neu fixiert.

»Wo? Wie lange? Und was haben S' beide gemacht?«, wollte Egi wissen.

»Über Nacht.« Salamitaktik vom leidenden Burkhard im gnadenlosen Schraubstock.

Edeltraud traten die Tränen in die Augen.

»Was haben S' gemacht?« Egi wurde ungeduldig.

»S' hat nu ma g'schnackelt.«

»Werden S' mal genauer!«, forderte Rudi den Burkhard auf. Egi trat ihn mit Zurückhaltung unter dem Tisch.

»Sie hat mir's Stängle g'halte«, gab Herr Stängle aufheulend zu. Der Schraubstock näherte sich der Null-Zentimeter-Marke.

»Wo haben S' sich über Nacht getroffen?«, fragte Egi.

»In Gundis Wohnung.«

»Worüber haben S' sich unterhalten?«

»Für Geratsche war nit viel Zeit«, schwelgte der Burkhard in süßen Erinnerungen.

»Das war so was von schäbig von dir, Burkhard!«, schluchzte seine Edeltraud mit bebenden Schultern. Burkhard war endlich vom Schraubstock erlöst, als sie ihn zur Tür schleifte.

Egi und Rudi vor dem alleinstehenden Walther Wanne:

»Die Gundi, die war a ganz heißer Feger. Wir haben uns oft abends am Whirlpool getroffen und sind dann gemeinsam hoch in meine Wohnung. Nur mit'n Bademantel an, ohne was drunter. Hat keiner gemerkt, die schlafen hier ja alle schon um neune. Dann ging's weiter in meiner Eckbadewanne, hähä.«

»Wie lang waren S' zusammen?«, fragte Egi.

»Wir waren nicht zusammen. Ich nehm mir hier und da ein oder zwei Frauen mit hoch. Wenn ich denen meine Geldbörse zeig, reicht's schon mit die Überredungskünste, hähä.«

»Ein oder zwei?«, grübelte Rudi.

»Warum nicht? Die Edeltraud hab ich auch mal mitgenommen. Die tut immer so fein, war aber neugierig auf die Gundi. Die hat sich nicht so gut mit ihr in meiner Eckbadewanne gemacht, ganz anderes Kaliber. Wollte nur sehen, was man zu dritt machen könnte. Dann ist die sofort wieder zurück zu ihrem Burkhard. Sehr vermögender Mann, aber a bissle träge.«

»Die Edeltraud Stängle?« Egi konnte diese Aussage mental nicht verarbeiten. Der alte Schraubstock trieb's selbst hinterm Rücken vom Gemahl.

»Ja, die Edeltraud schaut sich hin und wieder nach Abenteuern um. Meistens freitags, bei der langen Tanznacht. Da ist sie bei mir im Badewasser gelandet. Groß was machen tut die aber nicht. Die schaut nur zu«, erklärte Herr Wanne großspurig.

»Was war denn Gesprächsthema bei Ihnen und Frau Becker?« Egi packte der Ekel bei der Vorstellung, mit dem schmierigen Herrn Wanne im gemeinsamen Schaumbad zu liegen.

»Mei, wir haben schon gelästert über die alten Deppen hier. Die haben ja alle fette Bankkonten, sonst würden die auch nicht hier wohnen.«

»Wie konnt si die Gundula Becker das eigentlich leischte?«, wollte Rudi wissen. Egi trat ihn nicht unter dem Tisch.

»Nun, die hat sich das ganz geschickt finanziert. Sind schon spendabel, die Lüstlinge mit ihren vertrockneten Weibern, hähä.«

So a Scheißkerl, Egi hätte ihm gerne eine verpasst. Ging aber nicht im Dienst, er zog seine geballten Fäuste ein. Er wollte noch wissen: »Hat Gundula Becker in letzter Zeit etwas erwähnt, das auf ihren Mord hätte hinweisen können?«

»Ich sag Ihnen was: Die Gundi, die hat sich keine Freunde gemacht mit ihren Affären. Aber die meisten hier sind sowieso Rohrkrepierer, die haben's doch gar nicht mehr drauf. Die quatschen mehr, als sie auf der Matratze schaffen. Die Gundi wusste alles von den Leuten. Da gab's viele Neider. Fragen Sie die Berta, die war ihre größte Konkurrentin. Beide hatten was mit Herri und Robbi.«

Egi und Rudi vor Roberta Fellinger:

»Ja, kann sein, dass die Gundi auch mit Herri und Robbi zusammen war. Interessiert mich aber nicht, hab ich ihrem schönen Kollegen bereits gesagt.«

»Das isch nit unser Kollege. Was wissen S' über die Umstände ihres Todes?«, wollte Egi erfahren.

»Nix. Hab ich Ihnen doch auch schon gesagt. Wie oft wollen Sie das noch fragen?«

»Und was hat's mit'er vergrabenen Hand auf sisch?«, bohrte Rudi weiter.

»Davon weiß ich auch nix. Die Gundi konnte aber noch nie ihre Sachen beisammenhalten.« Eine mehr als makabre Andeutung von der Berta.

»Sehr aufschlussreich, Frau Fellinger«, sagte Egi. »Wir wollten aber wissen, ob S' sich vorstellen können, wer das aus welchen Gründen getan haben könnte.«

»Von uns war das keiner. Woher sollte denn hier jemand Gundis verlegte Hand herhaben? Das muss ein Fremder gewesen sein, der uns einen reinwürgen wollte.«

»Und wenn do a Lollinger-Bruder die Gundula Becker in'en Tod gestürzt hat, und deren Hand loschwerda wollt?«, fragte Rudi noch einmal nach.

»Die sind keine Mörder, glauben Sie mir. Aber nur mal angenommen, sie hätten Gundis Hand nicht für sich behalten wollen, dann hätten die sie einfach bei der Toten liegen lassen oder woanders verscharrt. Die wären doch nicht so doof und würden sie vor ihrer eigenen Haustür verstecken.«

* * *

Nicht zu durchschauen, die ganzen Aussagen, alles nur Vorwürfe, Beschuldigungen und Herausreden. Zugegeben wurde nur, was nicht mehr zu vertuschen war. Die luxuriöse Seniorenresidenz schien eine völlig sittenfreie Zone zu sein. Die Gundi hatte einfach zu viel am Laufen gehabt. Und leider nicht nur die.

Blieb noch die Sache mit den Fußabdrücken im Residenzgarten, die konnte aber auch nicht geklärt werden. Erich Engstein war von Schuhgröße 42 ausgegangen. Bertas und Edeltrauds Füße waren zierlicher. Die vernommenen Herren trugen alle Schuhe zwischen Größe 42 und 43, Einheitsmaße unter Gundis Sexualpartnern, zumindest was den Fußverkehr betraf. Ein Ermittlungserfolg war das jetzt nicht grad. Egi und Rudi verspürten kein Verlangen nach einer Überprüfung aller weiteren stinkig schwitzenden Seniorenfüße, besser diese Aufgabe der Kripo Kempten überlassen.

Die PI Oberstdorf fuhr deprimiert ab. Zuvor hatte Egi noch eine Polizeistreife bestellt, die ab sofort von der Straße aus den Eingangsbereich der Seniorenresidenz beobachten sollte. Sie konnte kurze Zeit später sehen, wie Herri und Robbi am Donnerstagabend zurückkamen.

Die meldeten sich sogar beide kurz hintereinander am nächsten Morgen bei der PI Oberstdorf. Der diensthabende Kollege Daniel Müller bat sie eindringlich, nach dem Mittagessen um 14:00 Uhr bereitzustehen, da man sie noch einmal zu den aktuellen Vorkommnissen befragen wollte. Sie teilten dem Polizisten mit der Singsang-Stimme mit, dass sie es gar nicht erwarten könnten, seinen Kollegen Rede und Antwort zu stehen.

Danach rief Robbi zum ersten Mal, seit er in der Oberstdorfer Gold-Residenz lebte, seinen Zwillingsbruder in seiner nebenan liegenden Wohnung an.

Herri sah Robbis Nummer im Display und meldete sich: »Was willst du?«

»Haben die Arschgeigen dich auch angerufen?«

»Ja.«

»Wir müssen denen morgen eine Geschichte auftischen.«

»Ja.«

»Am besten was, was zusammenpasst und unserer Freiheit dienlich ist.«

»Ja.«

»Es geht bestimmt um Gundis Machenschaften. Wir wissen davon nix, oder?«

»Nein.«

»Wie jetzt, nein? Bist du schon zu deppert, eine einfache Frage zu kapieren? Noch mal: Ja, wir wissen nix? Oder nein, wir wissen doch was? Was denn genau?«

»Leck mich am Arsch, Klugscheißer!«

* * *

Am Freitagmorgen sammelte Egi den Rudi gleich wieder ein, sie mussten unbedingt mit Christa Ballinger reden. Die hatte bei der Pressekonferenz unflätige Bemerkungen über die Tote Gundula Becker in den Raum geworfen. *Eine Schlampe, die es mit allen getrieben hat*, hatte sie rumposaunt. Dem mussten Egi und Rudi nun nachgehen. Die Kripo Kempten war natürlich nicht darüber informiert worden, die zwei dachten immer noch, dass der Egi den Giftzahn nicht kannte. Sollten die Kriminalisten sich doch weiter in ihrer Junior-Suite vergnügen und den falschen Fährten folgen.

Elli, Egis Angetraute, hatte von der tratschfreudigen Frau des Hotelchefs gehört, dass der Anzügler und die Psychotante sich ihre Hotelrechnung abändern lassen wollten, wegen der gemeinsamen Junior-Suite. Das waren äußerst wichtige Informationen für die PI Oberstdorf, der Chefmeier fand's auch hervorragend. Das würde man einmal gut gegen sie verwenden können. Der Chefmeier war ein Saufkumpan vom Hotelchef. Der PI-Leiter hatte ihn gleich beim nächsten Gläschen gebeten, auf jeden Fall den betrügerischen Wünschen der Kripo Kempten nachzukommen. Da hatten sie mehrmals darauf angestoßen, ein guter Draht zwischen Polizeiapparat und Hotellerie hatte sich schon oft bewährt.

Egi parkte nun guter Dinge vor dem Ballinger-Haus in der Schellenbergerstraße in Oberstdorf ein. Das alte Gebäude war umringt von einer hohen Hecke aus alles überwucherndem Kirschlorbeer. Ein eisernes Tor mit Klingel verweigerte den ungebetenen Gästen den Eintritt. Egi drückte energisch den roten Knopf. Nach einigen Sekunden kreischte ein »Joa?« aus der Sprechanlage.

»Huber und Ströber von'er Polizeiinspektion Oberschtdorf. Wir möchten a ernstes Wörtle mit der Christa Ballinger reden. Und sag mir jetzt nit, dass sie nit daheim isch, Roland«, brüllte Egi in die Mirkofonschlitze.

Der Roland drückte im Haus fix auf den Öffner. Ein Summen forderte die beiden Polizeibeamen auf, das rostige Tor zu öffnen. Der Garten war monatelang vernachlässigt worden, so hatte es hier früher nicht ausgesehen. Es musste etwas vorgefallen sein. Egi und Rudi liefen über einen Trampelpfad zur Haustür, sie stand schon offen. Roland schlich geduckt im Flur herum, als die beiden eintraten.

»Was hat die Christa verbrochen?«, wollte ihr Ehemann mit hochgezogenen Augenbrauen wissen.

»Gelästert hatse wieder«, antwortete Egi.

Rolands Augenbrauen begaben sich auf den Sinkflug, er schüttelte den Kopf über das nicht verstummen wollende Schandmaul seiner Frau.

Die Hellhörige kam daraufhin gleich aus der Küche marschiert, wie der Vorwurf in Person.

»Christa, griaß di«, meinte Egi. »Woher kennst du die Gundula Becker?«

Da wurde der Roland ganz blass, die Christa auch.

»Roland, woher kennscht die Gundula Becker?«, fragte der Rudi sofort Christas Ehepartner, um die Dramatik weiter zu erhöhen.

Christa und Roland starrten sich an. Sie hatten Glubschaugen wie Frösche, kriegten lange Nasen wie Ameisenbären, duckten sich wie verängstigte Wölfe und waren stumm wie Fische. War a richtiger Zoo hier bei den Ballingers.

»Christa, du warst bei unserer Pressekonferenz nit grad' zurückhaltend. Jetza tu nit so, raus mit der Sprache«, forderte Egi sie auf.

Da fing die Christa an zu heulen. Bei diesem Thema traten allen Eheweibern die Tränen in die hektischen Sehorgane.

Der Roland wurde ganz nervös, konnte seinen Blick nicht von der Angetrauten abwenden. Er wollte bestimmt von ihr wissen, was von den ganzen Verwicklungen er erzählen dürfe.

»Frag halt den Roland, Egi«, meinte sie nur.

»Roland?«, fragte der Egi.

Der Angesprochene meinte verlegen: »Lasst uns ins Wohnzimmer gehen, kommt mit. Christa, bring uns doch an Kaffee, bitte.«

Es folgte eine Altherren-Polonaise ins Wohnzimmer. In der Küche klapperte das Geschirr wie in einer Porzellanmanufaktur.

»Raus mit der Sprache, Roland«, befahl Egi erneut, als sie sich auf das abgewetzte braune Kord-Sofa setzten.

Der Roland sah keinen Sinn darin, hier noch etwas zu beschönigen: »Das war so, ja, also, die Gundi, die kenn i aus meiner Tätigkeit als ehrenamtlicher Helfer beim Bayerischen Roten Kreuz. I mach da Seniorenbesuche in'er Oberstdorfer Gold-Residenz. I besuch ainmoal in die Woche den Konstantin Willig, extrem verwirrt ist der. Er hat mir von der Gundi verzählt, dass die ihm an die Bankkonten rumgewirtschaftet hat.«

»Aha, an die Bankkonten«, wiederholte Egi. »Und dann?«

»Dann, ja, dann hab i mir die vorgenommen«, erklärte der Roland, als die Christa gerade mit dem Kaffee reinkam.

»Vorgenommen?!«, schrie sie. »Ja, das hast gut g'sagt!« Sie knallte das vom Kaffee überschwemmte Tablett auf die beige geflieste Tischplatte. Dann rannte sie gleich wieder hinaus, mit Sturzbächen aus den verheulten Augen.

»Wie hast's dir denn vorgenomme?«, fragte der Rudi lüstern, und bekam von Egi einen Tritt unter dem Tisch. Das konnte der Roland sogar von der Seite sehen.

»Was soll das denn immer, Egi? Du willscht's do ah wisse!«, pikierte sich das Enggestirn.

»Ja, aber du kannst halt mal sensibler vorgehen, Rudi«, tadelte Egi. »Also, wie hast sie dir vorgenommen, Roland?«

Der Roland war nun etwas irritiert vom Streitgespräch unter den Beamten und meinte: »I hab's g'vögelt.«

Egi war platt. Das war jetzt aber direkt vom Roland, damit hatte der PHK gar nicht gerechnet.

»Wie oft?«, wollte der Rudi wissen und wich gekonnt Egis Fußtritt aus.

»Seit April, jeden Samstagnachmittag, bis vor drei Wochen. Da hat's die Christa rausgekriegt.«

»Isch die Gundi nit zehn Jahre älter als du?«, warf ihm Egi schaudernd vor.

»Scho. Aber die ist a Expertin auf ihrem Gebiet«, verteidigte sich der Roland und richtete sich in seinem braunen Kord-Sessel auf.

»Was für a Ge…« Rudi schmerzte der Tritt vom Egi, bevor er die Frage beenden konnte.

»Und wie hat die Christa Wind davon bekommen?«, wollte Egi wissen.

»Die hat vor dem Waschen die wechselnden Damendüfte an meine Unterwäschen geschnüffelt«, bedauerte Roland.

»Könnt die Chrischta denn a Mord begehen?«, grübelte das Enggestirn ganz bang.

»Rudi, jetzt halt di z'rück!«, maßregelte Egi ohne strafenden Tritt.

»Niemoals!«, rief der Roland. »Außerdem waren wir do eine Woche auf Malle, als die Gundi starb, Versöhnungsurlaub.«

»Da war die Chrischta bestimmt erleischtert, als's nach'n Versöhnungsurlaub vom unerwartete Tod erfahre hat«, bemerkte der Rudi mit spitzer Zunge.

Jetzt boxte der Egi ihm mit dem Ellbogen in die Rippen, das Enggestirn jaulte auf vor Pein.

»Egi, überleg do aimoal. Vielleicht hat's ja a Auftragschkiller bestellt«, unterstellte das Enggestirn.

»Jetzt hör aber auf mit'm Scheiß, Rudi. Lass uns vernünftig überlegen«, forderte Egi und formulierte Rudis Frage diplomatisch um. »Roland, hast a Idee, wer die Gundula Becker umg'bracht hat?«

»Naa, Egi! Hab i nit«, Roland war ganz entrüstet, niemals hätten er oder seine Frau etwas mit dem Tod der Gundi zu tun.

»Was hascht denn dann noch zu Willigs Bankkonten rauschgefunde, Roland?«, wechselte Egi das unangenehme Thema.

»Das hat mi da nit mehr interessiert.«

Mangelnde Beweise

Während Egis Ballinger-Verhör am Freitagmorgen rief die Birkenbacher in der Seniorenresidenz an. Sie musste jetzt eine ausgeklügelte Strategie fahren. Die piepsige Stimme ließ sich erst zum einen und später zum anderen Lollinger-Zwilling weiterverbinden. Sie erwischte sie kurz vor dem Frühstück. Die Museumsdirektorin lud die beiden Senioren zu Mittag ins AllgäuerAlpenMuseum ein.

»Weil Sie zusammen eingetreten sind, sind Sie und ihr Bruder die einhundertsten Besucher des AllgäuerAlpenMuseums. Dazu gibt es heute eine kleine inoffizielle Zeremonie. Mit Kuchen, Tee und Sekt. Außerdem möchte ich Ihnen ein kleines Präsent überreichen«, meinte sie.

Die zwei Alten waren mehr als überrascht über diesen Schmarrn. Das durchtriebene Frauenzimmer wollte doch bestimmt etwas von ihnen. Wusste die von den Kelch-Kopien? Wollte sie das Original zurück? Aber warum ohne Bullen? Sie mussten unbedingt rausbekommen, was dahintersteckte. Ihre Neugierde war größer als ihr Verstand, die Deppen sagten zu.

Nach den zwei Telefonaten grübelte die Birkenbacher weiter und ärgerte sich. Sie war noch immer nicht dazu gekommen, daheim etwas Ordnung zu schaffen, aber das musste nun warten. Wenn die Polizei erst einmal ihre Hauptverdächtigen abführen könnte, hätte sie wieder mehr Zeit für sich selbst.

Besser gelaunt griff die Birkenbacher erneut zum Telefon. Die Bullen waren mit dem Kelchdiebstahl nicht weitergekommen, und sie hatten gestern Gundis Händle gefunden. Sie waren jetzt bestimmt scharf auf Neuigkeiten. Und Neuigkeiten hatte sie für die Deppen. Sie rief den verwirrten Kommissar Huber an. Die Kripo Kempten war ihr zu schlau, vor allem diese Psychotante. Die Leute von der lokalen Polizei wollten partout nicht mit denen zusammenarbeiten, das hatte die Birkenbacher bereits bei den Befragungen nach der verpatzten Museumseröffnung bemerkt, und auch nach dem Fund der Toten an der Mittelstation Seealpe. Die PI Oberstdorf würde die Kripo Kempten bestimmt nicht informieren, da sah sie keine Gefahr. Ihr Plan würde gewiss aufgehen. Sie bat daher nur den depperten Egi, heute um 12:30 Uhr zum AllgäuerAlpenMuseum zu kommen, um ihm etwas außerordentlich Wichtiges mitzuteilen und ihm etwas zeigen zu können, das mit dem Mord zusammenhängen musste. Der PHK sagte gereizt zu. Die Birkenbacher lächelte.

* * *

Es war Freitagmittag. In der Nacht und am Morgen war das Wasser wieder kräftig vom Himmel gefallen. Nun glänzten die regennassen Straßen im durchbrechenden Sonnenlicht. Die Birkenbacher saß in der verlassenen Angestelltenküche des AllgäuerAlpenMuseums und schlürfte einen starken Kaffee, wie immer schwarz. Der kam sehr nah an Beates Gebräu heran.

Die Birkenbacher plante eine hinterhältige Aktion gegen die beiden Zwillingsbrüder. Bei ihrem Treffen heute wollte sie die beiden so weit verunsichern und unter Druck setzen, dass sie sich selbst in den Knast brachten. Sie sollten sich verplappern, sobald der Kommissar vor Ort wäre. Es war unbedingt notwendig, Schuldige für die Kelch-Aktion und den Mord an Gundi zu finden, damit hier wieder Ruhe einkehrte. Die Birkenbacher hatte noch viel vor mit dem Museum, dabei störte die ständige Anwesenheit der Exekutive.

Es würde schon reichen, wenn sie erwähnte, dass sie die Alten nach der Kelch-Enthüllung beobachtet hätte, und sie sicher wäre, dass sie nur entschwunden wären, um der polizeilichen

Befragung zu entgehen. Weil sie den Kelch geklaut hätten. Dann müsste sie nur noch andeuten, dass sie beide Gundi nachgestiegen wären, und schon wären die in einer Zwickmühle. Wahrscheinlich würden sich die beiden kampfwütigen Streithähne dann vor dem Kommissar gegenseitig beschuldigen. Die Birkenbacher könnte sich dabei gelassen zurücklehnen und genießen, wie sie sich gegenseitig in die Verdachtsmomente bugsierten.

Sie schaute aus dem Fenster und sah mit Genugtuung die ersten Gäste ankommen. Der eine Zwilling näherte sich mit seinem uralten, rot geblümten Motorroller. Der andere fuhr mit einem schrottigen, gelb geblümten VW Käfer vor. Sehr schön, die tauchten getrennt auf. Ein gutes Vorzeichen für den weiteren Ablauf, die Museumsdirektorin war zuversichtlich.

Sie ging ihnen freudig entgegen. Sie rang sich eine knappe Begrüßung und eine kurze Vorstellungsrunde ab. Danach führte die Birkenbacher die Gäste in einen kleinen Besucherraum, bot ihnen Tee und Kuchen an und goss reichlich Schaumwein in bereitstehende gläserne Sektschalen. Wenn die zwei etwas angeschwipst wären, würden ihnen die Vorwürfe noch leichter über die Lippen kommen. Beide Herren langten genauso erfreut wie kräftig zu. An das Geschenk für die einhundertsten Besucher dachte niemand mehr.

»Meine Herren, sehr schön, dass Sie kommen konnten. Leider kann aber unter solchen Umständen keine große Freude aufkommen. Ich habe gehört, dass Ihre liebe Freundin Gundula Becker hier an der Mittelstation Seealpe zu Tode gekommen ist. Mein herzliches Beileid.«

»Ach, so lieb war die gar nicht«, widersprach Herri und biss genussvoll in ein Stückle Kuchen.

»Du musst es wissen, du Bachl«, sagte Robbi (Allgäuerisch für Idiot).

»Ich hatte sie zuerst! Du musstest sie mir ja gleich ausspannen, aber da hat sie dir einen Strich durch die Rechnung gemacht.«

»Wenn Sie möchten, können wir gleich gemeinsam den Ort

des Verbrechens besichtigen, vielleicht hilft Ihnen das bei der Trauerbewältigung. Es war doch ein Verbrechen, oder was meinen Sie?«, versuchte die Museumsdirektorin die unangenehme Situation weiter voranzutreiben. Sie wollte gleich zur Sache zu kommen, damit der Streit eskalierte. Bald würde Kommissar Huber eintreffen.

»Das können wir machen. Ich hab mir das noch gar nicht angesehen«, sagte Herri mit vollem Mund.

»Neugierig geht die Welt zugrunde«, meinte Robbi nur.

»Was soll das denn heißen? Du bist doch genauso geil drauf, dir das blutige Gestänge einmal anzusehen, wo die Gundi ihren Kopf verloren hat!«

»Wie bitte? Den Kopf verloren? Was reden Sie denn da?«, wollte die Birkenbacher wissen. Diese unappetitlichen Details waren nicht bekannt gegeben worden. Wo hatten die Alten das gehört? Ob die Polizei ihnen das erzählt hatte?

»Der Gundi wurde doch der Kopf abgerissen. Gar nicht so schlecht, so toll sah sie nun auch nicht aus«, lästerte Herri und griff nach dem nächsten Stückle Kuchen.

»Du bist ein widerlicher Beesmülar«, schrie Robbi nun (Allgäuerisch für ein böses Maul). »Du bist ihr doch hinterhergestiegen, konntest nicht genug kriegen, weil du mir eins auswischen wolltest. Und jetzt redest du so über sie, nur weil sie dann doch bei mir geblieben ist!«

»Die ist nicht bei dir geblieben! Ich habe sie bei mir rausgeworfen, weil sie sich verplappert hat. Meinst du, die wollte freiwillig nur eine Miniaturausgabe von mir haben?«

Nun platzte Robbi der Kragen. Er hasste es, wenn Herri ihn wegen seiner geringen Körpergröße verhöhnte. Bekannter Grund für seine mickrige Statur war, dass Herri ihm in der gemeinsamen Fruchtblase alles weggefressen hatte. Robbi sprang ihm entgegen, schlug ihm mit der flachen Hand ins Gesicht. Er traf dabei (wegen seiner kleinen Gestalt) Herris Hand von unten, die gerade ein Stückle Marmorkuchen zu seinem Mund führte.

Das konditorische Meisterstück wurde der Schlagrichtung folgend an Herris weit geöffneter Futterluke zerquetscht. Die Bruchstücke quollen zwischen seinen Langfingern hindurch und bröselten auf seine frisch gewaschene Designerhose. Entsprechend zornig wurde er nun.

»Was fällt dir ein? Jetzt kriegst du …« Herri stand auf, die Kuchenbruchstücke rieselten auf den Fußboden. Er holte aus, um dem Robbi eine zu verpassen, blieb dann aber wie versteinert stehen. Mit Entsetzen sah er durch das Fenster eine Polizeistreife vorfahren.

»Das war ein blöder Trick von der hinterhältigen Tussi hier, Robbi«, rief er. »Schau' mal raus!«

Robbi schaute raus.

Die Birkenbacher erkannte, dass ihr die Situation sehr wahrscheinlich entgleisen würde. Die beiden hatten sie durchschaut. Der PHK stand vor der Tür. Robbi hatte die Museumsdirektorin während des Gesprächs immer wieder mit seinen wachen, alten Augen fixiert, als würde er sie kennen. Sie erinnerte sich jedoch nicht an die zwei, aber sie hatten alle lange in der Gegend gelebt. Da war es durchaus möglich, dass sie ihnen einmal während ihrer Laufbahn begegnet war. Sie bereute, diese Intrige eingefädelt zu haben.

Keiner von ihnen wollte noch länger am Tatort verweilen. Gebannt starrten die drei aus dem Fenster. Der trottelige PHK stieg gerade aus seinem Streifenwagen aus und näherte sich dem Museumseingang. Gleich wäre er drinnen. Aber die drei Insassen nicht mehr, die verschwanden nun durch das Küchenfenster. Das war bereits für den Museumseinbruch genutzt worden und diente nun als Tor zur Flucht in die Freiheit. Es entstand ein Stau an der Fensteröffnung, am besten hätte man hier gleich eine Tür eingebaut.

* * *

Die alten Ganovenzwillinge nahmen draußen ihre Beine in die Hand und preschten zum Museumsparkplatz. Ohne den umständlichen Rollator waren die recht fix. Der eine rannte zu seinem Motorroller und der andere zu seinem VW Käfer. Die Brüder fuhren noch immer mit den gestohlenen ausländischen Kennzeichen.

In der Kürze der Zeit war es der Birkenbacher nicht möglich gewesen, ihren Plan weiterzuverfolgen. Sie saß in ihrem schwarzen 5er-BMW und beschloss ebenfalls abzuhauen, um dem Huber die Situation nicht erklären zu müssen. Sie würde hier später noch einmal ansetzen. Erst einmal musste sie weg und einen neuen, besseren Plan aushecken.

Der PHK bemerkte die drei Flüchtenden im ersten Moment nicht. Der stand unter Magenkrämpfen leidend am Eingang. Alle starteten ihre Motoren, deren Akustik sich zu einem kunterbunten Mix unterschiedlicher Kraftfahrzeug-Epochen vereinte. Ein richtiges Konzert war das, selbst der Egi konnte es nicht überhören.

Die drei gaben Gas und bretterten an dem verdutzten PHK vorbei. Er machte dabei nicht grad einen intelligenten Gesichtsausdruck mit seinem offen stehenden Mund und den hochgezogenen Augenbrauen.

Die Birkenbacher wollte sich über die B19 Richtung Norden verdrücken. Ihr Ziel lag in Österreich. Als sie mit rasantem Tempo im Autokorso die steile Schanzenstraße hinabrasten, wunderten sich Herri und Robbi, dass die Birkenbacher ebenfalls flüchtete. Was führte die im Schilde? Als Robbi ihr aufgetakeltes Gesicht von Nahem gesehen hatte, war sie ihm bekannt vorgekommen, aber sein altes Hirn konnte es nicht mehr zuordnen.

Die Zwillingsbrüder entschlossen sich jeder für sich, der suspekten Museumsdirektorin zu folgen, in der Hoffnung, sie überrumpeln und etwas aus ihr herausbekommen zu können. Außerdem sahen die Alten nun, dass ihnen auch noch der trottelige Kommissar auf den Fersen war. Also, nichts wie weg und ab ins Tal.

* * *

Egi hatte am Freitagmorgen mit Uroma Bruni im Auto gesessen. Er brachte sie zu den Weißackers. Die Bruni hatte nach dem frühen Tod ihres Mannes vor zwanzig Jahren eine Romanze mit dem alten Franzl gehabt. Sechzehn Jahre waren die zusammen gewesen. Dann war er letztes Jahr mit achtundneunzig Jahren verstorben. Ganz traurig war's gewesen, die Bruni trug immer noch Schwarz, seit zwanzig Jahren schon. Als sie dem Franzl näher gekommen war, musste sie erst recht beim Schwarz bleiben, sonst hätten die Leut' noch mehr übers unsittliche Verhältnis geratscht. Witwe, uneheliche Beziehung *und* blumige Kleidung, a Unding. Da mussten Abstriche gemacht werden, es wurde alles nur noch in Schwarz gekauft, selbst Nachthemden und Unterwäsche. »Saugut schaust drin aus, Brunerle«, hatte der Franzl ihr immer geschmeichelt.

Seit Franzls Tod war die Bruni alleinstehend, wieder blumig gekleidet und besuchte seine Familie noch regelmäßig. Der Jüngste von ihnen hatte es ihr angetan. Seit Egis Kinder zu Blutsaugern mutiert waren, spielte sie lieber mit dem kleinen Weißacker Tobi.

Bruni hatte im Streifenwagen wieder mit dem Bief vonno Hiho rumgefuchtelt. Aber beim Autofahren war es wirklich schlecht zum Lesen. Dann hatte noch Egis Handy geklingelt, die Birkenbacher wollte ihn zu sich bestellen, er sollte unbedingt bei ihr vorbeikommen.

Egi musste sich nun nach Uroma Brunis Ablieferung auf den Weg zur Birkenbacher machen. Er hielt vorher noch kurz bei der Hauptverwaltung Oberstdorf, um etwas über die zwielichtige Museumsdirektorin in Erfahrung bringen zu können. Der Besuch hatte sich tatsächlich gelohnt. Nun bog der Kommissar in die Museumsauffahrt ein. Er litt noch immer unter vehementen Verdauungsbeschwerden und wollte das Gespräch kurz halten. Egi wusste noch nicht, dass es extrem kurz ausfallen würde, denn die Gesprächspartner sollten gar nicht mehr vor Ort sein.

Er hielt in der Nähe des Eingangs, auf dem Parkplatz standen nur wenige Autos. Nach dem Starkregen wollte sich die Fahrt hierauf keiner antun. Die Wege waren matschig und damit alles andere als verlockend, das war nur etwas für Hardcore-Bergfexe.

Egi begab sich in Grübeleien vertieft zum Museumseingang. Er stellte sich vor, wie die Kripo Kempten grad in der Oberstdorfer Gold-Residenz saß und erfuhr, dass er gestern Abend allein mit dem Rudi dort gewesen war und sich versaute Geschicht'n von läufigen Senioren angehört hatte. Heiße Diskussionen würd's mit den erzürnten Kriminalisten geben, über Zuständigkeiten, Genehmigungen, Einsatzbereiche und Trallala. Egis Magen bäumte sich auf.

Das Verhör der Ballingers hatte Egi auch nicht mehr mit dem Chefmeier durchsprechen können. Verdächtig erschienen die ihm aber sowieso nicht, sie waren ja zum fraglichen Zeitpunkt wiedervereinigt auf Mallorca eingekehrt. Beate hatte das bei der Fluggesellschaft und dem Hotel auf Malle überprüft. Rudis Einwurf mit dem Auftragskiller war a Schmarrn gewesen. Was würde der Chefmeier zu alldem …

Bruuum! Zurück in die Gegenwart. Der Egi zuckte erschrocken zusammen. Er hörte laute Motorengeräusche hinter sich, dann auf Schotter durchdrehende Reifen. Er drehte sich entsetzt um und wunderte sich über den plötzlichen Tumult an der Ausfahrt. Der dicke BMW von der Birkenbacher fiel ihm auf. Er rannte geistesgegenwärtig zurück zum Streifenwagen. Von dort aus sah er noch einen verdreckten alten VW Käfer und einen Motorroller, beide mit Blümle-Lackierung. Die verschwanden nun alle recht zügig vom Parkplatz.

Egi war sich sicher, dass hier etwas im Gange war und dass

es bestimmt mit dem Verschwinden des Original-Kelches und dem Mord an Gundi in Verbindung stand. Von seinem nicht enden wollenden Durchfall getrieben, stieg er in den Streifenwagen ein, die Verfolgungsjagd konnte beginnen. Er wusste, es würde die Hölle für ihn werden. Wenn er Glück hätte, ging nichts in die Hose. Er hatte einen glühenden Kopf, der Schweiß stand ihm auf der PHK-Stirn. Er wollte diese Sache so schnell wie möglich über die Bühne bringen.

Über Funk kontaktierte er die PI-Zentrale, es war schon wieder der Daniel dran. Egi rang um Fassung. Bei dem musste man langsam und deutlich sprechen, damit der überhaupt etwas kapierte. Egi ordnete behutsam an, die B19 als Hauptverkehrsstraße Oberstdorfs Richtung Norden und Süden sperren zu lassen und auch die Nebenstraßen im Auge zu behalten. Mehrere Streifen sollten postiert werden, damit dort kontrolliert werden konnte, welche flüchtigen Verbrecher die verlockende Marktgemeinde verlassen wollten.

Jetzt musste Egi dringend vom Welterklärer- in den Verfolgermodus umschalten, er beendete die Verbindung per Knopfdruck. Er hielt wieder beide Hände am vom Kurvenwechsel schwindelig drehenden Lenkrad. Es folgte eine halsbrecherische Abfahrt auf der in idyllischer Allgäuer Berglandschaft hinunterstürzenden Schanzenstraße.

* * *

Georg Heberling war jetzt a Selbstständiger. Er hatte sich vor einigen Jahren auf Pumpvorgänge spezialisiert. Er besaß Pumpen jeglicher Art, pumpte alles Flüssige hoch und runter, rein und raus. Ein begehrter Mann in Oberstdorf. Unter den Einheimischen war er der Pumpen-Schorsch und er war einer der Retter im Kampf gegen die Schlammlawine Mitte Juni gewesen. Das Alpenwetter kannte keine Gnade mit den Oberstdorfern, in der Nacht zum Freitag sowie am Morgen hatte es schon wieder heftig geschüttet. Nun war Pumpen-Schorsch erneut extrem gefragt. Viele Keller waren mit Regenwasser vollgelaufen und mussten ausgepumpt werden. Die Feuerwehr erhielt in kurzen Zeitabständen unzählige Anrufe. Die kam mit ihren Einsatzfahrzeugen gar nicht nach, da konnte der Pumpen-Schorsch natürlich helfen.

Ein Haus hatte es besonders erwischt, es war das Weißacker-Haus in einem Abzweig der Alten Walserstraße. Pumpen-Schorschs Pumpe dröhnte und böllerte in dessen Keller. Er stand daneben und beobachtete den Abpumpvorgang. Ein dicker Schlauch führte durch das offene Kellerfenster hinaus auf den überfluteten Asphalt und endete vor einem überforderten Gulli. Das Wasser sollte dort hineinlaufen, aber er spuckte das überschüssige H_2O einfach durch die Gitter wieder aus.

Tobi Weißacker, der kleine Sohn des Hauses, fand das lustig. Er fuhr immer wieder mit seinem Dreirad über den Schlauch, weil das so schön ruckelte und spritzte. Die »Wasserschlange« verrutschte dabei zur Mitte der Sackgasse, diese wurde jetzt von einem Sturzbach überschwemmt.

Uroma Bruni war gerade zu Besuch und saß im großen Weißacker-Garten. Sie machte es sich in ihrem Rollstuhl unter einem Baum bequem. Von dort aus konnte sie das lustige Treiben gut beobachten, mit dem Bief vonno Hiho in Händen. Plötzlich sah sie einen BMW, einen VW Käfer, einen Motorroller und ein Polizeiauto schlitternd um die Straßenecke biegen, allesamt mit Kurs auf die wachsende Flutwelle. Als sie sie erreichten, gab's ein großes Gerutsche. Uroma Bruni grinste schelmisch, das war ja wie in ihrer Lieblingskrimiserie *Pfarrer Braun.* Tobi quietschte vor Vergnügen. Er sprang in den Garten zur Huber-Uroma, der Freundin seines toten Uropas Franzl. Sein Dreirad hatte er achtlos auf der Straße zurückgelassen, es rollte langsam durch das fließende Gewässer.

* * *

Die Birkenbacher war falsch abgebogen. Ihr Navi hatte sie wie so oft ausgeschaltet, weil sie die lästige Stimme in Stresssituationen nicht ertragen konnte und keinesfalls in der Lage war, deren Anweisungen zu befolgen. Unterordnen war nicht ihr Ding. Im Eifer hatte sie daher die B19 verlassen und war in die Alte Walserstraße abgebogen. Nicht schlecht, sie dachte nun, ein Schleichweg wäre geeigneter, um Oberstdorf zu verlassen. Dort gab es jedoch einige Abzweige, einen davon hatte sie blöderweise angesteuert und das Sackgassenschild zu spät erblickt. Jetzt bremste sie scharf, sie musste unbedingt wenden, um wieder dort herauszukommen. Dann sah sie jedoch eine reißende Wassermasse auf sich zuschwappen. Ihr hektischer Bremsversuch scheiterte, Frau am Steuer riss das Lenkrad herum. Ihr BMW drehte sich unkontrolliert um 180 Grad, da gab sie instinktiv Gas. Bei einem in Rotation befindlichen Kraftfahrzeug war das ein Verstoß gegen die Regeln zum Verkehrsverhalten bei Fahrmanövern. Die ausgeklügelte ESP- und ABS-Technik brachte die unfähige Lenkerin jedoch zurück in geregelte Bahnen. So fuhr die Birkenbacher nun dem Polizisten sowie den beiden alten Gaunern entgegen. Die wussten nicht wie ihnen geschah, die Museumsdirektorin raste zwischen den Deppen hindurch.

Mit dieser tollkühnen Aktion konnte sie ihnen endlich entkommen. Im Rückspiegel sah sie, wie die drei quer durcheinanderschlitterten. Dem Roller drohte der Umsturz, sein Fahrer konnte sich gerade noch auf dem motorisierten Zweirad halten. Die beiden Opas hätten sich dabei beinahe gegenseitig gerammt. Der Streifenwagen vom Kommissar Huber kollidierte mit einem Dreirad, das befand sich nun unter seiner Vorderachse. Die Birkenbacher lachte hämisch und fuhr zurück Richtung B19 ihrer Freiheit entgegen.

* * *

Der Polizeiwagen war außer Gefecht gesetzt. Der Kommissar stieg aus und nahm seine Dienstwaffe in die Hand, aber das konnte die abgebrühten Ganovenzwillinge nicht einschüchtern. Nach dem Aquaplaning standen die sich nun mit geblümten Motorroller und VW Käfer gegenüber. Herris Autoscheiben waren bis auf einen Sichtschlitz in der Frontscheibe nicht zu durchschauen, der Schlamm klebte immer noch drauf. Da kurbelte er kurz das Fahrerfenster auf der vom Polizisten abgewandten Seite herunter. Er gab seinem Bruder durch die Öffnung ein Zeichen mit der Hand. Dann wandten sie auf Kommando einen uralten Trick an, zur taktischen Ausschaltung eines einzelnen Verfolgers. Die Sturköpfe hielten zusammen, wenn es sein musste.

Robbi lenkte seinen Roller nach links, verließ die Straße und verschwand in einer Baumgruppe. Der Kommissar wurde erst von Verwunderung, dann von einer unendlichen Wut ergriffen. Den einen Flüchtigen konnte er jetzt abschreiben. Hinterrücks erschießen wollte er ihn auch nicht, das ging gegen seine PHK-Ehre.

Diesen Moment der Unachtsamkeit nutzte Herri aus, er fuhr mit seinem VW Käfer an dem Kommissar vorbei. Das schlechte Gewissen hielt sich beim PHK jetzt in Grenzen, der hier hatte ja eine Knautschzone, wenn auch eine uralte. Egi schoss auf die Reifen, verfehlte sie jedoch. Er war vom Sonnenlicht geblendet, das sich dazu noch in den Wassermassen spiegelte. Mit einem markdurchdringenden Pfeifen verabschiedete sich Egis Kugel als Querschuss und bohrte sich in einen unschuldigen Baumstamm, mitten in a eingeritztes Herzle, in dem sich »N&A« verewigt hatten. Und weg war auch der VW Käfer.

Aber das Dreirad war noch da, es hatte sich so in Egis Vorderachse verkeilt, dass er nun festsaß. Außer der Birkenbacher hatte er niemanden erkennen können. Helm und Dreck hatten einen Blick auf die zwei anderen Flüchtigen verhindert. Zumindest hatte seine im Streifenwagen integrierte Kamera die verrosteten alten italienischen Kennzeichen aufnehmen können.

* * *

Die alten Ganovenzwillinge hatten wieder einmal die gleiche Idee gehabt, sie fuhren zur Scheune ihres alten Kumpanen Im-Ex-Berti. Herri und Robbi kannten sich hervorragend in der Umgebung aus und mieden die B19, die würde bestimmt gesperrt werden. Sie nutzten abgelegene Wege durch die Wälder. Sie trafen sich, als sie an der Scheune ankamen und fragten deren geschäftstüchtigen Vermieter, ob sie gemeinsam einen größeren Raum für einen Motorroller und einen VW Käfer mieten könnten. Die Blümle-Malerei musste entfernt und beide Fahrzeuge umlackiert werden, ein Reifenwechsel stand auch wieder einmal an. Gemeinsam? Im-Ex-Berti war erstaunt.

»Alter Kumpel, du kennst uns doch. Mal getrennt, mal zusammen, das ist wie bei unseren Liebschaften. Du weißt Bescheid«, schäkerte Robbi mit Im-Ex-Berti.

»Ihr ollen Waschweiber, bei euch weiß man nie, in welchem Verhältnis ihr grad seid. Aber ich habe da was Schönes für euch, besser geht's nicht.«

Er gab ihnen einen Lagerraum mit langen, hoch liegenden Fenstern, darin konnten die Lackdämpfe gut abziehen und von außen nichts eingesehen werden.

»Na ja, perfekt ist es nicht. Aber auf die Schnelle kriegen wir nichts Besseres«, meinte Herri, um den Preis zu drücken. »Was meinst du, Robbi?«

»Sei nicht so zimperlich, Bruder. Wenn die Miete uns nicht ruiniert, nehmen wir's. Was willst du haben, Im-Ex-Berti?«

»Lass mich kurz überlegen. 50, 83, 198 Euro, wenn ich alles zusammenrechne, pro Tag natürlich.«

»Das ist Wucher, du nutzt unsere Not aus!«, beschwerte sich Herri.

»Das ist ein Freundschaftspreis, aber weil ihr's seid, machen wir 180 pro Tag. Ihr teilt es euch doch, also für jeden 90, das ist wirklich nicht zu viel bei den ganzen Nebenkosten, die ich tragen muss.«

»Der alte Sack hat aber keinen Cent in der Tasche«, motzte Robbi nun. »Ich muss das alles vorstrecken.«

»Was ihr treibt, interessiert mich nicht. Ich mache jetzt 160 Euro pro Tag, weniger geht wirklich nicht. Aber denkt dran, Stillschweigen ist wie immer inklusive.«

Sie handelten weiter wie auf einem Bazar und besiegelten den Deal zu 110 Euro pro Tag per Handschlag. Im-Ex-Berti würde, wenn es hart auf hart käme, am Stillschweigen sparen, sagte aber nichts weiter dazu, er musste ja auch über die Runden kommen. Dann schnappten sich die Zwillinge ihre zuvor an der Scheune abgestellten Rollatoren, sie verabschiedeten sich und schlenderten gemeinsam durch den Wald. Ihr Ziel war die nächstgelegene Bushaltestelle.

Im-Ex-Berti schüttelte ungläubig den Kopf, dachte aber schon an den nächsten Deal. Er musste nun hinüber in den nebenliegenden Raum gehen, dort wartete ein neuer Kunde auf ihn. Er wollte für kurze Zeit ein Fahrrad in der Scheune unterstellen, mehr nicht. Im-Ex-Berti fragte nicht warum, der Geschäftspartner zahlte immerhin dreitausend Euro in bar für drei Wochen. Sein Name war Vladimir Kralitschki, und er hatte Im-Ex-Bertis Feilscherei mit den Ganovenzwillingen nebenan hervorragend mit seinem getunten Hörgerät aus dem 3A-Brillen-Geschäft eines russischen Freundes in München abhorchen können.

* * *

Egi kontaktiert die PI-Zentrale, wieder der Daniel.

Der PHK erklärte unwillig: »Du, Daniel, i bräucht mal an Abschleppwagen in der Alten Walserstraße.«

»Was hast g'macht, Egi, Falschparker erwischt?«, wollte der unfreiwillige Freund und Helfer wissen.

»Nein, nein. Da ist so a, ja, a Dreirad unter'n Streifenwagen gekommen, der muss jetza angehoben werden«, erklärte Egi mit peinlich berührter Stimme.

Er konnte Daniels Grinsen durch die Telefonverbindung sehen. Der fand das Gespräch sehr erheiternd, er beschloss in diesem Moment, doch bei der Polizei zu bleiben. Wiederholt gelangte er zu dem Schluss, dass er hier doch recht gut aufgehoben war, zumindest im Telefondienst, wo ihm nichts passieren konnte.

Egi sprach weiter und erläuterte seine ebenso spinnerte Situation. Daniel hatte sich vor Kurzem einiges an Schelte vom Egi anhören müssen, weil er ihm bei ihrem ersten dienstlichen Telefonat den Zustand der unschönen Frauenleiche verschwiegen hatte. Aus diesem Grunde war Egi unvorbereitet am Tatort erschienen und hätte sich beinahe in die Hosen gemacht. Daher war der Daniel jetzt äußerst gewissenhaft, er informierte Egi über eine Neuigkeit, die er im Flurfunk aufgeschnappt hatte.

»Egi, ich muss dir noch was verzählen«, begann der Daniel.

»Schieß los, Daniel. I hab nit viel Zeit.«

»Der Rudi ist wieder seiner Lieblingsbeschäftigung nachgegangen, Schreibtischdienst. Er hat das Melderegister weiter durchforstet und hat in den Archiven Ahnenforschung betrieben. Dabei konnte er was aufdecken, halt dich fest, Egi!«

»Jetza rück' scho raus damit, Daniel.«

»Er hat festgestellt, dass die Oma von Ruth Birkenbacher die Schwester vom Opa von Georg Pfennig, also dem Vater von Jens Pfennig, war!«

Egis Hirnkästle konnte die Bedeutung dieser Aussage auf die Schnelle nicht erfassen. Eine Ahnengalerie erschien in seinem Geiste, mit Unmengen an Verbindungslinien im Abstammungsbaum. Mütter und Väter, Söhne und Töchter, Onkel und Tanten, Cousinen und Cousins bis zum achten Grade, Oma und

Opa waren Geschwister. A Inzucht war das! Und viel zu kompliziert. Egi war aber sofort klar, dass hier von einigen ein falsches Spiel gespielt worden war.

»Weiß die Kripo Kempten scho davon?«, wollte der Egi nur wissen.

»Natürlich nicht, Egi. Die sind noch in der Oberstdorfer Gold-Residenz und haben nix mitbekommen. Der Rudi ist auch jetzt in Chefmeiers Büro, in Quarantäne. Wenn die Kriminalisten zurückkommen, herrscht hier absolute Funkstille.«

Egi war zufrieden: »Sehr gut, dann soll die Beate die Familienverhältnisse aufzeichnen. Lass vor Birkenbachers Penthouse eine Streife postieren! Schick die Spusi auch hin, die sollen ihre Wohnung durchsuchen!«

»Brauchen wir da nicht einen richterlichen …?«

»Nein, Daniel. Hier ist Gefahr in Verzug, das wird dir der Chefmeier bestätigen.«

»Geht klar, Egi.«

Die Museumsdirektorin hatte sich zu rasant abgesetzt, sie war vor zwei Jahrzehnten eine Erpresserin gewesen, die Großeltern hatten Inzucht getrieben. Da sagte Egi sein PHK-Instinkt, dass auch im Museum nicht alles sauber laufen konnte. Deshalb leitete er die Suche nach der Birkenbacher ein und nach den Fahrern der auffällig geblümten Fahrzeuge älterer Generation gleich mit. Fahndung war jetzt angesagt.

* * *

Die Birkenbacher befand sich derweil auf der B308 Richtung Tannheimer Tal. Sie jagte ihre PS-starke schwarze Limousine die Serpentinen kurz vor Oberjoch herauf. Ihr BMW neigte sich einige Male bedenklich nach rechts und links. Zweimal entkam ihr Außenspiegel knapp einer Karambolage mit den Allgäuer Felswänden, die ragten brachial in die enge Straße hinein. Bald würde die Birkenbacher in Österreich sein.

Während der Allgäu-Rallye dachte sie über die letzten Jahre nach, die Jahre vor der Museumseröffnung. Sie hatte einen Rachefeldzug führen wollen und alles präzise vorbereitet. Sie war nach ihrer Ausbildung zur Fälscherin in Porto (Portugal) nicht nur im Kopieren von Kunstwerken Profi, sie verfügte auch über die für eine anerkannte Betrügerin notwendigen Fähigkeiten, Stempel, Briefbögen und Unterschriften originalgetreu zu fälschen. Sie kannte viele Museen sowie deren Leitungen und war Expertin auf dem Kunstmarkt. Somit hatte sie eine Magister-Urkunde in Kunstgeschichte, perfekte Zeugnisse und Referenzen sowie einen herausragenden Lebenslauf über mehrere internationale Stationen anfertigen können, ohne jemals studiert zu haben.

Als sie sich für den Posten der Direktorin beim neuen AllgäuerAlpenMuseum beworben hatte, war sie heiß umgarnt worden von den Museumsverantwortlichen. Von Vorteil war auch gewesen, dass sie in Oberstaufen aufgewachsen war und später einige Jahre in Oberstdorf gelebt hatte. Es kannte sie nur niemand mehr dort. Einigen war's suspekt vorgekommen, aber die Birkenbacher war dafür weit herumgekommen und hatte beim Bewerbungsgespräch mit ihrer außerordentlichen Fachkenntnis überzeugen können.

Vor allem aber hatte sie den lang vermissten Heiligen Kelch mitgebracht. Sie hatte behauptet, ihn auf einem Antiquitätenmarkt in Paris von einer dubiosen Kunsthändlerin erstanden zu haben. Natürlich hatte sie dazu entsprechende Zertifikate aus eigener Hand vorlegen können. Da war auf einmal allen wurscht gewesen, woher das alles kam, Hauptsache hinein damit ins ansonsten dünn ausgestattete AllgäuerAlpenMuseum. Einer eingehenden Analyse durch ein renommiertes Institut hatte der Kelch standgehalten, es schien wirklich das Original zu sein. Die Birkenbacher wurde vom zuständigen Museumskomitee eingestellt. Danach landete der Originalkelch in ihrem Schließfach in Füssen, und ihre von den Kunstbanausen kaum zu unterscheidende Kopie stellte sie an seiner Statt auf das Museumspodest.

Ihr Plan war gewesen, Museumsdirektorin zu werden. Einige Jahre wollte sie die ausgestellten Exponate kopieren, austauschen und die Originale hochpreisig an ihre Kontakte in Portugal verscheuern. Dazu wollte sie sich auch regelmäßig internationale Kunst als Leihgabe in die Nebelhorn-Ausstellung holen. In ein paar Jahren hätte sie dann in ein bedeutenderes Museum wechseln und alles noch eine Nummer größer aufziehen können. Ein genialer Plan, wie sie fand. Es hätte auch klappen können, wenn diese alten Opas ihr nicht einen Strich durch die Rechnung gemacht hätten.

* * *

Auf den Kopf gestellt wurde sie von der Spusi, die Penthouse-Wohnung der Birkenbacher. Aber finden konnten sie nichts Besonderes. Sie wunderten sich jedoch über den üblen Zustand der Wohnung. Fast alle Schränke hatten offen gestanden, und ein Teil des Inhalts war auf dem Boden verstreut. Sie wussten ja auch nicht, dass Kralle, Vladimir Kralitschki, kurz vor ihnen dort gewesen war. Er hatte als Heizungsmonteuer im dunkelblauen Arbeitsanzug verkleidet auch etwas gesucht. Danach war ihm die Lust am Aufräumen und Spurenverwischen vergangen.

Dann ging's weiter im Keller, dort fanden die Beamten einen im Umzugskarton versteckten, kleinen, braunen Rucksack mit verschmutzter Gartenschaufel. Die Erdreste an dem Gartengerät erinnerten stark an die Blumenbeete der Oberstdorfer Gold-Residenz. Die Infos wurden direkt an die PI Oberstdorf übermittelt.

Egi besprach sich mit dem Chefmeier und Rudi über die neuesten Erkenntnisse, da kam plötzlich die Kripo Kempten zurück aus der Seniorenwohnanlage und stürmte sofort den Besprechungsraum. Die sahen mitgenommen aus. War bestimmt nicht einfach gewesen, mit dem alten Volk dort vernünftige Befragungen hinzukriegen. Als die Kriminalisten aber vor den PI-Kollegen standen, versprühten sie gleich wieder Gift.

»Egi, was fällt dir ein?«, brüllte Akay.

»Was is'n?«, fragte Egi mit Unschuldsmiene. Der Chefmeier zuckte zusammen. Wenn der PHK jetzt wieder so an Bockmist angestellt hätte, dann würde er ihn aber dermaßen …

»Du warst allein mit dem Rudi bei den Senioren und hast sie ausgefragt! So was muss mit der Kripo Kempten abgesprochen werden. Ihr könnt hier keine Alleingänge machen.« Der Anzügler war jetzt ganz unentspannt. Der PI-Leiter lehnte sich zufrieden zurück.

»Hör zu, Akay«, mischte sich der Chefmeier mit drohendem Zeigefinger ein und lehnte sich wieder vor. »Wenn du dich lieber mit deiner Psychotante im Bett wälzt, anstatt zu ermitteln, dann gehen meine Leut' allein los, die haben keine Überstundenallergie! Übrigens, wissen eure Vorgesetzten von der Junior-Suite? Hab gehört, dass die Kripo Kempten so was nie genehmigen würde.«

Da waren die Kriminalisten gleich wieder gemäßigter. Sie setzten sich jetzt hin und schauten sich in Ruhe die Spusi-Berichte an. Interessante Neuigkeiten standen darin.

»Was habt's ihr denn rausgefunden, bei den alten Herrschaften?«, fragte Egi mit breitem Grinsen auf dem PHK-Antlitz. Er genoss die Macht, die die PI Oberstdorf mit einem Mal über die Kripo Kempten hatte.

»Nichts«, meinte Akay übellaunig. »Die sind alle völlig senil. Die haben nur gefragt, wer wir sind, und meinten dann, sie erzählen Fremden keine intimen Details aus ihrem Senorenalltag. Über zwanzigmal haben wir uns den Mist angehört. Aber so beschränkt, wie die sind, können die sowieso keinen Diebstahl oder Mord durchführen.«

Egis Grinsen war jetzt noch breiter. Ihm war klar, dass der Akay wusste, dass sich da welche Blattgold bestellt hatten, und er gab es immer noch nicht zu. Aber: Seine Ausweichmanöver waren völlig irrelevant, die PI Oberstdorf war hier schon viel weiter als er, es fehlten nur noch die Beweise für ihre Vermutungen. Sie hatten mit dem Chefmeier bereits über den Abschluss des Falles entschieden, die Kripo Kempten würde ganz schön deppert dastehen.

Jetzt musste es jedoch weitergehen mit dem Fund in Birkenbachers Keller. Was hatte die Museumsdirektorin mit Gundula Beckers Greiforgan zu tun? Egi war überzeugt, dass die Kunstkennerin zumindest unter den ganzen Umständen einem Verbrechen nicht abgeneigt gewesen wäre. Zu klären war, ob ihr das Gartengerät untergejubelt worden war oder ob sie damit selbst geschaufelt hatte. Egi hielt es für notwendig, auch das Haus ihrer Mutter in Oberstaufen zu durchsuchen. Ihre Einzelverbindungsnachweise hatten gezeigt, dass sie noch regen Kontakt pflegten.

Egi gab sein Wissen preis, wie mit dem Chefmeier vereinbart. Man musste den Kriminalisten etwas vorzeigen, sonst gäb's am Ende noch eine Dienstaufsichtsbeschwerde. Sie wollten sowieso nur eingebunden werden, weil: Die Kripo Kempten dachte ja immer noch, das Ganze wäre eine Beziehungstat unter diebischen Senioren gewesen.

»Sehr interessant«, meinte der jetzt doch verunsicherte Akay, als der PHK ihn über die Hintergründe informierte. Wollte die PI Oberstdorf ihn mit den Ermittlungen in Oberstaufen nur wegschaffen? Oder lagen die richtig mit ihrer Vermutung? Das musste er unbedingt mit Silvia abchecken. »Da fahren wir gleich hin«, meinte er.

»Damit es nicht wieder Probleme mit fremdelnden Westallgäuern gibt, nimm den Rudi mit, der kommt aus der Gegend«, schlug der Chefmeier durchtrieben vor.

Akay wusste nicht, wie er das Unheil jetzt abwenden könnte, und auch nicht, wo der Rudi herkam. Gut so, sonst hätte der sich gar nicht vom Enggestirn begleiten lassen.

Oberstaufen und Lindau, das lag zwar nicht so weit auseinander, sechsunddreißig Kilometer waren's, da konnte man das mit der Gegend schon stehen lassen, eigentlich. Aber im Allgäu, da musste man ja nur fünf Kilometer in den nächsten Ort fahren, da war dann schon alles ganz anders, und man war a Fremder. Die erkannten einen sofort als Auswärtigen:

1) am Haarschnitt (der war halt nicht vom Adlers Gustl),
2) am abartigen Dialekt (der sich im Nachbardorf ganz anders anhörte),
3) am fremdländischen Dirndl (mit widerlichen Farben und schiefen Schleifen),
4) an den andersartigen Hirschhornknöpfen der Krachledernen (die Hirsche aus benachbarten Gemeinden sahen ja fast wie Elche aus),
5) oder an der kratzigeren Schafwolle vom Janker (die Nachbardörfer pflegten ihre Schafe nicht angemessen).

Und das mit dem einzigen Hafen Bayerns, das war sowieso a Riesenproblem, damit hatte ein echter Allgäuer doch nix zu tun. Nautik und Fang von Wassergetier, das war was für Fischköppe. Ein völlig anderer Menschenschlag war's am Bodensee, Aliens waren das. Da würde eine waschechte Oberstaufenerin nur den Kopf schütteln über die behauptete gemeinsame Heimat.

Ein Türke aus Kempten und ein Bodenseehecht aus Lindau am Klingelknopf? Da würde die die Haustür gleich wieder zuknallen und die örtliche Polizei rufen. Der Rudi, der könnte da bestimmt nix daran ändern, an der herrschenden Fremdenfeindlichkeit. Überhaupt bestand ja bei jedem Fremden die Gefahr, dass er nicht aus OA (zur Erinnerung für die Auswärtigen: Oberallgäu), sondern aus OAL (zur Erinnerung für die anderen Auswärtigen: Ostallgäu) stammte – ansehen konnte man es denen schließlich nicht, waren ja alle fremd, die nicht jede Minute ihres Lebens in Oberstaufen verbracht hatten. Selbst jemand, der dort aufgewachsen, aber nach seiner Ausbildung im Nachbarort zurückkam, war ja schon verfremdet.

Aber man musste jemanden von der PI Oberstdorf in die Ermittlungen einschleusen. Für Rudi war das eine Zumutung. Hätte der Chefmeier nicht den Egi mitschicken können? Nein, hätte er nicht, denn der Akay hasste den Egi, und das nicht erst seit der Sache mit der Seniorenresidenz. Man würde den PHK gar nicht mehr wiedersehen, wenn der Anzügler erst mit dem weggefahren wäre. Dann lieber das Enggestirn verheizen, den PHK brauchte der Chefmeier noch. Vor allem weil der PI-Leiter jetzt selbst in die Huber'schen Machenschaften verstrickt war.

Also, ab in den Kripo-Kempten-Dienstwagen. Aber ohne Silvia, sie musste die Stellung halten, in Oberstdorf. Akay fuhr. Nach Oberstaufen. Mit Rudi. Das Enggestirn machte sich gleich am Sendersuchlauf vom Autoradio zu schaffen, da lief ja schon wieder SWR3. BR-Heimat hatte er schnell gefunden und die Lautstärke hochgedreht.

»Was soll das?«, motzte Akay unverzüglich, die fremdartigen Klänge aus seinen Lautsprechern waren eine Folter für ihn.

»I muss mi auf die anstehende Befragung einstimme, und SchWR3 nervt mi«, erklärte Rudi.

»Das muss ich genauso, und mich nervt dieses scheußliche Gejaule«, beschwerte sich der Anzügler.

»Dann hör do Musi von deina tollen Handy, i hab so was nit«, schlug das Enggestirn diplomatisch vor. Der Anzügler war viel kräftiger als er, eine Schlägerei mit dem wollte Rudi nun auch nicht herbeiführen. Das Enggestirn war zumindest kompromissbereit.

Akay hatte genug von dem ganzen PI-Oberstdorf-Scheiß. Er hatte keinen Bock mehr auf Diskussionen, also kramte er sein Smartphone heraus. Während Rudi den *»Jubiläumswalzer«* der Allgäuer Bauernmusik genoss, pulte Akay sich fix die In-Ear-Kopfhörer in die Lauscher. Er hörte sich *»Ain't Nobody Loves Me*

Better« von Felix Jaehn feat. Jasmine Thompson in einer Endlosschleife an, bis zur Ankunft in Oberstaufen.

Als die zwei am Elternhaus der Birkenbacher klingelten, öffnete deren Mutter die schwere Holztür. Akay erläuterte sein Anliegen. Frau Birkenbacher wich gleich zurück, lugte nur durch einen kleinen Türspalt heraus. Von den Machenschaften ihrer Tochter wollte sie nix wissen. Sie wollte auf ihre alten Tage nicht mehr in den Knast, obwohl sie es verdient hätte, wie die komplette Familie Birkenbacher. Ausgenommen die Hiho natürlich.

»I kann mir it vorschtelle, was mei Tochter nebe ihre Anstellung als Museumschdirektorin dort in Oberschtdorf noch den ganze Tag macht. Wir telefoniere oft. Aber da geht's meischt nur umme alte Zeite. Als unsere Familie noch ein'ge Kunschtschätze hier im Haus hatte«, versuchte sie vom Thema abzulenken.

Hatte die jetzt einen Sprachfehler? Oder war das der typische Dialekt hier? Hörte sich jedenfalls anders an als das Oberstdorfer Geratsche. Für einen türkischstämmigen Frankfurter nicht zu durchschauen, der hatte nur hessisches Gebabbel gehört, bevor er nach Kempten gekommen war. Des war au net besse.

»Wo sind die denn jetzt, die Kunstschätze?«, wollte Akay wissen.

»Uns wurd das zu gefährlisch. Auch wenn wir scho über dreischig Jahr a Alarmanlag'n habe. Wir habe die Sachen an Museen verliehe oder verkauft. Das Hausch platzt aus alle Nähte. Der ganze liegen gebliebene Krempel muss endlich mal rausch«, antwortete sie erzürnt.

»Und was wollte Ihre Tochter zu den alten Kunstschätzen wissen?«, fragte Akay.

»Sie hat mir verschiedene Sache aufgezählt und g'fragt, wo die denn sind. I musste zu fascht allem erscht meinen Mann fragen. I weiß das nämlich alles gar nit mehr. Habe mi nie groß für das ganze Zeug intereschiert.«

»Haben S' denn no was davon im Haus?«, hakte Rudi nach.

Sein Dialekt hörte sich ähnlich deppert an. Akay sah die gemeinsame Heimat nun doch bestätigt.

»Ja, im Keller. Da steht no einigesch. Möchten S' sehe?«

Ja, die beiden wollten das sehen. Birkenbachers Mutter gewährte den verbeamteten Aliens Zutritt, weil sie sich nicht bei den Verdächtigen einreihen wollte. Im Haus befand sich nichts, was polizeiliche Aufmerksamkeit erfordert hätte, zumindest nicht in den zugänglichen Räumlichkeiten. Dass der Dachboden mit einem doppelten Boden ausgestattet war, erkannten die Beamten nicht. Akay und Rudi fuhren nach der erfolglosen Suche zurück nach Oberstdorf. Von der Verbindung zu Marie Spengler, der ehemaligen Busenfreundin der Birkenbacher, hatte die Mutter nichts erwähnt. In Maries Keller in Lindenberg im Allgäu stand das komplette illegale Equipment der Kunstfälscherin herum.

* * *

Zur gleichen Zeit fuhr Egi am Freitagnachmittag mit Beate zur Familie Weißacker. Egi hatte den Hinkefuß mitgenommen, weil sie alten Menschen gegenüber eine einfühlsame Art an den Tag legte und vor allem Uroma Brunis Buchstabensalat verstand. Egi musste seine Oma noch bei den Weißackers abholen, also handelte es sich auf gar keinen Fall um Ermittlungen im aktuellen Fall, hatte der PHK der Silvia verklärt, selbst wenn er die Beate mitnahm. Aber er wusste, die Bruni hatte im Weißacker-Garten gesessen und beim Einsatz vom Pumpen-Schorsch einiges beobachten können.

Sie setzten sich nun zu dritt ins Wohnzimmer der Weißackers. Uroma Bruni nuschelte Egi und Beate ihre Version der Geschichte vor.

»Frau Hubba, was ham Se denn vonna aufregenden Verfolgungsjachd gesehen?«, fragte Beate höflich, aber laut. Uroma Bruni wollte einfach keine Hörgeräte in ihre Ohrmüschle stecken, damit hätte sie das Ruhrpöttlerisch auch nicht besser verstanden.

»I hob do ohe Ahosch fohe sehe, un o Mohoohad, um de Ehe num im Woscho, von ’nom Ögi im Pohozoiwogo vafosch«, antwortete die Greisin mit einhundertzwanzig Dezibel. Die konnte ja ihre eigene Stimme auch kaum noch wahrnehmen und war nicht mehr fähig, alte von neuen Autos und Motorroller von Motorrädern zu unterscheiden.

»Et war abba ein neues und ein altes Auto und ein Motorroller, Frau Hubba. Kann dat sein?«, rief Beate die Aussage korrigierend.

»Jo.«

»Und dann?«, schrie Egi, der hier nichts Weltbewegendes erwartete.

»Donn, donn han do junne Monn im Aho do Scheib runnahubbe un o Zoischa gobe.« Für Bruni war ein Achtundsechzigjähriger ein junger Hüpfer.

»Sie habben ihn gesehen?« Beate schaute verwundert auf, ihr dröhnte es schon in den Ohren von dem kurzen Gespräch.

»Jo.«

»Und wie sah er aus?«, brüllte Egi ungeduldig.

»Woi do Bischof vo Pfaha Baun!«

»Wie wer?« Egi verstand außer »Bischof« kein Wort, obwohl die Bruni doch seine Oma war und hier so laut gesprochen wurde, als müsste ein startender Jumbojet übertönt werden.

»Do Bischof vo do Fannsehe, Pfaha Baun!«

»Ich glaub, se meint den Bischof von der Fernsehserie *Pfarrer Braun*, Egi«, übersetzte Beate treffend. »Kann se denn den Autofahrer gesehn habben?«

»Ja«, meinte Egi. »Der hat auf der Fahrerseite des VW Käfers kurz das Fenster geöffnet und mit den Händen rumgefuchtelt, auf der von mir abgewandten Seite. Das Auto war zu verschmiert, als dass i jemand hätt erkennen können. Und mit *Pfarrer Braun* kennt sie sich aus.«

»Dann könnt se recht habben. Wir müssen der Sache nachgehn, Egi«, witzelte Beate.

Jetzt ärgerte sich Egi einmal mehr darüber, mit welchen Dingen er sich in diesem Fall herumschlagen musste. Diesen *Pfarrer Braun* hatte er sich noch nie angeschaut, er weigerte sich mit seiner Familie lächerliche Krimiserien anzusehen. Er war selbst PHK, und in diesen Sendungen wurde die harte Realität, wie Egi sie jeden Tag bei der PI Oberstdorf erlebte, nicht glaubhaft dargestellt.

Er bat Beate, noch etwas mit Uroma Bruni beim Kaffeekränzle zu ratschen. Er ging kurz vor die Tür. Er zückte sein Handy und hoffte inständig, dass niemand ihn beobachten würde. Er forderte seine Suchmaschine auf, nach den Begriffen »Bischof Pfarrer Braun« im Internet zu suchen.

Von Bischöfen hielt Egi absolut gar nichts mehr, seit dieser Protz-Bischof Franz-Peter Tebartz-van Elst für einige Zeit in Niederbayern (zum Glück nicht im Allgäu) in der Strafkammer bei den Benediktinern des Klosters Metten gesessen hatte. Dieser Unhold (der wie Akay und viele andere Unholde aus Hessen kam) wollte aber nur eines, sich bereichern. In Limburg hatte man sich hemmungslos bedient und unter erheblichen Baukosten ein persönliches Paradies geschaffen. Der schwarze Designerklotz mit unterirdischer Geheimetage steht heute wie ein Mahnmal neben dem Limburger Dom, wie ein drohender Zeigefinger reckt er sich gen erzürnten Himmel. Selbst in Oberstdorf, auf dem Nebelhorn, kann man ihn bei klarem Wetter sehen. Die streng katholische Uroma Bruni regte sich noch heute über den Eklat auf. Nachdem man den Protz-Bischof der maßlosen Gier überführt hatte, bot man ihm eine akzeptable Rückzugsmöglichkeit an: Er zelebrierte einen erzwungenen Amtsverzicht, zog auf Geheiß des weisen Papstes gegen hohes Entgelt in den Vatikan, wurde Apostolischer Delegat, ließ sich einen weisen Bart wachsen und setzte eine Unschuldsmiene auf. Zumindest Letzteres tat Akay auch jeden Tag, und das nicht zu Unrecht.

Aber wie sah nun das Gesicht dieses Bischofs von *Pfarrer Braun* aus? Als die Ergebnisse aufgelistet wurden, stellte Egi schnell auf Bildsuche um, und es erschienen kleine Fotos auf seinem Display. Ungläubig starrte er auf die winzigen Bildle. Das war ja a Wahnsinn, was die Bruni da gesehen hatte! Egis PHK-Herz setzte einen Schlag aus.

* * *

Akay und Rudi kümmerten sich auf dem Rückweg von Oberstaufen noch um einen verdächtigen Gesellen namens Im-Ex-Berti. Streifenpolizisten hatten nach der Befragung von Anwohnern und Passanten nah der B19 mitbekommen, dass bei dem Unwesen getrieben wurde. In letzter Zeit wären ständig suspekte Kraftfahrzeuge in einen Waldweg eingebogen, hatten sie angegeben. Und die Nutzer seiner Scheunenräume wären gesprächiger als allgemein angenommen wurde.

Akay und Rudi standen nun Im-Ex-Berti gegenüber. Der wankte von einem Fuß auf den anderen. Es kostete ihn einiges an Überwindung, überhaupt auf eine Frage zu antworten.

»Wer hat sich denn hier so eingemietet?«, wollte Akay wissen.

»Hä?«, meinte Im-Ex-Berti.

»Wer sich hier eingemietet hat!«, wiederholte Akay.

»Na, so 'n paar Leut' aus'er Umgebung«, antwortete der Scheunen-Vermieter und putzte dabei ein paar Werkzeuge.

»Wer? Und warum?«, hakte der Anzügler nach.

»Hä?«

»Haben Sie einen Hörschaden? Wer? Warum?«, wiederholte Akay.

Um die zwei Bullen loszuwerden, nannte Im-Ex-Berti ihnen dann doch die Namen vierer unliebsamer »Mieter«. Denen wollte er sowieso den mündlichen Vertrag kündigen. Zwei davon wohnhaft in Oberstdorf, einer in Obermaiselstein. Der letzte Name, den er von sich gab, war der von einem Lindauer.

»Jens Pfennig hat sich vor Kurzem eingemietet.«

Anzügler und Enggestirn wurden vom Blitz getroffen.

»Was macht der hier?«, fragte Akay.

»An seinem Motorrad rumschrauben.«

»Das ist alles?« Akay war skeptisch.

»Ja.«

»Und mehr alsch die vier Mieter gibt'sch hier nit?« Rudi schätzte, dass es in der Scheune mindestens acht Räume gab.

»Das Geschäft läuft im Moment nicht gut«, log Im-Ex-Berti die Beamten an.

»Welches Geschäft eigentlich?« Akay wollte mehr Infos zu den illegalen Verhältnissen in dem Waldversteck haben.

»Ich vermiete Räume an Bastler, Tüftler und Wissenschaftler«, erwiderte der Vermieter.

»Aha. Dann halten Sie sich zur Verfügung, wir werden bestimmt noch einmal auf Sie zukommen, Herr Leitstänger«, drohte Akay an.

Im-Ex-Berti wurde nun vom Blitz getroffen, er war es nicht gewohnt, dass jemand ihn bei seinem richtigen Nachnamen nannte. Der war so fertig, dass Akay ihn jetzt ohne Gegenwehr nötigen konnte.

»Kennen Sie Herbert und Robert Lollinger, Herr Leitstänger?«

Das war Folter für den Scheunenvermieter. Er konnte nix mehr abstreiten und öffnete, ohne aufzumucken, den neuen Raum von Herri und Robbi. Dort standen ein Motorroller und ein VW Käfer, beide mit seltsamer Lackierung. Die zweite Schicht war teilweise entfernt worden, die nachlässig zurückgelassenen Reste erinnerten an verschmierte Blumenmalerei, die italienischen Kennzeichen waren den Beamten auch nicht unbekannt. Ein erster, gemeinsamer Ermittlungserfolg!

Nun mussten der Anzügler und das Enggestirn aber noch am Freitagnachmittag zusammen quer durch Oberstdorf fahren. Sie klapperten die ersten drei Scheunenmieter ab. Sie wollten etwas über deren Waldnachbarn erfahren. Die drei gaben übereinstimmend an, dass Herri und Robbi einige Wochen mit Metallen, Steinen und Farben herumhantiert hätten. Manchmal wäre sogar stinkige, heiße Luft aus ihren Räumen gequollen. Die Sache mit Jens Pfennig konnten Akay und Rudi am Freitag jedoch nicht mehr klären.

Noch im Kripo-Kempten-Dienstwagen griff Rudi zum Handy. Akay warf ihm tödliche Blicke zu, daraufhin sprach der Rudi erst recht schön laut. Er informierte den Egi telefonisch über ihre erfreulichen Ergebnisse. Er erwischte ihn gerade auf dem Rückweg von den Weißackers zur PI Oberstdorf, und der PHK hatte erstaunlich gute Laune.

* * *

Die Birkenbacher war mit ihrem PS-starken BMW so schnell unterwegs gewesen, dass sie bereits in Österreich ankam, bevor die B19 gesperrt worden war. Genau deshalb lag der österreichischen Polizei nun auch ein unscharfer Schnappschuss von ihr vor. Die Kollegen aus Tirol hatten hinter der mobilen Kamera gehockt und die zur Fahndung ausgeschriebene Deutsche und ihr dickes Auto sofort erkannt. Die hinterhältigen Blitz-Gerätschaften wurden gleich stehen gelassen. Die zwei Beamten sprangen in ihren Streifenwagen und rasten hinter ihr her.

Die Birkenbacher hatte die Verfolger bemerkt, da war sie hektisch in eine Straße namens Höf abgebogen. Auf der preschte sie nun auf den Tannheimer Ortskern zu. Sie kannte sich in der Umgebung nicht aus, und das nervige Navi mit der schummrigen Stimme war immer noch abgeschaltet. Sie dachte, im Tannheimer Tal müsste man nur geradeaus fahren, dann käme man auf der anderen Seite Richtung Innsbruck wieder heraus, ganz einfach. War ja richtig, wenn man ein Tourist war. Aber nicht, wenn man gerade einen Fluchtversuch wagte.

Die von ihr gewählte Straße machte einige sanfte Kurven, es war keine hohe Geschwindigkeit möglich. Die Bullen hingen aber immer noch an ihr dran. Sie musste sie schleunigst abschütteln, sonst wären ihre freien Tage gezählt. Nachdem sie einige Male rechts und links abgebogen war, war sie so durcheinander, dass sie die Orientierung verlor. Alle abzweigenden Straßen hießen ebenfalls Höf. Unglaublich, was die in Tirol wieder verbockt hatten.

Sie wusste nicht mehr, wo sie sich befand. Unmöglich, die richtige Richtung auszumachen. Sie schaute sich hektisch um, versuchte, sich während der Fahrt neu zu orientieren. Alles hier hieß Höf. Dadurch abgelenkt nahm sie unwillentlich Kurs auf ein großes Gebäude. Als sie wieder nach vorne schaute, zuckte sie zusammen. Plötzlich war da eine steinerne Hauswand vor ihr, eine Kollision drohte. Ihr blieb nur eine Möglichkeit, Vollbremsung. Sie schaffte es gerade noch zwischen einigen parkenden Autos zum Stehen zu kommen. Aber leider war sie nun eingekeilt.

Die österreichischen Streifenpolizisten nutzten ihre Chance, sie parkten die Birkenbacher einfach hinten zu. In dieser verfahrenen Situation war es ein Leichtes für sie, die Flüchtige festzunehmen.

Die Birkenbacher saß nun in Tannheim fest, direkt vor dem *s'Höf Bräuhaus.* Bestand denn ganz Tannheim nur aus diesem depperten Höf? Nur deshalb hatte man sie auf dem Weg zum Flughafen abfangen können und ihre portugiesischen Zweitpapiere gefunden, die sie in der Türverkleidung ihrer Fahrertür versteckt gehabt hatte.

Jetzt wollten die Österreicher sie schnell wieder loswerden, kriminelle Deutsche konnte man in Tirol nicht zu wenig haben. Allerdings mussten bei einem Einsatz für ausländische Behörden und die anschließende Übergabe von Festgenommenen noch einige Formalitäten erledigt werden. Man musste ja vorher auch sichergehen, dass man die Richtige erwischt hatte.

Nicht auszudenken die Peinlichkeit, wenn man an die Falsche geraten war, sie dann festnahm und übergab.

Zum Beispiel eine prominente bayerische Schauspielerin aus München, die der Verdächtigen äußerst ähnlich sah, die ebenfalls einen BMW fuhr. Die jetzt viel schlanker war als früher und sportlicher und immer noch circa zehn Filme im Jahr drehte.

Da musste man schon auf Nummer sicher gehen. Und das nahm viel Zeit in Anspruch. So konnte man die Birkenbacher und ihr protziges Gefährt erst am nächsten Morgen in das Land der Edelautomobilhersteller zurückbringen. Dort sollte sie zusammen mit dem gewissenhaft ausgefüllten Papierkram an die für sie zuständigen Executives übergeben werden.

* * *

Die Befragung von Jens Pfennig war nicht mehr so wichtig, sie musste auf einen späteren Zeitpunkt verschoben werden. Daniel Müller bestellte ihn für Samstag in die PI Oberstdorf, natürlich zusammen mit seinem Rechtsverdreher und dem Vater.

Nun musste man sich erst einmal um die Festnahme der Kelchdiebe kümmern. Egi hätte es nie für möglich gehalten, dass die Uroma Bruni mit ihren fünfundneunzig Jahren seine wichtigste Zeugin sein würde. Der von ihr genannte Schauspieler sah aus wie eine ältere Version der Ganovenzwillinge. Der PHK plante am Freitagabend die Festnahme der unbekehrbaren Langfinger, leider in Kooperation mit der für solch delikate Angelegenheiten zuständigen Kripo Kempten.

Drei Streifen mit jeweils zwei Polizeibeamten standen nun an der Oberstdorfer Gold-Residenz herum und warteten. Umgebung sichern und flüchtende Personen aufhalten stand auf ihrem Plan, a langweilige Sach'n. Die saßen jetzt da, spielten Schafkopf und konzentrierten sich auf die gezinkten Karten.

Egi fuhr mit Rudi und Akay hin, um die Zwillingsbrüder in einem großen Showdown festzunehmen. Dass er, der PHK, dabei keine äußerst glückliche Rolle spielen würde, war ihm noch nicht klar. Er grübelte die ganze Fahrt über, wie er den Anzügler abschieben könnte. Es fiel ihm aber nix ein, so a Mist aber auch.

Der Akay war wie a Klette, er grinste hinten auf der Bank fett in Egis Rückspiegel. Der Muckibuden-Junkie war sich seiner Überlegenheit sicher, er würde die Alten ruck, zuck festnageln. Kein Entkommen möglich bei der geballten Power, dachte der. Dem Rudi war eher bang, er wollte lieber heim an den Esstisch.

Nachdem die drei an der Seniorenresidenz angekommen waren, stießen sie die Eingangspforte auf und betraten breitbeinig den Empfangsbereich. Die Dienstwaffen steckten locker im Halfter. Hier musste gründlich aufgeräumt werden, im Sündenpalast. Akay schlug auf die Info-Theke.

»Wo sind Herbert und Robert Lollinger?«, brüllte er die Schwarzhaarige im Spätdienst an.

Sie meinte verunsichert: »Unser Haus feiert heute wie jeden Freitag die lange Tanznacht im großen Gesellschaftsraum. Dort können sie die beiden gewiss …«

»Wo ist der?«, schrie Akay.

»Gehen Sie bitte den Flur dort hinten rechts entlang. Dann müssen sie erst links, dann wieder rechts abbiegen und dann den dritten Abzweig wieder rechts. Die große Doppeltür ist der Eingang zum Ge…«

Akay, Egi und Rudi rannten los, Zickzackkurs durchs Erdgeschoss. Dann standen sie vor besagter Doppeltür. Sie stürmten hinein. Unerwartete Hitze schlug ihnen entgegen. Es war brechend voll. Hier wurde kein Alkohol ausgegeben, aber die Alten schafften es immer wieder, hochprozentig gefüllte Flachmänner einzuschmuggeln. Eine entsprechend gute Stimmung herrschte in der Senioren-Disco.

Man hörte Heino in einer Heavy-Metal-Version mit E-Gitarren und wilder Schlagzeug-Begleitung singen: *»Ja, ja, so blau, blau, blau blüht der Enzian …«*

Die Senioren rockten voll ab. Hier herrschte ein Meer an

silbergrauen Häuptern und knapper beiger Kleidung. Es war nicht möglich, in dieser homogenen Masse Herri und Robbi aufzufinden. Die drei Beamten teilten sich auf. Systematisch durchkämmten sie die tosende Menge. Dazu mussten sie einige turtelnde Seniorenpärchen auf der Tanzfläche beiseiteschieben. Andere standen am Rand, tratschten und kicherten. Wieder andere saßen an den Tischen, prosteten sich zu und schäkerten.

Nach einigen Minuten fielen Egi mitten im Gewühl zwei vertraute Gesichter auf. Er sah den wankenden Herri auf der Tanzfläche auf die ro-roten Lippen von Berta starren. Der schien schon mächtig einen im Schuh zu haben. Er konnte sich nur noch durch Festklammern an seiner massigen Tanzpartnerin auf den Beinen halten. A einfache Sach'n würd's werden. Egi grinste, steckte die Hände in seine Hosentaschen und schlenderte lässig zu den beiden hinüber.

Die kesse Seniorin bemerkte ihn. Sie hauchte Herri etwas ins Ohr, er erstarrte und war plötzlich sturznüchtern. Er bückte sich und verschwand.

Egi war total perplex. Was für ein depperter Fehler von ihm. Er hatte sich wieder zu sicher gefühlt. Gut, dass es von den Kollegen keiner mitgekriegt hatte. Jetzt glotzte er hektisch in den Raum, der PHK konnte nix von dem Flüchtenden erkennen.

Unbemerkt begab sich Herri zu seinem Bruder. Der hob sich grad einen Verdünnten an der Bar. Seine Gesichtszüge froren ein, als er Herris Worte aufnahm. Beide hetzten hinaus.

Das Gedränge am Ausgangsbereich ließ Egi aufschrecken.

»Kommt her!«, schrie Egi zu Akay und Rudi hinüber. Er hatte keine Chance gegen die unüberwindbaren Schallwellen aus den Lautsprechern. »Die hauen ab!«

Er boxte sich durch die Tanzgesellschaft und zeigte Richtung Ausgang. Die Kollegen folgten ihm. Als sie ankamen, waren Herri und Robbi schon verschwunden. Also lief Akay rechts den Flur entlang, Egi schubste das Enggestirn hinterher. Dann machte sich der PHK auf in die entgegengesetzte Richtung, hoffentlich die richtige Entscheidung. Jetzt gab's wieder eine Verfolgungsjagd, dieses Mal zu Fuß.

* * *

Akay und Rudi folgten wie besessen dem Schatten im Flur. Natürlich konnte der Muckibuden-Junkie viel schneller laufen. Rudi humpelte ungelenk hinter ihm her. Das Kraftpaket holte schnell auf, das Enggestirn fiel immer weiter zurück.

Akay erkannte, dass es sich um den längeren Herri handelte. Der bog immer wieder ab, wie ein Haken schlagender Hase flüchtete er durch das Labyrinth, vom bösen Wolf verfolgt. Der leckte sich schon die Schnauze, a Schmaus würd's werden. Aber der Zwilling kämpfte sich durch verschiedene Türen, konnte so den Abstand zum Verfolger halten.

Rudi war bereits weit abgefallen, wusste gar nicht mehr, wo er war. Er sah weder Akay noch Herri. Er stellte einfach um, von Laufschritt in Spaziergang, sollte die Kripo Kempten die Typen doch verhaften. Jetzt war ihm sowieso alles egal. Das Enggestirn bekam kaum noch Luft und wollte wegen der Deppen hier nicht heldenhaft enden. Er wusste auch nicht, in welche Richtung er gehen sollte, keine Ahnung, wo die hingelaufen waren, bei den vielen Verzweigungen. Das Enggestirn blieb einfach stehen und überlegte, an welcher Seite des Gebäudes er sich befand.

Plötzlich fiel ihm die große Glastür am Ende des linken Flurs auf. Sie führte in den Residenz-Park. Er ging auf sie zu und trat hinaus. Nun stand er genau an der Stelle, an der er sich vor Kurzem schon einmal umgesehen hatte, um zusammen mit Egi drei ausgehobene Erdlöcher zu betrachten. Das war der verrückteste Fall, an dem er jemals gearbeitet hatte. Hoffentlich war er bald abgeschlossen. Der Rudi wollte wieder seine Ruhe haben und abends an einem gedeckten Tisch sitzen. Gedankenverloren lehnte er sich an die Hauswand. Er schaute sich die Umgebung an und sinnierte, ob er wohl selbst einmal in so einer Abschiebehaft leben würde.

Plötzlich hörte er ein lautes Scheppern, Rudi schreckte hoch. Es kam von links. Die Glastür wurde aufgerissen, Herri stürmte heraus.

Rudi hörte Akay wenige Meter entfernt schreien: »Stehen bleiben, du Mistkerl! Gleich habe ich dich, dann bist du dran!«

Herri drehte sich zu seinem Verfolger um, er war nur noch sechs Meter entfernt. Er gab noch einmal richtig Gas, dann schaute er wieder nach vorne. Da stand ja jemand.

Das Enggestirn wusst nicht ein noch aus. Er drückte sich mit einem Stoß von der Wand weg, dann machte er einen Schritt nach vorne. Herri lief knapp an ihm vorbei, gerade in dem Moment, als Rudis rechtes Bein für Bruchteile einer Sekunde vor ihm in der Luft schwebte, um bald darauf wieder auf dem Boden aufzutreten. Herri stolperte darüber und fiel alle viere von sich gestreckt ins Gras.

Rudi hatte ihm völlig ungeplant ein Bein gestellt. Akay kam außer Atem angestürmt. Er warf sich gleich auf den niedergestreckten Ganoven.

»Gut gemacht, Rudi!«, entfuhr es dem Anzügler, er bereute es sofort.

Lob war hier auch völlig fehl am Platz, das Enggestirn wusste gar nicht, wie ihm geschah. Es war eine total absurde Situation, er hatte grad eine Heldentat begangen, und das ganz unwillentlich.

* * *

Flüchtende Schritte hallten im Flur, sie waren weit entfernt. Wenn Egi schneller rennen würde, könnte er den Verfolgten einholen. Allerdings rumorte sein Magen bei jedem Schritt. Er war diesen lästigen Virus immer noch nicht losgeworden. In Stresssituationen kam's ihm immer wieder hoch. Sein Mageninhalt wurde mächtig durchgeschüttelt. Uroma Brunis Früchte-cocktail auf der höchsten Stufe in der Küchenmaschine mixen, das war nix dagegen.

Nach mehreren Schritten hatte sich durch das Auf und Ab so viel Luft im PHK-Bauch absorbiert, dass er regelmäßig aufstoßen musste. Er erreichte, üblen Dunst abgebend, eine Verzweigung. Jetzt blieb er erst einmal stehen, um ruhig Luft zu holen und nach dem Schuhklappern zu lauschen. Das Rülpsen behinderte ihn enorm. Er konnte aber Geräusche im rechten Flur hören. Dann folgte das Schlagen einer Tür.

Egi bog ab und lief herüber. Sie war blockiert, also ging er mehrere Schritte zurück. Dann rannte er schwungvoll auf die Blockade zu und trat mit dem linken Fuß unter das Türschloss. Die Tür brach auf, hinter ihr schepperte etwas. Ein Stuhl war unter der Türklinke verkeilt gewesen. Nun war er bedauernswerterweise in seine Bestandteile zerlegt worden.

Egi befand sich in einem großen Raum mit mehreren Stuhl- und Tischreihen. Wahrscheinlich konnte man hier in Gruppen an verschiedenen Veranstaltungen teilnehmen, wie zum Beispiel Herbstdeko-Basteln. Er allerdings war jetzt alleine dort und sah eine weitere Tür am anderen Ende. Egi hechtete hinüber und griff nach der Klinke. Diese Tür war nicht verschlossen, er trat fix durch. Hörte das denn gar nicht auf? Schon wieder ein Flur. An dessen Ende fiel grad eine Glastür zu. Da war einer herausgerannt!

Ein letztes Mal stieß Egi seine Magendämpfe säuerlich aus. Er atmete tief ein, dann spurtete er los, flitzte durch die Tür, die in den Park führte. Schnell hinterher, bevor der Flüchtige entkam. Aber: Egi machte abrupt eine Vollbremsung! Da lag etwas Riesiges im Weg. Er glaubte nicht, was er da sah: Im Gras lagen Herri, Akay und Robbi übereinander, gestapelt wie ein Fast-Food-Gericht, bestehend aus zwei auf Grünzeug gebetteten beigen Semmelhälften. In deren Mitte steckte ein kräftiges Fleischstück. Über sie beugte sich Rudi, er hielt die beiden Ganovenzwillinge mit seiner Dienstwaffe in Schach. Die zwei hatten den fleischigen Akay zwischen sich fixiert.

Der PHK war erleichtert, kam sich im nächsten Moment aber schon wieder überflüssig vor. Ihm war der Herri auf der Tanzfläche entwischt, und er hatte am Ende keinen von beiden dingfest machen können, so a Scheiß! Er war doch der PHK, aber das depperte Enggestirn war jetzt der Bringer hier.

Egi betrachtete deprimiert den Männerturm. Robbis Füße zappelten oben in der Luft. Als Egi das sah, durchschoss ihn ein Gedanke an den letzten seiner Notizzettel: »Dreckige Socken«! Verdammt, jetzt konnte er doch noch gute Dienste leisten. Er rief fix einen Kollegen an, der sich gerade in den Wohnungen der beiden Ganovenzwillinge umsehen sollte, und gab ihm einen wertvollen Tipp.

Daraufhin entdeckten die Polizeibeamten sowohl unter Herris als auch unter Robbis Dreckwäsche jeweils einen goldfarbenen Kelch. Die Kelch-Version in Robbis Gemächern sah überzeugend aus, die Variante von Herri wirkte aus der Nähe betrachtet bröckelig. In beiden Wäschekörben konnten noch schwarze Textilhandschuhe gefunden werden. Sie hätten das alles auch ohne Egis Hilfe gefunden, aber der PHK fühlte sich nun erheblich besser, ganz nutzlos war er nicht gewesen. Die Kollegen hielten die Beweismittel nun viel früher in Händen. Keine nicht enden wollende Sucherei, ist doch auch was wert. Egi schlenderte pfeifend zu Rudi hinüber.

Was Egi nicht wusste: Er war erneut unbemerkt beobachtet worden. Kralle, Vladimir Kralitschki, stand wieder einmal hinter einem Baum an der gegenüberliegenden Straßenseite. Dieses Mal für diese Gegend unauffällig in Rentner-Beige gekleidet, mit einem breitkrempigen Strohhut auf dem Kopf, den er sich tief in das Gesicht gezogen hatte. Er spähte durch das offen stehende Einfahrtstor der Seniorenresidenz und konnte sich das Lachen nicht verkneifen. Er hatte die Verhaftung der Ganovenzwillinge zufrieden mit angesehen. Er war vor der Polizei in Robbis Wohnung gewesen und hatte sich dessen Dreckwäsche einmal näher angesehen. Das war wirklich kein Vergnügen gewesen, er wäre dabei aufgrund mangelnder Sauerstoffzufuhr beinahe ohnmächtig geworden und hatte damit eine Verhaftung riskiert. Aber was sein musste, musste nun einmal sein. Kralle war dadurch ein beachtliches Stück weitergekommen und marschierte nun bester Laune zu seiner weißen Limousine mit dem Münchner Kennzeichen, die ihn fast wie von selbst heimfuhr. Während der Fahrt sah er sich zufrieden die eben erst geknipsten Fotos auf seinem Tablet-PC an.

* * *

Es konnte gefeiert werden. Nein, nicht die Festnahme der Ganovenzwillinge, Freitagabend um 20:30 Uhr stieg die Geburtstagsparty vom Chefmeier, daheim, in seinem Partykeller. Es war angeblich ein runder Geburtstag. Aber der Hinterwäldler würde niemals preisgeben, wie viele Jahre er auf dem PI-Leiter-Buckel hatte, man vermutete fünfundfünfzig.

Oberstdorfer Persönlichkeiten waren eingeladen, jedoch nicht die Kripo Kempten. Akay und Silvia turtelten weiter in der Junior-Suite. Die fränkische Verwandtschaft, die konnte man hier im Oberallgäu auch nicht vorzeigen. Die Kollegen, die nicht grad Dienst schieben mussten, schon, und sie ließen's heut krachen, ganz heftig. Da blieb kein Glas lange trocken.

Beate war auch da. Chefmeiers Frau schlich um sie herum, beäugte sie misstrauisch. Die Polizistin hatte grad mal ihren Platz eingenommen. Der Hinkefuß lag in den PI-Leiter-Armen und ließ sich von ihm übers Tanzparkett schieben. Als sie anfing, vor den Augen seines Eheweibes an seinem Ohrlappen zu nuckeln, fing er an zu wanken. Beate bugsierte ihn zu einer Bank und wollte sich wie üblich auf seinen Schoß setzen, da kam der Daniel vorbei.

»Bist' verrückt, Beate? Doch nicht hier!«, meinte der Sittenpolizist. Der war etwas später gekommen und noch nüchtern. Er nahm den Hinkefuß und geleitete sie zur Kellerbar.

Dort erwartete sie schon Frau Bachmeier. Frau Bachmeier, eine pummelige Landpomeranze, hielt ein Gläschen Weißweinschorle in der Hand. Damit drohte sie jetzt der Beate.

»Was willst'n von meinem Errrwin?« Die war ja auch eine fränkische Emigrantin.

»Ich kann do mit meim Chef schwofn. Oder haste wat dagegn?«, nuschelte die Beate mit 1,4 Promille.

»Must dabei aber nicht an seinem Ohrrr rumlutschen«, maßregelte Frau Bachmeier, ihre Weißweinschorle schwappte bedrohlich über.

»Ich lutsch, wo ich will«, erwiderte der Hinkefuß patzig.

Und schon ergoss sich die Weißweinschorle über ihre Bluse. Die Beate holte ihre Dienstwaffe hervor. Der Daniel stand gleich wieder parat und führte die Beträufelte hinaus. Er bestellte ihr ein Taxi, setzte sie hinein und ging zurück zur Spaßgesellschaft. Und zischte sich erst einmal 0,5 Liter Weißbier rein.

Der Chefmeier setzte sich grad sicherheitshalber zum Egi. Von Weibern wollt er heut nix mehr wissen.

»Chef, bist a guata Kerl«, lallte Egi, er hatte bereits eine Stunde am Bierkrugheben teilgenommen. »Dass mi zum PHK g'macht hascht, das vergesch i di nie.«

Der Chefmeier rülpste und schielte Egi an. Der PI-Leiter hatte schon vor der Feier mit seiner Angetrauten angestoßen, und grad mit Beate. Unklar, ob er Egis Liebeserklärung verstanden hatte.

Der PHK setzte zum nächsten Schluck an, traf aber nicht mehr richtig. Das Bier lief zur Hälfte an seinem Kinn herunter, sein Hemd war klatschnass, wie die Bluse von der Beate.

»Egi, bischt scho besoffe!«, grunzte Rudi. Der schob sich gerade ein Stückle Krautspatzen hinein. Endlich mal wieder vernünftiges Essen, vor allem in ausreichender Menge und mit angemessener Getränkeauswahl.

»Lasch moaaal«, meinte da der Chefmeier und ergriff Egis Händle. »Wi si a tollsch Tiiiieem.«

So viel Emotionen war der Egi vom PI-Leiter nicht gewohnt, ihm traten Tränen in die Äugle. Rudi musste innehalten, so gerührt war der.

Den Chefmeier, den konnte man sich ja schön saufen, so übel war der gar nicht. Und singen konnte der, grandios! Aber im Allgäu, da gab's ja kaum eigenes Liedgut. Das Fränkische wollte der Gastgeber auch nicht heranziehen. Man musste sich also wie immer anderer Alpenregionen bedienen. Als die Feiergesellschaft wieder beim Kufsteinlied ankam, war klar: Die Party neigte sich dem Ende zu, genauso wie die Kondition der Geladenen.

Kaum noch stehen konnten Chefmeiers Gäste. Die lagen jetzt auf Tischen, zusammengeschobenen Stühlen oder einfach auf dem Boden. Das Büfett war geplündert, es befanden sich nur noch Essensreste auf der Theke. Oder von der Verdauung verweigerte Brocken auf den Fliesen. Das fiel nicht sehr auf, sie waren in Achtzigerjahre-Beige und -Braun gehalten. So schön war's jedoch nicht mehr in Chefmeiers Festsaal, in ein paar Stunden würde die Putzkolonne kommen müssen.

Die meisten Alkoholopfer schleppten sich nun hinaus oder ließen sich von herbeigerufenen Familienangehörigen wegtragen. War ja auch schon 22:00 Uhr, zweieinhalb Stunden hatten sie durchgehalten. Ein guter Schnitt bei so einer Feierlichkeit mit fünfhundert Liter Freibier. Die Fässer waren schon leer, die dreißig Flaschen Enzian nicht mehr auszumachen, man konnte getrost heimgehen. Wenn einen da noch einer haben wollte in dem Zustand. Sonst musste man auf der Terrasse schlafen, auf der Hollywoodschaukel, Hängematte oder Gartenliege. Im schlimmsten Fall im Oberstdorfer Kurpark auf einer Bank, zwischen den johlenden Touristen. Irgendetwas fand sich immer.

Unerwartete Wendung

Der Egi, der hatte im Bett schlafen dürfen, mit einem Eimer neben dem Kopfkissen. Den hatte die Elli in der Nacht einige Male ausleeren müssen, mit dem Hinweis, dass der PHK nach dem nächsten Saufgelage im Garten nächtigen müsste. Am folgenden Tag, einem Samstag, saß Egi am Frühstückstisch, sein Köpfle war dreimal so groß wie a Wassermelone. Uroma Bruni rollte herein.

»Ögi, wosch isch m'im Bief vonno Hiho? Wosch mo höse?« Sie fuchtelte wieder mit dem Geschreibsel vor Egis Nase herum.

Dem wurd noch schlechter davon. Trübe Schleier durchzogen sein eingeengtes Blickfeld, ihr Gebrüll bereitete ihm akute Migräneanfälle. Er versuchte verzweifelt die aufsteigende Magensäure hinunterschlucken.

»Gleich, Uroma, gleich!« Egi war gerade am Sportteil angelangt, das Einzige, was sein Hirnkästle noch aufnehmen konnte, waren ja nur Fotos.

»No, schoa mo, Ögi, bisch jo vonno Pohischoi.« Sie warf den Brief einfach auf seine Zeitung, direkt vor die trägen PHK-Sehnerven.

»Uroma, i …« Egi wollte sich auflehnen, gegen die Dominanz vergreister Familienoberhäupter im Allgemeinen, doch dann erblickte er die Kopfzeile des Briefes. Da stand ja »Birkenbacher«! Uroma Brunis Busenfreundin Rita aus Kriegszeiten hieß mit Nachnamen Birkenbacher. Das hatte die nie gesagt. Sie hatte immer nur von der Rita erzählt, bis sie sie nur noch Hiho aussprechen konnte. Aus Birkenbacher wäre heute auch nur Bibo geworden. Jetzt las er den Brief doch geschwind:

Bruni, meine liebe Freundin,

i bin hoffentlich bald im Himmel, i alte Birkenbacher. I will nimmer. Aber i muss dir vorher verzählen, was i weiß. Der Heilige Kelch hat sich bis zum Jahr 1938 in einer malerischen kleinen Kirche im Oberallgäu befunden. Im Zweiten Weltkrieg wollten ihn dann diese Teufel NS-verfolgungsbedingt einziehen und zerstören! Deren Lagerhallen waren voll mit Raubkunst. Sie hatten keinen Überblick mehr. Die Hohlköpfe haben aber bemerkt, dass jemand den Kelch in diesem Chaos statt der Zerstörung seinem Privatkeller zugeführt hatte. Es hieß, er wäre dort über Jahrzehnte von einer Familie in Oberstaufen versteckt gehalten worden. Dieser einnehmende Clan war der meinige, Bruni. Wir waren das! I, die senile Oma, entschied, dass meine kleine Enkelin, die Ruth, diesen Kelch behalten sollte, als ihre Mitgift. Sie vergrub ihn im Wald. Als aus dem Mädle eine junge Frau geworden war, schloss sie ihre Ausbildung zur Goldschmiedin ab. Sie machte die Leidenschaft zum Beruf. Ihr Vorbild war der irre Großonkel Friedhelm, mein hassgeliebter Bruder, der die Gestapo nicht nur um den Kelch gebracht hatte. Sie zockte, betrog und stahl. 1994 zog sie im Alter von fünfundzwanzig Jahren nach Oberstdorf. Dieser Kralle, Vladimir Kralitschki, der russische Kunstsammler, war ihr monatelang dicht auf den Fersen gewesen, er wollte ihr den Kelch abkrallen. Er war aber 1993 von der Münchner Polizei gefasst worden, weil er es mit seinen Museumseinbrüchen und Transportüberfällen übertrieben hatte. So konnte sie 1994 unbemerkt den Kelch in einem Bankschließfach in Füssen einschließen, wo sie niemand kannte. Hauseinbrüche im großen Stil und Betrügereien im Finanzumfeld waren nun ihr Steckenpferd. Sie wagte zu viel, man erwischte sie beinahe bei einer fingierten Geldübergabe, nachdem sie den schmierigen Filialleiter einer Bank in Lindau wegen seiner illegalen Machenschaften erpresst hatte. Mit Genugtuung beobachtete ich, wie die Polizei sich träge an die Verfolgung machte. Das war damals noch der alte

Gruber. Denn kennst doch auch, oder? Das Bankschließfach in Füssen wurde ausgeräumt. Die Flucht nach Österreich gelang – in das Nachbarland, das sie bisher immer gemieden hatte. Ein Zufluchtsort, wo sie unbekannt war. Sie wurde über die Medien gesucht. Niemand kannte ihren Namen, absurde Phantombilder machten die Runde, aber der miese Finanzhai hätte sie erkennen und verraten können. Also flog sie von Innsbruck aus nach Portugal. Dort lebte sie viele Jahre. Sie wollte in Porto so lange stillhalten, bis ihre Vergehen in Deutschland verjährt waren. Während dieser Zeit begann sie eine Ausbildung zur Kunstfälscherin bei einer lokalen Koryphäe, ein genialer Schachzug. Als Goldschmiedin brachte sie hervorragende Kenntnisse dafür mit. Sie spezialisierte sich auf Skulpturen und Gemälde. Nach wenigen Jahren konnte sie von der neuen Tätigkeit sehr gut leben. Aus Folklore fertigte sie eine Kopie des Kelches an, nahm sich zwei Jahre Zeit dafür und verwendete echtes Gold und reine Edelsteine, Überbleibsel aus vergangenen Tagen. Im Jahr 2014, mit fünfundvierzig Jahren, beschloss sie endlich, in das Oberallgäu zurückzukehren und ihren falschen Namen wieder abzulegen. I war entzückt, Bruni! Nach ihrer Ankunft deponierte sie eine Kiste mit ihren Werkzeugen im Keller des Reihenhauses ihrer alten Schulfreundin Marie in Lindenberg im Allgäu. Die zwei Kelche (Original und Fälschung) brachte die Ruth ins Bankschließfach nach Füssen. Sie wollte sich dann zu meinem Entsetzen für die unfreiwillige Lebensphase in Portugal rächen, egal wie und an wem. I musste dir das einfach verzählen, Bruni, bevor meine Sippe mi in der Erde verscharrt. Dann schweigen die nämlich alle, und es kommt nie ans Licht. I hoffe inständig, dass dein Lebensabend dir mehr Freude bereitet, meine Liebe.

28. April 2014 Deine Rita

Das war jetzt aber viel interessanter als der Sportteil! Und vor allem hatte Kralle, Vladimir Kralitschki, diese Information nicht abfangen können. Aber der Egi wusste auch nichts von einem Vladimir Kralitschki, der aus guten Gründen Kralle genannt wurde.

Egi war nun glücklich über seinen bevorstehenden Ermittlungserfolg, ärgerte sich allerdings, dass der sich dermaßen spät einstellte. Die Uroma Bruni musste ihn ewig in ihrem Nachtschränkle aufbewahrt haben, und erst jetzt nach dem Kelchdiebstahl hatte sie ihn wieder hervorgeholt. Egi vermutete, dass sie ihre Hiho damit hatte schützen wollen, solang niemand wusste, dass der echte Heilige Kelch niemals im AllgäuerAlpen-Museum gestanden hatte.

»Warum kommst denn erscht jetza mit'm Brief an, Uroma? Der isch ja jahrealt«, tadelte Egi. Er gab der unverständlich protestierenden Bruni a besonders fettes Busserl auf die Stirn und fuhr zur PI Oberstdorf.

Die Kriminalisten aus Kempten ausgenommen sahen dort alle derbe mitgenommen aus. Der Chefmeier, Rudi und Beate saßen schon im Besprechungsraum. Bleich waren die und kniffen die Augen zusammen. Viel zu grell die Konferenzbeleuchtung, ein Gruß Richtung PHK war ihnen nicht möglich.

Vor ihnen lagen neue Berichte zu weiteren forensischen Untersuchungen, Spuren von Knetmasse waren an Herris und Robbis Handschuhen nicht nachzuweisen gewesen. Daneben lagen noch zwei Schlüssel (für Museumseingang und Museumsschrank), die tote Schmeißfliege, Herris Kopfhaare, die Handschuhe der Ganovenzwillinge und vier Kelche. Drei davon bestanden aus einem goldenen Material. Zwei der drei goldenen sahen etwas seltsam aus, einer bestand aus Knetmasse. Der Kelch aus Robbis Wohnung hätte das Original sein können. Aber der echte Heilige Kelch war einige Hundert Jahre alt, und dieser wirkte fast wie neu. War es doch nur eine Kopie? Die Beweismittel schienen die Beamten höhnisch anzugrinsen, aber damit nicht genug. Daneben ruhte Gundis finaler Obduktionsbericht in einer Klarsichthülle. Akay hielt noch einige Listen in

Händen, die die Spusi, Forensiker und Technikjungs erstellt hatten. Was darin stand, verstand außer ihm keiner.

Die Rekonstruktion der Tathergänge war den Beamten nicht möglich. Auch Gundis Tod war weiterhin ein ungelöstes Rätsel. Das nicht nur, weil der Alkoholpegel noch schwindelerregend hoch war im Blut der PI Oberstdorf, es gab einfach zu viele offene Fragen. Wer hatte Gundi aus welchem Grund umgebracht? Warum gab es vier Kelchkopien? Wo war das Original? Wer war alles an dem Museumseinbruch beteiligt gewesen? Hingen die Verbrechen zusammen? Was war hier passiert, im Chefmeier-Dienstbereich?

Der PI-Leiter machte Druck, er forderte Aufklärung, und zwar in Kürze. Sein dröhnendes Haupt subsumierte sich mit dem üblen Gemüt. Der Chefmeier stand da mit aufgeblähten Nasenflügeln, die Pitbull-Optik beherrschte wieder sein Äußeres. Nix mehr mit Partylaune.

»Ich will Ergebnisse sehen! Da kommt extra die Kripo Kempten herüber, und es tut sich nix. Selbst die alten Lollinger-Brüder hat der Rudi gestellt. Was habt's ihr denn die ganze Zeit hier geschafft?«, wandte sich der PI-Leiter an die erfolglosen Kriminalisten. Sein rollendes »R« stürzte in einer Lawine auf sie herab.

»Was soll da schon rauskommen, wenn man von allen Seiten …«, fing Akay seine sinnlose Verteidigung an.

In dem Moment rief die Köhler unerwartet an, der Chefmeier ging ran und stellte das Telefon laut. Sie verkündete: »Ich kann euch jetzt sagen, von wem die Fingerabdrücke von diesem jahrzehntealten Erpressungsfall in Lindau stammen. Ruth Birkenbacher.«

»Wussten wir schon«, entfuhr es Egi, dann wurde er knallrot.

»Das wusstet ihr schon?«, rief Akay gereizt. »Das hat uns wieder keiner gesagt.«

Der Chefmeier legte fix auf, damit die Köhler nix von dem anstehenden Hahnenkampf mitbekam.

»Wir haben uns gestern Abend auf'er Geburtstagsparty vom

Erwin über die Sache unterhalten und noch mal die alten Fahndungsfotos angesehe. Da hat si der Rudi erinnert, dass er sie aus Lindau kennt«, log Egi mit Hitzewallungen. Gar nicht so schlecht, die erhöhte Körpertemperatur, da verdunsteten die alkoholischen Rückstände schneller.

»Wo war die denn seitdem?«, fragte Silvia.

»Im Ausland. Die war rund fünfundzwanzig Jahre nit in Deutschland, bis zum Museumsbau. Das hab i gestern Morgen vor meiner Verfolgungsjagd in der Hauptverwaltung von Oberstdorf erfahren. Der Bürgermeister war involviert, als die Bewerbungsunterlagen von der Birkenbacher beurteilt wurden«, erklärte Egi.

»Und was hat sie im Ausland so getrieben?«, wollte Silvia nun genauer wissen.

»Sie war ihren Zeugnissen nach internationale Kunstkennerin und in mehreren Museen und Ausstellungen tätig. Dann kam sie zurück in die Heimat, mit'm lang vermissten Heiligen Kelch. Der war dann die Eintrittskarte zu ihrem jetzigen Posten«, meinte Egi.

»Warum kam sie zurück? Und woher hatte sie den Kelch?«, fragte Akay immer noch wütend.

»Keine Ahnung was die hier wieder wollte. Den Kelch hat's angeblich aus Paris vom Trödel mitgebracht. Wir sollten's mal danach fragen, sobald wir sie erwischt haben«, antwortete Egi. Der war nicht mehr fähig, hier Rede und Antwort zu stehen. Hätte er gefrühstückt, ihm wär's jetzt wieder hochgekommen.

»Das isch ja alles nix Neues«, mischte sich der Chefmeier auf Allgäuerisch ein. »I will als Erstes noch was anderes wissen. Das leit i sofort in die Wege. Was sind das hier alles für Kelche, verdammt no aimoal? I schick die jetzt in a Institut für Materialforschung, zur Analyse und Altersbestimmung.«

Der Chefmeier und auch die anderen Ermittler hatten noch nicht bemerkt, dass auf der Rückseite des einen gefälschten Kelches völliger Unsinn eingraviert worden war. Dieser kleine Unterschied war bisher niemandem aufgefallen. Dem Institut für Materialforschung würde es auch entgehen, die interessierten sich nur für eine nachweisbare Material- und Altersbestimmung.

»Gute Idee, Chef«, bestätigte Egi erleichtert.

»Ja, Egi«, meinte der Chefmeier. »Komm doch mit in mein Büro, dann ruf i direkt da an und mach Druck in dem Laden. Ihr könnt weitermachen mit eurer Besprechung, i hab noch wichtige Termine.«

Egi verschwand mit dem Chefmeier, zwecks Beratung über die endgültige Ausschaltung der Kripo Kempten. Der PHK war nach der durchzechten Nacht noch nicht fähig, dem Chefmeier von den Erkenntnissen aus Uroma Brunis Brief zu berichten. Egi hatte einfach zu wenig Durchblick und wollte keinesfalls zugeben, dass seine Oma ihm bei den Ermittlungen half, das wäre eine Riesenpeinlichkeit. Egi hätte zum jetzigen Zeitpunkt nicht sagen können, wo sich der Originalkelch befand. Entweder besaß ihn die Birkenbacher, oder es war doch der Kelch aus Robbis Dreckwäsche, oder es gab ihn gar nicht mehr. Außerdem hatte Egi noch nichts zu der Aufklärung des Mordes in der Hand. Also ließ der PHK seinen PI-Leiter gewähren und die Kelche wurden in das Institut geschickt. Egi konnte so etwas Zeit gewinnen und weiter in den unergründlichen Machenschaften in Oberstdorf und Umgebung wühlen, um später seinem anspruchsvollen Titel als PHK gerecht zu werden.

* * *

Vier Tage nach der Museumseröffnung:

Zornig war die Birkenbacher am Mittwochmorgen gewesen. Sie wollte einen verdächtigen Gegenstand verschwinden lassen, aber der verdammte Safe in ihrem Museumsbüro ließ sich nicht schließen. Noch übler würde der Tag bald für sie werden, aber das konnte sie zu diesem Zeitpunkt nicht ahnen.

Sie telefonierte gerade mit einem Sponsor und hatte vorgehabt, ihren für den Notfall im AllgäuerAlpenMuseum aufbewahrten Revolver an sich zu nehmen. Sie hatte ihn dort eingeschlossen, um sich nach den jüngsten Vorfällen gegen Störenfriede abzusichern. Einige zwielichtige Gestalten hatten offensichtlich Interesse an ihren wertvollen Ausstellungsstücken. Jetzt aber wollte sie das in der aktuellen Situation unpassende Schutzobjekt wieder in dem sicheren Versteck im Keller ihrer Mutter verschwinden lassen, sonst würde noch jemand denken, sie wäre kriminell. Sie ärgerte sich einmal mehr über diese unfähige Sicherheitsfirma aus Stuttgart, die hatte noch nicht einmal einen vernünftigen Safe eingebaut.

Nachdem sie das Telefonat beendet hatte, versuchte sie es erneut. Endlich, der Schließmechanismus funktionierte wieder. Das blöde Ding war zu, der Revolver in ihrer Hand, bereit für seinen Weg in das Refugium.

Plötzlich schreckte sie zusammen, da war ein Knirschen vor ihrem Fenster. Sie schaute durch die Lamellen, konnte aber im Nebel nichts erkennen. Der Beobachter könnte bereits um die Ecke verschwunden sein. Wenn sie sich beeilte, würde er ihr am Ausgang direkt in die Arme laufen. Eilig rannte sie hinaus, steckte dabei den Minirevolver in ihre Hosentasche.

Draußen hörte sie Schritte. Sie sah die Umrisse einer rundlichen Frau. Die begab sich humpelnd in Richtung Nebelhornbahn. Die Birkenbacher war sich sicher, dass die alte Schachtel etwas durch das Fenster gesehen haben musste. Also folgte sie ihr mit hastigen Schritten. Sie wollte sie zurückhalten und herausfinden, was sie erkannt hatte. Auf dem Kiesweg stolperte die Museumsdirektorin und fiel ausgestreckt hin. Sie rappelte sich auf und rannte weiter, um die Flüchtende noch erwischen zu können.

Die reagierte jetzt aber panisch. Sie schien um ihr Leben zu rennen, soweit ihre Gehhilfe das erlaubte, dann stürzte sie Richtung Mittelstation Seealpe. Hatte die etwa den Revolver gesehen?

Falls sie das bei der Polizei erwähnen würde, würden die Deppen von der Kripo weiter im Museum herumschnüffeln. Die Birkenbacher wäre dann eine Verdächtige, das durfte nicht passieren.

Sie schaute sich um, konnte aber nicht viel erkennen. Menschen waren nicht zu sehen, aber es waren einige anwesend. Der Nebel bewahrte dieses Geheimnis noch für sich. Von ihm umhüllt stand da eine Wandergruppe mit drei Kinderwagen auf der Seite Richtung Höfatsblick. Sie waren in ihre Diskussion über die Sinnhaftigkeit unfreiwillig auf vernebelte Berggipfel bugsierter Kleinkinder vertieft. Sie bekamen wegen des Zwergengebrülls sowieso nichts mit. Der Nebelhornbahn-Aufseher stand einige Meter von ihnen entfernt und pinkelte unter ihnen ins Gras. Die Birkenbacher vernahm nun einzelne Wortfetzen und ahnte, dass dort jemand sein musste. Sie durfte auf gar keinen Fall schießen, den Knall würden alle hören.

Die alte Frau hetzte ihrem Ziel entgegen. Sie hatte keinen Blick für ihre Umgebung, ihre Hörgeräte verstärkten in der Stresssituation lediglich ihre alles übertönenden Fluchtgeräusche. Mit dermaßen eingeschränkten Sinnen wollte sie nur noch im schützenden Schlund einer Gondel verschwinden, mit einem kräftigen Mann am Steuer. Aber dazu war es nun zu spät. Sie drehte sich wieder nach ihrer Verfolgerin um, konnte ihr Gesicht aber nicht erkennen.

Die Birkenbacher war nur noch knapp zehn Meter entfernt. Sie trieb sie die Rampe zum Stationseingang hoch. Eine hohe Wand versperrte die Sicht ins Innere. Die lästige Zeugin lief hinein. Die Glaskammer, in der eigentlich ein Mitarbeiter der Seilbahnfirma schaffen sollte, war leer.

Gundi orientierte sich Richtung Talstation. Sie hatte keine Ahnung, dass sich hinter dem schmalen Durchgang Richtung Höfatsblick die Rettung befand, sie wählte die falsche Seite.

Die Kontrahentinnen näherten sich der äußeren Absperrung. Dort würde in Kürze eine unbekümmerte Gondel aus dem Tal durch die Nebelwand brechen und einfahren. Die Seniorin konnte bereits ihre Konturen erkennen. Sie wandte sich ihrer Gegnerin zu und hob den Krückstock.

Die Birkenbacher hob den Revolver, er ergab Jahrzehnte nach der Anschaffung endlich einen Sinn.

»Nein! Nicht!«, schrie die alte Schachtel. Sie schwang drohend die hölzerne Gehhilfe, ließ sie niederkrachen und traf die Museumsdirektorin an der Schulter. Der Bizeps der Seniorin war platt wie eine Flunder, da fühlte sich der Schlag an wie ein kleiner Klaps, eine völlig unwesentliche Bedrohung für die durchtrainierte Birkenbacher.

»Halt's Maul!«, schrie die Getroffene.

Ein Schuss war aufgrund seiner Lautstärke definitiv fehl am Platze. Also schlug die Birkenbacher mit dem Schießrohr auf den Kopf der Flüchtigen ein, als wollte sie eine Melone in zwei Teile zerteilen, damit sie endlich Ruhe gab.

An der Schläfe der betagten Gegnerin knirschte es, sie taumelte zurück, ließ den Krückstock fallen. Sie griff dem vom Alter ausgebremsten Reflex folgend nach dem Geländer, verfehlte dieses aber. Mit der anderen Hand hielt sie sich verzweifelt an der Jackentasche der Museumsdirektorin fest. Diese riss, es war halt kein guter Haltepunkt, so ein Leinenstückle. Die Verletzte verlor das Gleichgewicht, ihr Oberköper beugte sich ruckartig über die Brüstung.

Die Birkenbacher erkannte ihren Vorteil und half nach. Sie packte einen der stämmigen Oberschenkel des Opfers und zog ihn hoch. Die Angegriffene hatte keinen Boden mehr unter den Füßen, sie neigte sich nach Rettung suchend hintenüber. Dann fiel sie über die Brüstung, mit dem Kopf voran genau in ein vorstehendes Gestänge an der vorderen Betonkante. Aufgrund ihrer korpulenten Figur blieb sie unglücklich darin stecken, gekrümmt mit hochgestreckten Beinen.

Die sportliche Birkenbacher hängte sich neben ihr an die Stahlstreben und ließ sich unversehrt etwa zwei Meter herunter auf den Schotterweg vor der Station fallen.

Der Fahrer der ankommenden Gondel war kurz abgelenkt, er telefonierte gerade mit der Talstation. Erst als er auflegte, blickte er wieder hoch. Im letzten Moment erkannte er in seinem neblig-milchigen Blickfeld vorne rechts die Konturen einer kopfstehenden Person. Während seines panischen Bremsversuchs nahm Gundis Körper unter der langsamen, ruckeligen Vorwärtsbewegung der rücksichtslosen Stahlkabine eine unnatürliche Position ein. Sie wurde zusehends verformt. Ihre Beine zuckten in der Luft. Es knackte mehrfach lautstark, bevor die Seilbahn unter Alarmgeläut stehen blieb und etwas unter die Gondel fiel.

Die Birkenbacher stand unten und würgte: Neben ihr lagen abgetrennt der Kopf und die rechte Hand der Toten. Die krallenartigen Finger umklammerten den Stofffetzen ihrer abgerissenen Jackentasche. Schleichendes Entsetzen kroch der Birkenbacher bis zum Hals hinauf und nahm ihr die Atemluft. So konnte selbst der letzte Depp rausfinden, wer hier die Alte runtergestürzt hatte. Der vom Gondelfahrer ausgelöste Alarm dröhnte in ihren Ohren. Es musste jetzt schnell gehen. Benommen angelte sich die Birkenbacher das mit dem verräterischen Leinenstück umschlungene, ekelerregende Körperteil. Den unverfänglichen Kopf ließ sie liegen und lief los.

Der Fahrer über ihr hatte sie nicht bemerkt. Hier fuhr eine Zweiseil-Pendelbahn, daher befand sich nur noch eine gerade eingefahrene Gondel auf der anderen Seite der Mittelstation Richtung Höfatsblick. Der Mann an deren Steuer war, genauso wie die Wandergruppe und der Aufseher, durch vordere und seitliche Mauern vom Tatort getrennt. Der Durchgang Richtung Talstation lag im Dunkeln. Der Berggasthof Seealpe war zwar nicht weit entfernt, aber vom Nebel verschluckt. Es gab keine unerwünschte Zeugen, die die Museumsdirektorin bei ihrer Flucht hätten beobachten können.

Außer einem: Kralle, Vladimir Kralitschki, stand mitten auf einer Bergwiese im dicken Nebel. Trotz farbenprächtiger

Outdoor-Funktionskleidung vermochte ihn dort niemand zu sehen. Er jedoch hatte alles beobachten können. Wie konnte das möglich sein? Er hatte sich mit einem Nachtsichtgerät auf den Weg zum AllgäuerAlpenMuseum gemacht, gekleidet wie ein typischer Tourist mit hoffnungslos übertriebener alpiner Ausstattung. Um genauer zu sein: Er war Gundi damit auf Verdacht gefolgt und war nun Zeuge ihres unfreiwilligen Ablebens geworden. Die durch das unscheinbare Fernrohr sichtbar gemachten Infrarotstrahlen hatten ihm einen Überblick über die mordsmäßigen Verhältnisse im Oberallgäu gegeben. Er war heilfroh, dass er in München lebte, packte sein Nachtsichtgerät (das er im Sonderangebot bei 3A-Brillen erstanden hatte) wieder ein und machte sich an den Abstieg ins Tal. Eine Gondel brauchte die russische Sportskanone nicht, er war in einer Viertelstunde unten.

Die Birkenbacher machte sich hurtig in die andere Richtung davon, zum AllgäuerAlpenMuseum. Sie zog während des Dauerlaufes ihr beiges Jackett aus, wickelte das leblose Beweisstück darin ein und machte sich davon. Sie hörte noch das hysterische Kreischen der Wandergruppe und der Seilbahn-Mitarbeiter im Hintergrund.

* * *

Jens Pfennig stand vor dem Safe. Er hatte es doch noch gewagt, ohne Ermächtigung seiner Chefin hatte er Eingangsschlüssel und Zugangscode zum Museum benutzt. Es war Samstagmorgen, zwei Wochen nach der Museumseröffnung, grad als die PI Oberstdorf mit der Kripo Kempten zusammensaß und gegen ihren andauernden Alkoholrausch ankämpfte.

Jens Pfennig war früh aufgebrochen, um vor allen anderen in das AllgäuerAlpenMuseum einzudringen. Sein Ausspähvorhaben war erfolgreich gewesen, die fünfte Aufzeichnung hatte es gebracht, nach mehrmaliger Korrektur der Webcam-Ausrichtung auf den Safe. Die Kamera hatte am frühen Freitagmorgen Birkenbachers Eingabe des Sicherheitscodes aufgezeichnet.

Den wollte der Jens jetzt gleich ausprobieren. Er baute die Kamera ab. Nachdem er sie in seinem Rucksack verstaut hatte, stand er vor dem Safe. Seine Hände zitterten, aber sie schafften es, den ausgespähten Code fehlerfrei einzugeben. Der Sesam öffnete sich.

Jens schwenkte die Safetür zur Seite. Er schaute neugierig hinein. Seine Augen mussten sich erst an die Dunkelheit in der kleinen Wandhöhle gewöhnen. Ungläubig betrachtete er die Umrisse eines Gegenstandes, die sich im Dunkel abzeichneten. Er traute sich nicht, in das bedrohliche Loch zu fassen. Er wollte es erst genauer sehen, holte seine Taschenlampe heraus und leuchtete in den offen stehenden Schlund.

Dann erkannte er, was da tatsächlich lag. Er erschrak, machte einen Schritt zurück. Er stolperte und fiel zu Boden, bevor die Bürotür aufging und jemand eintrat. Jemand, der selbst großes Interesse am Safeinhalt hatte und gleich zugriff.

* * *

Festgenagelt war sie worden. Die Nacht zum Samstag hatte die Birkenbacher in einer als Ausnüchterungszelle dienenden Räumlichkeit im benachbarten Tirol verbringen müssen. Die Papiere für die Übergabe waren ausgefüllt und abgestempelt. Die Österreicher wollten die Gefangene jetzt an der Grenze kurz vor Oberjoch an die Allgäuer Kollegen loswerden.

Der Daniel, selbst noch nicht ganz bei Sinnen, hatte jedoch einen Fehler begangen. Er hatte versäumt, die frischen Polizeianwärter mitzuschicken, sie waren ja nicht am Vorabend beim PI-Leiter feiern gewesen. Zusammen mit ihnen wäre die Übergabe gewiss geglückt. Aber so stand es nun recht schlecht um die Erfolgsgeschichte der PI Oberstdorf.

Stattdessen war eine an den Folgen des feuchtfröhlichen

Abends leidende Streife losgefahren, a Riesenblamage wartete auf sie. Aber der Daniel, der wusste einfach nimmer, wer alles beim PI-Leiter mitgezecht hatte. Die zwei eingeteilten Polizisten konnten nach der ausgeuferten Geburtstagsparty alles andere als einsatzfähig bezeichnet werden. Mit dunklen Augenringen und niedrigem Blutdruck standen sie jetzt vor den Tirolern.

»Servus, macht's guat«, kriegten die nur heraus. Die beiden kraftlosen Beamten nahmen die Museumsdirektorin in Empfang. Sie stellten sich an ihren Streifenwagen und genossen noch etwas die klare Bergluft. Die Freunde und Helfer lehnten sich kurz an die Motorhaube und flößten sich ein legales Aufputschmittel aus der Apotheke ein. Die umnebelten Hirnwindungen verlangten nach einer Brise frischen Windes sowie nach etwas chemischer Unterstützung.

Währenddessen sägte die Birkenbacher mit ihrem Brillantring an der neumodischen Kunststofffessel an ihren Handgelenken. Nach einigen Minuten sprang das so durchtrennte Band auf. Der Fahrer der Streife hatte sein Autofenster offen stehen lassen und döste im Chemikalienrausch direkt neben ebendiesem auf seinem Fahrzeug. Gut für die Birkenbacher, sie konnte so unbemerkt von der Rückbank aus auf den Vordersitz klettern. Sie griff durch die Fensteröffnung direkt in die Hosentasche des halb betäubten Polizisten, aus ihr ragte der Autoschlüssel heraus. Sie schnappte ihn sich, startete damit den Motor und brauste davon, Richtung Oberstdorf.

Als der Jens Pfennig sich gerade am Museumssafe zu schaffen machte, lagen die Beamten benommen auf der Straße und schauten der mal wieder flüchtenden Birkenbacher hinterher. Per Handy informierten sie die PI. Der Daniel schickte dann eine andere Streife, dieses Mal mit den frischen Polizeianwärtern besetzt.

Egi wurde ebenfalls angerufen. Er stand zu diesem Zeitpunkt gerade mit Akay vor dem Haus von Andrea Brunner in Oberstdorf. Sie wollten sie noch einmal zu den widersprüchlichen Aussagen vernehmen.

»Egi, musst sofort los! Die Birkenbacher ist uns bei der Übergabe abgehauen«, forderte Daniel.

»Sakra! Mir bleibt heut nix erspart«, beschwerte sich Egi. »I kann kaum fahre, Daniel«, flüsterte er hinterher.

»Lass doch den Anzügler hinter der herheizen«, riet Daniel. »Unsere Frischlinge sind auch schon auf dem Weg.«

Der Egi wurde da ganz nervös. Zwei Polizeianwärter als Unterstützung zur Verfolgung der listigen Birkenbacher? Der Akay würde sich ins Fäustle lachen und die PI Oberstdorf ganz schön deppert dastehen. Also bestellte Egi die Anfängerstreife ab, er forderte stattdessen Unterstützung vom SEK an. Daniel geriet in helle Aufregung, aber die Museumsdirektorin sollte ihnen nicht zum dritten Mal entkommen.

Akay sollte also nun hinter der herheizen. Er war damit einverstanden, denn er hatte auch Befürchtungen, und zwar, dass sich hier am letzten südlichen Zipfel Deutschlands nie ein Ermittlungserfolg einstellen würde. Er würde bestimmt großen Ärger bekommen, aber wenn selbst das SEK die nicht kriegen würde, dann fiele sein Ärger etwas geringer aus.

Akay fuhr los und nahm die Kurven, als würd er Formel-1-Training machen. Egi saß verkrampft auf dem Beifahrersitz. Dem stand der Mageninhalt bis zur Unterlippe, manchmal auch etwas höher. Er presste den Mund zu und schloss die Augen.

Der gestohlene Streifenwagen konnte per GPS geortet werden. Die Birkenbacher fuhr einen Zickzackkurs von Sonthofen Richtung Oberstdorf.

Egi ließ sich jedoch nicht von den widrigen Umständen verwirren. Er hatte einen Verdacht, und den musste er jetzt leider dem Akay anvertrauen, sonst würde der ja nicht mitmachen, sondern wieder an Bockmist entscheiden. Aber dazu musste er den Mund öffnen.

»Akay, i wollt dir no sagen …« Der Rest ging fast im Geröchel unter. Aber das wichtigste Wort hatte der Akay verstanden. Er war damit unerwarteterweise einverstanden.

Der Anzügler wusste gar nicht mehr weiter in diesem Fall. Die Alten waren vielleicht doch nicht die Mörder, aber eventuell die Birkenbacher, hätte er nie gedacht. All seine Vermutungen hätten sich dann als falsch herausgestellt. Aber akzeptieren konnte der Anzügler das nicht, ihm mangelte es nämlich an einer neuen Strategie zur Ehrenrettung der Kripo Kempten. Sollte der PHK doch machen, was er wollte, Akay wäre es nur recht, wenn der sich irren würde. Dann könnte Akay die ganze Unfähigkeit schön auf die PI Oberstdorf schieben. Das SEK folgte jetzt Egis Anweisungen, und Akay hielt sich lieber im Hintergrund.

* * *

Kaum zu glauben, die Birkenbacher begab sich tatsächlich an das vom Egi vorausgesagte Ziel. Sie parkte den geliehenen Streifenwagen vor dem AllgäuerAlpenMuseum. Ohne einen Blick nach links oder rechts zu werfen, rannte sie durch den Eingangsbereich direkt in ihr Büro. Als sie durch die Tür gestürzt war, platschte etwas unter ihren Schuhsohlen. Sie schaute an sich herab, eine rote Flüssigkeit lief über den Fußboden. Was war denn hier passiert? Sie musste vorsichtig sein, es stimmte etwas nicht. Langsam schlich sie zu dem Wandvorsprung hinter der Tür und lugte um die Ecke, Richtung Wandsafe. Sie begriff nicht, was sie sah, ihre Augen weiteten sich. Sie riss den Mund auf, konnte einen Schrei gerade noch unterdrücken. Vor ihrem Safe lag blutüberströmt der Kassenwart Jens Pfennig.

Wie konnte das sein? Hier hatte jemand einen Menschen angegriffen, ihren Angestellten, in dem Museum, das sie leitete. Wer hatte das gewagt? Und wie sah das jetzt aus? Klar, das sah so aus, als hätte sie es getan, hatte sie aber gar nicht. Wie gelähmt stand sie nun da, vor einem Halbtoten. Und der scheiß

Revolver, das Beweismittel mit ihren Fingerabdrücken und den verräterischen DNA-Spuren von Gundis Kopf, der lag immer noch im Museumssafe. Dieser stand jetzt sperrangelweit offen. Es hatte ihn jemand widerrechtlich geknackt und Jens aufgeschlitzt, verdammt!

Die Birkenbacher war so entsetzt, dass sie die einparkenden Autos und die erregten Stimmen draußen nicht hörte. Auch das bedrohliche Knacken vom Zusammenbau der Präzisionsgewehre mit übergroßem Kaliber .50 BMG drang nicht zu ihr durch.

* * *

Als sie ankamen, sah Egi den gestohlenen Polizeiwagen auf dem Museumsparkplatz stehen. Das SEK war grad schon eingetroffen und lenkte seinen weißen Kastenwagen in eine Parkbucht, auf der vor Kurzem noch eine weiße Limousine aus München gestanden hatte. Deren Fahrer Kralle, Vladimir Kralitschki, hatte nun fast alles, was er brauchte. Und niemand in Oberstdorf wusste, dass er sich hier herumtrieb.

SEK, Kripo und Polizei stiegen aus. Egi und Akay stürmten das Museumsgebäude. Das SEK sollte die Birkenbacher wenn möglich lebend festnehmen, also rannten sie mit gezückten Waffen hinterher. Instinktiv lief der PHK Richtung Büro und trat ein. Auch der PHK starrte geschockt auf den Boden, in dieselbe riesige Blutlache wie vor ihm die Birkenbacher. Er war mitten reingelatscht, Schuhe und Hose waren jetzt versaut.

Die Elli würde wieder ein Theater machen. Verbrecherblut in der heimischen Waschmaschine, das passte der gar nicht. So etwas musste unbedingt auf neunzig Grad gewaschen werden, wie die Unterwäsche. Ein gemeinsamer Waschgang? Ekelhaft. Elli hatte deshalb beim Chefmeier schon einmal eine zweite Maschine für getrennte Waschgänge beantragt. Der hatte ihr geraten, ihre häuslichen Pflichten gefälligst in Eigenregie zu regeln. Zwar gab's einen speziellen Reinigungsdienst für solch bemitleidenswerte Kleidungsstücke, aber da sparte der PI-Leiter gerne. In Oberstdorf existierte so gut wie keine Kriminalität, also braucht's so was gar nicht.

Und der Egi war auch zu geizig gewesen. So oft kam es bei seinen Einsätzen ja wirklich nicht vor, dass Fremdgewebe und Körperflüssigkeiten an der Kleidung verblieben. Die Elli sollte sich nicht so anstellen. Die war sowieso hypersensibel in letzter Zeit, morgens war ihr auch immer übel.

Aber jetzt weg von der bald anstehenden Reinigungsproblematik, hin zur grad vor dem PHK stehenden Verbrecherin. Die Birkenbacher schaute ihn an, mörderisches Gedankengut unterstellte er ihr bei dem Blick. Aber ihr Handtäschle-Revolver, der lag ja noch im Safe, welch glückliche Fügung. Außerdem wäre der nix gewesen, gegen die sechs auf sie gerichteten Maschinengewehröffnungen.

Man sah ihr an, dass sie mit sich rang. Ihre Augen richteten sich wiederholt von der SEK-Truppe auf Egi und dann zum Safe. Da war ja die eine Alternative übler als die andere. Dermaßen in die Enge getrieben, konnte die Vernunft siegen, sie ergab sich und hob die Hände. Die wurden ihr direkt auf dem Rücken zusammengebunden, dieses Mal mit herkömmlichen Stahl-Handschellen. Egi war zufrieden, ein Lächeln wollte gerade sein Antlitz erobern, da fiel ihm plötzlich etwas Wichtiges ein.

»Sakra! Akay, hilf dem Mann, der verblutet ja«, rief der PHK. Er hatte ein mentales Problem mit dem ausgelaufenen roten Saft und war wie gelähmt. »I ruf an Notarzt.«

Akay rackerte sich an dem bewusstlos am Boden liegenden Jens Pfennig ab. Er hob dessen Kopf hoch, damit das noch vorhandene Lebenselixier im unteren Teil des Körpers verblieb und nicht weitersprudelte. Er drückte ihm diverse hingereichte Kleidungsstücke auf die offene Wunde, damit nicht noch mehr Blut austrat und zumindest ein Mindestanteil davon in Jens Pfennigs

Hirn gepumpt wurde. Etwas Besseres fiel dem Anzügler nicht ein, am Hals konnte man ja schlecht abbinden.

Die Birkenbacher wurde abgeführt. Als sie Egi dabei passierte, sausten ihm Giftpfeile aus ihren eiskalten Augen entgegen. Sie gab ihm im Vorbeigehen einen Stoß mit ihrer kräftigen Schulter, es fühlte sich an wie ein Erdbeben. Egi war völlig unvorbereitet, er führte grad das Telefonat mit dem Rettungsdienst, da stieß er mit dem Kopf an die Kante eines Büroschranks. A riesige Platzwunde gab's an der PHK-Stirn. War ein gemeingefährlicher Job, den er da hatte.

Die Birkenbacher fauchte ihm noch zu: »Der blöde Pfennig, der lag da schon, als ich ankam!«

Wer's glaubte. Aber nun wusste er, dass es sich um Jens Pfennig handelte, den hatte er mit dem roten Überzug gar nicht erkannt.

Die Birkenbacher stolzierte am Arm zweier Polizeibeamter heraus, da fiel Egis Blick auf ihre Schuhe. Auf immens großem Fuß war die unterwegs; erstaunlich, dass es dafür noch feminines Schuhwerk gab. Mindestens Größe 42 war das, sehr interessante Erkenntnis für den PHK.

Als sie abtransportiert worden war, enterte der Notarzt den Tatort. Er rettete als Erstes dem verwundeten Jens Pfennig das Leben. Der wurde daraufhin in die Klinik geflogen. Ja, leider hatte Egi mit seinem Notruf schon wieder einen kostspieligen Hubschraubereinsatz beantragt.

Danach verarztete ein Rettungssanitäter den schwer verletzten PHK. Dieser fuhr daraufhin mit Jens Pfennigs Blut überströmt heim. Da war er der Held des Tages mit seiner beinahe tödlichen Wunde.

Elli wunderte sich allerdings. Er hatte ja eine Macke am Kopf, aber der untere Teil seiner Hose und seine Schuhe waren mit Blut verschandelt. Da musste einiges in hohem Bogen herausgesprudelt sein aus dem PHK-Köpfle. A unbeschreibliche Sauerei war's. Wie sollte sie das jetzt wieder sauber kriegen? Aber zum Glück war's ja aus einer familieninternen Wunde.

Anderthalb Wochen zuvor:

Die Birkenbacher saß am Mittwoch nach ihrer ungeplanten Tat am Schreibtisch im Büro des AllgäuerAlpenMuseums. Sie überlegte fieberhaft, wie sie unbefleckt aus diesem Desaster hervorgehen könnte. Ein Mord war gar nicht geplant gewesen, aber sie war ungeahnt in Bedrängnis geraten, da hatte sie etwas unternehmen müssen. Dass es eine Tote hatte geben müssen, war ihr jetzt gar nicht recht. Aber warum? Es war nicht schade um diese alte Schabracke, die hatte es nicht besser verdient. Was hatte die auch am Museum herumschnüffeln müssen?

Das Problem war jetzt nur, ihre Hand loszuwerden. Die Birkenbacher strengte ihr Hirn an. Die Ganovenzwillinge waren bereits wegen des Kelchdiebstahls verhaftet worden, das hatte ihr hervorragend ins Konzept gepasst. Warum sie nicht auch für den Mord büßen lassen? Die Opas waren die perfekten senilen Sündenböcke, und es schienen beide ein amouröses Verhältnis zu Gundi gepflegt zu haben. Das hatte die Birkenbacher beim Metzger gehört. Die Verkäuferinnen waren mehr mit Tratsch als mit den an die Leute zu bringenden Fleischwaren beschäftigt. Die Birkenbacher war sich sicher, dass sich die Zwillinge hervorragend als Mordverdächtige eignen würden. Sie könnte den Verdacht auf sie lenken, damit die Sache schnell vom Tisch käme.

Sie fasste einen Entschluss, sie würde die Hand ohne Leinenfetzen und in mit Handseife und Nagelbürste von weiteren Rückständen gesäubertem Zustand im Park der Oberstdorfer Gold-Residenz vergraben. Sie beförderte also in der Nacht zum Donnerstag das langsam dunkle Flecken annehmende Beweisstück in einem Gefrierbeutel dorthin. Dazu nahm sie im Rucksack Handschuhe und eine Gartenschaufel mit. Die hatte sie einem Nachbarn entwendet, der sie erst gestern neu gekauft und in der Tiefgarage in seinem Gartensack hatte stehen lassen.

Sie fuhr los, stellte ihr Auto einige Straßen entfernt von ihrem

Ziel ab. Dann ging sie zu Fuß weiter. Die Zufahrt zur Seniorenwohnanlage war mit einem schmiedeeisernen Tor ausgestattet, das gerade einen Spaltbreit offen stand. Sie schlüpfte in Brauntönen gekleidet, behandschuht und nur mit Socken an den Füßen hindurch. Nun musste ein geeignetes Plätzle gefunden werden. Sie war unsicher, völlig fremd war ihr ein solches Vorhaben. Im Dunkeln hob sie ein tiefes Loch, geschützt unter der wuchtigen Hecke am hinteren Ende des Grundstücks, aus und vergrub darin Gundis Pranke.

Sie befand sich schon auf dem Weg zur Ausfahrt, da fiel ihr entgeistert ihr Denkfehler auf. Sie hatte ein sicheres Versteck ausgewählt, aber die blöde Flosse sollte doch gefunden werden! Also ging sie noch einmal zurück, scharrte das eben vergrabene Etwas wieder heraus und sah sich erneut um. Sie wählte nun eine Stelle in einem Rosenbeet, das würde bestimmt in regelmäßigen Abständen von einem bedauernswerten Gärtner gegossen. Es befand sich am Rand eines quadratisch gemauerten Pavillons, gegenüber einem Seitenausgang der Residenz. Hier musste sie vorsichtig sein, jeden Moment könnte jemand herauskommen. Mit hektischen Blicken zur Tür buddelte sie erneut ein Loch und ließ das lästige Teil darin verschwinden.

Plötzlich hörte sie Stimmen aus dem Gebäudeinneren. Sie musste das offene Loch augenblicklich verlassen, um sich rasch hinter einen Dornenbusch zu werfen. Ein verliebtes Seniorenpärchen trat heraus. Es begab sich zum Pavillon und plauschte händlehaltend auf der romantischen Holzbank. Es wurde hemmungslos herumgepilchert, Ewigkeiten dauerte das. Der Birkenbacher kam die Idee, die beiden umzulegen, zwei Tote mehr machten auch keinen Unterschied. Viele Jahre hatten die sowieso nicht mehr vor sich, und sie wäre dann hier schneller fertig geworden. Aber nachdem sie sich eine halbe Stunde lang das öde Geplänkel von ihnen angehört hatte, verschwanden die Alten wieder. Erleichtert kroch die Birkenbacher zurück zu dem Beet.

Als sie das noch freiliegende Greiforgan gerade mit Erde bedecken wollte, fiel ihr ein beschissener Wasserschlauch auf. Verdammt, der war wohl Teil eines automatischen Bewässerungssystems. Sie stellte sich vor, wie die Pfote aufgedunsen vom umspülenden Wasser immer tiefer im Boden versank, ohne jemals in das Blickfeld eines bestürzten Finders zu geraten. Das war kein guter Platz für das der Verdachtsumlenkung dienende Stück. Voller Ekel nahm sie die derweil in Mitleidenschaft gezogene Hand ein weiteres Mal an sich.

Sie ärgerte sich um die vertane Zeit und ging zurück zur Straße. Hier an der Einfahrt zur Residenz würden bestimmt einige Köter ausgeführt, den Gestank der Verwesung aufnehmen und anschlagen. Es war zwar riskant in der Nähe der Straße, und der Boden war fest, aber sie schaufelte für ihre Straffreiheit. Es kamen einige Autos vorbei, sie musste immer wieder hinter die großen Bäume am Rande des Tors springen. Danach preschte sie zurück zu dem offenen Schlund. Der sollte nicht lange Freude an seinem Leichenteilschmaus haben. Nach dem siebten Spurt war die Grube fertig und gefüllt. Erfolgversprechend schloss sie das letzte ausgehobene Erdloch. Nun war sie das Mistding endlich los.

Zufrieden ging sie zurück zu ihrem Auto, vermied das Licht der Laternen, verstaute ihre Hilfsmittel im Kofferraum, zog die dreckigen Socken aus, packte sie in eine Plastiktüte und machte sich auf den Rückweg über die B19. Nach einigen Kilometern hielt sie am Rande eines dichten Waldstücks, eine perfekte Umgebung für den nächsten Schritt. Sie begab sich barfuß hinein. Sie musste alles verdächtige Zeug loswerden, an einer unübersichtlichen Stelle. Sie verbrannte ihre braunen Kleidungsstücke sowie die Stoffreste der von Gundi zerrissenen Jacke. Nachdem alles verkokelt war, bedeckte sie die gelöschte Brandstelle mit feuchter Erde.

Am Straßenrand kippte sie sich Wasser aus einer PET-Flasche über die Direktorinnenfüße, die schmierige Walderde musste entfernt werden. Dann setzte sie sich auf den Fahrersitz und zog ihre sauberen Schuhe an. Sie war erleichtert, das leidige Thema war abgehakt. Die Birkenbacher machte sich mit ihrem unbeschmutzten BMW auf den Heimweg. Müde fiel sie ins Bett. Die Gartenschaufel verblieb dreckig im Rucksack, der stand nun in einem unscheinbaren Umzugskarton in ihrem Keller. Am nächsten Morgen verschlief sie eine Stunde und hastete am Donnerstag unverrichteter Dinge zur Arbeitsstelle.

* * *

Es war Montag. Die grässliche Museumseröffnung war vor mehr als zwei Wochen gewesen und beschäftigte die PI Oberstdorf immer noch. Die Kripo Kempten auch, die wohnte wie gehabt im Hotel, leider.

Es lagen mittlerweile weitere Informationen vor: Die Einzelverbindungsnachweise der Verdächtigen hatte die Beamten nicht weiterbringen können, ebenso wenig die Untersuchungen des Terminal-PCs aus der Seniorenresidenz. Zu viele Menschen hatten drangesessen und Fingerabdrücke, Hautpartikel, Haare, Körperflüssigkeiten sowie Essensreste hinterlassen. Dieses Gerät stellte einen wunderbaren Nährboden für allerlei Lebensformen dar, mehr aber auch nicht.

Wie man hatte feststellen können, waren es definitiv Herri und Robbi gewesen, die die Kelchutensilien in diversen Online-Shops bestellt hatten, die Deppen hatten mit ihren Kreditkarten bezahlt. In Im-Ex-Bertis Scheune hatten sie diese dann zu Kelchkopien weiterverarbeitet. Zeugen aus dieser Einrichtung hatten den Kriminalbeamten einige Tatwerkzeuge übergeben. An denen hatte die Spusi belastende DNA sichern können, sie waren nicht gründlich genug gereinigt worden. Die Haarstoppeln auf dem Ausstellungspodest stammten von Herri. Die Ganovenzwillinge galten somit des Kelchdiebstahls überführt.

Nach der erdrückenden Beweislast hatten sie ihre Taten zugegeben, allerdings flunkerte Robbi etwas bei seinem Geständnis.

»Das war ein ganz komplizierter Akt, die Sensoren der Alarmanlage an der WC-Luke zu überbrücken. Ich hab über eine halbe Stunde dafür gebraucht.« Er wollte nicht zugeben, dass er gar nicht in das Museum hatte einbrechen müssen, weil Finn Schönfeldt das Fenster hatte offen stehen lassen. Seine Ganovenehre hätte darunter zu sehr gelitten. »Und das, ohne Spuren daran zu hinterlassen. Das kann halt nur ein Profi.«

Robbi, der Profi, war wieder ganz Sitzriese bei den Worten. Die Polizeibeamten verzichteten darauf, sich vorführen zu lassen, wie so etwas ging. Sie waren froh, dass das geklärt war, also, Punkt abgehakt. Finn war damit unbemerkt raus aus der Sache. Wäre Robbi ehrlich gewesen, hätte man ihn bestimmt noch einmal herbestellt.

»Ein Profi wäre, wie Ihr Zwillingsbruder, durchs Küchenfenster eingestiegen, da war nämlich kein Sensor«, meinte Akay nur dazu.

Der Sitzriese sackte in sich zusammen. Er ließ sich mit hasserfülltem Blick auf den Anzügler abführen.

Beide Brüder hatten nicht erklären können, wie der Knetmasse-Kelch auf das Podest gekommen war. Hier waren sich PI Oberstdorf und Kripo Kempten in einem einzigen Punkt einig: Eigentlich war das ja irrelevant, bei dem Gewimmel an dem Podest. Es war verständlich, dass sich die Senioren bei dem Hin und Her mit den vier Kelchkopien nicht erinnern konnten.

Es gab allerdings noch mehr Neuigkeiten. Das beauftragte Institut für Materialforschung hatte aufgrund von Chefmeiers telefonisch übermittelten hysterischen Anfällen in Windeseile gehandelt. Diesen »Kunden« wollten sie fix zufriedenstellen. Es waren ruck, zuck eine Röntgenfluoreszenzanalyse (Methode zur Materialbestimmung von Metallen und Steinen) sowie eine radiometrische Datierung (Verfahren zur Messung der radioaktiven Halbwertzeit) durchgeführt worden. Die Untersuchungen ließen Rückschlüsse auf Herkunft, Echtheit und Alter des Materials zu. Die Ergebnisse zeigten nun, dass einer der Kelche eine hervorragende Kopie aus Gold und Edelsteinen darstellte. Vom Alter her konnte es jedoch nicht das Original sein. Er war unter Robbis Dreckwäsche gefunden worden. Die zwei anderen Kopien waren stümperhafte Abbilder: Der eine Kelch bestand aus Kupfer, der andere aus Blech. Beides einfach zu bearbeitende, weiche, form- und schmiedebare Metalle, die mit Blattgold überbügelt worden waren. Die Steine bestanden allesamt aus künstlich hergestellten, gefärbten Einkristallen – billigen Zirkonia. Der Kupferkelch war in Herris Dreckwäsche entdeckt worden, der Blechkelch hatte im Museumsschrank gestanden. Die Ganovenzwillinge hatten also nur Kelchkopien gestohlen.

Der SOKO Kelch wurde somit klar, dass ihnen immer noch das Original fehlte. Wer zum Teufel besaß den echten Heiligen Kelch?

Und es gab immer noch Gundis mysteriösen Tod: Herri trug Schuhgröße 42, sein Bruder Robbi 40 und Berta 37. Herri kam also als Grabausheber der leblosen Hand Gundis infrage, wie viele andere Bewohner der Seniorenwohnanlage verfügte er über die gesuchten Standardfüße. Aber im Keller der Birkenbacher war ein brauner Rucksack mit neuwertiger Gartenschaufel gefunden worden, diese wies unbekannte Fingerabdrücke und Spuren von allen drei Bodenproben aus dem Seniorenresidenz-Park auf. Es hätte also auch die Museumsdirektorin sein können, die die Hand dort vergraben hatte, um den Verdacht auf die Ganovenzwillinge zu lenken. Oder andersherum: Die Ganovenzwillinge hätten den Rucksack in Birkenbachers Keller stellen können, um den Verdacht auf sie zu lenken.

Egi hätte jetzt am liebsten Urlaub genommen, er vermutete aber, dass der Chefmeier ihn nicht genehmigen würde.

Hinzu kamen noch weitere Neuigkeiten: Der im Museumssafe gefundene Revolver hatte am Lauf etwas verklebt ausgesehen. Eine dunkle Masse vermengt mit gräulichen Haaren ließ ihn unschön wirken, daher hatte Egi ihn mit einem Hinweis auf diese Gewebestückle direkt an Erich Engstein weiterleiten lassen. Egi konnte sich vorstellen, zu welcher Person diese Fasern passten. Wem das Schießeisen gehörte, wussten alle.

Die Vorkommnisse des letzten Samstags waren ebenfalls noch ein Rätsel: Der Kassenwart Jens Pfennig hatte nach der notärztlichen Versorgung eine anschließende Not-OP gebraucht zur Wiederherstellung seiner angeritzten Halsschlagader. Danach hatte er benommen ausgesagt, dass die Birkenbacher in ihr Büro eingedrungen sei, dort habe sie ihm mit einem Messer in den Hals gestochen. Dieser Anschuldigung musste dringend nachgegangen werden, die Birkenbacher hatte bereits jedwede Täterschaft abgestritten.

»Wir müssen herausfinden, ob Jens Pfennig wirklich von der Birkenbacher abgestochen worden ist«, leitete Akay die Diskussion ein. »Die Birkenbacher hat gleich behauptet, dass er schon dalag, als sie das Büro betreten hat. Der Pfennig hat aber nach der OP ausgesagt, dass sie ihn angegriffen habe. Was meinst du dazu, Silvia?«

»Also ich denke, es ist nicht einfach zu beurteilen«, schwafelte die Psychotante. »Die Birkenbacher würde natürlich nie zugeben, dass sie es war. Aber wenn man gerade aus einer OP erwacht ist, ist man nicht uneingeschränkt aussagefähig. Wir sollten den Pfennig im Krankenhaus besuchen und noch einmal befragen. Er kam uns bereits verdächtig vor, er treibt im Museum sein Unwesen, da bin ich mir sicher. Erich, was meinst du denn zu der Blutmenge am Boden?«

»Fakt ist, da war schon viel Blut rausgeschwappt«, erklärte der Einstein der Rechtsmedizin antinasal durch den Telefonlautsprecher. »Groß war das Loch in der Halsschlagader nicht, hat der Rettungsarzt in seinem Bericht angegeben, also konnte das Blut nicht sehr schnell austreten. Deshalb gehe ich davon aus, dass der Pfennig schon mindestens zehn Minuten dort gelegen hat. Die Birkenbacher war aber höchstens zwei Minuten da gewesen, bevor ihr eingedrungen seid. Außerdem haben mir die Klinikärzte Fotos geschickt. Ich habe mir den Winkel des Schnittes angesehen, die Museumsdirektorin ist eindeutig zu groß dafür. Es sei denn, sie hat den Pfennig von unten angesprungen. Dazu hätte sie am Boden hocken müssen, was ich nicht glaube. Das war eher ein Zwerg wie ich, der das vollbracht hat. Den Rest müsst ihr rausfinden.«

»Danke, Erich«, meinte Akay. »Das bringt uns weiter. Die Birkenbacher kann es also nicht gewesen sein.«

»Wer war'sch dah?«, wollte Rudi wissen.

»Das ist eine gute Frage, Rudi«, sagte Akay.

»I hab mir die Fotos vom Tatort ang'sehe, Egi.« Rudi ließ sich vom Anzügler nicht aus der Ruhe bringen. »Mir isch da was aufgefalle.«

»Was denn?«, fragte Egi hoffnungsvoll.

Der PHK holte zeremonienmäßig die Fotos aus dem vor ihnen liegenden Umschlag, stand auf und klebte sie an die Pinnwand.

»Da auf'n Fotos sieht man neben der Blutpfütsche Schuhabdrücke, die stammen von klobige Arbeitsschuhe. Die trägt a Frau bestimmt nit. I weiß aber, wer solsch Elefantentreter anhatt. Erinnerst di, Akay?«

Der Anzügler schüttelte den Kopf, dem passte das gar nicht, dass er dazu weniger wusste als das Enggestirn. Er wandte sich wieder seinem Notebook zu.

»Hab i mir g'dacht«, stichelte Rudi. »Der Leitstänger von'a Miet-Scheune. Der isch au a Zwerg wie der Erisch.«

Alle standen erstaunt auf, jeder wollte sich die Abdrücke auf den Fotos aus der Nähe ansehen. Wie hatte der das nur wieder hinbekommen? Das Enggestirn schien doch noch eine gute Beobachtungsgabe zu haben.

»Rudi, du bisch genial«, rief Egi erfreut. Der Leitstänger, also Im-Ex-Berti, hatte den Jens Pfennig als einen seiner Mieter genannt. Die kannten sich und pflegten »Geschäftsbeziehungen«, das hatte Egi bei der ganzen Aufregung vergessen. Jetzt musste er nur noch klären, was der Leitstänger im Büro des Allgäuer-AlpenMuseums gewollt hatte.

* * *

Am Montagnachmittag nahm man sich Im-Ex-Berti im Verhörraum vor. Natürlich musste die Silvia ran, hatte der Akay gemeint, die würde den psychoanalytisch auseinandernehmen. Aber der Rudi hatte auch ein Anrecht auf das Verhör, er hatte den Verdächtigen aufgetan. Also saß da nun das Enggestirn gemeinsam mit der Psychotante vor einem dubiosen Geschäftsmann, der der Meinung war, dass Frauen auf keinen Fall in den Polizeidienst gehörten.

»Was soll denn das Weib hier?«, keifte er gleich los.

»Die Frau isch Polizeipsychologin und unterstützt mi bei Ihra Verhör, Herr Leitstänger«, erklärte Rudi zufrieden. Die Psychotante sah das anders, sie meinte das Verhör zu leiten.

»Sind hier denn keine fähigen Männer verfügbar?«, beschwerte sich Im-Ex-Berti mit gerümpfter Nase, bevor Silvia ihrem Unmut über die Zuständigkeitsbereiche Ausdruck verleihen konnte.

Silvia hätte ihm für diese Unflätigkeit gerne sein Glas Wasser über den Kopf geschüttet, sie hielt sich aber aus polizeidienstlichen Gründen zurück.

»Herr Leitstänger, Sie haben unsch vor einige Tage verzählt, dass Jensch Pfennig einer Ihrer Mieter in'er Scheune war. Was hat er da g'schafft?«, fragte Rudi halbwegs hochdeutsch.

»Der Junge hat bei mir an seinem Motorrad rumgeschraubt, weil seinen Eltern das alles zu dreckig war in ihrer unbefleckten Garage«, antwortete der Scheuneneigentümer. Sein vom Alter und Gewerbe gegerbtes Gesicht verriet pure Langeweile. Er schaute sich interessiert die Decke des Verhörraums an.

»Und welche Probleme hatten S' mit ihm?«, wollte Rudi wissen.

»Ich hatte keine Probleme mit ihm.«

»Warum sind Sie ihm dann zum Museum gefolgt und haben ihn angegriffen«, schaltete sich Silvia ein.

»Was will die denn jetzt?«

»Sie verhört Sie, Herr Leitstänger«, erklärte Rudi in perfektem Hochdeutsch.

»Nein, ich lass mich nicht von einem Weib verhören!«

»Müssen S' aber, sonscht nehmen wir Sie in Untersuchungschhaft, Sie scheinen uns nämlisch verdächtig. Also, warum haben S' ihn attackiert?«, stellte Rudi nun die Frage, da konnte sich Im-Ex-Berti nicht mehr mit der Männlein-Weiblein-Sache herausreden.

»Ich habe ihn nicht attackiert.«

»Natürlich haben Sie das. Wir haben doch Ihre Schuhabdrücke am Tatort gefunden. Ihre Stiefel haben wir in Ihrer Scheune sichergestellt, Jens Pfennigs Blut klebte am Profil. Sie haben ihn bedroht und angegriffen«, fasste Silvia zusammen.

»Außerdem haben wir bereits mit ihm spreche könne. Er kaa si dran erinnern und hat S' erkannt«, log Rudi, Jens hatte ja die Birkenbacher beschuldigt.

»Das kann nicht sein.«

»Warum nicht?«, fragte nun doch wieder Silvia. Die war irritiert von Rudis Lüge. Nicht, dass das Enggestirn hier wieder alles vermasselte.

»Der hat so viel Lebenselixier verloren nach dem Stich in die Halsschlagader, da ist doch seine Aussage gar nichts wert«, antwortete Im-Ex-Berti. Dem wurde ganz unbehaglich bei solchen Behauptungen, da hatte er nicht bemerkt, dass ein Weib die Frage gestellt hatte. Er war ungewollt in den Rechtfertigungsmodus geraten.

Rudi lachte, jetzt hatten sie ihn.

»Herr Leitstänger, Jens Pfennigs Art der Verwundung wurde nicht an die Öffentlichkeit gegeben. Also können Sie auch nicht den Umfang seiner Verletzung kennen. Warum haben Sie ihn also angegriffen? Denken Sie daran, wenn Sie ein Geständnis ablegen, ist das in jedem Fall strafmildernd«, lockte ihn Silvia.

»Verdammte Scheiße«, ärgerte sich der Messerstecher. Er hatte sich aufs Glatteis führen lassen, und das Ende Juni. Mussten die auch immer »Herr Leitstänger« zu ihm sagen? »Das hat mir irgendeiner erzählt.«

»Wer denn?«, bohrte Rudi nach, hochdeutscher ging's nimmer.

»Das weiß ich nicht mehr. War bestimmt jemand aus der Scheune. Das könnte ja dann der Angreifer gewesen sein, wenn er das als Einziger wusste. Der hat mir bestimmt auch meine Stiefel geklaut.«

»Reden S' sich do nit raus, Herr Leitstänger. Das waren S' selbscht.« Rudi gab nicht nach.

»Nein!«

»Do, Herr LEITSTÄNGER!« Übertrieben betonte Rudi dessen Nachnamen. Er erinnerte sich, welche Wirkung das letztens in der Scheune gehabt hatte.

Silvia kapierte nicht, was Rudi da wieder trieb. Sie hielt sich aber zurück, gerade hatte die Taktik vom Enggestirn ja auch funktioniert.

Herr Leitstänger brach jetzt zusammen, immer dieser beschissene Nachname seines prügelnden Vaters. Mit dem Diktator hatte er allein leben müssen, weil seine Mutter bei seiner Geburt gestorben war. Der Sohn war schuld an ihrem Tod gewesen, hatte der alte Leitstänger allen erzählt. Der junge Leitstänger wollte ausschließlich Im-Ex-Berti sein, diesen Titel hatte er sich selbst verdient, nachdem er seinen Erzeuger vor sechsunddreißig Jahren ins Jenseits befördert hatte. Das hatte ihm damals zwar keiner nachweisen können, aber dessen Geist verfolgte Im-Ex-Berti immer noch. Stimmen vernahm er jedes Mal, wenn er alleine war. Und jetzt hörte er ständig seinen verwunschenen Nachnamen.

»Verdammte Scheiße«, wiederholte sich der Scheunenvermieter. »Okay, ich gebe es zu. Der Junge hat mir zu viel rumgeschnüffelt. Der hat alle meine Mieter ausgequetscht und mir meine Geschäftspartner vergrault, der Depp. Ich wollte ihm einen Denkzettel verpassen.« Im-Ex-Berti schniefte. »Als ich dann mitbekommen habe, dass es um den bepissten Kelch geht, bin ich am Samstag ganz frühmorgens zum Museum. Der Junge hat am Freitag in der Scheune telefoniert. Da hab ich mitbekommen, dass er dann dort einsteigen und was rausholen will. Dann hab ich ihm dort aufgelauert und ihn niedergemetzelt. Danach bin ich schnell weg, hat sich für mich nicht gelohnt. Da ist kein Originalkelch mehr. Keine Ahnung, was er da klauen wollte. In der Ausstellung stand nur Schund, und im Safe lag eine Knarre, mit der wollte ich nichts zu tun haben.«

»Dann war's das, Herr Leitstänger.« Das letzte Wort hatte natürlich das Weib.

* * *

Jens Pfennig musste nach der Aussage von Im-Ex-Berti erneut vernommen werden. Egi wollte herausbekommen, warum er die Birkenbacher als Täterin hinstellte, wo ihn doch Im-Ex-Berti niedergestochen hatte. Warum deckte er diesen Schurken? Egi stand am Dienstagnachmittag mit Silvia am Krankenbett des Lügners.

»Herr Pfennig, wir fragen uns, ob sie so kurz nach der Not-OP etwas benommen waren. Wir möchten zur Bestätigung Ihrer ersten Aussage noch einmal von Ihnen hören, was genau am vergangenen Samstag im Museumsbüro passiert ist«, forderte Silvia ihn zur wiederholten Lügerei auf.

»Aah, Frau Stern, ich bin noch so geschwächt. Aber Sie haben natürlich recht, am Samstagabend war ich benebelt von der Narkose.« Jens stützte sich unter Stöhnen im Bett auf. »Also, das war so: Der Safe war offen, ich wollte die Einnahmen vom Freitag herausholen und sie zur Bank bringen, wie immer. Aber dann stand da plötzlich die Birkenbacher. Die hat mich angeschrien, ich solle die Finger von ihrem Revolver lassen.«

»Lag dieser Revolver denn schon immer in dem Safe?«, ging Silvia auf die Lüge ein.

»Bisher ist er mir nicht aufgefallen«, antwortete Jens. Der hätte ihm auch nie auffallen können, die Birkenbacher hatte ihm untersagt, an den Safe zu gehen. Mit den Tageseinnahmen hätte sie ihn auch nie losgeschickt.

»I glaube, Herr Pfennig, Sie binden unsch hier an fetten Bären auf, sozusagen an Problembären«, unterstellte ihm Egi.

»Warum denn das?«, fragte Jens erschrocken. Er richtete sich noch weiter im Bett auf.

»Weil Herr Leitstänger die Tat bereits gestande hat«, erklärte Egi dieses Mal wahrheitsgemäß.

»Wer?« Diesen Namen hatte der ans Bett Gefesselte noch nie gehört.

»Er wird auch Im-Ex-Berti genannt«, erklärte Silvia.

»Der hat gestanden? Das glaub ich nicht«, meinte Jens.

»Doch, das hat er«, blieb Egi bei der Wahrheit.

»Dann sag ich jetzt nichts mehr. Wenden Sie sich an meinen Anwalt.« Der überführte Kassenwart lehnte sich wieder zurück und verschränkte die Arme.

»Das werden wir tun. Gute Genesung, Herr Pfennig«, meinte Egi.

Als der PHK mit der Psychotante in den Flur trat, ging ein älterer Herr an ihnen vorbei, der alles durch den Türspalt mit angehört hatte. Es war Kralle, Vladimir Kralitschki.

* * *

Egi saß im Verhörraum, neben Akay. Der Chefmeier, Rudi, Beate und Silvia standen im Nebenzimmer hinter dem Spiegel.

»Frau Birkenbacher, wir konnten alle Umstände um den Kelchdiebstahl und Gundula Beckers Tod rekonstruieren.« Egi wusste, wann man die Dinge etwas geschönt ausdrücken konnte. »Also geben S' endlich zu, dass Sie sie getötet haben und den echten Heiligen Kelch immer noch verstecken.«

Ihrem Rechtsverdreher traten Schweißperlen auf die Stirn, ein irrer Blick beherrschte seine betrügerische Visage.

»Wie können Sie mir das unterstellen? Ich bin hier das Opfer«, heuchelte die Birkenbacher.

Egi schaute in seinen letzten Bericht und las vor (Gedrucktes konnte er im perfekten Hochdeutsch vortragen): »Im Tresor des AllgäuerAlpenMuseums wurde nach dem Angriff auf den Kassenwart Jens Pfennig ein Revolver gefunden, der eine Vielzahl an Spuren aufwies. Die ballistische Untersuchung des Schlagbolzens und der Schussvorrichtung sowie die forensische Analyse haben ergeben, dass mit ihm nie geschossen wurde. Jedoch ist mit ihm zugeschlagen worden. Die darauf befindlichen Fingerabdrücke konnten der Museumsdirektorin Ruth Birkenbacher zugeordnet werden. Die Hautpartikel, Haare und das Blut am Lauf des Revolvers stammen eindeutig von der toten Gundula Becker, die an der Mittelstation Seealpe aufgefunden wurde. Ruth Birkenbacher hat für den Tatzeitpunkt kein Alibi. Die abgetrennte rechte Hand der Toten wurde in der Parkanlage der Oberstdorfer Gold-Residenz entdeckt. Sie war dort mit Gartengeräten vergraben worden, die im Keller von Ruth Birkenbacher sichergestellt werden konnten. Die im Park an unterschiedlichen Stellen vorgefundenen Fußabdrücke entsprechen einer Schuhgröße 42 mit schmaler Ferse, wie sie Ruth Birkenbacher hat. Sie wurde weiterhin während ihres Fluchtversuchs von der österreichischen Polizei in Tannheim festgenommen. In ihrem schwarzen BMW konnten in der Türverkleidung gefälschte, auf ihren Namen lautende portugiesische Papiere sichergestellt werden, darunter ein Ausweis und ein Führerschein.«

»Das sind unhaltbare Anschuldigungen«, meinte sie dazu. Ihre Nase reckte sie immer noch hoch, keine Einsicht zu erwarten.

»Frau Birkenbacher, ich bitte Sie. Das sind keine unhaltbaren Anschuldigungen mehr. Ich rate Ihnen zur Wahrheit zu wechseln«, legte ihr Anwalt unerwartet nahe. Seine Hakennase wollte sich gerne verkriechen, weit weg von hier. Ein Präzedenzfall würde das nicht für ihn werden, sein Interesse strebte gegen null.

»Sie fallen mir in den Rücken? Dafür bezahle ich Sie nicht!«

»Dieser Rat ist äußerst viel wert, Sie sollten auf mich hören. Oder wie viele Jahre wollen Sie im Gefängnis sitzen?« Beleidigt stand der unterschätzte Rechtsverdreher auf. Hier war für ihn nichts mehr an Prestige zu holen.

* * *

Egi stand vor Chefmeiers Schreibtisch. Der PI-Leiter saß da, keine Miene im PI-Antlitz. Beate und Rudi standen daneben. Egi präsentierte die Auflösung seines ersten Falles als PHK und trug seinen Bericht vor, natürlich in Hochdeutsch verfasst. Von dem Bief vonno Hiho erzählte er nichts, das war Briefgeheimnis. Den hatte er schön bei der Uroma Bruni gelassen, die sollten alle denken, er hätte die Hintergründe alleine aufgedeckt.

»Ruth Birkenbacher hat den Originalkelch und ihre hervorragende Kopie mitgebracht, als sie aus Portugal in ihre Heimat zurückkehrte. Ihre Familie hatte mit dem Verschwinden des Originalkelches vor achtzig Jahren zu tun gehabt. Die stammen alle aus Oberstaufen und kennen sich im Kunstgeschäft aus. Friedhelm Pfennig, der Großonkel von Ruth Birkenbacher, wurde verdächtigt, NS-Raubkunst aus den Nazi-Lagern gestohlen zu haben. Er war übrigens der Uropa von Jens Pfennig. Totale Inzucht herrschte da, sag i euch. Ruth Birkenbacher kannte den Kelch bis ins kleinste Detail. Ihr war a täuschend echte Nachbildung gelungen. Das Original wurd nur zur Prüfung für das Echtheitszertifikat verwendet. Danach wurd's in a Füssener Bankschließfach deponiert. Das war von Ruth Birkenbacher unter einem portugiesischen Namen angemietet worden. Im AllgäuerAlpenMuseum stand ursprünglich die detailgetreue Fälschung von Ruth Birkenbacher auf'm Podest. Ihr portugiesischer Ausweis, Führerschein und die Bewerbungsunterlagen konnten allesamt als Fälschungen identifiziert werden.«

Der Chefmeier kratzte sich an der Glatze. Woher wusste der PHK das alles? Und das mit der Inzucht kapierte er auch nicht. Bevor er nachfragen konnte, fuhr Egi fort. Er tischte dem PI-Leiter eine irre Rekonstruktion der Tatnacht auf.

»Der Originalkelch hat nie im Museum gestanden. Die Kelchkopie von Ruth Birkenbacher wurde während des ersten Museumseinbruchs von Robbi geklaut. Den Kupferkelch hatte Robbi erstellt. Diesen hat sein Bruder Herri mitgehen lassen. Den Blechkelch hatte Herri gebaut. Den haben wir im Museumsschrank gefunden. Letztendlich haben die verwirrten Senioren selbst nimmer gewusst, was nun der echte Heilige Kelch sein sollte. Die haben die verschiedenen Versionen durcheinand' gebracht. Da haben's am Schluss den Knetmasse-Kelch von meiner Belli aufs Podest gestellt. Aber das hat keiner von denen zugeben wollen.«

Der Chefmeier kratzte sich am Doppelkinn. Warum hatten die dann einen Kelch in den Schrank gestellt? Egi konnte das Tohuwabohu nicht weiter entwirren. Was mit Finn Schönfeldt war, wusste er auch nicht. Den hatten sie laufen lassen müssen, weil ihm nichts nachzuweisen war. Der PHK durfte keine Erklärungsnot aufkommen lassen. Also, fix weiter mit Gundula Beckers Ableben und dem Angriff auf Jens Pfennig.

»Gundula Becker hat die Birkenbacher mit'n Revolver erwischt, in ihrem Museumsbüro. Die wiederum befürchtete, dass die Seniorin sie bei der Polizei anschwärzen wollte. Sie verfolgte die Gundi, verpasste ihr in der Mittelstation Seealpe einen Schlag auf den Kopf und stürzte sie vor die Gondel. Sie hat dann am Tatort deren Hand eingesteckt und an der Seniorenresidenz vergraben, um den Verdacht auf die Kelchdiebe Herbert und Robert Lollinger zu lenken. Jens Pfennig wurde vom Leitstänger verfolgt, weil der sich durch dessen unerwünschte Nachforschungen in seiner Scheune bedroht gefühlt hat und den Heiligen Kelch stehlen wollte. Im Affekt hat der Leitstänger den Jens im Museum mit'm Messer angegriffen und ihn am Hals erwischt. Durch die Inzucht waren die Pfennigs und die Birkenbachers ja verwandt. Es muss durch die Geschehnisse während der NS-Zeit zu einer Familienfehde gekommen sein. Darum hat der Jens aus später Rache die Birkenbacher als Täterin genannt.«

Der Chefmeier kratzte sich nun am Gemächt, ganz schlechtes Zeichen. Egi befürchtete, dass der PI-Leiter Zweifel hegte und etwas fragen würde. Egi hatte ja immer noch keine Erklärung dafür, warum Jens Pfennig überhaupt am Museumssafe herumgefummelt hatte. Den Kelch hatte der dort bestimmt nicht vermutet, wenn er als Kassenwart den Safe sowieso jeden Tag leerte.

Der Chefmeier sprach: »Egi, sag' do …«

Da erschien auf einmal die Kripo Kempten, die waren ja auch noch hier. Sie wollten sich endlich verabschieden.

»Erwin, Egi, da haben wir's doch noch geschafft«, meinte Akay, er übersah Beate und Rudi einfach. »War eine harte Nuss, dieser Fall. Dass hier in der Provinz so eine Kriminalität herrscht, haben wir nicht erwartet. Ja, und jetzt wollten wir …«

»Ja, jetzt …«, fing auch die Psychotante an. Die wussten nicht, wie sie's rausbringen sollten. Die Kriminalisten sahen sich an. »Unser Chef, der möchte euch … danken«, meinte Silvia angewidert.

Die PI Oberstdorf rückte freudig auf ihren Stühlen herum, und man grinste sich gegenseitig an, da klingelte schon das Telefon. Der Chefmeier kratzte sich erneut am Gemächt, dann griff er zum Hörer. Er lauschte kurz, brummte etwas in die Muschel, dann stellte er um auf Lautsprecher.

»… ganz große Leistung habt ihr da g'meinsam vollbracht.

Recht herzlichen Dank für eure Unterstützung! Wir haben aber auch ein hervorragendes Team zusammengestellt. Die Verbindung von kriminalpolizeilichen Fachkräften, Psychologen und regionalen Teams mit Ortskenntnissen ist unschlagbar. Und das unter der Leitung vom Akay Tok, einfach perfekt. Da hab i doch den rischtigen Riecher g'habt. Ihr habt's euch wunderbar ergänzt. I hab die Berichte alle zwoimoal gelesen, euer Rudi, der ist ja a Vorzeigeexemplar von a Polizeioberwachtmeister. I gratuliere zu solch kompetente Leut', Herr Bachmeier«, sprach der Kripo-Chef in Kempten.

Der Chefmeier saß da wie versteinert, das Enggestirn war doch der deppertste Polizeioberwachtmeister, der jemals seine PI betreten hatte. Und der kam aus Lindau.

»Danke für die Blumen«, fränkelte der PI-Leiter nur. »Ich bin froh, dass die Sach'n jetzt vom Tisch ist und in Oberstdorf wieder die Ruh einkehrt.«

»Natürlich, natürlich. Eine schöne Zeit wünsch i euch«, schleimte der Kripo-Chef. »Tok, Stern, macht's euch auf. Hier wartet schon das nächste Verbrechen auf Aufklärung.«

Dann legte er auf. Der Anzügler und die Psychotante begaben sich auf den Rückzug. Es herrschte allgemeine Erleichterung, besonders bei Beate. Der standen die Tränen in den Augen; seit sie den Hinkefuß hatte, übergingen sie alle. Da hätte sie auch gleich in ihrem Vorzimmer bleiben können.

»Bis bald!«, drohte Akay. Silvia grinste. Und weg waren sie.

Egi schaute in die Runde: Angepisster Chefmeier, stolzer Rudi, beleidigte Beate.

»Die Volldeppen aus Kempten, die will i hierrrr nie wiederrrr sehn, Egi!«, brüllte der Chefmeier.

Epilog

*Üble Rachen waren es **sechs**,*
veranstalteten eine Hetz.
*Kopien waren es **fünf**,*
betrachtet mit Nasengerümpf.
*Halunken waren es **vier**,*
wahnwitziges Getier.
***Drei** davon schon groß,*
fanden sich famos.
***Zwei** erschienen klein,*
könnten gewiefter sein.
***Einer** sollte sie alle fangen,*
musste um seine Hose bangen.
***Keiner** wollte als Mörder walten,*
doch die Toten im Jenseits schalten.

»Uroma Bruni, da hast aber a feines Gedicht zu meinem ersten Fall als PHK geschrieben«, lobte Egi. »Aber was hast dir denn dabei zusammengezählt? I komm da nit drauf. Sechs Rachen, fünf Kopien, vier Halunken, drei Große, zwei Kleine, einer fängt alle, und keiner will a Mörder sein? Das stimmt doch hinten und vorn' nit!«

»Ögi, mosch rihi häho«, riet die Bruni.

»Ja, ja, Uroma. Jetzt hau di mal schön ins Bett nei und schlaf schön, gell?«

Er gab Uroma Bruni a besonders dickes Busserl auf die Stirn. Dann machte er ihr wie immer den Fernseher an, Besäuselung bis in den Schlaf auf Lautstärke 28 von 30. Pfaha Baun würde gleich laufen, eine sehr spannende Folge heut, sollte die letzte sein. Der Pfaha verabschiedete sich für immer. Die Bruni war schon ganz traurig.

Aber erst liefen noch die Nachrichten. Egi war bereits auf dem Weg nach unten, da hieß es aus den Fernsehlautsprechern: »Der umtriebige Kunstsammler und -historiker Vladimir Kralitschki hat heute eine Bekanntmachung an die Presse gegeben. Darin nimmt er Stellung zu dem vor Kurzem aufgeklärten Diebstahl des Heiligen Kelches aus dem Allgäuer AlpenMuseum. Er deutete bahnbrechende Theorien an, die die von der Kriminalpolizeiinspektion Kempten herausgegebene Pressemitteilung in großen Teilen infrage stellen würden. Er kündigte an, seine Erkenntnisse in Kürze in Form eines Sachbuches zu veröffentlichen. Eine eigens dafür eingerichtete Kommission des Bundesnachrichtendienstes soll nun Vladimir Kralitschkis Behauptungen prüfen, bevor sie an die Öffentlichkeit gelangen. Der Pressesprecher der Kriminalpolizeiinspektion Kempten reagierte gelassen auf die Vorwürfe, wies auf die Vergangenheit Vladimir Kralitschkis hin und bestätigte, dass der Heilige-Kelch-Fall genauso wie der Mord an der Seniorin Roberta Fellinger vollständig und zweifelsfrei aufgeklärt worden sei. Vladimir Kralitschkis Antrieb zu einem solchen Buchprojekt sei lediglich finanzieller Natur, kritisierte der Pressesprecher weiterhin und verwies darauf, dass das Erscheinen seines Buches eine Weiterbeschäftigung in einem angesehenen Kunsthaus unmöglich machen würde. Der in den Achtziger- und Neunzigerjahren als Kralle bekannt gewordene russische Kunsträuber arbeitet seit Ablauf seiner Haftstrafe in der im Jahr 2014 eröffneten Archiv-Galerie im Haus der Kunst in München. Das Wetter: Morgen wird es heiter bis wolkig mit circa 26 Grad Celsius in den Tälern. Am Abend können erneut Gewitter aufziehen.«

Endlich, Pfaha Baun ging los, da war die Bruni aber gerade schon eingenickt. Kirchengeläut aus dem Fernseher, Brummen von Egis Rasenmäher aus dem Garten, Lichtspiegelungen vom benachbarten Fenster direkt auf Uroma Brunis geschlossene Lider – a mystische Situation war's. Da zuckten Bilder vor ihren geistigen Augen, vonno Hiho waren die. Dann hörte sie sie reden, die Hiho. A Stimme wie von'er Nachrichtensprecherin hatte die jetzt. Oder kam's doch aus'm Fernseher?

Meine liebe Bruni!

Endlich, i lieg hier bequem auf meiner Wolke. Was soll i dir sagen? Es ist toll! Du wirst es sehen, wenn du hier oben ankommst. Aber bleib ruhig, wo du bist – fürs Erste. Du hast es ja so gut daheim. Nächste Wochen kannst auf meine Beerdigung nach Oberstaufen kommen. Aber du sollst wissen, i bin zufrieden mit dem Ausgang der Geschicht'n. Denn Gundis Tod ging a Schritt zu weit und muss gesühnt werden. Meine Enkelin Ruth Birkenbacher sitzt das erste Mal in ihrem Leben im Gefängnis. Sie wurde für vorsätzliche Körperverletzung mit Todesfolge verurteilt. Hinzu kamen Betrug und Urkundenfälschung. Du hast es bestimmt von deinem Enkel, dem Egi, gehört. Das ist mir ja ein Mannsbild, aber a guata Kerl. Für die nächsten Jahre ist die Ruth aus dem Verkehr gezogen. Ich hoffe, sie kommt zur Besinnung. I hab Hoffnung. Da ihr Knastalltag öd ist, schaue i nur selten auf sie runter. Im-Ex-Bertis Scheune ist nun geschlossen, da tut sich nichts mehr. Der Eigentümer wurde der gefährlichen Körperverletzung des Kassenwarts Jens Pfennig überführt, dessen Vater Georg mein Neffe ist. Mein Bruder Friedhelm war Georgs Opa. Da war nix mit Inzucht, Bruni, das musst du mir glauben! Aber Georg wollte schon immer den Heiligen Kelch besitzen. I hab ihn mir geschnappt, bevor ihn die Ruth dann vergraben hat. Nun ist der Georg der neue Museumsdirektor, und er darf in seinem AllgäuerAlpenMuseum den echten Heiligen Kelch ausstellen, ein Witz, aber i kann nicht drüber lachen. Du findest es bestimmt amüsant. Die alten Ganovenzwillinge haben es mir angetan. Herri und Robbi leben weiterhin in der Senioren-

wohnanlage Oberstdorfer Gold-Residenz. Der humorvolle, weise Richter hat Gnade vor Recht ergehen lassen. Es hat sich herausgestellt, dass sie keine Mörder waren, aber Wiederholungstäter bei den auch im hohen Alter nicht enden wollenden Diebereien. Sie waren dem Richter sympathisch, er bewunderte sie für ihre Gewitztheit und ihren Ideenreichtum. Er verpasste ihnen nur a Strafaussetzung zur Bewährung. Sie hatten beide Kopien eines Exponates gestohlen. Auch wenn das kein Kavaliersdelikt ist, urteilte der Richter, dass sie ihre restliche Zeit genauso gut in der Seniorenresidenz absitzen könnten. Allerdings beschloss er, dass sie a nicht unerhebliche Anzahl an unentgeltlichen Arbeitsstunden zum gemeinnützigen Zweck abzuleisten hätten. Er befand hierzu den Putzservice für die Seniorenwohnungen in ihrer betreuten Residenz als hervorragend geeignet. Angewidert haben die Ganovenzwillinge seinen vehement vorgetragenen »Vorschlag« angenommen. I beobacht sie nun jeden Tag mit großer Freud beim gemeinsamen morgendlichen Wienern – geteiltes Leid ist doppeltes Leid.

Danksagungen

Mein großer Dank geht an Natali und Seppi vom Hotel & Restaurant Traube in Oberstdorf, danke für die unvergesslichen Abende bei hervorragenden allgäuer Schmankerln und unvergleichlichem Liveprogramm, bei dem kein Auge trocken bleibt, ein wahrer Schmaus für Gaumen, Augen und Ohren.

Ganz besonders danke ich meiner Lektorin Louisa Pagel, die mich vor überlangen Ausführungen und umständlichen Formulierungen bewahrt und meine spitze Zunge entschärft hat.

Ein Dankeschön auch an alle Leser, die Egis ersten Fall miterlebt haben – keine Sorge, Egi ist noch lange nicht ermittlungsmüde, er arbeitet bereits am nächsten Verbrechen in Oberstdorf und ist immer noch nicht gewillt, die Kripo Kempten da mitmischen zu lassen.